Sophia Herzog

Das Wunder von Essen

SOPHIA HERZOG

DAS *Wunder* VON ESSEN

Roman

dtv

Deutsche Erstausgabe

Umschlaggestaltung: wildesblut – Atelier für Gestaltung
Stephanie Weischer
Umschlagmotive: Shutterstock AI; shutterstock.com/jara777; gualtiero boffi
Redaktion: Angela Kuepper
Gesetzt aus der Aldus nova
Satz: Greiner & Reichel, Köln
Druck und Bindung: GGP Media GmbH, Pößneck
Printed in Germany · ISBN 978-3-423-26422-8

Prolog

Wuppertal, Sommer 1956

Glück, das war ein sehr großes Wort. Zu groß vielleicht für ein normales Leben, das hatte Elise in den letzten Wochen begreifen müssen. Aber hier und heute fühlte sich ihr Körper nach dem Training warm und zufrieden an, die Sonne malte helle Flecken auf die Wiese und ihr gelbes Sommerkleid, und sie saß im weichen Gras, inmitten ihrer Freundinnen. Die alle durcheinanderredeten.

»Ich meine, das wird das Ding!«, sagte Christel gerade und schaute in die Runde. Ihr Limonadenglas hatte sie vor lauter Aufregung noch nicht einmal angerührt – es stand wie immer gefährlich schief im Gras. Ein paar Wespen summten um sie herum. »Wir werden die erste Frauen-Nationalmannschaft sein, und wir werden Geschichte schreiben! Genau wie die Männer vor zwei Jahren!«

»Ach was!«, rief Marion. »Das Wunder von Bern wird alt dagegen aussehen, wenn wir erst mal auf den Platz einlaufen! Oder, Elise?«

Erst jetzt merkte Elise, dass alle sie anschauten. Sie hatte schon seit einer Weile nichts mehr gesagt. Was nicht daran lag, dass sie wegen dieses Spiels, das bald stattfinden würde, nicht ebenso aufgeregt wäre wie die anderen. Die ahnten gar nicht, *wie* aufgeregt sie war. Aber sie hatte diesen Moment einfach auskosten wollen. Nach allem, was sie in den letzten Wochen durchgemacht hatte. Nach allem, was sie getan hatte, damit dieses Spiel überhaupt stattfinden konnte, ohne dass die anderen etwas davon wussten. Damit dieses Wunder hier geschah. Ihr persönliches Wunder. Falls es so etwas wie Wunder überhaupt gab. Jetzt konnte sie nicht anders, als zu grinsen.

»Das Wunder von Essen«, sagte sie.

»Darauf stoße ich an!«, meinte Christel und hob ihr Glas. Brummend flog eine Wespe, die es sich gerade darauf hatte gemütlich machen wollen, davon.

»Das Wunder von Essen. Oder so!«, stimmte Marion mit ein und schließlich auch die anderen.

Doch, dachte Elise, während sich die Stimmen ihrer Freundinnen mit dem Vogelgezwitscher mischten. Es gab so etwas wie Glück. Auch inmitten von Chaos, auch inmitten von schwierigen Entscheidungen. Es gab Wunder. Daran wollte sie glauben.

1

Wuppertal, Dezember 2022

Katja hat nicht gut geschlafen, vielleicht kommt ihr deswegen das alles hier vor wie ein schlechter Traum. Die matschbespritzten Trikots, die verschwitzten Gesichter. Die zerzausten Haare. Der Geruch des Haarsprays, der noch in der Kabine hängt und sich jetzt vermischt mit dem Geruch nach Schweiß, nach Angst, nach Niederlage. Dabei ist erst Halbzeit. Längst zu früh, um aufzugeben.

»Es steht eins zu null«, hebt Katja an. »Das war eine dreckige Partie bisher.«

Wieso nur klingt ihre Stimme genauso lasch, wie sie sich fühlt? Sie weiß, dass sie eine Ansprache halten muss, dass es ihre Aufgabe ist, jetzt zu motivieren, egal, wie schlecht sie geschlafen hat, egal, wie abgelenkt sie zurzeit sein mag. Sie hat es schon Hunderte Male gemacht. Und trotzdem schaut heute niemand so recht zu ihr hoch. Mareike und Becki haben sogar die Gesichter in den Händen vergraben.

Katja räuspert sich. »Unser Defensivverbund steht gut, der ist kompakt.« Ein leises Krachen, als Außenverteidigerin Cosima in einen Apfelschnitz beißt. Cosima schaut auf ihre Füße in den Stollenschuhen, die unruhig auf dem Boden der Mannschaftskabine hin und her trippeln.

»Wir haben kaum Lücken gehabt. Trotz des Gegentreffers.«

Ihre Nummer 1, Hülya, trinkt aus ihrer Wasserflasche, hektisch, kleine Tropfen laufen ihr links und rechts am Kinn entlang, ansonsten guckt sie einfach nur ins Leere. Genauso wie Nele. Nele, die heute noch überhaupt nicht abgeliefert hat, nicht mal eine einzige gute Torchance. Nur ordentlich gefoult wurde sie. Jetzt hat sie die Arme auf die Knie gestützt, auf ihrer Wange ein Streifen Matsch.

»Aber nach Ballgewinnen schalten wir nicht schnell und zielstrebig genug um. Uns fehlt komplett die Schärfe – auch in den Zweikämpfen, in der Bereitschaft. Wir haben nicht …«

Katja hält inne. Mittelfeldspielerin Mathilda richtet ihren Zopf, ihre Wangen sind rot. Sie hat sich die Seele aus dem Leib gerannt. Genutzt hat es trotzdem nichts. Auch sie guckt Katja nicht an, schaut auf den Boden, dann zu Felix, der neben Katja steht. Ihr Co-Trainer. Der die Halbzeit über wie ein wild gewordener Eber am Spielfeldrand hin und her gelaufen ist, während Katja nur dastand, konzentriert, angespannt.

Jetzt sieht Felix sie an, zieht fragend die Augenbrauen hoch.

Sie seufzt. Was macht sie hier überhaupt? Die Stimmung in der Kabine, die fühlt sich nach Aufgeben an. Und daran ist niemand anderes als sie selbst schuld. Sie müsste es besser machen. Sie müsste mehr geben. Schließlich kann die Mannschaft nichts für ihren fehlenden Elan, für ihre Ideenlosigkeit, kann nichts für ihre privaten Probleme, die Sorgen, die sie nachts um den Schlaf bringen. Sie muss sich zusammenreißen, muss das Team führen, neue Motivation liefern. Wie soll sonst das Team den nötigen Biss beweisen?

Sie wirft Felix noch einen Blick zu. Er knackt mit den Fingerknöcheln, die Miene grimmig. Man mag von ihrem Co halten, was man will. Aber er ist immer kampfbereit, auch heute. Und das ist auch richtig so. Das hier ist ein Heimspiel, ein Derby, und das letzte Spiel der Hinrunde noch dazu. Es geht um was. Und die SGS Essen ist ihnen vielleicht in mancherlei Hinsicht überlegen. Aber nicht in jeder.

»Es stimmt«, sagt Katja, wendet sich wieder an ihr Team, spricht etwas lauter. Jetzt schaut wenigstens ihr Sechser Lola hoch. Katja fängt ihren Blick ein, wartet. Sie muss noch lauter werden. Sie muss es endlich schaffen, dass die anderen wieder bei ihr sind, nicht jede in ihren eigenen Gedanken versunken. »Die sind intensiv, die sind gemein, verdammt noch mal gemein.« Katja macht noch eine Pause. »Aber wir, wir können auch ekelhaft sein! Das weiß ich, und ihr wisst das auch!« Jetzt sehen Becki, Hülya und Cosima sie ebenfalls an. Und endlich legt sie richtig los, endlich kommen die Worte wie von allein. »Auch heute haben wir schon gezeigt, dass wir es können! Es gab diese Phasen, wo wir es geschafft haben, sie weiter nach hinten zu drängen, wo wir selbst Druck aufgebaut haben. Das waren gute Seitenverlagerungen, gute gewonnene zweite Bälle. Das waren wir, wie ich uns kenne! Und genau das will ich sehen. Das hier ist ein Heimspiel, das ist unser Spiel! Wir müssen es nicht dominieren, aber verlieren dürfen wir auch nicht, verdammt noch mal!«

Jetzt nicken sie alle. Für einen Moment hat sie es wieder, dieses Gefühl: Zuversicht. Dass die Saison noch nicht verloren ist, dass der Klassenerhalt ihnen trotz aller Probleme gelingt und dass auch sie sich auf das Wesentliche konzentrieren kann. »Fokus! Wir lassen uns nicht überrennen, alles klar?«

»Ihr habt es gehört!« Neben ihr klatscht Felix in die Hände. »Auf geht's!«

»Ab geht's!« Und die Spielerinnen klatschen auch.

Vier Stunden später legt Katja den Kopf auf das Lenkrad ihres Opels. Am Fenster zieht der Schneeregen matschige Bahnen, im Auto ist es eiskalt. Katjas Kopf dröhnt, als wäre sie selbst bei diesem Dreckwetter einen Marathon gelaufen. Dabei hat sie ja meist nur am Rand gesessen und auf ihrer Lippe rumgebissen. 1:1, unentschieden. Kein katastrophales Ergebnis. Aber ein gutes auch nicht.

Es klopft ans Fenster, und Katja schreckt hoch. Durch das Schneetreiben kann sie Franzis rundes Gesicht inmitten der übergroßen Kapuze ihres grünen Parkas kaum erkennen. Katja beugt sich zur Beifahrertür, um sie zu öffnen. Ein Schwall Schneeregen klatscht auf den Beifahrersitz.

»Darf ich mitfahren?« Franzi ist schon auf den Sitz gerutscht, schlägt die Kapuze zurück. Ihre Locken kringeln sich über ihre Schultern, sie schüttelt sich. »Ist das kalt!«

»Du willst schon nach Hause?«

Als Athletiktrainerin der Mannschaft lässt es sich Franzi sonst eigentlich selten nehmen, nach jeder Partie ordentlich auf das Spiel anzustoßen. Egal, wie es gelaufen ist.

»Na klar, keine Lust mehr.« Franzi zuckt mit den Schultern, hält aber Katjas Blick eine Spur zu lange. Sie ist nicht umsonst nicht bloß eine Kollegin, sondern ihre beste Freundin.

Katja nickt und parkt aus.

Sie fahren schweigend an der Vereinskneipe vorbei, nur das Gurgeln von Franzis Trinkbecher ist zu hören. Oben schaut ein Glasstrohhalm heraus, durch den irgendeine hellbraune Flüssigkeit läuft. Franzi geht ohne diesen Becher nirgendwohin. Nicht einmal in die Vereinskneipe.

Es ist bereits dunkle Nacht, fast schwarz liegt die Umgebung um den Parkplatz vor ihnen. Außer bei der Vereinskneipe, die hell erleuchtet ist. Selbst bis ins Auto hört man das Stimmengewirr. Das Unentschieden ist nicht wirklich ein Ergebnis zum Feiern. Aber es ist das letzte Spiel vor der Winterpause gewesen, vielleicht spüren die anderen sie ja doch: diese Euphorie zum Ende der Hinrunde, wenn etwas geschafft ist, man sich für einen Moment zurücklehnen und stolz sein kann, auf egal wie wenig. Katja liebt eigentlich diese Pausen. Einmal Kraft tanken, all das Erlebte verarbeiten, ausruhen. Und dann gestärkt in die Rückrunde gehen.

Sie rollen vom Parkplatz, und Franzi atmet seufzend aus. Dann zieht sie wieder gurgelnd an ihrem Glasstrohhalm. Trotzdem schweigen sie noch weiter, als Katja auf die Parkstraße einbiegt. Franzi und sie wohnen beide in Heckinghausen, nicht weit vom Stadion entfernt.

»Ich glaube, ich brauche einfach nur mal eine richtige Pause.«

Sie muss Franzi nicht erklären, wieso sie seit Wochen neben der Spur ist. Aber trotzdem ist Franzi eben nicht nur ihre Freundin, sondern auch ihre Kollegin. Als Athletiktrainerin ist sie für alles rund um Ausdauer, Kraft und Beweglichkeit zuständig. Und darin die Beste, auch wenn sie den Job nur in Teilzeit macht, weil dem Verein für mehr das Geld fehlt.

»Im Januar wird bestimmt alles anders. Ich muss mich eben ein bisschen … sortieren.«

»Ist doch klar, nach allem, was war. Das kommt dann schon von alleine, wirst sehen.« Franzi drückt ihren Arm, ein fester Griff, wie alles an Franzi, zupackend, optimistisch. Katja würde ihr zu gerne glauben. Dass sie nur über den Tod ihres Großvaters hinwegkommen muss, dass sie die Situation mit ihrer Großmutter geregelt kriegt, dass dann der neue Schwung schon kommen wird, der Optimismus, die Tatkraft, die ihre Aufgabe ist als Trainerin.

»Sag Bescheid, wenn ich dir irgendwie helfen kann.«

Katja seufzt. »Du hast nicht zufällig geheime Kontakte in die Altenheim-Community von Wuppertal und Umgebung?«

Franzi hält inne, das Gurgeln erstirbt. »Also steht fest, dass Elise ins Heim muss?«

Franzi sieht sie ernst von der Seite her an.

Katja seufzt. »Es ist nicht schön, aber sie kann wirklich nicht allein in dem großen Haus wohnen. Der Pflegedienst kommt nur einmal am Tag, das reicht gerade mal für das Allernötigste. Es geht einfach nicht …«

»Und Elise ist einverstanden?«

»Wir sagen es ihr erst, wenn wir einen Platz haben, damit sie sich nicht unnötig aufregt.« Katja ist ziemlich unbehaglich bei dem Gedanken daran.

»Das wird hart«, kommentiert Franzi und saugt wieder gurgelnd an ihrem Getränk.

»Was trinkst du da eigentlich?«

»Bier, was sonst?«, Franzi grinst, »to go aus der Kneipe«, und jetzt muss auch Katja grinsen.

»Ich meine, Elise wird euch die Hölle heiß machen«, überlegt Franzi laut, und Katja kann ihr nur zustimmen. Ihre Freundin kennt Elise gut. Eigentlich kennt jeder im Verein die störrische alte Dame, die immer mal wieder zu den Spielen kommt, aber nie zuschaut, sondern mit ihrem riesigen Hut auf der Tribüne sitzt und die Nase in ein Sudoku-Heft steckt. Egal bei welchem Wetter. Wenn sie kommen will, kommt sie. Und wenn jemand versucht, sie zu einem behaglicheren Plätzchen, zum Beispiel zu einem warmen Tee in die Vereinskneipe zu locken, wird sie ungemütlich. Zumindest war das in den letzten Jahren so. Vor einem halben Jahr hatte Elise eine Operation an der Hüfte, und vor einem Monat, nur zwei Tage nach dem Tod ihres Mannes, ist sie gestürzt und hat sich die Ferse gespalten – seitdem hat der 1. FC Wupper eine Dauerbesucherin weniger. Immerhin waren die Zuschauerränge heute trotzdem gut gefüllt. Der 1. Bundesliga-Frauenverein Wuppertals hat schließlich noch mehr treue Fans. Fans, die im Gegensatz zu Elise auch wirklich das Spiel verfolgen. Fans, denen Katja eine bessere Performance schuldet.

»Grüß sie mal von mir, ja?« Franzi schlägt sich schon wieder die Kapuze über den Kopf.

»Klar!« Sie biegen in Franzis Straße ein, halten vor ihrem Haus.

»Dienstag wieder joggen?«

»Auf jeden Fall!« Franzi hebt die Hand für einen High Five, entscheidet sich dann jedoch um, verrenkt sich, um Katja umarmen zu können. Bei Franzis Umarmungen brechen einem immer fast die Knochen. Katja kann ihr nur unbeholfen den Rücken tätscheln. Dann ist Franzi weg, winkt noch von der Tür aus.

Etwas leichter fühlt Katja sich jetzt schon. Franzi hat ihr Auto weniger eng gemacht, sie kann besser atmen. Trotzdem nimmt sie sich noch einen Moment für sich, genießt die Stille, als sie endlich vor ihrem eigenen Haus in der Konradshöhe steht. Ist Tom vielleicht schon da, trotz dieser Ministerpräsidenten-Sonderserie, die er als Redakteur begleiten darf? Eine Umarmung von ihm würde jetzt definitiv alles besser machen.

Tatsächlich brennt im Wohnzimmer noch Licht, man sieht es von der Straße aus. Katja rennt durch den Schneematsch zur Haustür, ihre Füße klatschen laut in die kleinen Wasserpfützen auf den Steinplatten bis zum Haus. Sie liebt dieses Haus, seine Lage, die Stille. Lange haben Tom und sie gesucht, bis sie es gefunden haben, und mussten anschließend etliche Banken abklappern, bis sie endlich einen Kredit bekamen. Es hat sich gelohnt, das denkt Katja jedes Mal, wenn sie den Schlüssel ins Schloss schiebt.

In der Tür zum Wohnzimmer bleibt sie stehen, blickt auf die Köpfe ihrer zwei Männer, beide so ähnlich, Linus' wuschelige Locken nur einen Hauch dunkler als Toms, wie sie da gemeinsam auf den Sofakissen liegen. Der Fernseher läuft noch, recht leise im Hintergrund, irgendein Spielfilm, es wird geschossen, dazu das Rascheln von Toms Zeitung.

Katja lässt sich zwischen sie auf das Sofa fallen, legt einen Arm um Linus, beugt sich für einen schnellen Kuss zu Tom vor.

»Na? Wie lief's beim Turnier?«

»Gewonnen!« Linus grinst. Seine Augen leuchten. Wie immer, wenn es um Schach geht.

»Und das, obwohl weder Papa noch ich dabei sein konnten!« Katja strubbelt ihm durch die sowieso schon zerknautschten Locken. Ihr elfjähriger Sohn weigert sich partout, sie regelmäßig zu schneiden, meist hängen sie ihm ins Gesicht. »Das ist besser für mein Pokerface, Mama«, behauptet er gerne.

»Gut gemacht!«

»Na klar, ihr habt doch auch gearbeitet! Wir hatten eben alle zu tun«, sagt Linus großzügig.

»Aber du hast gewonnen, ich saß nur auf einem langweiligen Empfang rum«, schaltet Tom sich ins Gespräch ein. Er sieht müde aus, die Augen hinter seiner runden Brille sind umschattet.

Katja seufzt. »Und unser Spiel war definitiv mein Bounty des Tages.«

»Das kann gar nicht dein Bounty des Tages sein«, entrüstet sich Linus sofort. Beim Bounty des Tages versteht er keinen Spaß. Eigentlich fingen sie damit nach Linus' siebtem Kindergeburtstag an, wo sie am Ende des Tages auf einem ganzen Haufen Bountys sitzen blieben, weil wirklich keiner sie hatte essen wollen. Seitdem hat es sich zu einer Tradition entwickelt, spaßeshalber ein Bounty des Tages zu benennen. Schließlich gibt es, genau wie in jeder Celebrations-Packung, auch an jedem Tag etwas, was eigentlich keiner haben will.

»Das Bounty des Tages muss etwas wirklich Doofes sein, und ihr habt ja gar nicht verloren.«

»Hast du etwa geguckt?« Katja versucht, nicht zu breit zu grinsen. Es misslingt. Es macht sie immer stolz, wenn Linus, der sich eigentlich nicht die Bohne für Fußball interessiert, ihr Spiel anschaut.

»Klar, die zweite Halbzeit bei Finn nach dem Schachturnier. Ihr habt das Spiel doch voll gut gedreht! Aber das Foul an Beckendorf war mies, der Schiri hätte die gelbe Karte geben müssen«, sprudelt Linus los.

Katja und Tom wechseln einen Blick. »Du bist definitiv meine Lieblingsschokolade des Tages!«, sagt Katja und grinst.

»Und meine auch«, wirft Tom ein.

»Boah, ihr seid immer so kitschig.« Da ist er wieder, dieser Moment, wo Katja merkt, dass Linus bald in die Pubertät kommen wird. Aber noch nicht jetzt. Noch lässt er sie trotzdem durch seine Haare wuscheln, lehnt sich an sie.

»Und dein Bounty?«, fragt Katja Tom, doch der reckt sich schon, steht auf.

»Ich muss noch mal ran, Leute! Der blöde Schachinger ist mir auf den Fersen. Wenn ich den Leitartikel zu der Serie kriegen will, muss ich noch einen draufsetzen.« Und weg ist er. Manchmal hasst Katja es, dass er Journalist ist. Gerade heute, wo sie einfach mal in Ruhe mit ihm sprechen wollte. Die Gelegenheiten sind in letzter Zeit rar. Zumindest, seit er die Chance bekommen hat, an dieser Artikelreihe mitzuwirken.

Aber immerhin hat sie Linus. »Was gucken wir?«, fragt Katja und lässt sich tiefer ins Sofa sinken.

*

Am nächsten Tag zeigt sich Wuppertal von seiner freundlichen Seite. Es regnet nicht, kein Nebel liegt über ihrem kleinen Garten und über den auf- und absteigenden Straßen ihrer Nachbarschaft, stattdessen scheint warm die Sonne vom Himmel. Und Katja hat trotz allem wieder gute Laune.

Vielleicht ist es lächerlich, aber der Abend mit Linus, schließlich das an Tom gekuschelte Einschlafen und jetzt das gute Wetter – da hat sie gleich das Gefühl, dass sich schon alles irgendwie fügen wird. Heute Nachmittag wird sie ihre Großmutter besuchen und nach dem Rechten schauen, und in den nächsten Tagen wird sie sich mit ihrer Mutter endlich so richtig in die Suche nach einem Pflegeheimplatz reinhängen.

Katja ist nicht die Einzige, die gut geschlafen hat. Franzi wirkt wie ein junger Morgen, als sie direkt nach Katja den Besprechungsraum betritt. Katja hat keine Ahnung, wie sie das macht, mit einem Zweijährigen und einem Mann, der im Krankenhaus Schichtdienst arbeitet. Torwarttrainer Olaf sieht ebenfalls gut gelaunt, wenn auch etwas übernächtigt aus. Er sitzt schon am Konferenztisch und mümmelt grinsend Zwieback direkt aus der Packung.

»Hab gestern etwas übertrieben«, nuschelt er entschuldigend, als Katja ihn fragend ansieht.

Boris, ihr Bewegungsanalytiker, tippelt unruhig mit den Fingern auf dem Tisch herum. Nur Felix wirkt zerknautscht. Und schlecht gelaunt.

Sie schauen nach jedem Spiel noch mal gemeinsam die Aufzeichnung, gehen alles durch. Und eigentlich ist Katja diejenige, die das Wort führt. Aber heute ruft Felix ständig rein. »Schwach!«, sagt er schon zum dritten Mal, während sie zusehen, wie Stürmerin Nele sich wieder den Ball ablaufen lässt.

»Barbie ist wirklich nicht auf der Höhe«, stimmt Franzi nachdenklich zu. »Neulich im Training wirkte sie super unkonzentriert.« Das ist Katja auch schon aufgefallen, aber sie schweigt, beißt nur auf ihrer Lippe herum. Nele Babinsky – von allen wegen ihres Namens und ihrer hellblonden Haare nur »Barbie« genannt – ist sonst der Goalgetter des Teams, eine Leistungsträgerin. Und obwohl Katja doch eigentlich wissen müsste, was in ihrer Mannschaft vor sich geht, hat sie keine Ahnung, was bei Nele los ist. Sie hat versäumt, es herauszufinden, wie sie so vieles in letzter Zeit hat schleifen lassen.

Sie stöhnen kollektiv auf, als Nele nach dem Foul auch noch den Elfer verschießt. Das war in der ersten Halbzeit. Es ist bitter, noch einmal mitansehen zu müssen, wie die Motivation des Teams danach bröckelt. Und Katja sieht sich selbst, ihren leeren Blick, wie sie einfach so dasteht, am Spielfeldrand, während der gegnerische Chefcoach Markus Högner immer wieder Befehle reinbrüllt. Früher ist sie selbst so am Spielfeldrand hin- und hergetigert. Franzi hat sie immer damit aufgezogen, dass sie nie einfach ruhig abwarten konnte, dass sie immer so wirkte, als würde sie gleich selbst aufs Feld stürmen.

»Schwach«, schnaubt Felix wieder, »der Ball ist viel zu durchsichtig!«

Er schaut kurz zu Katja, dann sehen sie zu, wie die gegnerische Stürmerin Edwards eine Flanke spielt, Merve die Kugel aber erfolgreich blockt. Mareike klärt kurz darauf gegen Edwards zur Ecke.

»Mhm«, murmelt Olaf zustimmend, steckt sich noch ein Stück Zwieback in den Mund.

Doch dann breitet sich bald wieder angespanntes Schweigen aus. Nur Boris' Finger tippeln weiter auf dem Tisch, als Minuten später die gegnerische Stürmerin aus der Distanz abzieht – und fast das erste Gegentor fällt. Aber Hülya springt und kann den Schuss aus rund siebzehn Metern über die Latte lenken.

»Yes!«, ruft Olaf, aber Felix kneift nur die Lippen zusammen.

»Das war stark!«, sagt Katja trotzdem, irgendwann muss sie ja mal was sagen.

Dabei setzt sich Edwards im Strafraum jetzt gekonnt gegen Merve und Lola durch und schiebt die Kugel ins rechte Eck. Edwards' Gesicht in Nahaufnahme.

»Na, wenn dir das reicht. Dann nächste Saison zweite Liga, oder was? Das ist doch nicht akzeptabel!«, giftet Felix, während soeben in Nahaufnahme Torhüterin Hülya in ihre Hände brüllt, bevor das Bild abrupt wechselt.

Jetzt wird es Katja doch zu bunt.

»Was ist eigentlich los mit dir?«

»Was ist los mit dir?«, faucht Felix zurück.

Die beiden starren sich an. Ein Handyklingeln unterbricht das angespannte Schweigen. Eindeutig ihres, Linus hat den scheußlichsten Klingelton ausgewählt, den es zu finden gab: ein penetrantes Piepsen.

»Da muss ich rangehen«, sagt sie mit einem Blick auf das Handy. Boris stoppt die Aufnahme.

Eigentlich muss sie nicht rangehen. Natürlich nicht, was könnte wichtiger sein als ihr Job?

Und trotzdem ist sie ihrer Mutter unendlich dankbar, dass sie kurz aus dem Konferenzraum gehen, kurz den Kopf an die Wand des Flures lehnen kann. Sie ist es gewohnt, mit Felix zu diskutieren. Eigentlich sollte seine schlechte Laune sie nicht so treffen.

Durch die Glastür kann sie noch sehen, wie die anderen unruhig dasitzen, auf das gefrorene Bild schauen.

»Hey, Ma!«

Sie muss das Team zusammenhalten. Sie müssen vor der Winterpause noch ein Training absolvieren, und danach muss sie zusehen, dass im neuen Jahr bessere Stimmung herrscht, denkt Katja, während ihre Mutter Petra, wie es so ihre Art ist, sofort lossprudelt, die Stimme leicht blechern, weil sie meist vom Festnetz aus anruft. Katja starrt auf die anderen, auf Felix, der jetzt schon wieder gestikuliert. Sie muss dringend mit ihm unter vier Augen sprechen, die Chefin raushängen lassen, denkt sie, sodass das, was ihre Mutter ihr sagt, erst verzögert bei ihr ankommt.

»Sie kann schon morgen einziehen.«

»Was? Wo?« Sofort ist Katja voll bei Petra, die jetzt durch das Handy schnaubt.

»Na, im Stift. Wir haben einen Platz für Mutti.«

Katjas Herz klopft vor Aufregung.

»Dann fahren wir gleich zu ihr und versuchen, mit ihr zu sprechen?«

»Muss wohl«, brummt Petra, man hört ihr deutlich an, dass sie dabei das Gesicht verzieht. »Ich wäre dir jedenfalls dankbar, wenn ich diese Unterhaltung nicht alleine führen müsste. Du weißt ja, dass sie meistens alles ablehnt, was von mir kommt.«

»Ich muss allerdings noch meine Sitzung beenden«, gibt Katja zu bedenken. »Wir können uns um 16 Uhr bei ihr treffen. Oder du fährst schon mal vor.« Wieder wirft Katja einen Blick in den Konferenzraum. Franzi schaut zurück, zieht fragend die Augenbrauen so weit hoch, dass sie fast unter ihren blonden Locken verschwinden.

»Nein, ich warte auf dich. Bis 16 Uhr«, sagt Petra und legt auf.

Franzi reckt fragend den Daumen hoch. Und trotz allem muss Katja lächeln.

*

Es ist schon kurz nach vier, als Katja in die Einfahrt zum Haus ihrer Großeltern einbiegt. Petra wartet bereits mit angespannter Miene vor der Haustür. Das Zuknallen der Autotür klingt dumpf in Katjas Ohren. Ihr schwirrt noch immer der Kopf von der Analysesitzung, der Auseinandersetzung mit Felix, dem Spiel, das so gar nicht lief, wie es hätte laufen sollen. Aber sie muss jetzt präsent sein, damit dieses Treffen hier nicht in einer Katastrophe endet.

Tief atmet sie die kalte, ein wenig feuchte Luft ein, bevor sie auf Petra zustapft. Der kleine Vorgarten sieht trostlos und verwahrlost aus, die Büsche struppig und kahl, der Gehweg voller Matsch. Seit ihr Großvater gestorben ist, kümmert sich niemand mehr um den Außenbereich des Hauses. Schon in den letzten Monaten hat ihr Opa kaum noch etwas geschafft, zu sehr raubte der Krebs ihm die Kraft. Und Elise, die lässt natürlich nicht zu, dass jemand ihr hilft.

»So«, sagt Petra, als Katja bei ihr angekommen ist, und zieht den cremefarbenen Mantel enger. Sie erwidert Katjas Umarmung wie immer etwas kantig, aber kräftig. Petra riecht irgendwie nach Schnee, dabei hat es heute nicht geschneit, im Gegenteil, eigentlich scheint sogar noch die Sonne, wenn auch etwas diesig, und lässt Petras schwarz gefärbte Haare glänzen. Sie sieht wie immer adrett aus, viel jünger, als ihre vierundsechzig Jahre vermuten lassen. Und das ist kein Zufall, so wie Petra beinahe nichts dem Zufall überlässt. Meist geht sie nur dezent geschminkt aus dem Haus, ihre Kleiderwahl ist stets bestens durchdacht und betont ihre Vorteile.

»Macht ihr nicht eigentlich endlich auch mal Winterpause, oder so?«, fragt Petra anstatt einer weiteren Begrüßung.

»Ja, noch ein Abschlusstraining, dann geht's erst im Januar mit dem Training weiter. Und die Rückrunde startet dann im Februar.«

»Ach so.« Wie immer ist Petras missbilligendem Gesichtsausdruck anzumerken, was sie von Katjas Karriereentscheidungen – von ihrer Zeit als Fußballspielerin und schließlich ihrem Weg als Trainerin – hält. Sie, die lieber Yoga macht, fand es seit jeher völlig unbegreiflich, dass ihr einziges Kind für den Fußball brennt. Dass er Katja alles bedeutet. Aber heute hat Katja definitiv nicht die Nerven für eine weitere Diskussion. Sie musste vorhin in der Teamsitzung schon ein Machtwort sprechen, um Felix' Geunke zu unterbrechen. Außerdem spürt sie ja, dass Petra eigentlich nur angespannt ist, nicht wirklich Streit will. Ihre Mutter hat den Mund so fest zusammengepresst, dass er fast weiß ist.

»Wollen wir?« Katjas Finger schwebt bereits über der Klingel.

»Sie steht doch sowieso schon hinter der Tür«, sagt Petra und schiebt den Finger an Katjas vorbei auf den Klingelknopf. Im Haus erklingt ein leises Schellen.

Aber es dauert tatsächlich etwas, bis Elise die Tür öffnet. Ein leises Scharren, das Rollen der Gehhilfe. Und dann steht Katjas Großmutter in der Tür, auf ihren Rollator gestützt, blinzelt sie an. Ihr Blick huscht von Petra zu Katja. Dann erst lächelt Elise.

Wie immer geht Katja das Herz auf, wenn sie ihre Großmutter sieht, dieses etwas wölfische Grinsen, das so gar nicht an eine liebe Oma erinnert und so typisch für Elise ist. Wo Petra und auch Katjas Großvater stets ernst waren, der Großvater stets streng darauf beharrte, dass alles in geregelten Bahnen verlief, saß Elise, zumindest wenn Katja dabei war, schon immer der Schalk im Nacken. Wie oft trieben sie gemeinsam Schabernack, stibitzten von Nachbars Büfett Essen, aßen heimlich Kuchen vor dem Abendessen oder bemalten die Gartenmauer, obwohl ihr Großvater immer darauf bestand, dass alles sauber und ordentlich zu sein habe. An all das denkt Katja jetzt und daran, wie klein Elise geworden ist, als sie sich hinunterbeugt, ihre Oma umarmt. Elise erwidert die Umarmung linkisch, muss sich mit einer Hand noch am Rollator festhalten. Im Gegensatz zu Petra riecht Elise meist nach gar nichts. Als prallte jedweder Geruch von ihr ab. Selbst jetzt nicht, wo der Geruch von Katjas Großvater verschwunden ist, dieses Herbe, Kräuterige, das immer im Raum hing, wenn ihr Großvater sich darin aufhielt.

Wie so oft fühlt Katja, wie ihr Herz zusammengedrückt wird, wenn sie an ihren Großvater denkt. Er ist erst seit gut einem Monat tot. Bis zuletzt dachte Katja, er würde dem Krebs sicher noch ein paar Jahre trotzen. Ihr Großvater war mindestens genauso engstirnig wie ihre Großmutter, sie eine Kämpferin und er ein Kämpfer. Aber gegen manche Gegner kann man nicht gewinnen.

»Hallo, Mutti.« Petra drückt sich an Katja vorbei ins Haus. »Ich brauche jetzt dringend erst mal einen Kaffee.«

Es dauert keine halbe Stunde, da rauscht Petra bereits wieder wutentbrannt aus dem Haus.

Eigentlich hat das Treffen recht vielversprechend angefangen, zumindest für Elises und Petras Verhältnisse. Sie haben sich in die Küche gesetzt, jede eine dampfende Tasse schwarzen Kaffee vor sich und in der Mitte des Tisches ein Teller voll Spritzgebäck, an dem sie einträchtig geknabbert haben – dabei macht Petra sonst oft eine spitze Bemerkung darüber, dass Elise selten etwas anderes im Haus hat als diese Butterkekse. Sowieso ist die Spannung meist fast mit Händen zu greifen, wenn sich die beiden älteren Frauen in einem Raum befinden. Seit Opas Tod strengen sie sich zwar an, das merkt man deutlich, und manchmal, nur manchmal, hat Katja das Gefühl, wenn die beiden sich einfach mal in Ruhe hinsetzen und alles besprechen würden, was zwischen ihnen steht, würden sie vielleicht einen Weg finden, friedlicher miteinander umzugehen. Aber dann reicht eben wieder eine Bemerkung von Elise, oder ein Schweigen auf eine von Petras Fragen, und ihre Mutter rastet aus. Diesmal ist es ein schlichtes, aber kategorisches »Nein« von Elise gewesen, als Petra ihr von dem Platz im Seniorenstift erzählt hat.

»Das kannst du doch nicht ernst meinen! Einfach Nein sagen, ohne dir alles in Ruhe anzuhören! Weißt du, wie schwer das war, da überhaupt nur auf die Warteliste zu kommen, Mutti? Ich musste all meine Kontakte spielen lassen!«

Dass Petra Elise immer Mutti nennt, macht die Spannung zwischen den beiden meist nur schlimmer. Ein Wort, das nahezu herausschreit, wie es zwischen ihnen nicht ist, seit Katja denken kann. Und ein Wort, das Elise nicht leiden kann.

Jetzt sitzen Katja und Elise allein am Küchentisch und hören zu, wie die Haustür ins Schloss knallt. Seelenruhig nimmt sich Elise noch ein Spritzgebäck, beißt hinein. Krümel rieseln auf die weiße Tischdecke. Sorgsam klaubt Elise sie auf, lässt sie auf ihren Teller rieseln.

»Deine Mutter hatte schon immer ein viel zu aufbrausendes Talent«, sagt sie dann. »Aber das weißt du ja selbst.«

Natürlich weiß Katja das. In ihrer Kindheit hatte sie oft Angst vor Petras Wut. Einmal versteckte sie sich sogar im Kleiderschrank, aus Angst, Petra könne über eine kaputtgegangene Tasse ausrasten. Aber so schnell Petra sich aufregt, so schnell regt sie sich auch wieder ab, das begriff Katja schließlich. Und Petra war noch nie jemand, der nicht zu seinen Fehlern stehen konnte. Eigentlich erwartet Katja auch jetzt, dass Petra zurückkommen, sich entschuldigen wird. Aber es bleibt still. Draußen auf der Straße bellt irgendwo ein Hund. In der Küche tickt laut die Uhr.

Katja seufzt. »Du weißt, dass sie trotzdem ein wenig recht hat. Du brauchst Hilfe mit deinem Stoma, beim An- und Ausziehen, erst recht jetzt mit deiner Ferse. Und außerdem, das Haus ist … viel zu groß so ohne Opa.«

»Dat is Kappes!«, sagt Elise kategorisch und beißt in ein neues Spritzgebäck. Aber Katja weiß, dass sie einen wunden Punkt getroffen hat. Nur dann, wenn Elise aufgewühlt ist, redet sie Plattkaller, den Wuppertaler Dialekt und die Sprache ihrer Kindheit, zumindest vermutet Katja Letzteres. Elise spricht nie über die Vergangenheit, über ihr früheres Leben hier in Wuppertal. Nur von Petra weiß Katja das eine oder andere über Elises Leben. Und darüber, wieso ihr Verhältnis zu ihrer einzigen Tochter so angespannt ist.

»Das ist kein Quatsch, sondern die Wahrheit. Du kannst kaum noch laufen. Was, wenn du wieder fällst? Ich wohne ganz am anderen Ende der Stadt, ich kann nicht immer sofort bei dir sein. Mama und ich, wir machen uns furchtbare Sorgen um dich.«

Jetzt schaut Elise sie wenigstens an, ihre blauen Augen eine Spur nachdenklicher.

»Ich kann verstehen, dass es schwer ist, das Haus loszulassen. Und Opa …«

»Ah, Kappes!«, geht Elise schon wieder dazwischen. Aber sie weicht jetzt Katjas Blick aus. Ihr Gesichtsausdruck sieht merkwürdig aus, starr, als wäre sie gar nicht richtig hier. Katja kennt auch diesen Ausdruck bei Elise, er gehört genauso zu ihr wie ihr Grinsen. Ihre Großmutter hat zwei Gesichter, das zugewandte und das abgewandte – das, welches Petra so aufregt, das, welches Katja zum Glück nicht oft zu sehen gekriegt hat.

»Oma!« Katja schiebt vorsichtig ihre Hand über Elises. Wie weich sich die Haut ihrer Großmutter anfühlt und wie zart die Hand. Katja hat große Hände, kräftig. Unter ihrer kann man die ihrer Großmutter nun gar nicht mehr erkennen.

Elise seufzt, und jetzt wird ihre Miene weicher. Etwas, das nur Katja gelingt. Nicht Opa, nicht Petra, nur der Enkelin, mit der Elise schon immer so viel Zeit verbracht hat.

»Na gut, zeig mal her, was ihr mitgebracht habt.«

Zum Glück hat Petra sie hiergelassen, die Broschüre vom Seniorenstift, ganz in der Nähe von Katja in Heckinghausen, auch nicht weit weg von Petra, die im schicken Briller Viertel wohnt. Die Fotos zeigen lachende Senioren beim gemeinsamen Kartenspielen im großzügigen Gemeinschaftsgarten und große, geräumige Zimmer mit hellen Holzmöbeln. Die Einrichtung ist nicht günstig, aber Petra hat gesagt, dass ihr das egal ist. Sie verdient gut im Krankenhausmanagement. »Ich habe dich immer durchgebracht, da schaff ich das mit meiner Mutti auch«, hat sie dazu nur gesagt.

Elise seufzt. »Nur für dich schaue ich mir das an, Kind, damit das klar ist. Aber erst mal brauche ich noch ein Köppken Kaffee.«

Schon ist Elise aufgestanden. An ihre Kaffeemaschine lässt sie niemanden, was vielleicht besser so ist. Sie ist Katja schon einmal explodiert – da war Elise im Garten, und Katja, damals ein Teenager, wollte sich auch mal an der Maschine versuchen. Die braunen Flecken an der Wand hinter der Spüle erzählen noch immer davon.

Mit einem Mal wird Katja klar, was es für sie bedeuten wird, wenn Elise auszieht. Dass dieses Haus dann leer steht … Dieses Haus, in dem Petra aufgewachsen ist und Katja große Teile ihrer Kindheit verbracht hat.

Vielleicht wird auch Elise das klar, sie hält inne, der Kaffeeportionierer in ihrer Hand zittert in der Luft. »Eigentlich fände ich es nicht schlecht, mal rauszukommen«, sagt sie leise. »Weg von diesem Haus.«

Schnell schluckt Katja die Tränen hinunter, die in ihr aufzusteigen drohen. Sie nickt, auch wenn ihre Großmutter das nicht sehen kann. Ihre Großeltern waren ewig zusammen. Es muss hart gewesen sein, alleine in diesem Haus zurückzubleiben.

»Aber so ein Stift. Das ist doch was für die ganz Alten! Ich gehe noch lange nicht über die Wupper, falls ihr das denkt!« Und schon dreht sich Elise wieder um. Angriffslustig blitzt es in ihren Augen.

»Das ist mir schon klar, Oma«, sagt Katja. »Aber du bist auch schon fast neunzig.«

»Aber ich fühle mich wie achtzig!«

»Und aussehen tust du auch keinen Tag älter!«

Kurz schauen sie sich an, bis Elise den Blickkontakt unterbricht, wie immer, wenn es zu emotional wird.

»Soll ich uns noch Stiewen Ries machen?«, fragt die alte Frau und beginnt schon im Küchenschrank zu kramen. Milchreis mit Zimt und Zucker – eines der wenigen Gerichte, die Elise wirklich so gut kocht wie niemand sonst. Katjas Lieblingsessen, vor allem, wenn sie Kummer hat.

Katja steht auf und umarmt ihre Oma von hinten, die es sich gefallen lässt, obwohl sie »Na, na« sagt. Aber als sie sich umdreht, glaubt Katja, dass auch ihre Augen ein wenig feucht aussehen. Elise, die nie weint, nicht einmal bei der Beerdigung ihres Mannes. Doch kurz darauf fängt die Kaffeemaschine an zu brodeln, Elise lächelt wieder, und Katja ist nicht sicher, ob sie sich das vielleicht nur eingebildet hat.

*

»Und dann hat sie zugestimmt?«

Es ist Dienstag, der Vorwerkpark liegt in einem nebeligen Grau vor ihnen, und Franzis Wangen sind knallrot von der Kälte. Heute hat es Minusgrade, und sie sind ausnahmsweise einmal fast allein in dem beliebten Park. Die Schritte der drei Frauen knirschen rhythmisch auf dem Boden, ansonsten ist es still. Katja ist froh, dass sie auch in der Winterpause mit Miriam und Franzi joggen gehen kann – irgendwie hilft ihr das immer, all die Dinge, die in ihrem Kopf herumschwirren, zu sortieren, egal, ob sie schweigend nebeneinander hertraben oder sich gegenseitig auf den neuesten Stand bringen.

»Ja, hat sie.« Katja kann es noch immer nicht fassen, das hört man ihr auch an. Bei ihrem Treffen hat sich die alte Dame jeden weiteren Kommentar zu der Sache verboten. Stattdessen haben sie Milchreis gegessen und hinterher eine von Elises Lieblingsserien im Fernsehen geschaut.

»Ich dachte erst, dass alles umsonst war. Aber dann hat sie mich heute Morgen angerufen und einfach nur ›Ich mache es‹ gesagt.«

»Das klingt ganz nach ihr.« Franzi grinst und nimmt einen Schluck aus ihrem Becher, den sie beim Joggen wie eine Hantel umklammert hält.

»Als würde sie einen Job zusagen oder so«, fügt Miriam hinzu. Im Gegensatz zu Franzi klingen ihre Worte allerdings etwas abgehackt. Miriam, die nicht nur Mannschaftsbetreuerin im Verein, sondern auch eine ihrer engsten Freundinnen ist, ist fast zehn Jahre älter als Katja und fünfzehn Jahre älter als Franzi und schon außer Atem, obwohl sie erst seit dreißig Minuten unterwegs sind. Dreißig Minuten, die Katja damit verbracht hat, ihre Freundinnen in der Causa Elise auf den neuesten Stand zu bringen.

»Und wann zieht ihr um?« Franzi saugt schon wieder gurgelnd aus ihrem Becher. Heute ist eine gelbe Flüssigkeit darin, vermutlich Apfelschorle, darauf schwört Franzi beim Sport.

»Morgen«, sagt Katja und weicht einem herabhängenden Zweig aus, kahl und mit Raureif bedeckt. Ein älterer Mann mit Hund kommt ihnen entgegen, grüßt freundlich. Das Tier schnüffelt am gefrorenen Gras am Wegesrand, wedelt mit dem Schwanz.

»Aber das kommt ein bisschen drauf an, ob Tom uns da helfen kann.«

Gestern Abend hat Tom ihr keine klare Antwort dazu geben können. »Mal schauen«, hat er nur gebrummt und sich dann wieder über seinen Text gebeugt. »Der muss bis morgen fertig sein«, hat er schließlich entschuldigend hinzugefügt, nachdem sie noch immer dastand. »Ich kann erst morgen absehen, ob ich das mit Elise zeitlich hinbekomme oder nicht.«

Sofort wallt Enttäuschung in Katja auf. Enttäuschung, die sie gestern erfolgreich hinuntergeschluckt hat. Sie weiß ja, dass er viel zu tun hat. Sie weiß ja, dass er an seiner Wunschkarriere arbeitet, endlich Ressortleiter zu werden. In Berlin, wo sie ihn damals kennenlernte, hatte er bereits einen festen Job als Redakteur. Als er mit ihr vor zehn Jahren nach Wuppertal zog, musste er von vorne anfangen, als freier Mitarbeiter, ohne Festgehalt, ohne Perspektive. Ihretwegen. Weil sie zurück in ihre Heimat wollte, wo sie nach der Geburt von Linus und dem Ende ihrer Zeit als aktive Spielerin erst Co-Trainerin und schließlich Cheftrainerin bei ihrem Heimatverein, dem 1. FC Wupper, werden konnte. Und trotzdem breitet sich jetzt wieder ein unguter Druck in ihrem Magen aus. Manchmal hat sie das Gefühl, dass Tom sich nicht mehr wirklich für ihr Leben interessiert, für ihre Sorgen und Ängste. Dass er sie ein wenig aus dem Blick verliert, oder sie sich gegenseitig, wie auch immer.

Gestern war sie nach Elises Anruf so voller Emotionen. Sie hätte eine feste Umarmung und ein langes Gespräch gebrauchen können. Stattdessen hat sie abends mit Linus irgendein Drei-Fragezeichen-Hörspiel gehört und zwischen dem ganzen Geplapper im Kopf Listen erstellt, was Elise alles brauchen würde im Heim und wie man es ihr dort schöner machen könnte, damit das Ganze kein Desaster würde.

»Können wir mal langsamer machen?«, ächzt Miriam. Katja ist, ohne es zu merken, schneller geworden.

»Entschuldige bitte.«

Sie drosselt ihr Tempo. Jetzt verlassen sie den Vorwerkpark, biegen auf den kleinen Weg ein, der sich am Murmelbach entlangwindet. Der Boden ist vom Eis ein wenig rutschig geworden und dazu mit Wurzeln übersät. Katja hat sich in ihrer Fußballerinnenkarriere schon oft genug verletzt, sie braucht nicht noch ein gerissenes Band. Es ist wirklich besser, wenn sie achtgibt.

Der Weg ist so schmal, dass sie nicht mehr zu dritt nebeneinander herlaufen können. Sie schweigen, irgendwo ruft eine Krähe in das nebelige Grau. Immer wieder müssen sie sich unter tief hängenden Zweigen hinwegducken.

Katja hat nicht lange in Berlin gewohnt, nur drei Jahre war sie dort als Fußballerin bei Turbine Potsdam unter Vertrag – und doch hat sie diese Stille hier vermisst. Sie ist, genau wie ihre Großmutter und auch wie ihre Mutter, in Wuppertal aufgewachsen. Dies ist ihr Zuhause.

»Sag mal, beim Training morgen«, sagt Franzi nach einer Weile von hinten, während Miriam über eine Wurzel stolpert und leise flucht. »Wollen wir vielleicht mal nachhorchen, was mit Barbie los ist?«

Das Training morgen … Katja hat gar nicht mehr daran gedacht, der Trainingsplan steht schon längst, das ist eher etwas,

was sie noch hinter sich bringen muss, bevor endlich, endlich eine richtige Pause ansteht. Aber Franzi hat natürlich recht. Das mit Stürmerin Nele ist etwas, worum sie sich am besten noch in diesem Jahr kümmern sollten, um die Dinge nicht unabgeschlossen zu belassen.

»Ich rede mit ihr«, sagt Miriam zwischen zwei Keuchern. Miriam ist gelernte Psychologin und als Mannschaftsbetreuerin für das Wohl des Kaders zuständig. Und genau wie Franzi und Katja hat auch sie längst bemerkt, dass Nele irgendetwas zu beschäftigen scheint. Etwas, das ihre Leistungen erheblich drückt. Etwas, das ihnen neulich beinahe eine Niederlage eingebracht hat.

»Und danach endlich Urlaub.« Miriam seufzt. Sie und ihre Partnerin wollen wegfliegen, ins Warme, hat sie Katja erzählt.

»Hell yes!«, ruft Franzi.

»Und für heute haben wir es auch geschafft, Gott sei Dank!« Miriam bleibt kurz stehen, hält sich die Seite. Sie sind tatsächlich schon am Ende ihrer Laufroute angekommen. »Dann sehen wir uns morgen, ne?« Sie biegen in eine kleine Straße ein. Hier wird Miriam einen Bus zurück nach Cronenberg nehmen, während Katja und Franzi weiter nach Hause joggen. Trotzdem warten sie noch, bis Miriam einsteigt, sich die Türen hinter ihr schließen. Miriam winkt ihnen durchs Fenster zu, die schwarzen Haare kleben ihr verschwitzt an den roten Wangen.

»Und jetzt noch mal richtig auspowern, oder?« Franzi grinst.

*

Vierundzwanzig Stunden später steht Katja an ihrem Auto und winkt ihren Spielerinnen, die eine nach der anderen vom Parkplatz traben oder sich in ihre Autos setzen. Das Training ist eigentlich ganz gut gewesen, besser als das Spiel jedenfalls, sogar Felix hat die Füße stillgehalten. Und nach dem Trainingsspiel am Ende der Einheit zum Thema Umschaltbewegungen hat regelrecht eine gelöste Stimmung geherrscht. Vielleicht ist sie nun doch ein Stück weit da, diese Euphorie vor der Winterpause. Die Erleichterung, dass etwas geschafft ist, dass neue Kraft getankt werden kann.

Zufrieden schmeißt Katja ihre Tasche in den Kofferraum. Auch sie fühlt sich tatsächlich etwas beschwingt. Und bereit für das, was kommt.

Hülya steigt in das rote Auto neben Katja, winkt ihr zu. Ihre Keeperin grinst, vom Training wie so oft einen Matschstreifen an der Wange. Jetzt müssten eigentlich alle Spielerinnen weg sein. Nein, aus dem kleinen Trainingsgebäude kommt noch Nele. Sie lässt den Kopf hängen, das hellblonde Haar verbirgt fast ihr Gesicht. Heute beim Training hat sie wieder abwesend gewirkt. Miriam folgt ihr.

Katja sucht den Blick ihrer Freundin, doch Miriam zuckt nur die Achseln, wirkt ratlos. Offensichtlich ist das Gespräch mit ihrer Stürmerin nicht sehr erhellend verlaufen.

»Nele!«, ruft Katja. »Barbie!« Doch Nele ist schon fast beim Ausgang des Parkplatzes, dreht sich nicht um. Katja überlegt, ihr hinterherzulaufen, Elise noch einen Moment warten zu lassen. Doch da tippt ihr plötzlich jemand auf die Schulter.

»Na, Katti!« Die polternde Stimme von Heinz Müller-Lachmann, ihrem Vereinspräsidenten. Katja ist groß, so mancher Mann kleiner als sie. Aber Heinz Müller-Lachmann wirkt trotzdem so, als würde er sie um Längen überragen. Das liegt zum einen an seinem Bauchumfang, zum anderen aber an seiner Ausstrahlung, mächtig, raumgreifend. Und herzlich.

»Erwisch ich dich noch!« Der Vereinspräsident grinst sie an. »Gutes Abschlusstraining, schön angeleitet.«

»Danke!« Katja tastet unruhig nach ihrem Handy in der Hosentasche.

Sie mag Heinz, sie haben ein freundschaftliches, fast väterliches Verhältnis, kennen sich schon seit beinahe zwei Jahrzehnten. Aber Gespräche mit ihm haben die Tendenz, bis spät in die Nacht zu reichen.

Doch komischerweise beginnt Heinz die Unterhaltung diesmal nicht mit einer umfangreichen Analyse des Trainings oder des letzten Spiels, in die er dezent einfließen lässt, was in seinem Leben – oder im Leben seiner Frau Karin, seiner Ex-Frau Susanne oder seiner drei Kinder Lisa, Maria und Steffi – gerade so los ist.

»Du«, sagt er stattdessen und räuspert sich. »Ich würde gerne mal in Ruhe mit dir sprechen. Vielleicht nächsten Montag in der Vereinskneipe. Auf ein Bier?«

»Äh, ja klar«, sagt Katja. Der Ton irritiert sie, auch wenn ihre Zwischenbesprechungen in der Vereinskneipe eine lange Tradition haben und seine Anfrage deswegen wahrlich nichts Ungewöhnliches ist. Und doch ... Bei seinen Worten hat ihr Herz ganz merkwürdig angefangen zu klopfen.

In ihrer Hosentasche vibriert es. »Einen Moment, das ist vielleicht dringend.« Katja zieht das Handy aus der Tasche. Aber ein wenig erleichtert ist sie schon über die Unterbrechung. Sie spürt Heinz' Blick auf sich, als sie die Nachricht öffnet.

Sind jetzt bei Elise. Wo bist du??? Tom.

»Entschuldige, Heinz, ich muss jetzt los. Elise zieht heute um.«

»Pflegeheim?« Heinz nickt verständnisvoll. »Das wird hart. Schick mir die Adresse, dann sende ich ihr einen Präsentkorb.«

»Du bist lieb. Aber Salami mag sie nicht so gerne.« Als Chef eines Fleischereibetriebs verschickt Heinz gern Unmengen davon – Katja, selbst schon seit Ewigkeiten Vegetarierin, verfüttert ihren Weihnachtskorb meist an Tom, Linus und all ihre Nachbarn.

»Ah, bestimmt wegen der Zähne, nicht?« Wieder nickt Heinz.

»Sie mag Spritzgebäck.« Katja klopft Heinz zum Abschied auf die Schulter, bevor sie ins Auto klettert. Kurz darauf winkt sie ihm noch durch die Scheibe zu.

Der Vereinspräsident steht nun ganz allein auf dem Parkplatz, während es zu regnen beginnt, erst kleine Spritzer, dann dicke Tropfen auf Katjas Windschutzscheibe. Heinz winkt zurück, aber seine Miene ist ernst. Im Rückspiegel wird er immer kleiner, die Vereinskneipe, das Trainingsgebäude, der Platz dahinter. Der Regen klatscht vom Himmel.

Eins nach dem andern, denkt Katja, die sich mit einem Mal fühlt, als wäre ihr Brustkorb zu eng.

*

»Das kann nicht dein Ernst sein, Mutti!«, sagt Petra wenig später. Sie stehen in Elises neuem Zimmer, in dem alle Lichter brennen, weil es draußen bereits dunkel ist. Der Regen hat sich verflüchtigt, hängt nur noch als Tropfen an der Scheibe des kleinen Raumes, der mit ihnen vieren mehr als gut gefüllt ist. Elise sitzt auf dem schmalen Bett an der Wand, ihr gegenüber Petra auf dem Besucherstuhl, während Katja an dem Tischchen am Fenster lehnt. Tom wiederum steht mit noch immer gerötetem Gesicht neben der Tür. Die paar Kisten und die wenigen Möbel, die Elise hat mitnehmen wollen, obwohl das Zimmer hier natürlich eigentlich möbliert vermietet wird, haben ihn schon ins Schwitzen gebracht. Kaum zu glauben, dass Katja und er verheiratet sind – er, der nie Sport macht, und sie, die ehemalige Nationalspielerin. Jetzt tauschen sie einen schnellen Blick. Petra steht kurz davor zu explodieren, sie spüren es beide.

»Ich habe dich doch gefragt, ob du den Morgenmantel mitnehmen willst, und du meintest noch: ›Das olle Ding!‹ Und jetzt sagst du, dass du ohne deinen Morgenmantel nicht hierbleiben kannst?« Petra springt vor Wut auf. Elise auf dem Bett hingegen hat die Arme verschränkt und schlenkert mit den Beinen wie ein kleines Kind.

»Manche Dinge werden einem eben erst klar, wenn es zu spät ist«, sagt sie und begegnet Petras finsterem Blick mit einer Gelassenheit, um die Katja sie nur beneiden kann. Sie selbst hat nie so recht mit ihrer wütenden Mutter umzugehen gewusst und sich meist eher zurückgezogen. Auch wenn sie Petras Wut in diesem Fall ja verstehen kann. Sie haben den Nachmittag damit verbracht, Dinge hin und her zu schleppen und in dem kleinen Zimmer alles so oft umzuräumen, bis es Elise gefallen hat. Anschließend hat Petra noch einen Lieferdienst mit Essen herbeordert, damit Elise etwas Warmes in den Magen bekommen hat – nicht die trockenen Stullen, die der Seniorenstift zum Abend serviert. Eigentlich ist das Essen sogar recht gemütlich gewesen, aber jetzt sind sie alle müde. Und wollten gerade gehen. Tom hat sogar schon seine Jacke an, Schweiß sammelt sich auf seiner Stirn, weil es hier im Zimmer so warm ist. Aber dann ist Elise mit ihrem Morgenmantel um die Ecke gekommen. Der Morgenmantel, ohne den sie unmöglich hierbleiben kann.

»Ist gut, Oma, Tom und ich holen ihn dir«, geht Katja schnell dazwischen, bevor der eigentlich schöne Einstand in Elises neuem Zimmer in eine Katastrophe ausartet.

»Danke, Katja, auf dich ist Verlass«, kann Elise sich nicht verkneifen. Katja seufzt. Diese halsstarrige Alte.

»Komm mit!«, sanft führt Katja Petra aus dem Raum, die gerade noch ein »Tschüss, Mutti!« hervorbringt. Aber sie wirkt schon gar nicht mehr wütend. Nur erschöpft, wie sie alle.

»Also gut, fahren wir eben noch mal ins Haus«, sagt Petra, als sie vom Parkplatz des Seniorenheims rollen. Es ist wirklich ein schönes, wie Katja erleichtert festgestellt hat. Die Pflegeheimleitung ist zuvorkommend gewesen, was den Austausch der Pflegeheimmöbel anbelangt hat, und alle Pflegerinnen, die sie bisher getroffen haben, scheinen sehr freundlich.

»Du musst nicht mitkommen. Tom und ich machen das schon.«

»Mhm«, murmelt Tom zustimmend vom Rücksitz. Katja sieht, dass er wieder auf seinem Handy tippt.

»Nein, ich muss mitkommen. Du findest den nicht, ich habe ihn ja beiseitegetan.«

»Wieso das denn?«, fragt Katja, während sie auf die dunkle Straße einbiegen. Es hat wieder zu nieseln begonnen, und im Scheinwerferlicht wirken der Regen und die hohen Bäume zu ihrer Rechten beinahe unheimlich.

»Na, das Haus müssen wir ja sowieso ausräumen, da habe ich direkt mit dem Aussortieren begonnen.« Petra klappt den Spiegel herunter, um ihren Lippenstift zu überprüfen.

Katja ist so perplex, dass sie für einen Moment vergisst, auf die Straße zu schauen.

»Das Haus ausräumen?«

»Ja, was denkst du denn?« Petra klappt den Spiegel mit einem Klacken wieder nach oben. »Das Seniorenstift ist teuer genug, ich kann mir die Instandhaltung des Hauses nicht leisten. Und da einziehen werde ich ganz sicher nicht. Also müssen wir es verkaufen.«

Typisch ihre Mutter, pragmatisch, und natürlich hat sie irgendwie recht. Trotzdem muss Katja schlucken. Da sind sie wieder, die Bilder aus ihrer Vergangenheit, aus ihrer Kindheit; sie stehen ihr plötzlich vor Augen, als ob es gestern gewesen wäre. Lange Sommer im Garten der Großeltern, wenn ihre Mutter arbeiten musste. Schmetterlinge beobachten mit ihrem Großvater, im Garten fangen spielen mit ihrer Oma, schaukeln, bis sogar ihr schlecht wurde, Erdbeeren pflücken, Oma mit dem Gartenschlauch nass spritzen.

Stattdessen liegt das Haus jetzt verlassen vor ihnen, als Katja schließlich in der Einfahrt hält, hinter keinem Fenster ein Licht und der Garten in der Nacht kaum zu erkennen. Das Haus sieht jetzt schon irgendwie unbewohnt aus, leer, dabei ist Elise ja erst heute ausgezogen. Elise, die gerade alleine im Seniorenstift sitzt, auf ihren Morgenmantel wartet. Irgendwie ebenfalls verlassen ist.

Petra öffnet schon die Beifahrertür. »Du musst nicht mit reinkommen, ich hol das Ding schnell.« Weg ist ihre Mutter, verschwindet in der Dunkelheit und lässt Katja mit dem auf das Autodach tippelnden Regen zurück.

*

Es wird vermutlich eine Weile brauchen, bis Katja wirklich akzeptiert hat, dass es nicht anders geht. Am liebsten würde sie erst mal abwarten, alles sacken lassen. Aber Petra beharrt darauf, die Sache sofort anzugehen. »Wie ein Pflaster abreißen«, sagt sie. »Außerdem habe ich mir eh schon freigenommen, und du hast doch auch Winterpause. Wann sollen wir es denn sonst machen? Ich will Linus bestimmt nicht die Ferien damit verderben!«

Stattdessen wird Linus jetzt der Tag verdorben, denkt Katja, als ihr Sohn den Sicherheitsgurt auf dem Beifahrersitz einrasten lässt, die Kopfhörer auf dem Schoß, und sie anschaut.

Es ist Donnerstag, Linus hatte überraschend früher Schulschluss und wird jetzt, statt irgendetwas Schöneres zu machen, den restlichen Tag damit verbringen, mit Katja und Petra das Haus zu sichten, und sich furchtbar langweilen. Petra wird angespannt sein und keine Zeit für Späße mit ihrem Enkel haben, und Linus' Uropa, mit dem er immer Schach gespielt, den er geliebt hat, ist nicht mehr da. Sie wünschte, sie könnte ihm das ersparen. Am Ende macht ihn das Haus nur genauso niedergeschlagen wie sie.

»Mama, bist du traurig, dass ihr das Haus verkaufen müsst?«, fragt er, als sie den Motor startet.

»Ja, sehr«, sagt Katja und fährt ein Stück vor. Die Einfahrt wird gerade von ihrer Nachbarin blockiert, die ihnen entschuldigend zuwinkt. Wie jeden Mittag wird sie von ihrem Hund spazieren geführt – der Rüde ist so groß und stark, dass er die ältere Dame immer hinter sich herzieht. Katja wartet, bis die beiden die Anhöhe der Straße hinaufzuckeln, dann erst rollt sie aus der Einfahrt. Wuppertal ist eine hügelige Stadt, eine Stadt der Treppen und Anhöhen, hier hat es Katja schon immer Spaß gemacht, unterwegs zu sein – egal ob zu Fuß oder mit dem Auto. Nirgends ist es eintönig, gradlinig, sondern ein Auf und Ab mit immer neuen Perspektiven. Aber manchmal macht es sie auch traurig, zurückgekommen zu sein. In Berlin hatte sie das Gefühl, alles wäre möglich. Hier ist ihr jedes Eckchen vertraut, hier trägt jeder Ort bereits eine Geschichte.

»Ich auch«, sagt Linus unvermittelt und setzt seine Kopfhörer auf, gerade, als sie nun selbst die Straße hinaufkurven. Kurz darauf wippt sein Kopf schon zur Musik, die Locken fallen ihm immer wieder in die Stirn. Und er setzt die Kopfhörer erst wieder ab, als sie da sind.

Petra kommt beinahe zeitgleich mit ihnen vor Elises Haus an.

»Oma!« Linus springt auf seine Großmutter zu. Katja muss lächeln, als sie sieht, dass Petra sich hinunterbeugt, um ihren Enkel zu umarmen – es wirkt viel weniger kantig, als es sonst Petras Art ist, eine echte Umarmung, in die sich Petra mindestens genauso hineinfallen lässt wie Linus. Vielleicht ist es nicht in allen Familien so, aber in ihrer zieht es sich durch wie ein roter Faden: dass in der Enkelbeziehung immer das aufgeholt werden kann, was vorher nicht möglich war. Nicht, dass Petra und Katja ein schlechtes Verhältnis hätten. Sie waren schon immer eng, vor allem, nachdem Katjas Vater dann nach jahrelanger Trennung schlussendlich ganz verschwand, als sie so alt war wie Linus jetzt, und Katja und Petra erst recht zu einem eingeschweißten Team machte. Aber es ist nicht leicht, nah an ihre Mutter heranzukommen. Mit Linus konnte Petra noch einmal von vorne anfangen, ihre weiche Art zeigen. Vielleicht, weil sie nun nicht mehr beweisen muss, dass sie es zu etwas bringen kann, alleinerziehend und als Tochter eines gescheiterten Geschäftsmanns und einer Mutter, mit der sie selbst stets mehr Konflikte verbanden als etwas anderes.

»Mama, komm. Oma sagt, dass ihr sonst bis zum Sankt-Nimmerleins-Tag nicht fertig werdet«, reißt Linus sie aus ihren Gedanken. Tatsächlich steht sie noch immer in der Einfahrt, schaut verträumt auf das Häuschen. Petra hingegen ist natürlich schon längst im Innern verschwunden, die Tür steht sperrangelweit offen. Linus hopst die Stufen zum Eingang hinauf.

Als Katja das Haus betritt, erwartet sie beinahe, dass ihr Elise aus der Küche entgegenkommt. Oder dass ihr Großvater sie aus dem Wohnzimmer zu sich ruft, dort, wo er auf dem Sofa sitzt, vor sich auf dem Tischchen bereits ein Schachspiel aufgebaut.

Stattdessen ist da nur Petra, die unruhig im Flur herumwuselt, Ikea-Taschen auspackt und neben die schmale Treppe zum ersten Stock wirft. Ansonsten ist es so still hier. Als würde das Haus den Atem anhalten und auf etwas warten.

»Ich geh in den Garten!« Schon ist Linus weg, und Petra und Katja schauen sich an. Petra hat hektische Flecken am Hals, das ist untypisch für sie. Sie, die immer alles im Griff hat.

»Ich glaube, wir sollten eine Entrümpelungsfirma beauftragen«, platzt sie heraus. »Ich habe mich schon ein wenig umgesehen. Wirklich jeder Schrank ist zum Platzen voll. Ich wusste gar nicht, dass Mutti so viel Zeug angesammelt hat, ich …«

»Atme, Mama!« Katja tritt auf ihre Mutter zu, legt ihr eine Hand auf den Arm. Petra schaut zu ihrer Hand hinunter, als wüsste sie nicht, wie sie dort hingekommen ist. Kurz glaubt Katja, dass ihre sonst so toughe Mutter gleich zu weinen anfängt, aber Petra strafft sich schon wieder.

»Mein Vorschlag ist, wir sammeln schnell alles zusammen, was Mutti irgendwann noch gebrauchen könnte, noch mehr Kleidung, wertvolle Erinnerungsstücke, so etwas. Dann schaust du, was du haben willst, und anschließend machen wir kurzen Prozess.«

»Und ich schlage vor«, sagt Katja sanft, »dass wir nichts überstürzen, sondern alles ruhig angehen. Verschaffen wir uns erst mal einen Überblick, ganz entspannt. Wir haben doch die Weihnachtsferien Zeit, wir müssen uns nicht sputen. Und ich finde, Oma darf auch erst mal im Heim ankommen, bevor wir ihr quasi das Haus unter dem Hintern wegverkaufen.«

Zu ihrer Überraschung widerspricht ihre Mutter nicht, nickt nur kraftlos.

Aber leider hat Petra ansonsten recht, wie Katja kurz darauf erkennen muss. Tatsächlich sind unten alle Schränke voll,

Akten, Bücher, Teeservices, CDs – und aus dem einen quellen ihnen so viele Einladungs-, Geburtstags- und Dankeskarten entgegen, dass hinterher der Boden übersät ist. »Oma hat da alles nur reingestopft«, stellt Katja fest.

»Na, was denkst du denn? Andere Menschen haben sie schließlich nie interessiert«, gibt Petra bitter zurück und schiebt die Karten auf dem Boden zu einem Haufen zusammen. »Ich will nicht wissen, was noch alles auf dem Dachboden ist.«

»Es gibt einen Dachboden?«

Es mag merkwürdig sein, aber Katjas Kindheit hat sich meist hier unten abgespielt, im Wohnzimmer und in der Küche der Großeltern. Sie war nie auf irgendeinem Dachboden und nur selten im ersten Stock, wo die Großeltern ihre Schlafzimmer hatten, jeder ein eigenes. Katja weiß noch, dass sie als Kind dachte, dass man das als Paar eben so machte. Schließlich hatte sie kein Elternhaus, das ihr etwas anderes vorgelebt hätte – Katjas Eltern sind getrennt, seitdem sie sich erinnert. Katja war erst vier, als Petra herausfand, dass ihr Mann Holger sie schon seit Jahren betrog. Holger war damals ein typischer Wochenendvater. Katja erinnert sich an viele schöne Ausflüge mit ihm zu zweit, immerhin. Und an viel Ärger, weil er am Anfang von ihrem Fußballspielen überhaupt nichts hielt. »Fußball, das ist als Sport doch viel zu grob«, pflegte er zu sagen. In dem Punkt waren Petra und er sich einig – auch wenn Katja dann trotzdem im Verein spielen durfte. Ansonsten hatte Petra meistens kaum ein Wort für ihn übrig.

Petra schnaubt nur und läuft schon zur Treppe zum ersten Stock. Katja kommt sich vor, als mache sie etwas Verbotenes, als sie ihrer Mutter folgt.

Hier oben ist es fast noch stiller als unten, nicht einmal die Straße hört man. Und der Teppich, mit dem alles ausgelegt ist, sogar die Stufen, dämpft ihre Schritte. Petra holt einen Stock aus der Kammer. Am Ende des Flurs befindet sich eine Luke in der Decke, an der sie nun herumhantiert. Wieso ist Katja diese Luke als Kind nie aufgefallen? Sie hätte doch einen Heidenspaß gehabt, dort immer wieder hoch- und runterzuklettern, denkt sie, als Petra nun eine Leiter herabzieht.

Schweigend sehen sie in das dunkle Loch hinauf. »Da habe ich mich als Kind immer versteckt, wenn Mutti und Vati mal wieder gestritten haben«, sagt Petra leise. Dann klettert sie die Leiter hoch.

Oben ist es weniger duster, als Katja erwartet hat, und für einen Dachboden auch erstaunlich geräumig. Es gibt drei Dachfenster, die staubig das Licht von draußen hereinlassen. Katja öffnet eines davon, wirft einen Blick in den Garten. Dort sitzt Linus auf der alten Schaukel und hört Musik, trotz der kalten Temperaturen, ganz in sich versunken. Sein Kopf unter den Kopfhörern wippt hin und her, die Füße in den Winterstiefeln schlenkern über das matschige Gras.

»Wenigstens ist es hier oben nicht total zugestellt, besser als vermutet«, sagt Katja und dreht sich wieder zu ihrer Mutter um. Doch Petra wirkt völlig in Gedanken versunken, als wäre sie in einer anderen Welt.

»Mama?«

Na gut, dann fängt sie eben schon mal alleine an. Direkt neben Katja steht ein altes Schaukelpferd, mit richtigen Steigbügeln und einem Ledersattel. Merkwürdig, das kommt ihr überhaupt nicht bekannt vor. Und dahinter türmen sich ein paar Stühle, ein ausrangierter Schreibtisch, zwei Stehlampen, ganz hinten erkennt Katja mehrere Kisten.

»Und Tom? Arbeitet heute wieder lange?«, fragt Petra abrupt, als Katja gerade eine der Kisten öffnen will. Sie ist mit einer dicken Staubschicht bedeckt.

»Er muss leider. Aktuell sind es viele Überstunden wegen der Sonderserie über den Ministerpräsidenten«, sagt Katja und zieht vorsichtig an der Pappe.

Petra schnaubt. »Na klar, Überstunden ...«

»Was willst du damit andeuten?« Katja dreht sich genervt zu Petra um. Ihre Mutter hat schlechte Laune, das kann sie verstehen. Aber auch sie ist angespannt und hat definitiv nicht die Kraft für ständige Kritik – an ihrer Ehe, an ihrem Beruf, an der Art, wie sie ihr Leben führt. Egal, wie gut Petra das auch meinen mag.

»Nichts, ist ja deine Ehe«, sagt Petra, aber an ihrem Gesichtsausdruck sieht man, dass sie durchaus gerne noch mehr sagen würde. »Man kann Männern selten vertrauen«, schiebt sie hinterher.

Katja dreht sich zurück, klappt den Karton auf. Sie wird darauf nicht eingehen, und schon gar nicht wird sie sich auf eine Diskussion über Tom einlassen, darüber, dass er anders ist als Katjas untreuer Vater, darüber, dass Petra nicht ihre Vergangenheit auf Katja übertragen soll.

»Eine Schallplattensammlung«, stellt sie fest.

»Das sind Papas«, sagt Petra leise. Katja zieht ein paar der Schallplatten heraus. Die Cover sind zum Teil schon vergilbt, und es ist alles dabei. Schlager, Jazz, »Peter und der Wolf«. Das Knistern der Plastikhüllen klingt unwirklich auf diesem Dachboden.

»Er hat Musik früher geliebt«, sagt Petra, noch immer leise. »Manchmal haben wir abends getanzt, zu dritt. Papa hat uns an den Händen genommen, Mutti und mich, und uns im Kreis herumgewirbelt.« Überrascht dreht Katja sich um. Petras Stimme klingt so weich. »Das ist nicht oft vorgekommen, aber es sind meine schönsten Kindheitserinnerungen.« Hat ihre Mutter jetzt etwa Tränen in den Augen?

»Mama?« Katja tritt einen Schritt von den Kisten weg, auf ihre Mutter zu. Aber der Moment ist schon vorbei.

»Wir sollten nicht so trödeln!«, drängt Petra. »Was ist in den anderen Kisten?« Und schon hat auch sie sich einen der Kartons herangezogen, reißt resolut die Pappe auf. »Ach Gott, das sind ja alte Schulbücher. Na, die können sofort weg.«

So emotional sie eben noch war, so verbissen arbeitet Petra jetzt die anderen Kartons ab. Aber Katja hat der Moment nachdenklich gemacht. Sie und ihre Mutter waren doch meistens ein gutes Team, trotz der Differenzen und Petras ruppiger Art. Und trotzdem kann sie sich gar nicht vorstellen, wie ihre Mutter aufgewachsen ist, wie sich das wirklich angefühlt haben mag, als Kind zweier Eltern, zwischen denen, wenn man Petra glaubt, schon früher zumeist Schweigen herrschte. In einem Haus, in dem Petra sich nie daheim gefühlt hat, immer fehl am Platze. Das alles weiß Katja, das hat Petra ihr längst erzählt. Doch erst jetzt, hier, in diesen Räumen, die denen so nah sind, in denen auch Katjas Kindheit stattfand – eine ganz andere, eine glücklichere, trotz des fehlenden Vaters –, bekommt sie erstmals wirklich einen Einblick, was es geheißen haben mochte, Petra zu sein.

»Das ging ja recht flott.« Petra zieht zufrieden den letzten Karton heran. Er ist kleiner als die anderen und eingedellt, weil er unter Bücherkisten begraben war.

»Oh, das sieht nach wichtigen Erinnerungen aus«, sagt Katja, die Petra über die Schulter blickt. In dem Karton scheinen Fotos zu sein, Hunderte schwarz-weiße Bildchen, teilweise zusammengeklebt oder angelaufen. »Zeig mal her!«

Obenauf liegt das Foto einer kleinen Familie, Mutter und Vater vermutlich, beide lächelnd, in der Mitte ein kleines Mädchen mit geflochtenen Zöpfen und einer Zahnlücke. Sie grinst, während die Eltern ernst schauen. Doch der Vater hat eine Hand auf die Schulter des Mädchens gelegt, scheint leicht zuzudrücken, das schmälert den ernsten Eindruck. Er trägt eine Uniform, seine Haare sind streng gescheitelt.

»Zweiter Weltkrieg«, vermutet Katja.

»Muttis Eltern«, sagt Petra.

Jetzt hat Katja unwillkürlich eine Gänsehaut. Das Mädchen, das Elise ist, guckt so vergnügt. Obwohl sie sich kaum berühren, sehen sie und ihre Familie wie eine Einheit aus. Katja weiß nicht viel über ihre Urgroßeltern, aber was sie weiß, ist, dass diese beiden den Krieg nicht überlebt haben.

»Gibt es da noch mehr Fotos von Elise?« Neugierig linst Katja an Petra vorbei in die Kiste. »Dann suchen wir ihr die schönsten raus und bringen sie ins Pflegeheim.«

»Ich weiß ehrlich nicht, ob sie sich darüber freuen wird«, wendet Petra ein. »Du kennst sie doch, sie ist völlig unsentimental.«

Früher hätte Katja ihrer Mutter recht gegeben. Aber seit dem Moment neulich in Elises Küche, wo die alte Dame kurz eine verletzliche Seite hat durchschimmern lassen, ist sie sich dessen nicht mehr so sicher.

»Außerdem ist es Zeitverschwendung, wir sind hier doch so gut wie fertig«, fügt Petra hinzu, aber Katja hat die Kiste schon zu sich herangezogen.

»Nur mal kurz gucken«, sagt sie. Wie kann ihre Mutter nicht sehen, dass diese Kiste ein echter Schatz ist?

»Schau mal hier, ist das nicht Opa?« Auf einem der Fotos ist ein schmucker junger Mann zu sehen, er lehnt an einem Roller. Das Foto ist in Schwarz-Weiß und von schlechter Qualität, aber auch so meint man zu sehen, wie der Roller glänzt. »Der war damals bestimmt ziemlich teuer.«

Katja würde am liebsten die ganze Kiste durchgehen, aber

Petra scharrt förmlich mit den Hufen. Und jetzt hört man von unten auch noch Linus: »Maaamaaaa?«

»Wir sind hier oben«, ruft Katja und friemelt am Boden der Kiste herum. Irgendetwas ist dort zwischen die beiden Pappen geraten, ein altes zerknittertes Foto. Katja schafft es gerade, es herauszuziehen, als Linus hinter ihnen den Kopf durch die Luke steckt.

»Cool«, sagt er und blickt sich um. Aber Katja nimmt ihn kaum wahr, sie starrt nur auf das Foto, das sie da gerade herausgekramt hat. Darauf zu sehen sind elf junge Frauen, die in die Kamera grinsen. Die Farbe ihrer Trikots kann man durch die Aufnahme nicht erkennen, ebenso wenig das Grün des Rasens. Aber sie stehen eindeutig auf einem Fußballplatz.

»Wo hast du das denn gefunden?«, fragt Linus über ihre Schulter.

»In Uromas Sachen«, antwortet Katja zerstreut.

»Hä«, sagt Linus, und das trifft es ziemlich genau. Was macht dieses Foto in Elises Erinnerungskiste? Und viel mehr noch: Ist Elise etwa auch darauf zu sehen?

»Ist sie das?« Katja hält Petra das Foto hin, zeigt auf die junge Frau in der Mitte. Sie sieht dem kleinen Mädchen auf dem ersten Bild ähnlich, auch wenn das Mädchen nun eine junge Frau ist. Die Zöpfe sind weg, stattdessen sind die Haare streng nach hinten gebunden. Sie ist groß gewachsen und schlank, wie Katja, und hat genau die gleichen leicht abstehenden Ohren. Und sie hält einen Fußball unter dem Arm.

Petra runzelt die Stirn. »Merkwürdig«, sagt sie. »Als ob Mutti jemals Fußball gespielt hätte! Das interessiert sie doch überhaupt nicht.«

»Kein Stück«, gibt Katja ihr recht.

Elise hat Katja zwar, anders als die anderen, keine Steine in den Weg gelegt, als sie als Kind anfing, sich für den Fußball zu begeistern, aber sie darin unterstützt hat sie Katja definitiv nicht.

»Aber das ist sie doch, oder nicht?«

Petra beugt sich tiefer über das Foto. »Ja, ich würde denken, dass sie das ist«, sagt sie schließlich und räumt dann abrupt die Fotos wieder in die Kiste.

»Aber kannst du dir das erklären?«, fragt Katja. »Wie kann das sein? Sie hätte doch sicher mal erwähnt, dass sie auch Fußball gespielt hat, wo doch ich …« Katja verstummt. Petra hat wieder diesen verkniffenen Gesichtsausdruck, dieses Angespannte in den Wangen. Gleich wird sie explodieren, das weiß Katja aus Erfahrung.

»Woher soll ich das wissen? Sie hat mir nie was erzählt!«, fährt Petra auch schon auf.

»Dann frage ich sie eben einfach«, sagt Katja schnell.

»Na, viel Glück dabei«, brummt Petra, immerhin schon wieder ruhiger, und klappt die Pappkiste mit den Fotos zu. »Entschuldige«, sagt sie dann seufzend und zieht Linus, der ihre Unterhaltung mit großen Augen verfolgt hat, in eine ungelenke Umarmung. »Dieses Haus macht mich fertig.«

»Ist schon in Ordnung«, sagt Katja leise. Aber in ihrem Innern fühlt sie schon wieder so eine Enge, als würde irgendetwas ihren Brustkorb zusammendrücken.

»Lass uns für heute Schluss machen!« Petra ist bereits auf dem Weg zur Luke, Linus im Schlepptau. Nur Katja kann den Blick noch immer nicht von dem Foto lösen, von dem Gesicht der jungen Frau, die dort in der Mitte ihrer Fußballtruppe steht. Sie grinst so unbeschwert in die Kamera, sogar ihre Augen leuchten. Falls das ihre Großmutter ist, dann hat Katja sie noch nie so lächeln gesehen.

*

Katja sitzt immer noch auf dem Sofa im Wohnzimmer, als Tom an diesem Abend endlich nach Hause kommt. Schon seit einer Weile ist sie hier, blickt in den Garten hinaus. Ganz hinten ist nur Schwärze, lediglich der vordere Teil wird von der Lampe auf der Veranda in ein gespenstisches Licht getaucht. Katja weiß noch genau, wie sie sich fühlte, als sie hier einzogen. Nie zuvor war sie so glücklich. Eine ganz neue Ära beginnt, dachte sie damals. Endlich ein Mann an ihrer Seite, der wirklich zu ihr hielt, sogar für sie den Wohnort wechselte, ein kleiner Sohn, der nicht geplant, doch aber gewollt war, und ein neuer Beruf in Aussicht, der sie nach ihrer Zeit als Spielerin noch enger mit dem Fußball, ihrer großen Leidenschaft, verbinden würde. Als die Möbelschlepper alles abgestellt hatten, das Sofa inmitten einer Kistenlandschaft, saßen Katja und Tom hier, Arm in Arm, verschwitzt und glücklich. Vielleicht würde sie ein Tor im Garten aufstellen, überlegte Katja und schaute auf den grünen Rasen. So eines, wie sie es immer haben wollte, als Kind, und nie bekam. Für Linus. Damit auch er Fußball spielen könnte.

Aber Linus interessiert sich nicht sonderlich für Fußball, schon gar nicht fürs Fußballspielen, und das Tor steht ganz hinten verwaist im Garten, wird jetzt von der Dunkelheit verschluckt.

Katja nimmt noch einen Schluck Wein, stellt das Glas aber zurück auf den Couchtisch, als Tom sich zu ihr setzt.

»Na?«, fragt er und schaut vom Wein zu ihr, dann zu den beiden Fotos auf dem Tisch. Das Foto von Elise als Mädchen und das merkwürdige Foto mit der Fußballmannschaft. »Retro«, sagt Tom. »Schwelgst du in Erinnerungen?«

»Ein bisschen«, sagt Katja und rappelt sich auf. Sie hat nur wenig vom Wein getrunken, trotzdem ist ihr Kopf schon schwer. Sie ist Alkohol einfach nicht gewohnt.

»Schlimmer Tag?« Tom greift nach ihrem Glas.

»Gab bessere. Und deiner? Bist du gut vorangekommen?«, fragt Katja und zieht die Augenbrauen hoch, als Tom das Glas in wenigen Schlucken leert. »Offensichtlich gibt's bei dir auch ein Bounty des Tages«, fügt sie hinzu.

»Du immer mit deinem Bounty«, sagt Tom und greift nach der Weinflasche, die auf dem Couchtisch steht. Dann scheint er es sich aber anders zu überlegen, lehnt sich zurück und legt einen Arm um ihre Schultern, drückt sie an sich.

»Nee, im Ernst, war es schlimm, die Sachen deiner Großmutter zu sichten?«

»Petra ist das eine oder andere Mal fast explodiert.« Katja seufzt und lehnt sich an ihn. Ihr ist durchaus aufgefallen, dass er ihre Frage nicht beantwortet hat. Auch das kommt in letzter Zeit häufiger vor. Für einen kurzen Moment huschen ihr wieder Petras Andeutungen durch den Kopf. Ihre Mutmaßungen über Tom und seine Ehrlichkeit. Dann aber schiebt sie die Stimme ihrer Mutter entschieden zur Seite. Sie vertraut Tom ohne Wenn und Aber. Und sie will nicht anfangen, genauso misstrauisch zu werden wie ihre Mutter. Dass er in letzter Zeit viel zu viel arbeitet und kaum noch Zeit für sie hat, ist allerdings eine andere Sache.

»Braucht ihr Hilfe?«, fragt Tom, und da ist er wieder, der Blick, wegen dem sie sich in ihn verliebt hat. Diese Aufmerksamkeit, nur auf sie gerichtet, offen und warm.

»Vielleicht«, gibt Katja zu. »Je nachdem, ob Petra noch durchdreht. Dann brauche ich definitiv Rückendeckung.«

»Immer«, sagt Tom und küsst sie auf die Haare. »Aber jetzt muss ich …«

»Nein, sag es nicht«, stöhnt Katja.

»Doch, noch kurz.« Tom seufzt. »Aber dafür ist Sonntag dann wirklich Familientag, in Ordnung?«

Es ist eigentlich nicht in Ordnung, Katja hat längst nicht alles gesagt, was sie loswerden wollte, hat nicht einmal von den Fotos erzählt und was sie in ihr auslösen, hat noch nicht genug Tom getankt. Aber natürlich nickt sie, was soll sie auch sonst tun? Es sieht aber vermutlich etwas kläglich aus.

»Weißt du«, sagt Tom, während er aufsteht. »So wenig Zeit mit dir zu haben, das ist auch mein Bounty des Tages.« Das und der lange Kuss, den Katja zum Abschluss bekommt, besänftigen sie. Trotzdem bleibt sie noch etwas sitzen, starrt in die Dunkelheit und versucht, die Melancholie zu vertreiben, die sich an Toms Stelle auf das Sofa zu ihr gesellt hat.

*

Einen Tag später steht sie vor einer Kaffeeküche und muss ein Grinsen unterdrücken. Es war Linus' Idee, Uroma Elise zu besuchen. Er hat Katja regelrecht angebettelt, dass sie auf ihn warten solle, damit er nach der Schule mit ins Pflegeheim kommen könne. Eigentlich ein ungewöhnliches Verhalten für einen Elfjährigen, aber typisch für Linus. Er hat ein großes Herz und noch dazu eine unstillbare Neugierde – das hat er definitiv von Tom. Natürlich kann er es nicht abwarten, sich anzuschauen, wo seine Uroma gelandet ist. Bis zu Elise sind sie allerdings noch nicht einmal vorgedrungen. Katja hat vorher schnell bei der Pflegeheimleitung vorbeischauen, sich mit einem Blumenstrauß für die nette Hilfe beim Einzug bedanken wollen – und Linus auf dem Rückweg in der Teeküche vorgefunden, tief im Gespräch mit einer Pflegerin versunken, die wohl eigentlich Kaffeepause hat machen wollen.

»Würdest du denn gerne von einem Roboter angezogen werden?«, fragt sie den Jungen gerade und nimmt einen großen Schluck von ihrem Kaffee. »Oder den Popo abgewischt bekommen? Also ich nämlich nicht! Das ist schon besser, wenn das echte Menschen machen.«

»Aber mit einem Roboter Schach spielen wäre doch cool!«, beharrt Linus. »Denkst du, dass das möglich wäre, wenn ich ins Altenheim komme?«

»Linus, auf, wir müssen weiter.« Katja wirft der Pflegerin einen entschuldigenden Blick zu, aber die zwinkert zurück. »Ach, das ist doch mal eine nette Abwechslung. Zu wem gehört denn dieses Schätzchen hier?«

»Wir besuchen meine Uroma Elise«, schießt Linus sofort los. »Und die ist in Zimmer Nummer neun, sagt Mama.«

»Ach so«, die Pflegerin stellt ihre Tasse zurück auf die Theke, lächelt Linus an. »Na dann viel Spaß, junger Mann. Und wenn du noch mehr Fragen hast, weißt du ja, wo du mich findest.«

»Mama, die haben noch keinen einzigen Pflegeroboter hier!«, flüstert Linus Katja empört zu, als sie endlich den Gang entlanglaufen. Der Boden ist frisch gewischt und glänzt im Licht der Neonröhren, die gnadenlos von der Decke herunterstrahlen.

»Bis so etwas wirklich bei Menschen eingesetzt wird, braucht es vielleicht noch ein paar Jahre«, sagt Katja und hebt die Hand, um an Elises Tür zu klopfen. Doch die geht schon von alleine auf. Petra unterstellt Elise ja gern, dass sie immer hinter der Tür wartet, diesmal mag es sogar stimmen.

»Ich wusste doch, dass ich meinen Urenkel gehört habe!« Elise grinst sie an, ihr typisches wölfisches Grinsen, und rollt mit dem Rollator ein Stück zur Seite, damit sie eintreten können.

»Boah, ist das klein!«, Linus ist schon im Zimmer, läuft von einer Ecke zur nächsten. »Hier hätte so ein Roboter ja auch gar nicht genug Platz, um rumzufahren!«

»Linus!«, ermahnt Katja ihn, aber Elise geht vergnügt auf Linus' Roboter-Fantasien ein, und kurz darauf sitzen Uroma und Urenkel auch schon schwatzend beieinander, während Katja das mitgebrachte Essen und die Blumen auspackt. Wie anders es ist, wenn man Elise mit Linus statt mit Petra besucht, denkt Katja nicht zum ersten Mal und öffnet eine frische Packung Spritzgebäck.

»Oh, und Mama hat noch was mitgebracht. Wir haben nämlich auf dem Dachboden ein voll komisches Foto gefunden. Mama, zeig das doch mal!« Linus ist schon ungeduldig aufgesprungen, und Katja bückt sich nach ihrer Tasche.

Als sie aufschaut, sieht sie, dass Elise sich verkrampft hat.

»Guck mal, bist du da etwa drauf?« Linus hat sich das Foto aus Katjas Hand geschnappt und legt es Elise in den Schoß. Immerhin kann Katja so ganz genau die Reaktion der alten Dame beobachten. Elise ist wie erstarrt, blickt das Foto an, als hätte ihr jemand ein totes Tier auf die Beine gelegt. Dann drückt sie es Linus in die Hand. »Das bin ich nicht«, sagt sie. »Und jetzt pack es wieder weg!«

»Aber, Uroma, das war doch in deiner Kiste. Mit deinen anderen Fotos!« Linus ist völlig verdattert. Kein Wunder, so hat er seine Urgroßmutter noch nie erlebt. Ihr Mund ist zusammengekniffen, und sie weicht sowohl Linus' als auch Katjas Blick aus.

»Dann ist es da eben falsch hineingeraten.« Elises Stimme klingt rau und laut.

Linus wirft Katja einen hilflosen Blick zu.

»Oma …« Katja tritt einen Schritt auf Elise zu, doch die hebt die Hand.

»Mir ist nicht gut, bitte geht jetzt.«

»Aber, Uroma!«

»Nein!« Jetzt schaut Elise sie doch wieder an, trotzig und

hart. »Ich will mich jetzt ausruhen. Ist ja schlimm genug, dass hier ständig jemand reinplatzt!« Elise greift zu dem Rufknopf, drückt energisch darauf. »Jemand muss mir beim Umziehen helfen!«

»Okay …« Katja weiß, wann es besser ist, zu kapitulieren. Zumal, wenn Linus dabei ist. »Komm, wir gehen«, sagt sie leise zu ihrem Sohn, zieht ihn aus dem Zimmer, auch wenn er dabei immer wieder zu seiner Uroma zurückschaut. In seiner Hand hält er noch das Foto.

»Tschüss, Uroma!«

Doch Elise hört ihn gar nicht, schaut nur mit bitterer Miene aus dem Fenster.

Erst als die Tür hinter ihnen ins Schloss fällt, sie wieder auf dem glänzend hellen Pflegeheimflur stehen, atmet Katja laut aus.

»So habe ich Uroma noch nie erlebt!«, flüstert Linus.

»Ich auch nicht«, gibt Katja zu. Trotz Elises immer mal wieder störrischer Art. Gemeinsam sehen sie auf das Foto in Linus' Hand. Auf die lächelnden jungen Frauen. Auf das Mädchen in ihrer Mitte, das so strahlt. Das mit dem Fußball. Das, von dem Elise behauptet, sie sei es nicht.

»Irgendwas steckt dahinter!«, sagt Linus im Brustton der Überzeugung.

»Vielleicht«, sagt Katja nachdenklich, während hinter Elises Tür nichts zu hören ist als Stille.

2

Wuppertal, Frühjahr 1949

Das Sonntagsessen bei der Familie Schneider war nie eine sehr gesprächige Angelegenheit. Früher war das anders gewesen. Als Elises Eltern noch lebten, als man bei Tisch noch über den Tag redete, über die Nachbarn oder wenigstens über das Wetter. Aber seit der Krieg Wuppertal und mit der Stadt auch die Familie Schneider in einen Trümmerhaufen verwandelt hatte, redete hier kaum einer mehr. Während die Schüssel mit den Kartoffeln, das Ei oder die wenigen Scheiben Blutwurst, die es zum Sonntag ausnahmsweise einmal gab, herumgereicht wurden oder Kartoffelscheibchen vom Teller in den Mund wanderten, hörte man nur das Klirren des Geschirrs, das Kauen von Elises Opa Karl, der das Essen stets äußerst sorgfältig zerkleinerte. Und das Ticken der Uhr, die an der Wand über der Tür der Küche hing, in der die Familie, seitdem das Wohnzimmer auch als Arbeitsraum diente, ihr Essen zu sich nahm. Jener Uhr, zu der Elise nun schon zum wiederholten Male unauffällig zu spähen versuchte. Der Zeiger rückte unerbittlich weiter vor, mit jedem lauten Ticken ein wenig mehr. Unter dem Tisch knetete Elise die Hände. Konnte ihr Opa nicht schneller essen?

Unruhig starrte sie auf ihren eigenen Teller, darauf waren nur noch die öligen Reste der Buttersoße zu sehen, die es zu den Kartoffeln gegeben hatte. Sie hatte schon längst alles bis auf den letzten Bissen verschlungen. Es war noch nicht lange so, dass sie so viel zu essen hatten. Diesen unerträglichen Hunger, der sie nachts, wenn alles dunkel war und sie ganz allein mit sich war, nicht schlafen ließ … Dieses Gefühl wollte Elise nie wieder haben. Und sicherlich auch keiner der anderen. Vermutlich lag es daran, dass Opa Karl die letzte Scheibe Blutwurst – diese Delikatesse gab es überhaupt erst wieder seit der Währungsreform vor einem Dreivierteljahr – sogar noch länger im Mund behielt.

Doch heute war Sonntag, heute hatte Elise keine Zeit für solch eine Gründlichkeit. Schon gar nicht am ersten Sonntagmittag nach dem Schuljahresende. Dem Tag, an dem sich wirklich alle, die auch nur einigermaßen einen Ball treten konnten, auf dem Platz versammeln würden.

Wieder warf sie einen Blick auf die Wanduhr und rutschte unwillkürlich auf ihrem Stuhl ein Stück nach vorne. Der Zeiger war noch ein Stückchen vorgerückt, bald war es Viertel vor eins. Sie musste los, wenn sie rechtzeitig zum Spiel kommen wollte.

Ihr Blick begegnete dem ihrer Großmutter, die sie mit hochgezogenen Augenbrauen musterte.

Elise musste ein Seufzen unterdrücken. Das Problem war ja, dass sie, selbst wenn ihr Großvater gleich fertig mit Essen wäre, noch abräumen und abwaschen musste, bis sie es überhaupt wagen konnte, sich wegzustehlen. Wenn wenigstens Tante Marie hier wäre und ihr helfen würde! Die aber war ausgerechnet heute mit ihrem neuen Freund verabredet und schwänzte zum wiederholten Male das sonntägliche Essen ihrer kleinen Notgemeinschaft.

Marie, mit der Elise, seit deren Wohnung im Krieg zerstört worden war, ihr Zimmer teilte, war nicht nur ihre letzte Verbindung zu ihrer verstorbenen Mutter, sie war auch ihre Komplizin, die Einzige, mit der sie wirklich sprechen konnte – und die Einzige, die am Essenstisch der Familie Schneider ab und an mal etwas sagte.

Wenigstens schien Opa jetzt aufgegessen zu haben, er schob den Teller mit seiner gesunden Hand bedächtig von sich und seufzte. Hinter seinem Rücken tickte der Zeiger noch ein Stückchen weiter auf die Eins zu.

»Elise«, sagte Oma Guste plötzlich in so ernstem Ton, dass Elise unwillkürlich zusammenzuckte, und strich bedächtig die weiße Tischdecke glatt. »Ich muss nach dem Essen mit dir reden. Es geht um …« Doch sie wurde jäh unterbrochen, als vor der Wohnungstür, die sich im schmalen Flur direkt neben der Küche befand, Stimmen erklangen. Kurz darauf wurde der Schlüssel im Schloss herumgedreht.

»Komm ruhig rein!«, das war Maries Stimme. Hinter ihr hörte man ein weiteres schweres Stiefelpaar in den schmalen Flur treten. Und da lugte Marie auch schon in die Küche, ein Grinsen auf ihrem sommersprossigen Gesicht. »Schaut mal, wen ich aufgegabelt habe. Besuch für dich, Elise!«

Und hinter ihr trat, die Mütze zwischen den Händen an den Körper gepresst wie ein kleiner Schuljunge, Paul ein. Er war so groß, dass er sich unter dem Türrahmen durchbücken musste. Und er schenkte Elise ein Grinsen, bei dem man die kleine Lücke zwischen seinen Schneidezähnen hervorblitzen sah. Seine braunen Augen leuchteten.

»Gesegneten Sonntag, Herr und Frau Schneider«, sagte Paul und versuchte sich an einer linkischen Verbeugung.

Marie neben ihm zog grinsend die Augenbrauen hoch und schüttelte dann leicht den Kopf. Elises Großeltern hingegen sahen dem jungen Mann mit starrem Gesichtsausdruck entgegen. Dabei schmolz bei Pauls Grinsen eigentlich den meisten Leuten das Herz. Und er brachte die Mädchen in Unterbarmen regelmäßig zum Schwärmen. Paul war jedermanns

Liebling, und jedes Mädchen träumte davon, mit ihm auszugehen. Jedes Mädchen, außer Elise natürlich. Die träumte davon, ihn im Zweikampf zu besiegen. Allerdings konnte er verdammt geschickt mit dem Ball umgehen und so schnell rennen, dass selbst Elise ihn meist nur von hinten sah.

Nun, wenn er sie eines Tages doch fragen würde, ob sie wohl mit ihm ausgehen würde, würde sie vermutlich auch nicht Nein sagen. Jetzt jedenfalls hatte ihr Herz bei seinem Grinsen schon wieder einen merkwürdigen Salto vollführt, wie in letzter Zeit so oft. Doch an Elises Großeltern prallte Pauls Charme in der Regel gnadenlos ab.

»Ich wollte fragen, ob ich Elise kurz entführen darf? Wir haben gleich ein wichtiges Spiel gegen die Ronsdorfer und könnten ihre Unterstützung gut gebrauchen«, versuchte Paul es trotzdem. Sein Blick schoss zu Elise, die noch immer am kleinen Esstisch der Familie saß, und sein Grinsen vertiefte sich.

»Bitte, Oma Guste!« Elise wandte sich an ihre Großmutter, die sie einen Moment lang stumm musterte.

Oma Guste mochte einmal eine hübsche und vielleicht auch herzliche Frau gewesen sein. Doch der Verlust ihres Sohnes, Elises Vater, und die Jahre der Entbehrung hatten ihr Gesicht in eine Fläche aus scharfen Kanten verwandelt. Manchmal allerdings brach ein kleiner Moment der Sanftheit durch. So wie jetzt, als Oma Guste seufzte und ihre Mundwinkel dabei ganz weich wurden. Sie warf einen schnellen Blick zu Opa Karl, doch der schaute wie immer nur auf die Tischdecke und sagte nichts. Seitdem er im Zweiten Weltkrieg auch noch das Bein verloren hatte, das ihm der Erste übrig gelassen hatte, und seine rechte Hand dazu, beteiligte er sich eigentlich kaum mehr am Familienleben und schon gar nicht an irgendwelchen Entscheidungen.

»Aber der junge Mann bringt dich sicher und noch vorm Abendessen nach Hause! Und dann muss ich wirklich mit dir reden.« Oma Guste machte sich bereits daran, den Tisch abzuräumen. »Und natürlich erst die Hausarbeit! Das Geschirr kannst du ja wohl noch abspülen!«

»Ach was! Ich kann das erledigen.« Marie war in die Küche getreten und schob Elise, die sich erhoben hatte, bereits zum Ausgang. »Geh du nur mit Paul!«

»Danke, Marie!« Elise warf ihrer Tante ein dankbares Lächeln zu.

Oma Guste sah zwar aus, als ob sie protestieren wollte, schwieg aber, und Elise beeilte sich, rasch aus dem schmalen Kücheneingang hinauszuschlüpfen, bevor ihre Großmutter sich die Sache noch anders überlegen konnte. Oma Guste befürwortete nicht gerade, dass Elise »sich mit den Jungs im Dreck wälzte«, wie sie es ausdrückte. Andererseits versuchte sie meist auch nicht allzu energisch, sie davon abzubringen. Vielleicht weil sie ahnte, dass Elise sich sowieso hinausschleichen würde. Wie auch immer Elises Oma vor dem Krieg gewesen sein mochte – seitdem schien sie beschlossen zu haben, die Kämpfe, die sie ausfechten wollte, sorgsam zu wählen.

Elise war schon bei der Wohnungstür, als ihr auffiel, dass sie noch immer das hellgelbe Sonntagskleid trug.

Das Kleid hier – von Oma Guste nach dem Krieg aus einer noch ansehnlichen Gardine genäht – war ihr einziges wirklich gutes Stück. Sie sollte sich eigentlich umziehen. Aber wenn sie jetzt in ihr Zimmer ging, änderte Oma Guste vielleicht doch noch ihre Meinung … Und Zeit würden sie dann auch verlieren.

»Na, jetzt aber schnell.« Paul steckte die alte Taschenuhr, die er immer bei sich trug, zurück in seine Hosentasche. Sie hatte bereits nach eins gezeigt. Wobei sich Elise ziemlich sicher war, dass die anderen, wenn nicht auf sie, so doch wohl auf Paul warten würden, der schon immer so etwas wie ihr Anführer gewesen war. Trotzdem, jetzt schaute auch er sie ungeduldig an.

»Wer zuerst da ist«, sagte sie grinsend und rannte los. So hatte sie wenigstens den Hauch einer Chance.

Ein Schwall feuchtkühler Frühlingsluft wehte ihr entgegen, als sie die knarzende Eingangstür ihres Mehrfamilienhauses öffnete und auf die Straße hechtete.

»Bist du verrückt, du verpulverst ja jetzt schon deine ganze Energie!«, rief Paul ihr hinterher. Aber sie hörte an seiner Stimme und am Klatschen seiner Füße auf dem matschigen Boden der Straße, dass er auch rannte.

»Das ist doch bloß Aufwärmen!«, gab sie über die Schulter zurück, sah, dass er schon fast zu ihr aufgeschlossen hatte, und stürmte noch schneller die Straße hinunter.

Es hatte heute Morgen wie aus Eimern gegossen, und das Wasser spritzte ihr die Schienbeine hinauf – bis auf das hellgelbe Kleid. Oma Guste würde sie umbringen! Aber jetzt war es eh zu spät, und Paul zog bereits lachend an ihr vorbei, wobei er sie vermutlich absichtlich mit Dreckwasser bespritzte, als wären sie noch kleine Kinder.

Und eine halbe Stunde später sah Elise sowieso so aus, dass Oma Guste nur die Hände über dem Kopf zusammenschlagen würde.

Nicht, dass sie Zeit gehabt hätte, sich darum zu sorgen. Die Ronsdorfer waren in den letzten Wochen aus irgendeinem Grund verdammt gut geworden, und es stand bereits 4:3 für Ronsdorf. Und nicht nur das: Für ihre Seite hatte Paul zwei Tore geschossen, Elise aber bloß eins. Das würde er ihr noch die ganzen nächsten Wochen unter die Nase reiben, wenn sie es auf sich sitzen ließ.

Allerdings konnte sie auch nichts dafür, dass die Ronsdorfer es auf sie abgesehen zu haben schienen. Sie konnte kaum einen Schritt tun, ohne dass Herbert, Walter oder der kleine pickelige Kurt ihr an den Fersen klebten. Wobei ihnen das auch nicht viel nutzte. Elise beherrschte die Beinarbeit perfekt, und der Lumpenball, mit dem sie bereits seit dem letzten Herbst spielten, berührte nur selten Herberts oder Walters schmutzige Füße, weil Elise ihn stets geschickt zu Paul oder Gerhard passte.

Jetzt aber hatte ausnahmsweise Gerhard einmal zu ihr gespielt, und sie dribbelte mit dem Ball nach vorne – so zumindest nannte das der Sportreporter im Radio, wenn ein Spieler den Ball nah am Fuß zwischen den Gegnern hindurch zu spielen versuchte. Kurt kam von der Seite angerannt, um ihr den Ball abzulaufen, aber er war viel zu langsam für Elise.

»Ja! Mach ihn rein!«, hörte sie irgendwen von der Seitenlinie rufen. »Zeig's ihnen, Elise!«

Und nichts anderes hatte sie vor. Das Tor war nur noch ungefähr sieben Meter entfernt, und der Ronsdorfer Torwart – ein stämmiger Kerl mit borstigen mausbraunen Haaren – starrte ihr bereits mit konzentrierter Miene entgegen. Sekundenschnell versuchte Elise abzuschätzen, wohin er wohl springen würde, während sie gleichzeitig aus den Augenwinkeln bemerkte, dass Herbert ihr den Ball weggrätschen wollte. Doch sie wich ihm geschickt aus und dribbelte an ihm vorbei. Herbert hingegen verlor das Gleichgewicht und knallte mit einem schmatzenden Geräusch in den Matsch, wobei er vermutlich Kurt mit sich riss, der Elise noch immer an den Fersen klebte.

»Arg!«, hörte sie Kurt und machte selbst einen Satz nach vorne, um ja nicht mitgerissen zu werden. Doch zu spät – sie spürte, dass von hinten jemand an ihrem Kleid zog.

Schrill ertönte ein Pfiff, gerade als Elise neben Kurt und Herbert im Matsch landete.

»Stopp! Foul!« Mit vor Aufregung roten Flecken im Gesicht humpelte der einbeinige Rudi auf sie zu, die Trillerpfeife hing ihm noch im Mundwinkel.

Weil ein Blindgänger in den Kriegstrümmern ihn als Kind ein Bein gekostet hatte, war Rudi mit seinen Krücken als Schiedsrichter eigentlich zu langsam – doch das machte er mit seinem Eifer und Enthusiasmus wieder wett. Niemand nahm das Spiel ernster als Rudi.

»Kurt! Das war ein mieses Foulspiel!«, ereiferte sich Rudi auch schon mit vor Aufregung kieksender Stimme und streckte Elise umständlich eine Hand hin, die sie nicht annahm, sondern sich ohne fremde Hilfe aus dem matschigen Untergrund hochhievte. Hätte sie Rudis Hand ergriffen, wäre er nur selbst im Matsch gelandet. Aber sie war ihm trotzdem dankbar, denn im Gegensatz zu den Ronsdorfern kicherte er angesichts ihres Kleides nicht in sich hinein wie ein kleines Kind. Das klebte ihr jetzt am Hintern und an den Oberschenkeln. Wütend schüttelte Elise den Stoff ab.

»Also, ich würde Eintritt bezahlen, um dich mal beim Schlammringen zu sehen!«, rief der Ronsdorfer Torwart ihr vom improvisierten Tor aus zu und grinste dabei so hämisch, dass Elise umso mehr wünschte, sie wäre nicht so mies gefoult worden, sondern hätte den Ball richtig einlochen können.

»Und ich würde Eintritt bezahlen, um noch mal dein Gesicht zu sehen, wenn du gegen meinen Ball keine Chance hast!«, rief sie zurück und schaute sich suchend nach Paul und Gerhard um. Die beiden hielten sich etwas abseits und machten keine Anstalten, ihr beizuspringen.

»Also, was ist jetzt?«, fragte sie Rudi etwas pampiger als beabsichtigt.

»Na, Elfer ist!«, rief Rudi grimmig und erntete damit Gemurre von den Ronsdorfern.

»Echt jetzt? Ist doch nicht unsere Schuld, wenn die 'n Kleid anhat«, hörte Elise. »Finden die niemand anderen, der im Sturm mitspielen kann?«

»Das war 'n mieses Foul, und der Elfer ist verdient!« Endlich schaltete sich auch Paul ein.

Sofort wurde das Gemurre etwas leiser, und die Ronsdorfer starrten gebannt zu ihrem Tor, in dem ihr Torwart sich in Position brachte. Eigentlich waren es ja nur ein paar dilettantisch zusammengezimmerte Streben, ohne Netz, ohne große Raffinesse, die sie als Tor benutzten. Und auch der Platz hier war mehr eine brache Schlammlandschaft inmitten von Stahlgerippen, die einmal Häuser gewesen waren. Aber für Elise waren das ihr Platz und ihr Tor, das war ihre Welt. Hier spielte sie, seit sie denken konnte, hier hatte sie gelernt, zu dribbeln, zu flanken und den Ball mit ihrem Kopf ins Tor zu befördern, und hier gab es auch jetzt nichts außer ihrem Körper, der sich für den perfekten Schuss anspannte, den Lumpenball zu ihren Füßen und den Torwart vor ihr, der vermutlich genauso grimmig guckte wie sie.

Mit einem Mal murrte keiner mehr. Sie alle hatten die Augen vor Konzentration halb zugekniffen.

Elise nahm Anlauf, schoss – und sah mit Genugtuung, wie der Ronsdorfer Torwart sich mit vollem Einsatz nach links warf und dort nun ebenfalls schmatzend im Dreck landete, während der Ball rechts unter dem Balken hindurchschoss und dabei nicht einmal seine Fingerspitzen berührte.

Paul, Gerhard und Jürgen fielen sich jubelnd in die Arme, während die Ronsdorfer wieder zu murren begannen und Rudi laut pfeifen musste, damit das Spiel geordnet weitergehen konnte.

Am Ende gewannen sie nach einem weiteren Tor von Paul und Elise knapp mit 6:5 – zumindest verkündete Rudi dieses Ergebnis mit seiner kieksenden Stimme und noch immer eiferroten Wangen, während sich die Ronsdorfer wütend um ihn scharten. »Der Elfer zählt nicht!«, hörte Elise irgendwen rufen. Und ein anderer sagte: »Zum nächsten Spiel kommen wir nicht, wenn das Weibsstück wieder mitspielt. So geht doch kein Fußball!«

»Als ob wir nicht verdient gewonnen hätten!« Unter die Murrer mischten sich jetzt auch Gerhards und Jürgens Stimmen, die ihren Sieg laut zu rechtfertigen versuchten.

Aber Elise trat einen Schritt von der Gruppe weg. Es deprimierte sie, dass es seit letztem Sommer immer häufiger zu solchen Diskussionen kam. Als sie noch ein Kind gewesen war, hatte es niemanden interessiert, dass sie ein Mädchen war. Damals waren sie einfach alle Kinder gewesen, deren Köpfe wegen der Läuse nach Petroleum stanken und die miteinander rangelten und lachten. Für die der Fußball gemeinsam so etwas wie ein Anker war – und die einzige Möglichkeit, inmitten dieser tristen Welt der Verluste doch noch ein Stück Kindheit zu erleben. Aber im letzten Sommer hatte sie Brüste bekommen, etwas spät mit fast sechzehn, woran vermutlich die Hungerwinter nach dem Krieg schuld waren, und seitdem war alles anders. Jedenfalls vermutete Elise das. An ihren Fußballkünsten hatte sich nämlich nichts verändert, höchstens war sie noch besser geworden.

»Komm, hör nicht auf die.« Paul war neben sie getreten und starrte seinerseits zu dem wütenden Mob um Rudi. »Ich bringe dich nach Hause.«

Schweigend schlenderten sie den Weg zurück, den sie vorhin noch gerannt waren. Mittlerweile hatte es zu nieseln begonnen, die Feuchtigkeit legte sich wie eine zweite Haut auf

Elises Gesicht und kühlte ihren verschwitzten Nacken. Und mit jedem Schritt vergaß sie das Gemeckere der anderen ein wenig mehr. Das Blut rauschte ihr so herrlich in den Ohren, ihr Körper fühlte sich nach dem Spiel warm an, ihr Kopf wach. Ihr war durchaus bewusst, dass sie ziemlich derangiert aussah, aber das war ihr mittlerweile völlig egal. Zumindest, wenn Pauls Arm beim Laufen immer wieder wie beiläufig den ihren streifte und sie dabei jedes Mal so ein leichtes Kribbeln durchfuhr.

Die Straßen waren an diesem Sonntag nahezu ausgestorben. Nur ab und an schob eine junge Mutter einen Kinderwagen an ihnen vorbei, humpelte ein Alter mit Zigarettenstummel im Mund die Straße hinauf. Unter der Woche sah es hier anders aus – der Wiederaufbau hatte trotz der spärlichen Mittel, die dafür zur Verfügung standen, allerorts wieder angefangen, und es herrschte rege Geschäftigkeit. Und das war auch nötig, denn der Krieg hatte Barmen als Trümmerhaufen zurückgelassen. Wuppertal war zur Hälfte zerstört worden, und fast sieben Millionen Kubikmeter Trümmerschutt hatten die einstige Hauptstadt des Bergischen Landes unter sich begraben. Und Barmen, wo Elise und auch Paul aufgewachsen waren, war davon besonders betroffen. Im Barmer Fischertal, wo sich ihr improvisierter Fußballplatz befand, waren von vielen Wohnhäusern nur noch Gerippe übrig, und auf dem Weg in die Barmer Innenstadt deuteten immer wieder ganze zerstörte Straßenzüge oder klaffende Lücken in den Straßen darauf hin, dass hier etwas Unaussprechliches geschehen war.

Elise hatte sich, vermutlich genau wie alle anderen, längst an den Anblick gewöhnt, ja, man sah die Häusergerippe kaum noch, konzentrierte sich stattdessen auf den neuen kleinen Einkaufsladen vorne an der Ecke oder den Schuster, der seine Pforten nach der Währungsreform im letzten Sommer wieder öffnen konnte. Oder man blickte lieber stoisch auf das Wuppertaler Wahrzeichen, die Schwebebahn, die schon bald nach dem Krieg, obgleich ebenfalls schwer beschädigt, ihre Fahrt wieder aufgenommen hatte. Zu schmerzhaft war ansonsten nicht nur der Anblick der Häuser, die einmal ein Heim gewesen waren, sondern auch die Erinnerung an diejenigen, die nun nicht mehr zurückkommen würden. Als schwebten die Geister der Freunde, Verwandten und Kollegen noch immer über den zertrümmerten Häuserteilen. Oder die von Elises Eltern …

»Findest du nicht eigentlich auch, dass Jürgen einen viel besseren Torwart abgeben würde? Helmut hat heute nicht wirklich gut gehalten«, fragte Elise schnell, bevor sie die Erinnerungen einholen würden. Sie waren nun bereits bei der Wupper angekommen, überquerten das heute graue, gluckernde Wasser und näherten sich damit der Gronaustraße. Hier, wo Elise einst mit ihrem Vati und ihrer Mutti gelebt hatte, gelang ihr dieses Kunststück der Verdrängung, das jeder Wuppertaler tagein, tagaus vollführte, meist weniger gut. Aber zu spät. Sie sah sie bereits vor sich, als wäre es gestern gewesen. Das warme Lächeln ihrer Mutter, die ernste, aufrichtige Art ihres Vaters. Er, wie er ihr manchmal die Hand auf die Schulter legte, einfach so, und leicht zudrückte. Sie, deren Umarmungen sich immer so warm angefühlt hatten.

Zum Glück stieg Paul sogleich in die Analyse ein – und Elise brauchte nur ihn anzusehen und nicht die Straße, in der wohl auch Elise ums Leben gekommen wäre, wenn Tante Marie sie nicht gezwungen hätte, in jener Bombennacht im Keller zu bleiben, während ihre Mutter der alten Nachbarin von nebenan helfen gegangen war … Dieser Brandgeruch in der Luft, dieses Gefühl ihres Herzens, das ihr beinahe aus der Brust zu springen drohte, dort unten im Keller …

Vielleicht merkte Paul, dass sie in Gedanken nun doch abdriftete, denn immer dann, wenn sie schwieg, lenkte er ihre Aufmerksamkeit mit immer neuen, spitzfindigen Bemerkungen von ihren Erinnerungen weg.

Tatsächlich war Elise ein wenig enttäuscht, als sie schließlich in die Straße einbogen, in der Elise mit ihren Großeltern und Marie wohnte. Paul ging es vielleicht ähnlich, jedenfalls waren sie instinktiv langsamer geworden. Und das, obwohl es nun nicht mehr nur nieselte, sondern richtig zu regnen begonnen hatte. Aber Elise störte das nicht. Ihr Kleid war sowieso nicht mehr zu retten, und als echte Wuppertalerin war sie den Regen ja gewöhnt. Es gab keine andere Stadt in Deutschland, das hatte sie in der Schule gelernt, in der es öfter regnete als hier.

»Sag mal«, wechselte Paul abrupt das Thema. »Was ist eigentlich dein Plan? Kehrst du nach Ostern in die Schule zurück?«

Da hatte er einen wunden Punkt bei ihr getroffen. Denn um ehrlich zu sein, wusste sie es ja selbst nicht. Und sie war sich ziemlich sicher, dass ihre Großmutter vorhin mit ihr darüber hatte reden wollen. Ein Gespräch, das vermutlich unangenehm ausgehen würde. Immerhin wusste Elise nur zu gut, dass es nun, da sie endlich – nach Unterbrechung wegen des Krieges und schließlich auch wegen des Kohlenmangels im Winter 1947 – den Volksschulabschluss hatte, keine Veranlassung mehr gab, die Schule fortzusetzen.

»Eigentlich würde ich schon gerne weiter zur Schule gehen«, sagte sie leise.

»Kann ich verstehen, du bist schließlich sehr gescheit.« Paul schenkte ihr wieder sein gewinnendes Lächeln. Elise versuchte, sich nicht allzu sehr über sein Kompliment zu freuen. Sie wollte keines dieser Mädchen sein, die dümmlich grinsend neben ihm herliefen, die sah man in Barmen ja wirklich oft genug. Es misslang ihr kläglich.

»Du weißt doch überhaupt nicht, wie ich im Unterricht bin. Schließlich gehst du auf eine ganz andere Schule!«

Paul machte Abitur. Natürlich, als Sohn eines Arztes war er einer der wenigen, die privilegiert genug waren, um tatsächlich eine höhere Schullaufbahn einzuschlagen.

»Das muss ich auch nicht«, gab Paul gelassen zurück. »Du bist eine gute Fußballspielerin, und bekanntlich wird Fußball im Kopf gemacht.«

»Ach, tatsächlich?« Elise konnte sich das Grinsen nicht länger verkneifen.

»Na klar! Wenn es reichen würde, einfach nur wild drauflos zu treten, wäre Gerhard unser bester Stürmer!«

Jetzt musste Elise wirklich lachen. Bedauerlicherweise waren sie nun aber vor ihrem Wohnhaus angekommen. Und das, obwohl sie zuletzt beinahe im Schneckentempo über die vom Regen aufgeweichte Straße spaziert waren.

»Ich muss leider los.« Plötzlich verlegen kratzte Paul sich am Hinterkopf. Sein Haar, das sowieso schon recht dunkel war, glänzte feucht vom Regen. »Du, Elise, sag mal …« An seiner Nasenspitze hing ein großer Tropfen Wasser, er wischte ihn lässig weg. Elise hingegen fühlte sich plötzlich ganz hibbelig. Er würde sie fragen, ob sie mit ihm ausgehen würde, oder? Sie spürte es daran, wie sein Grinsen sich jetzt noch vertiefte, wie sein Blick von ihren Augen zu ihrem Mund und wieder zurück wanderte.

Ihr Herz begann so heftig zu klopfen, als stünde sie noch einmal vor dem Ronsdorfer Torwart, als dürfte sie noch einmal das hämische Lächeln aus seinem Gesicht schießen. Da konnte sie sich noch so sehr einzureden versuchen, dass sie nicht heimlich genauso von Paul schwärmte wie all die anderen Mädchen auch. Wenn er sie so ansah, dieses Grinsen auf den Lippen …

»Elise! Mein Gott!« Das war Oma Gustes Stimme. Und als Elise und Paul gleichzeitig nach oben schauten, sahen sie ihren Kopf auch schon aus dem Fenster im ersten Stock lugen. Sie wirkte nicht gerade erfreut.

»Du holst dir noch den Tod! Komm sofort hoch!« Und damit verschwand der Kopf auch schon. Das Fenster ließ Oma Guste allerdings offen. Vermutlich als Warnung.

»Ja, gut, dann geh ich mal. Bis zum nächsten Mal!« Paul schenkte ihr ein letztes Grinsen und hob die Hand. Und schon schlenderte er davon, nicht, ohne sich noch einmal umzudrehen und ihr zu winken. Ihm schien der Regen ebenfalls nichts auszumachen. Aber wummerte sein Herz auch so in der Brust wie Elises?

»Junges Fräulein! Wird's bald!«

»Ja doch«, grummelte Elise und beeilte sich, ins Wohnhaus zu kommen, bevor Oma Guste noch alle Nachbarn auf den Plan rief.

Tatsächlich fiel die Standpauke recht nüchtern aus. Eigentlich musterte Oma Guste Elise nur einmal von oben bis unten und zog dann missbilligend die Augenbrauen hoch. »Geh dich waschen. Wir haben zu reden!« Das war deutlich schlimmer als eine echte Standpauke, und Elise beeilte sich, sich aus dem matschigen Stoff zu schälen und über der Waschschüssel notdürftig zu säubern.

In Maries und ihrem Zimmer war es immer ziemlich duster, weil es zum Hinterhof hinauszeigte und das Fenster kaum Licht hereinließ. Zumal jetzt, wo der Himmel sich regelrecht verdunkelt hatte. Obwohl ihr Waschtisch nahe am Fenster stand, hatte Elise Schwierigkeiten, sich in dem kleinen Spiegel, den sie an der Wand angebracht hatten, gut zu erkennen und herzurichten. Das Gröbste allerdings fiel ihr sofort ins Auge: Ihre Haare, sowieso immer buschig und kraus, standen in alle Richtungen ab. Und ihre Wange zierte ein großer Dreckstreifen, der die zahlreichen Sommersprossen beinahe verdeckte, die sich auch jetzt im März schon in ihrem Gesicht tummelten.

Elise klatschte sich das eiskalte Wasser ins Gesicht und rubbelte die Haut danach mit einem Handtuch trocken. Als sie wieder aufblickte, lehnte Marie in der Tür.

»Na, gewonnen?«

»Klar!« Elise konnte nicht anders, beim Gedanken an ihre Tore musste sie gleich wieder grinsen.

»Und das, obwohl es so gepleestert hat. Das ist mein wildes Mädchen!«, sagte Marie und klang dabei so sehr wie Elises Mutter, dass Elise das Grinsen vom Gesicht rutschte. Es war nun schon so viele Jahre her, dass ihre Mutter beim Bombardement der Stadt ums Leben gekommen war – und trotzdem reichte manchmal ein kleines Wort oder eine Geste von Tante Marie, um deren große Schwester wieder ins Leben zu rufen. Etwa, wenn sie Plattkaller redete – das taten Elises Großeltern nämlich nie, ihre Mutter hingegen hatte gerne im bergischen Dialekt gesprochen. Oder eben, wenn sie sie »mein wildes Mädchen« nannte. Genau das nämlich hatte ihre Mutter immer zu ihr gesagt und sich, anders als Oma Guste, regelrecht gefreut, wenn Elise gänzlich undamenhaft nur Schabernack im Kopf gehabt hatte. Ihre Mutter hatte stets das Gute in allem gesehen. Elise hatte sich schon mehr als einmal gefragt, ob sich ihre Mutter das wohl auch in den dunklen letzten Kriegsmonaten und den bitteren Nachkriegswintern erhalten hätte. Oder wie sie damit umgegangen wäre, dass ihr Mann, Elises zurückhaltender, aber stets nur freundlicher Vati, nicht aus dem Krieg zurückgekehrt war. Auch mit dessen Tod und dem

Verstummen der Großeltern hatte Elise alleine klarkommen müssen, ganz ohne die heitere Art der Mutter. Jetzt musste sie mühsam gegen den Kloß in ihrem Hals anschlucken.

»Kopf hoch!« Marie war hinter sie getreten und bemühte sich nun ihrerseits, Elises Haar zu glätten. Durch den Spiegel hindurch lächelten sich die beiden an. Tante Marie war gerade einmal zehn Jahre älter als ihre Nichte, und auch jetzt sahen sie eher wie Schwestern aus. Nur, dass Marie mit ihren großen braunen Rehaugen, den feinen Sommersprossen und der kleinen Stupsnase die deutlich Schönere von ihnen beiden war.

»Komm, deine Oma will mit dir sprechen.« Marie strich Elise das Haar über die Schultern und drehte sie dann sanft zur Tür.

»Können wir nicht noch hierbleiben, ein bisschen rumliegen, und du erzählst mir von deiner Verabredung?«

»Nein, können wir nicht. Es ist wirklich wichtig, Elise!« Dass jetzt auch noch Tante Marie so ernst klang, war gar nicht gut. Konnte sie ihr nicht wenigstens sagen, worum es genau ging?

Doch Maries Miene verriet nichts, als sie Elise nun sanft, aber bestimmt zur Tür schob. Vorbei an ihren beiden Matratzen, die übereinandergestapelt an der Wand lehnten, damit sie nicht zu viel Platz wegnahmen, und an dem großen braunen Eichenschrank, in dem sie ihre Kleidung und alles, was sie sonst noch besaßen – viel war es nicht –, aufbewahrten.

Oma Guste wartete schon in der Stube, über den Tisch einen Mantel gebreitet, den sie wohl für irgendjemanden ausbesserte. Das machte sie beinahe jeden Sonntag, wenngleich die Aufträge in letzter Zeit immer seltener wurden – die Leute wollten endlich nicht mehr nur ihre Vorkriegskleidung ausgebessert bekommen, sondern auch einmal etwas Neues besitzen. Jetzt, wo mit der Deutschen Mark alles besser werden sollte …

Oma Guste schaute erst hoch, als Elise sich unbehaglich auf den Stuhl ihr gegenüber sinken ließ.

»So.« Oma Guste faltete die Hände über dem alten braunen Mantel und schaute Elise ernst an. Nur dass Marie sich ebenfalls an den Tisch setzte, beruhigte Elise etwas. Es gab auch noch einen vierten Stuhl, aber von Opa war mal wieder nichts zu sehen. Die meiste Zeit des Tages verbrachte er damit, im Bett liegend Zeitung zu lesen und dabei immer wieder den Kopf zu schütteln. Immerhin das erinnerte Elise ab und an einmal an ihren Vater. Auch der hatte immer gerne die Zeitung gelesen, schon jeden Morgen vor dem Frühstück, und dabei leise vor sich hin gemurmelt.

»In der Schneiderei kann Frau Thiele eine weitere Kraft gebrauchen, und ich habe ein gutes Wort für dich eingelegt. Du kannst ab morgen mit mir zusammen zur Arbeit gehen.«

Oma Guste schaute dabei nicht einmal zu Elise, sondern nur auf ihre dünnen Hände, die noch immer über dem Mantel auf dem Tisch lagen, sich weiß von dem dunklen Wollstoff abhoben.

»Aber …!« In Elise hatte sich sofort alles zusammengezogen. In die Schneiderei? Natürlich hatte sie Oma Guste ab und an bei den Ausbesserungsarbeiten geholfen, die sie gegen kleines Geld für alle Freunde und Nachbarn der Straße ausführte. Aber tagein, tagaus? Und was war mit der Schule? Wenn sie noch ein wenig weiter lernte, noch etwas Zeit bekäme, vielleicht könnte sie dann gar etwas ganz anderes werden oder eine richtige Ausbildung machen, irgendetwas, das ein wenig … interessanter wäre als die alte Schneiderei.

Oma Guste seufzte und schaute sie jetzt doch an. Da war sie wieder, eine Weichheit in ihrer Miene, die das Harte durchbrach. Doch ihre Augen blieben ernst und schienen fast ein wenig durch Elise hindurchzusehen.

»Ich weiß, dass du gerne weiter zur Schule gehen würdest, etwas anderes mit deinem Leben anfangen möchtest. Aber ich schaffe das mit meinem Rücken bald nicht mehr, sechs Tage in der Schneiderei zu arbeiten. Und jetzt, wo Marie bald ausziehen wird, wird uns auch das fehlen, was sie in der Wäscherei verdient, wir …«

»Warte mal! Du ziehst aus?«

Elise war so schnell zu Marie herumgefahren, dass diese leicht zurückzuckte. Das schlechte Gewissen stand ihrer Tante nahezu ins Gesicht geschrieben. Auch sie traute sich kaum, Elise in die Augen zu schauen, ihr Blick huschte unruhig im Zimmer umher. »Ja, ich weiß es selbst erst seit vorhin. Richard hat drüben in Elberfeld eine Wohnung für uns gefunden. Sie ist in einem Haus, das gerade erst hergerichtet wurde und noch ziemlich heruntergekommen ist, er muss also erst noch …« Sie verstummte, als sie Elises Gesichtsausdruck sah. »Jedenfalls werde ich noch eine Weile hier wohnen bleiben und dann ausziehen«, fügte sie kleinlaut hinzu. »Tut mir leid, Elise. Ich wollte es dir vorhin ja erzählen, aber …«

Aber das hatte sie nicht. Stattdessen saßen sie jetzt hier, und Elise bekam gleich zwei unangenehme Nachrichten auf einmal aufgetischt. Sie schluckte die bittere Enttäuschung darüber hinunter, genauso wie die Tränen, die in ihr hochstiegen. Sie hatte im Mai 1943 damit aufgehört, zu weinen. Oder vielmehr: Sie hatte damit aufhören müssen.

Damals in dieser schrecklichen Nacht im Keller, zwischen dem Knallen und Tosen von draußen, hatte sie noch bitterlich geschluchzt, als ihr klar geworden war, dass ihre Mutter nicht nachkommen würde, dass sie oben geblieben war. Und dann erst recht bei ihren Großeltern, bei denen sie einquartiert worden war. Tagelang hatte sie kaum geschlafen, sich immer die Decke über den Kopf gezogen und darunter, alleine in der Dunkelheit, leise vor sich hin geweint. Wie wahnsinnig klein und einsam sie sich damals gefühlt hatte.

Eines Nachts musste Oma Guste sie trotzdem gehört haben. Denn plötzlich war die Tür aufgegangen, ein leises Knarren, das dumpf zu Elise unter die Decke gedrungen war, und schließlich hatte Oma Guste sich zu ihr auf die Matratze gesetzt, die Decke weggezogen und ihr eine Weile beim Weinen zugeschaut. Sie hatte nicht versucht, sie zu trösten, sie nicht in den Arm genommen. So war Oma Guste nicht. Aber als Elise schließlich aufgehört hatte, um nach Luft zu schnappen, hatte Oma Guste ihr eine Hand auf die Schulter gelegt und gesagt: »Hör auf zu weinen. Es ist ja alles so schon schlimm genug.«

Damals war sie gerade zehn Jahre alt gewesen, aber sie hatte beschlossen, dass ihre Großmutter recht hatte. Wenn man weinte, fühlte man sich hilflos. Und es brachte ja nichts.

Wenn sie es damals geschafft hatte, auf ihre Großmutter zu hören, bei der sie fortan aufgewachsen war, dann würde sie auch jetzt nicht in Tränen ausbrechen. Selbst wenn der Kloß in ihrem Hals ganz schön dick war.

»Kopf hoch! *Du bes noch nit lans et Schmitz-Backes!*« Marie stupste sie leicht an der Schulter an. »Und außerdem, du weißt doch: Nichts ist so schlecht, dass nicht auch was Gutes dran wäre.« Das war einer von Maries Lieblingssprüchen, und obwohl Elise noch nie geglaubt hatte, dass Marie damit recht hatte – mal ehrlich, was war an den Kriegsjahren denn gut gewesen? –, musste sie jetzt dennoch ein wenig lächeln.

»Ach ja, und was wäre das in diesem Fall?«

»Du kannst endlich auf zwei Matratzen schlafen und hast den ganzen Schrank nur für dich – für all die schönen Dinge, die du dir kaufen kannst, wenn die Wirtschaft endlich wieder richtig angekurbelt ist.« Marie griff nach ihrer Hand und drückte sie. Erst jetzt merkte Elise, dass sie sie in ihrem Schoß ganz verkrampft hatte.

»Und bald lernst du vielleicht auch jemanden kennen und fängst ein neues Leben an.« Marie klang hoffnungsvoll, auch wenn Oma Guste bei ihren Worten zusammengezuckt war.

Und obwohl sofort Pauls Gesicht in Elises Gedanken aufgeblitzt war, wie verlegen er geguckt hatte, bevor Oma Guste sie vorhin unterbrochen hatte, schüttelte sie nun vehement den Kopf und wandte sich dann an ihre Großmutter. Paul hin oder her, vor allem eines durfte ihr auf keinen Fall genommen werden, durch nichts und niemanden und schon gar nicht durch Oma Gustes Pläne. Das würde sie nicht ertragen, das wusste sie genau.

»Aber ich brauche den Sonntag auf jeden Fall frei, um mit den anderen Fußball zu spielen!« Ihre Stimme bebte etwas, doch sie klang wohl trotzdem überzeugend genug, denn ihre Großmutter seufzte nur ergeben.

»Wir werden sehen.«

*

Wie zu erwarten, machte die Arbeit in der Schneiderei ihr keine Freude.

Nach dem Krieg hatten sich die Bewohner Wuppertals vor allem für Essen interessiert, aber jetzt, wo man wenigstens nicht mehr hungern musste, kam auch langsam die heimische Wirtschaft wieder ins Rollen. Bisher arbeiteten in der kleinen Schneiderei lediglich die Inhaberin Frau Thiele, eine recht burschikose Witwe, und Oma Guste. Die Auftragslage hatte in den letzten Monaten immerhin so zugenommen, dass sie

Elise gebrauchen konnten – die nun die anfallenden niederen Arbeiten übernahm. Leider war das Sichten der Stoffreste, das Auftrennen von fehlgeschlagenen Nähten oder das Instandhalten der Nähwerkzeuge nicht eben spannend. Stundenlang musste sich Elise etwa mit dem alten Schleifstein herumschlagen, um die Stoffscheren wieder einigermaßen scharf zu bekommen.

Frau Thiele hatte, wie sie Elise verraten hatte, vor allem deswegen nach dem Krieg mit dem Schneiderhandwerk begonnen, weil es dafür so wenig Eigenmittel bedurft hatte. Lediglich das alte Ladengeschäft hatte sie herrichten müssen, und Nähmaschinen hatte sie tatsächlich schon vor dem Krieg ganze drei Stück besessen, schließlich hatte ihr Mann als Kaufmann mit solchen gehandelt.

»Alles hier, Kindchen, die Scheren, die Stoffe, das hab ich mir zusammengesucht, man muss nur wissen, wo man was findet, aus Wohnungen besorgen oder auf dem Wuppertaler Schwarzmarkt, na, du weißt schon, in den Ruinen des Modernen Theaters am Wall, das war ein Ort, Kindchen …«, erzählte die kleine untersetzte Frau Thiele Elise unermüdlich. Ja, sie hatte tatsächlich einen echten Geschäftssinn, wie Elise widerwillig anerkennen musste, während sie Frau Thieles ständigen Geschichten lauschte. »Nicht umsonst bin ich die erfolgreichste Schneiderin Barmens, mit jetzt zwei Angestellten, da siehst du mal, Kindchen, wohin einen ein bisschen Findigkeit bringen kann«, fügte Frau Thiele jedes Mal, wenn sie eine ihrer Anekdoten erzählt hatte, gerne hinzu, während Elises Finger von der drögen Arbeit immer wunder und röter wurden. Wie viel lieber hätte sie jetzt auf dem unbequemen Holzstuhl in der Schule gehockt und stattdessen dem nörgelnden Singsang ihrer Lehrer gelauscht! Da hatte es wenigstens Klassenkameradinnen gegeben. Zwar hatte sie nie groß Freundinnen gehabt, aber allein das Geplauder auf dem Schulhof, diese Unbeschwertheit, fehlte ihr jetzt.

Wenigstens konnte sie an manchen Tagen mit Marie nach Hause laufen, die in derselben Straße in einer Wäscherei arbeitete. Und vor allem konnte sie sich auf Sonntag freuen: Beim letzten Spiel hatten die Jungs schließlich besprochen, sich auch am kommenden Sonntag wieder bei ihrem improvisierten Bolzplatz einzufinden. Diesmal würde das Spiel freilich nicht gegen die Ronsdorfer gehen, sondern sie würden einfach so ein wenig bolzen. Umso besser: Dann gäbe es wenigstens nicht wieder solch ein Gezanke wie beim letzten Mal.

Doch als der Sonntag endlich gekommen war und Elise sich voller Vorfreude auf den Weg machte, wurde sie bitter enttäuscht. Schon von Weitem konnte sie weder das Klatschen des Balls hören noch die Rufe der Jungs. Vielleicht bin ich einfach nur zu früh dran, dachte sie sich, als sie schließlich beim Platz ankam. Aber er war tatsächlich fast leer. Nur drei kleine Jungs kickten eine leere Konservendose durch die Gegend. Elise schaute zu, wie die Kinder immer wieder gegen die Dose traten, miteinander rangelten, um an den rollenden Zylinder zu gelangen.

Ganz früher, bevor sie auf die Idee mit dem Lumpenball gekommen waren, hatten sie auch mit Konservendosen gespielt. Zu Beginn nur Gerhard, Paul, Helmut und sie – bis dann immer mehr Jungs aus Barmen sich angeschlossen hatten. Sie hatten so lange mit den Dosen gespielt, bis die Plaketten, die das Dosenfleisch oder die Erbsen anpriesen, erst mit Schlamm verkrustet gewesen und schließlich ganz abgeplatzt waren. Und wenn eine Dose zu verbeult gewesen war, um zu rollen, hatten sie eine neue aufgetrieben.

Eine tiefe Traurigkeit erfasste Elise.

Sie wollte sich nicht umsonst die ganze Woche auf diesen

Tag gefreut haben. Entschlossen marschierte sie auf die kleinen Jungs zu. »Darf ich mitspielen?«

Die drei starrten sie mit riesigen Augen an – und machten sich dann kichernd davon. Nicht einmal Zehnjährige wollten mit ihr spielen. Oder woran lag es sonst, dass heute weder Gerhard noch Paul – die doch mindestens genauso scharf darauf waren, zu kicken wie sie – hier auftauchten?

Elise stieß die Konservendose lustlos mit dem Fuß an, sie rollte ein paar Meter weiter durch den sandigen Untergrund. Es hatte seit drei Tagen nicht mehr geregnet, und der Platz war nicht wie sonst schlammverkrustet, sondern trocken, sodass die Dose dabei leicht hüpfte. Die Aufschrift war nicht mehr zu entziffern, aber ganz verbeult war die Dose auch noch nicht. Elise dribbelte auf das Tor zu und schoss, aber die Dose prallte mit einem dumpfen Klong an den Holzpfosten, und Elise schnaubte frustriert. Ein frischer Wind fegte über den Platz und zerzauste ihre Haare. Oft band sie sich einen Zopf, wenn sie zum Spielen hierherkam, aber heute hatte sie die Haare offen gelassen. Jetzt kitzelten die wilden Strähnen ihre Wangen. Es war eigentlich ein wunderschöner Tag, sogar die Sonne schien erstaunlich warm vom Himmel.

Gut, beschloss sie, dann würde sie die Jungs eben selbst auf den Platz schleifen – heute war zu gutes Wetter, um nicht zu spielen. Und sie brauchte eine schöne Erinnerung, wenn sie die nächste Woche wieder bei Frau Thiele im stickigen Ladenlokal sitzen und ihren Erzählungen lauschen musste.

Doch Gerhard lag laut seiner Mutter krank im Bett, Helmut war nicht zu Hause, und bei den anderen Jungs wusste sie nicht mal, wo sie sie hätte finden sollen – sie verbrachten ja außerhalb des Spiels keine Zeit miteinander.

Unschlüssig stand Elise auf der Straße vor Helmuts Wohnhaus. Ohne Freunde und etwas zu tun war so ein Sonntag sehr öde. Sollte sie es vielleicht wagen, auch noch bei Paul anzufragen, ob sie nicht spielen wollten?

Ihre Füße hatten sich schon ohne ihr Zutun weiterbewegt und bogen vorne in die Clausenstraße ein, wo Paul wohnte. Anders als bei Helmut und Gerhard sträubte sich etwas in ihr, bei Paul zu klingeln. Vielleicht, weil sie dann genauso wirken würde wie all die anderen Mädchen, die um seine Aufmerksamkeit buhlten? Aber sie musste wissen, ob die Jungs heute noch spielen wollten.

Elise gab sich selbst nicht die Gelegenheit, noch länger zu zögern, sondern stapfte die wenigen Stufen bis zu Pauls Wohnhaus hinauf. Wo er wohnte, wusste sie auch nur deswegen, weil jeder das wusste: Schließlich war sein Vater Arzt, und auch sie hatte ihn schon einmal wegen einer schlimmen Lungenentzündung ihres Großvaters um Hilfe bitten müssen. Im Erdgeschoss hatte der Vater seine Praxis, darüber wohnte die Familie Mühlheim.

Pauls Mutter hatte Elise noch nie gesehen, aber es war unschwer zu erkennen, dass sie den richtigen Klingelknopf gedrückt hatte, als eine schlanke dunkelhaarige Frau den Kopf aus der Tür streckte und »Ja bitte?« fragte. Sie hatte die gleiche Zahnlücke wie Paul, das gleiche glänzende dunkle Haar und mindestens genauso schöne Augen wie er.

»Du suchst sicher Paul«, sagte sie schmunzelnd und musterte sie von Kopf bis Fuß, sodass Elise unruhig von einem Fuß auf den anderen trat. Das hier war mehr als unangenehm, und schlimmer noch: Sie spürte, wie ihr die Schamesröte in die Wangen kroch.

»Ich wollte fragen, ob Paul heute wieder Fußball spielt«, sagte sie tapfer. Wenigstens klang es geradeheraus.

»Ach, dann bist du vielleicht Elise?« Jetzt schenkte ihr Frau Mühlheim ein Grinsen, das dem von Paul überaus ähnlich war. »Das einzige Mädchen, das Fußball spielt. Paul redet ja schon seit Jahren von dir!«

»Ach wirklich?« Sie hasste es, wie hoffnungsvoll sie klang. »Jedenfalls ist heute keiner auf dem Platz, da dachte ich, ich frage einfach mal, wo er steckt«, fuhr sie schnell fort, auch um dem breiten Grinsen von Frau Mühlheim auszuweichen.

»Da kann ich dir leider nicht helfen. Ich weiß nur, dass er mit seinem Freund Jürgen unterwegs ist.« Frau Mühlheim sah aus, als wäre sie ehrlich bekümmert, dass sie keine genauere Auskunft geben konnte.

Sie und meine Mutter hätten sich gewiss gut verstanden, schoss es Elise durch den Kopf.

»Möchtest du kurz auf ein Stück Kuchen hereinkommen und mit mir auf ihn warten?« Pauls Mutter zeigte einladend in die Wohnung hinter sich, die, wie Elise schon auf einen Blick erkannte, deutlich großzügiger und gemütlicher war als ihre.

»Nein, nein.« Hastig war sie ein paar Schritte zurückgetreten. »Aber danke Ihnen!«

Weder Jürgen noch Paul liefen ihr an diesem Nachmittag über den Weg – dabei trieb sie sich eine Weile in der Gegend herum, trabte, um ihre überschüssige Energie dennoch irgendwie loszuwerden, noch einmal über die Brücke über die Wupper, unter der Schwebebahn hindurch und die gewundenen, hügeligen Straßen bis zum Platz hinunter. Dort lag noch immer die Konservendose am Pfosten, die wenigen Zentimeter Metall, die unter der Matschschicht zu erkennen waren, glänzten grell in der Sonne. Kein Junge weit und breit, niemand zum Spielen.

Verschwitzt, außer Atem und trotzdem nicht zufrieden, kam Elise schließlich zu Hause an, wo sie wieder Kartoffeln schälen durfte, bis das Licht vor dem Küchenfenster sich langsam rötlich verfärbte und die Dämmerung in die Küche sickerte, alles in Grautöne tauchte.

Wenigstens war Marie heute Nachmittag nach Hause gekommen und hatte nicht den ganzen Nachmittag mit Richard verbracht, sodass Elise und sie am Abend in ihrem kleinen Zimmer herumlungern und eine Streitpatience spielen konnten – wobei Elise sich nur zu gern auf das Spiel konzentriert hätte, während Marie darüber tagträumte, wann Richard ihr nun endlich einen Heiratsantrag machen würde.

»Ich meine, er muss mir ja sowieso einen machen, sonst können wir unmöglich in die Wohnung einziehen. Aber wieso er wohl so lange damit wartet?«, fragte sie und starrte nachdenklich auf den »faulen Haufen« neben ihr.

»Du bist dran mit Ablegen!«, sagte Elise, aber Marie hörte sie gar nicht.

»Vielleicht will er noch genug Geld für die Hochzeit ansparen! Oder …« Doch ihre weiteren Überlegungen wurden von der Klingel unterbrochen.

»Das ist er bestimmt!« Sofort bekam Marie vor Aufregung rote Wangen. »Ich sehe total vertuckt aus, oder? Meine Haare!« Marie war schon aufgesprungen und mit wenigen Schritten zum Spiegel gelaufen.

Kurz darauf erschien Oma Guste tatsächlich in der Tür zu ihrer Kammer. Doch sie schaute nicht Marie an, sondern Elise. »Du hast Besuch!«, sagte sie knapp und machte schon wieder kehrt.

»Oh!«, sagte Marie und hörte sofort auf, an ihren Haaren herumzuzupfen. Elises Herz hingegen machte einen merkwürdigen Hüpfer. Sie ahnte, wen sie an der Tür vorfinden würde.

Tatsächlich stand Paul in ihrem engen Flur, wieder die Mütze in der Hand, als wollte er einen guten Eindruck machen.

»Elise!« Seine Augen leuchteten auf, als er sie sah. Aber bei ihr fiel das verwirrende Herzklopfen, das sie so oft in seiner Gegenwart verspürte, heute deutlich verhaltener aus. Erst jetzt merkte sie, dass sie fast ein wenig sauer auf ihn war, weil er nicht am Platz erschienen war – weil er und Jürgen etwas Besseres zu tun gehabt hatten, als mit ihr zu spielen. Und weil sie sich deswegen so furchtbar nutzlos gefühlt hatte.

Er hingegen grinste nun so breit, dass seine Zahnlücke erschien.

»Ich wollte dich fragen, ob du am nächsten Sonntagnachmittag wohl schon etwas vorhast?«

»Ja, mit dir Fußball spielen«, gab Elise zurück, vielleicht etwas zu pampig.

»Ich meinte eigentlich, ob du mal mit mir ausgehen würdest«, antwortete Paul, dessen Lächeln minimal verrutscht war.

Jetzt war es doch wieder da, das Herzklopfen, zusammen mit einer Hitze, die ganz anders war als die wohlige Wärme, die sie immer beim Fußballspielen überkam.

»Ich dachte, wir könnten vielleicht ein Stück Kuchen essen gehen. Oder, wenn du magst, zu den Kammerspielen in der Union. Wie ich hörte, führen sie ein neues Singspiel auf …«, machte Paul tapfer weiter, während Elise die Arme verschränkt hatte. Irgendetwas musste sie ja tun gegen das Herz, das ihr aus dem Brustkorb herauszuspringen drohte.

»Ich … Vielleicht, nachdem wir Fußball gespielt haben? Wo warst du eigentlich heute? Du und Jürgen, hattet ihr was Besseres vor? Oder habt ihr gar woanders gebolzt?« So, jetzt war sie heraus, die Sorge, die plötzlich an ihr zu nagen begonnen hatte. Was, wenn er gar nichts anderes vorgehabt hatte, wenn er einfach irgendwo anders spielen gegangen war? Das musste sie einfach wissen! Und es tat ihr deswegen auch nur ein klein wenig leid, dass Pauls Grinsen nun gänzlich verschwunden war. Stattdessen erschien eine steile Falte zwischen seinen Augenbrauen.

»Was? Nein! Weißt du, das mit dem Spielen hat sich heute einfach nicht ergeben. Gerhard ist krank, und die anderen haben jetzt doch alle eine Ausbildung angefangen und einfach keine Lust mehr. Aber nächsten Sonntag ist ja wieder eine neue Woche, und vielleicht …«

Jetzt wirkte Paul so hilflos, dass er Elise doch leidtat.

»Ist schon gut«, lenkte sie ein. »Ich war nur so enttäuscht, dass ihr heute nicht da wart. Weißt du, ich hatte mich die ganze Woche so darauf gefreut.« Jetzt senkte sie die Stimme, aber vermutlich würde Oma Guste im Wohnzimmer sie trotzdem hören. Dafür war ihre Wohnung einfach zu klein und Oma Gustes Gehör zu gut. »Die Arbeit in der Schneiderei ist wahnsinnig langweilig. Es würde mir sehr helfen, ab und an ein paar Tore zu schießen.«

»Ja, gut, das verstehe ich.« Jetzt grinste Paul doch wieder. »Hier ist mein Vorschlag. Ich trommle für nächsten Sonntag die Jungs zusammen, und hinterher gehen wir beide einen Kuchen essen und feiern deine Tore.« Er hob die Hand, damit sie einschlagen konnte, ebenso, wie sie es manchmal taten, wenn sie ein Spiel gewonnen hatten.

Ihre Fingerspitzen kribbelten, als sie die seinen berührten. »Einverstanden!« Jetzt grinste sie auch.

*

Vielleicht lag es vor allem an dem verpatzten Sonntag und der aufgestauten Sehnsucht danach, endlich wieder auf dem Platz zu stehen. Vielleicht auch daran, dass Paul sie nächsten Sonntag zum Kuchenessen ausführen würde … Jedenfalls zogen sich die Tage der Woche unsäglich in die Länge, während Elise immer aufgeregter wurde.

Als am Sonntag endlich die Sonne aufging, sprang sie beinahe von ihrer durchgelegenen Matratze und ließ sogar Oma Gustes verbissene Anweisungen und Opa Karls Schweigen mit guter Miene über sich ergehen. Selbst dass Marie sich wieder früher verabschiedete, um zu einem Treffen mit ihrem Richard aufzubrechen, schmälerte ihre Laune nicht. Sie hatte ja auch etwas vor!

Doch das Spiel mit den Jungs lief heute anders ab, als sie es gewohnt war. Es schien, als wäre seit der Partie gegen die Ronsdorfer irgendein Widerstand ihr gegenüber erwacht: Jedenfalls merkte sie ziemlich schnell, dass die Jungs immer dann, wenn sie nicht hinschaute, die Köpfe zusammensteckten und flüsterten und beim Spiel kaum zuließen, dass sie den Ball bekam. Außer Paul passte nie jemand zu ihr – und so konnte sie natürlich auch kein Tor schießen.

»Die spielen unfair!«, beschwerte sie sich in der Halbzeitpause beim einbeinigen Rudi.

»Das ist ja kein Foul, wenn man nicht zu dir spielt, Elise. Tut mir leid.« Er sah wirklich so aus, als ob es ihm leidtäte, und natürlich hatte er auch sonst recht, trotzdem musste Elise sehr an sich halten, um nicht wütend mit dem Fuß aufzustampfen wie ein kleines Kind. Aber da pfiff Rudi auch schon zur zweiten Halbzeit, und Elise bemühte sich lieber, stattdessen einfach als Erste an den Ball zu kommen. Wenn sie den Ball einmal hatte, konnte ihr den nämlich niemand so schnell ablaufen. Und wenn sie Torchancen hatte, verwandelte sie diese zumeist direkt und entschlossen. Immerhin schoss sie so wenigstens ein Tor. Trotzdem war sie frustriert und verschwitzt von dem unnötig vielen Hin-und-her-Gerenne, als Rudi die Partie, die sie heute sechs gegen sechs gespielt hatten, schließlich abpfiff. Sofort begannen Helmut, Karl und Jürgen sowie Klaus und Gerhard miteinander zu tuscheln, wobei sie immer wieder allzu auffällig zu ihr schauten.

Kurz entschlossen stapfte Elise zu Gerhard hinüber. Er und Klaus verstummten sofort und sahen sie unbehaglich an.

»Was sollte das?«, fragte sie vermutlich eine Spur zu aggressiv, denn Gerhard wich sofort einen Schritt zurück. Er war ein Stück kleiner als Elise, dafür sehr viel kräftiger. Trotzdem wussten sie wohl beide, dass Elise am Ende stärker wäre als er.

»Ja, wirklich, Gerhard, Klaus«, sprang Paul ihr bei, der neben sie getreten war und sich das verschwitzte Haar aus der Stirn strich. »Ihr habt Elise gar nicht wirklich mitspielen lassen!«

Na endlich, dachte Elise. Er hatte sich das ganze Spiel über sehr zurückgehalten, ihr zwar ab und an einen Ball zugespielt, ansonsten aber so getan, als würde er das unfaire Spiel der anderen nicht bemerken.

Gerhard schaute Paul ungläubig an und schüttelte den Kopf. »Mann, Paul, wir haben doch gesagt, dass …« Er verstummte. Schließlich seufzte er, es klang allerdings kein wenig einsichtig, sondern eher genervt. »Tut mir leid, Elise. Nächstes Mal bemühen wir uns mehr.«

»Ja, Elise!«, stimmte auch Klaus zu, doch an seinem Gesichtsausdruck sah sie, dass er sich heimlich über sie lustig machte. Zu gespielt ernst war seine Miene, während an seinen Mundwinkeln gleichzeitig ein Grinsen zupfte.

»Komm, wir gehen!« Paul zog sie sanft am Arm, und obwohl Elise die ganze Sache am liebsten noch mit jedem anderen Jungen aus Barmen ausdiskutiert hätte, ließ sie sich von ihm mitführen.

»Die kriegen sich schon wieder ein«, versprach Paul ihr flüsternd.

»Wenn du meinst …«

Noch einmal blickte sie sich zu den anderen um, doch die Gruppe begann bereits, sich zu zerstreuen. Nur Karl und Jürgen sahen ihnen hinterher und grinsten dabei anzüglich. Natürlich, so wie Paul ihr jetzt den Arm anbot, war es offensichtlich, dass sie beide noch etwas vorhatten. Und mit einem Mal fiel auch Elise wieder ein, dass sie ja verabredet waren, dass nun der Teil kam, um dessentwegen sie die ganze Woche über so aufgeregt gewesen war. Beim Fußballspielen wusste sie, was zu tun war. Wie aber sollte sie jetzt mit Paul umgehen? Sie hatte allein schon keine Ahnung, worüber sie reden sollten, als sie nun schweigend vom Platz wegspazierten und in die Oberbergische Straße einbogen.

Die Straße wand sich leicht bergab, und ein frischer Frühlingswind ließ die ersten Blätter, die sich bereits an den Bäumen links und rechts zeigten, leise rascheln. Erst weiter unten wurde die Straße von ein paar Häusern gesäumt, und sie begegneten einigen Anwohnern, die sie neugierig musterten.

»Wo wollen wir denn hin?«, unterbrach Elise das Schweigen.

»Ins Café Meyer?«, sagte Paul, aber es klang mehr wie eine Frage. Und zugegeben war die Auswahl, wo sie hätten hingehen können, ja auch sehr begrenzt. In Wuppertal war so viel zerstört und bisher so wenig wieder aufgebaut worden – die meisten Cafés, Gaststätten, Läden, die es vor dem Krieg gegeben hatte, waren dem Erdboden gleichgemacht worden. Das Café Meyer jedoch hielt sich tapfer und erfreute sich in Barmen großer Beliebtheit.

Elise war etwas unwohl bei dem Gedanken, dass wirklich jeder mitbekommen würde, wie sie beide miteinander ausgingen – inklusive all der missgünstigen Mädchen aus der Nachbarschaft, von denen sie sich danach bestimmt den einen oder anderen Kommentar würde anhören müssen. Aber sie nickte nur. Sie wollte mit Paul Zeit verbringen, ja, sie hatte auf dieses Treffen regelrecht hingefiebert – da würde sie sich von nichts und niemandem die Laune verderben lassen.

Sie liefen schnell, was vermutlich daran lag, dass die Straße noch immer abschüssig war, und die Häuser schienen nur so an ihnen vorbeizufliegen. Irgendwie störte es Elise plötzlich nicht mehr, dass sie schwiegen. Es war angenehm, so nebeneinander herzugehen. Ab und an streifte sein Handgelenk das ihre. Erst als sie die Schwebebahnhaltestelle Völkinger Straße erreicht hatten, wurden sie etwas langsamer. Leise brummend und ratternd fuhr oben gerade eine rot-gelbe Bahn ein.

»Oder …« Paul war abrupt stehen geblieben, drehte sich zu ihr um. »… oder wollen wir vielleicht einfach ein wenig mit der Schwebebahn fahren? Und dann irgendwo hingehen, wo uns niemand kennt?« Seine Augen leuchteten, und Elise merkte, wie auch sie sofort grinsen musste. Ein Nicken reichte aus, Paul nahm ihre Hand, und sie rannten so schnell die Stufen zur Haltestelle hinauf, dass sie gerade noch in die Bahn springen konnten. Lachend und mit roten Gesichtern ließen sie sich auf zwei Sitze fallen, und schon gondelten sie über Wuppertal hinweg.

Es war leichter mit Paul, als sie erwartet hatte. Sie erzählte ihm von Frau Thiele, ihrer Langeweile bei der Arbeit und davon, dass sie das Gefühl hatte, mit dem Fußballspielen ein Stück ihrer Kindheit zurückzubekommen – derjenigen, die der Krieg, genau wie alles andere, ansonsten zertrümmert hatte. Sie erzählte aber auch von Marie, von ihrer Angst, ohne sie in der muffigen Wohnung der Großeltern leben zu müssen, und sogar ein wenig von ihrer Mutter, auch wenn ihr dabei immer wieder die Stimme versagte.

Und er wiederum berichtete ihr, dass er überhaupt nicht Arzt werden wolle wie sein Vater, sondern Fabrikant wie sein

Onkel, der in Düsseldorf äußerst erfolgreich Bügeleisen produzierte. »Mein eigener Chef sein, eine ganze Fabrik mit allem, was dazugehört, etwas Neues erschaffen und nicht nur von Tod und Krankheit umgeben sein, das finde ich toll!«, schwärmte Paul, und seine Augen leuchteten. Und während Elise fast ein wenig die Zeit vergaß, war es schon Abend geworden, und Paul musste sie zurück nach Hause bringen – denn ihre Großmutter, die dieser Verabredung nur zugestimmt hatte, weil Paul aus einer so angesehenen Familie stammte, hatte darauf bestanden, dass sie zum Abendessen daheim zu sein hatte.

»Also …«, sagte Paul, als sie schließlich vor ihrer Haustür angekommen waren. »Wenn es klappt und ich meinen Vater überredet kriege, dass ich bei meinem Onkel lernen kann, dann werde ich natürlich eine Weile in Düsseldorf sein. Aber bis dahin ist ja noch etwas Zeit, und ich …« Mit einem Mal wirkte Paul wieder verlegen, er kratzte sich wie ein kleiner Junge im Nacken. »Würdest du denn noch mal mit mir ausgehen?«

»Na klar!«, platzte Elise heraus. Vermutlich würde Marie ihr später eins über den Kopf braten dafür, dass sie sich nicht vornehm zurückgehalten hatte. Aber der Nachmittag mit Paul hatte sie die Enttäuschung des Vormittags fast vergessen lassen. Wie leicht sie sich mit ihm fühlte – das kannte sie sonst gar nicht.

»Wir könnten ja wieder ein bisschen herumfahren. Und am liebsten, wenn wir vorher auch wieder Fußball spielen!«, fügte sie hinzu, bereute ihre Worte aber sogleich.

»Gehst du nur mit mir aus, wenn ich die Jungs zum Fußballspielen kriege?« Jetzt wirkte er beinahe ein wenig verärgert. Zwischen seinen dunklen Brauen hatte sich diese tiefe Falte gebildet, die Elise bei ihm bisher sonst nur gesehen hatte, wenn er angestrengt über ein Spiel nachgedacht hatte.

»Nein!«, schob sie schnell nach. »Ich meine ja nur. Aber natürlich war der Nachmittag auch so schön mit dir. Und ich ... würde das sehr gerne wiederholen.«

Herrje. Das Treffen über war sie eigentlich recht entspannt gewesen, jetzt aber begann ihr Herz wieder zu rasen, und ihre Finger wurden ganz feucht. Unauffällig wischte sie die Hände an ihrem Kleid trocken.

»Na dann!« Nun grinste Paul wieder. Und ehe Elise wusste, wie ihr geschah, hatte er ihre Hand in seine genommen, die warm und fest war. Dann trat er einen Schritt näher und ...

»Elise!«

Paul stöhnte und wich hastig ein Stück zurück. Beide sahen sie nach oben, wo natürlich wieder Oma Guste am Fenster stand. Neben ihr lehnte diesmal allerdings Marie, die bis über beide Ohren grinste.

»Ich komme!« Elise warf Paul einen entschuldigenden Blick zu, der drückte theatralisch beide Hände an sein Herz, grinste aber.

»Bis bald!« Und damit war sie im Haus verschwunden, die morsche Eingangstür rumste hinter ihr ins Schloss. Statt der frischen Frühlingsluft roch es nun feucht moderig und ein wenig nach altem Bratfett. Und statt Pauls Stimme hörte Elise ihr Herz in ihren Ohren wummern. Das Leben nimmt manchmal eine merkwürdige Wendung, dachte sie. Und konnte nicht verhindern, dass sie nun selbst von einem Ohr zum anderen grinste, sogar dann noch, als Oma Guste sie oben mit gewohnt verdrießlichem Gesichtsausdruck empfing.

*

Die nächsten Tage fühlte sich Elise so, als wäre die Welt ein wenig bunter geworden. Und das, obwohl die Arbeit in der Schneiderei an Langeweile nach wie vor kaum zu überbieten war. Ihr Aufgabenbereich hatte sich noch immer nicht verändert: Sie durfte bei den Kundinnen Maß nehmen, die Maße in die Schnittmustervorlagen übertragen und ansonsten nur die Stoffreste auffegen und die Scheren, Lineale und was sonst noch alles in Frau Thieles Schneiderei herumlag, aufräumen und säubern – man konnte gar nicht glauben, wie staubig es bei so viel Stoff wurde! Fast wünschte sie sich schon, sie dürfte auch mal an eine von Frau Thieles Nähmaschinen. Und das, obwohl es sie eigentlich nicht die Bohne interessierte, wie man eine saubere Naht nähte. Ansonsten blieb ihr nicht viel mehr, als bei der Arbeit immer ein wenig vor sich hin zu träumen – vom nächsten Fußballspiel und von Paul.

Ob es wohl wirklich bald zu einer zweiten Verabredung käme? Von ihr aus lieber früher als später – schließlich würde er ja vielleicht eines Tages bei seinem Onkel in Düsseldorf in die Lehre gehen. Sie könnten das nächste Mal an einen See fahren oder einfach nur ein wenig im Wald spazieren. Oder sie gingen ins Kino … Egal was, Elise merkte, dass ihr Herz allein beim Gedanken daran schneller zu klopfen begann. So wie bei der Vorstellung, bald auch wieder zusammen Fußball zu spielen … Aber die Woche verging, und schließlich verstrich auch der Sonntagvormittag, ohne dass Paul vorbeikam, um sie nach einer Verabredung zu fragen oder sie zum Fußballspielen abzuholen. Überhaupt ereignete sich nichts Ungewöhnliches. Außer, dass es wie aus Kübeln goss. Das Wasser lief in großen Bahnen am Fenster entlang, sodass die Straße vor der Scheibe zu einer grauen Einheit verschwamm.

Bei diesem Wetter würde vermutlich niemand freiwillig Fußball spielen, und da Marie ebenfalls nicht zu einem Treffen mit Richard aufgebrochen war, beschloss Elise schweren Herzens, zu Hause zu bleiben. Immerhin konnte sie so in Ruhe noch einmal mit Marie Karten spielen – Richard hatte ihr mittlerweile tatsächlich einen Heiratsantrag gemacht, und es sah ganz so aus, als würde sie bald nach Elberfeld umziehen.

Während Elise ständig nach Schritten im Treppenhaus horchte, plapperte Marie in einem fort von ihrem zukünftigen Leben, und während Marie immer aufgeregter wurde, wurde Elise immer melancholischer. Paul tauchte nicht auf, weder, um sie doch noch zum Fußballspielen in die Sintflut zu entführen, noch, um sie um eine Verabredung zu bitten. Und weil Elise die ganze Nacht darüber nachgrübelte, wie sie es ohne ihre Tante in der kargen, stillen Wohnung ihrer Großeltern aushalten sollte, fühlte sie sich am Morgen wie gerädert.

Das Tacken und Rattern der Nähmaschine, das Räuspern von Frau Thiele, wenn sie im Begriff stand, wieder eine Anekdote aus ihrem Leben zu erzählen, und das schrille Bimmeln der Ladentür, wenn sich eine neue Kundin ankündigte, kamen Elise an diesem Montagmorgen besonders dröge und nervenzehrend vor. Wenn es hier wenigstens ein Radio gegeben hätte! Vielleicht konnte sie sich von dem Teil ihres Lohnes, den sie behalten durfte, mit der Zeit eins zusammensparen – mit etwas Glück würde Frau Thiele ihr erlauben, dass sie ab und zu Nachrichten oder die Übertragung eines Fußballspiels hören durfte. Bis dahin versuchte sich Elise, einfach auf den Platz zu träumen, während sie mal wieder mit dem Staubwischen der Stoffregale beschäftigt war.

Sie war gerade mit dem Regal fertig und räumte die langen Stoffbahnen zurück auf die Holzbretter, als schon wieder die Ladentür bimmelte. Kurz darauf hörte sie, wie Frau Thiele murmelnd eine neue Kundin empfing.

»Elise!«, rief Frau Thiele, und Elise verdrehte die Augen. Frau Thiele hatte eigentlich eine recht tiefe, nasale Stimme – aber immer, wenn eine Kundin kam, flötete sie, als wäre sie ein junges Mädchen. Manchmal kicherte sie auch aufgesetzt, wenn eine Kundin eine witzige Bemerkung machte. Elise fand das furchtbar albern, aber die Kundinnen schienen es zu mögen. Immerhin hatten sie etliche Stammkundinnen, und erst neulich hatte eine von ihnen die herzliche Atmosphäre in der Schneiderei hervorgehoben. »Hier fühle ich mich immer so gut aufgehoben! Fast wie zu Hause«, hatte sie gesagt, und Frau Thiele hatte natürlich gekichert und ihr schließlich einen neuen Mantel angedreht.

Jetzt säuselte sie in hohem Ton etwas von einem neuen Stoff, aus dem sich endlich einmal ein schönes Kleid für den Sommer schneidern ließe – nachdem die Qualität in den letzten Jahren schließlich mehr als miserabel gewesen war.

Zu ihrer Freude sah Elise aber, dass die Kundin, die bereits zum Maßnehmen den Mantel ausgezogen hatte, wenigstens keine Unbekannte war, sondern Charlotte Müller, die Mutter des einbeinigen Rudi. Und da diese eine der besten Bäckerinnen Barmens war, war sie mit ungefähr jedem bekannt – auch mit ihr. Schon als Elise noch ein kleines Kind gewesen war, hatte Frau Müller ihr immer mal wieder etwas zugesteckt, und Elise erinnerte sich nur zu gut an die Male, wo sie in den bitteren Nachkriegswintern ein paar Brotrinden von ihr geschenkt bekommen hatte. Einfach so.

Auch Frau Müller strahlte, als sie Elise sah.

»Nimm Maß für ein neues Kleid!«, wies Frau Thiele sie wieder in ihrer üblichen tieferen Stimme an, und diesmal kam Elise dem sogar gerne nach.

»Wie geht es dir denn?«, fragte Frau Müller, während Elise ungeschickt mit dem Maßband hantierte, um Frau Müllers Armlänge zu ermitteln.

»Ganz gut!«, murmelte Elise und notierte rasch die Länge, bevor sie das Maßband erneut anlegte. »Aber ich vermisse das

Fußballspielen! Derzeit will ja anscheinend keiner mehr auf den Platz. Für Rudi ist das sicher auch hart.«

Daran hatte sie bisher noch gar nicht gedacht! Obwohl Rudi ja nicht selbst spielen konnte, war er immer eines der enthusiastischsten Mitglieder der Truppe gewesen. Als sie im letzten Sommer gemeinsam die Ausstrahlung des ersten Endspiels einer deutschen Meisterschaft seit der Kapitulation – natürlich nur der Westzonen – gehört hatten, hatte er hinterher jeden Spielzug haarklein auswendig gekannt und analysiert.

»Ach was! Der pfeift jetzt sogar noch häufiger als sonst, seitdem sie mit den Ronsdorfern gemeinsame Sache machen. Wieso spielst du denn nicht dort mit den Jungs, wenn du es so vermisst? Ich finde es ja klasse, dass du den Kerlen ordentlich zeigst, wo der Hammer hängt!« Frau Müller strahlte Elise an, während deren Herz für einen Moment stehen geblieben war.

»Die Jungs spielen bei den Ronsdorfern?«

»Na sicher, jeden Sonntag und jeden Samstag, wenn sie es einrichten können. Und manchmal auch donnerstagabends. Rudi tut das richtig gut, auch wenn er ja nicht mitspielen kann. Trotzdem, so gebraucht zu werden …« Frau Müller seufzte.

Doch in Elises Ohren rauschte es. Nur Frau Thieles nörgelnde Stimme drang dumpf zu ihr durch: »Elise, es vermisst sich nicht von alleine!«

Wie in Trance legte sie das Maßband an Frau Müllers Taille und Hüfte, während es in ihrem Kopf ratterte und ratterte – noch lange, nachdem Frau Müller herzlich, aber ein wenig verwirrt lächelnd den Laden verlassen hatte. Das erklärte alles! Und das bewies, dass Paul sie angelogen hatte. Hatte er nicht behauptet, die Jungs würden nun nicht mehr so oft Fußball spielen?

Nun, sie sollte nicht vorschnell ungerecht werden. Vielleicht wusste er ja nichts davon, vielleicht pfiff Rudi bei den

Ronsdorfern, vielleicht spielten dort auch ein paar der anderen Jungs. Aber Paul … Nein, je länger sie darüber nachdachte, desto sicherer war sie eigentlich, dass er sie nicht dermaßen hintergehen würde.

So oder so: Sie musste es herausfinden. Aber heute war erst Montag. Sie konnte unmöglich bis Donnerstag oder gar bis Sonntag warten, bis sie nachschauen konnte, was sich bei den Ronsdorfern auf dem Platz ereignete.

Und obwohl sie sich in den zähen Minuten bis Ladenschluss selbst beschwor, nicht sofort loszustürzen, sondern die ganze Sache etwas sacken zu lassen, fand sie sich doch kaum, dass sie die Tür des Ladens hinter sich zugezogen hatte, mit schnellem Schritt Richtung Clausenstraße wieder. Vor Pauls Wohnung.

Wieder war es Pauls Mutter, die ihr die Wohnungstür öffnete. »Ach, Elise!« Die ältere Frau grinste sie verschwörerisch an. »Du möchtest sicher zu Paul! Was für ein Zufall, er ist gerade losgezogen, um zu dir zu gehen!«

»Danke, Frau Mühlheim!« Elise war schon wieder die Treppen hinuntergesprungen, Pauls Mutter schaute ihr milde lächelnd hinterher. Vermutlich dachte sie daran, dass auch sie einmal jung und verliebt gewesen war. Elise hingegen wollte die Sache mit Paul einfach nur schnellstmöglich klären. Hoffentlich traf sie ihn gleich auf dem Weg! Immerhin konnte sie schnell rennen, auch wenn die Sicht heute nicht die beste war: Es hatte wieder zu regnen begonnen, und der frische Wind, der durch Wuppertal wehte, klatschte ihr bei jedem Schritt in die Augen. Trotzdem meinte sie kaum, dass sie die Clausenstraße verlassen hatte, vorne die schlanke Gestalt eines jungen Mannes zu erkennen. Zum Schutz vor dem Regen hatte er die Jacke über den Kopf gezogen. Dennoch, diese langen Beine, dieser wendige Gang: eindeutig Paul.

»Elise!« Er machte beinahe einen kleinen Hüpfer vor

Schreck, als sie ihm von hinten auf die Schulter klopfte. Sie war selbst noch etwas atemlos vom Rennen und vielleicht auch vor Aufregung. Pauls Lächeln, das wie immer bei ihrem Anblick ganz breit wurde, die braunen Augen, die sofort alles an ihr zu erfassen schienen, machten sie augenblicklich nervös.

»Komm, du bist ja schon klitschnass!« Paul zog sie an den Straßenrand unter das Vordach eines Hauses. Tatsächlich regnete es jetzt heftiger. Elises Kleidung klebte ihr am Körper, und sie hatte unwillkürlich zu zittern begonnen.

»Ist dir kalt? Willst du meine Jacke haben?«, Paul strich ihr eine nasse Strähne hinter das Ohr. Aus ihren Haaren, die ihr wirr an der Wange klebte, tropfte bereits das Wasser.

»Gehst du mit den anderen jetzt bei den Ronsdorfern spielen?«, platzte sie heraus.

»Was? Nein!« Paul wirkte so ehrlich verwirrt, dass Elise instinktiv aufatmete.

So leicht würde sie ihn allerdings trotzdem nicht von der Leine lassen.

»Und Helmut? Und Gerhard?«, hakte sie weiter nach.

»Elise, ich …« Paul stöhnte. Seine Wangen und seine Nase waren ebenfalls nass vom Regen, sogar in seinen Wimpern hingegen Regentropfen. Frustriert wischte er sie weg. »Ja, es stimmt, dass die anderen ein- oder zweimal mit den Ronsdorfern gebolzt haben. Aber ich habe da noch nie mitgemacht, wirklich nicht. Pass auf, mir ist klar, dass du gerne Fußball spielen willst. Aber du kannst mich deswegen doch nicht jedes Mal so in die Mangel nehmen.«

Natürlich hatte er damit recht, und sofort überkam Elise ein schlechtes Gewissen. Es war unfair, ihm nicht zu vertrauen. Aber das änderte nichts daran, dass sie am liebsten mit dem Fuß aufgestampft hätte. Was sollte sie tun, wenn die anderen einfach nicht mehr mit ihr spielen wollten? Nach allem, was sie in ihrem Leben schon erlebt hatte, brauchte sie das gemeinsame Fußballspielen wie die Luft zum Atmen. Dieses Gefühl, an einem Strang zu ziehen, das Wissen, dass man zusammen etwas geschafft hatte. Diese kleinen Momente des Glücks, die ihr das schenkte.

Plötzlich merkte sie, wie ihr die Tränen kamen. Ausgerechnet jetzt, ausgerechnet vor Paul.

Er merkte es natürlich auch. Wo eben sein Gesichtsausdruck hart gewesen war, wurde er plötzlich ganz weich. Er legte ihr eine Hand auf die Schulter, groß und schwer, drückte leicht zu.

»Ich werde mit den anderen reden, um mal wieder alle für ein Spiel zusammenzutrommeln, ja? Ich kann dir nichts versprechen, aber vielleicht ist es ja ab und an noch möglich.«

Er wirkte nicht sehr überzeugt. Trotzdem blinzelte Elise die Tränen entschlossen weg. Nickte.

»Abgesehen davon wollte ich dich fragen, ob du vielleicht heute mit mir ins Theater möchtest. Sie geben ein kleines Singspiel.« Jetzt grinste Paul wieder, sogar seine Zahnlücke blitzte auf. Und seine Hand lag noch immer auf ihrer Schulter.

Mittlerweile hatte es zu regnen aufgehört, und wo eben noch das Prasseln der Tropfen auf dem Boden zu hören gewesen war, senkte sich nun Stille über sie.

»Gerne!«, brachte Elise hervor. »Aber ehrlich gesagt ist mir heute nicht danach, und ich muss auch noch Oma Guste helfen.« Letzteres war gelogen, aber sie wollte die Abfuhr etwas abmildern. Es gelang nicht, Paul nahm enttäuscht seine Hand von ihrer Schulter und wich einen Schritt zurück.

»Nächste Woche, in Ordnung?« Sie wartete nicht auf eine Antwort, sondern trat nun ihrerseits einen Schritt unter dem Vordach hervor.

Die Luft war frisch und beißend und roch nach nasser Erde. Bis zu ihr nach Hause war es nicht mehr weit, aber wenn sie rannte, konnte sie vielleicht ein wenig vor Pauls enttäuschtem Gesichtsausdruck davonlaufen. Und noch wichtiger: die tiefe Traurigkeit abschütteln, die sich in ihr auszubreiten begann.

Zu Hause grübelte sie stundenlang über die Frage nach, wie sie doch noch Fußball spielen, wie sie die Jungs überreden oder aber ganz andere Kameraden zum Spielen finden könnte. Ohne Fußball war das Leben grau und dröge. Ohne Fußball hatte sie nichts, an dem sie sich festhalten konnte.

Wieder lag sie schlaflos auf ihrer schmalen Matratze, lauschte in die Stille der Nacht und fand keinen Schlaf. Wann würde Marie nach Hause kommen? Es war eigentlich nicht ihre Art, spät wegzubleiben, zumal Oma Guste das gar nicht gerne sah. Und an Oma Gustes Regeln hatte sich auch Marie zu halten. Doch seitdem ihre Tante wusste, dass sie bald eine eigene Wohnung haben würde, schien ihr das deutlich weniger wichtig. Etwas, das Elise eigentlich nur gutheißen konnte. Jetzt aber fehlte ihr Maries gleichmäßiges, ruhiges Atmen. Wie würde das nur in Zukunft werden? Egal, was Marie so gerne sagte: Elise fand, dass es durchaus Dinge gab, die so schlecht waren, dass man daran nichts Gutes sehen konnte.

Doch irgendwann knarrte die Tür, und Marie schlich auf leisen Sohlen zu ihrer Matratze.

»Schläfst du schon?« Es raschelte, als Marie sich unter ihre Decke schob. Und obwohl Elise gar nicht geantwortet hatte, spürte sie kurz darauf, wie Maries Haare sie an der Schulter kitzelten.

»Blöden Tag gehabt?«, fragte Marie. Dabei klang sie selbst, wie Elise fand, ziemlich müde.

In der Dunkelheit des Zimmers konnte Elise nur vage erkennen, dass Marie sich zu ihr gedreht hatte, die Hände unter dem Gesicht gefaltet, und sie anschaute.

»Wie war denn dein Tag?«, fragte Elise statt einer Antwort zurück.

»Ich hab zuerst gefragt«, sagte Marie, und jetzt klang es doch ein wenig so, als grinste sie.

Elise seufzte. »Ich glaube, die Jungs wollen nicht mehr mit mir spielen«, antwortete sie schließlich. Es auszusprechen, machte es irgendwie realer, und sofort fühlte sie einen dicken Kloß in ihrer Kehle. »Die spielen jetzt hin und wieder bei den Ronsdorfern.«

»Und da darfst du nicht mitmachen?«

Elise zuckte mit den Schultern, auch wenn Marie das im Dunkeln natürlich nicht sehen konnte. »Vermutlich nicht. Die Ronsdorfer wollen nicht, dass ein Mädchen mitspielt.« Jetzt klang ihre Stimme schon wieder so, als weinte sie. Dabei fühlte sie sich innerlich eigentlich ganz taub.

Vorsichtig tastete sich Maries Hand zu Elises Wange vor. Sie war noch kalt von der Nachtluft. Ihre Tante streichelte ihr einmal kurz über den Kopf, und Elise schloss die Augen. Von ihrer Oma und ihrem Opa bekam sie nie körperliche Zuneigung. Das hier aber, Maries Berührung, weckte immer eine leise Erinnerung an ihre Kindheit. Ihre Mutter hatte sie gerne und oft umarmt. Dieses Gefühl der Geborgenheit, wie dann alles weich und warm war, Elise hatte es nie vergessen, auch wenn sonst das meiste in ihrer Erinnerung nur noch blass und verwaschen war.

Marie zog ihre Hand wieder weg. »Dann musst du sie eben davon überzeugen, dass sie mit dir spielen wollen!«, sagte sie und drehte sich nun selbst auf den Rücken.

»Vielleicht«, murmelte Elise. Aber sie war sich nicht sicher, was das anging. Sie wollte sich schließlich nicht lächerlich machen. Und betteln schon gar nicht.

»Wie war denn nun dein Abend?«

Doch Marie antwortete nicht. Stattdessen war da wieder ihr leises, gleichmäßiges Atmen, das Elise in so manchen Nächten selbst ruhige Träume beschert hatte. Nur heute wollte das nicht recht funktionieren.

Aber das Gespräch hatte etwas in ihr bewegt. Elise grübelte die nächsten Tage immer wieder, ob Marie nicht vielleicht doch recht haben könnte. Es fühlte sich ganz und gar nicht gut an, den Jungs hinterherzulaufen, gar zu betteln. Aber konnte es wirklich so viel schaden, einmal nachzuschauen, was genau die Ronsdorfer da trieben und wer aus ihrer alten Fußballtruppe mitspielte – und ob sie vielleicht doch mitmachen könnte? Auf keinen Fall wollte sie schwach wirken. Aber noch weniger wollte sie sich die Chance vertun, weiter Fußball zu spielen.

Überraschenderweise nahm niemand anderes als Frau Thiele ihr die Entscheidung ab, ob sie nachschauen sollte oder nicht. Normalerweise hätte sich am Donnerstag ja sowieso nicht die Möglichkeit dazu ergeben: Schließlich arbeitete Elise da in der Schneiderei, bis es dunkel wurde. Heute aber hatte Frau Thiele einen Botendienst für sie – eine betagte Dame hatte ein paar alte Kleidungsstücke ausbessern lassen, konnte ihre Bestellung jedoch nicht selbst abholen. Und so wurde Elise geschickt. Die Adresse lag ausgerechnet in der Lüttringhauser Straße – in Ronsdorf.

Vermutlich würde sie den Platz sowieso nicht finden, sagte Elise sich, als sie das Paket bei der Dame abgegeben hatte und wieder auf der Straße stand. Es war noch hell, der Himmel blitzeblau, und ein paar Tauben gurrten auf dem Hausdach über ihr. Aber sie könnte ja einfach ein wenig herumlaufen. Und entweder fand sie den Platz, von dem sie nur vage wusste, dass er sich auf einer brachen Fläche hier irgendwo in der Nähe befand – oder eben nicht.

Es wehte ein frischer Wind, der ihr ein paar Strähnen aus dem Zopf riss und ihre Wangen kitzeln ließ. Die Sonne schien jetzt immer häufiger in Wuppertal, und Elise wusste, dass sich in ihrem Gesicht bald noch mehr Sommersprossen tummeln würden. Sie grinste, als sie in die Nibelungenstraße einbog, einfach weiter geradeaus marschierte. Bei diesem Wetter kam ihre gute Laune gleich zurück und irgendwie auch ihr Optimismus.

Immer wieder lauschte sie, ob sie von irgendwo Rufen hörte, das Klatschen von Füßen, die gegen einen Ball traten, oder einen Schrei, weil ein Tor gefallen war. Aber die Luft war milde und lediglich angefüllt vom Zwitschern der Vögel und dem Geplauder der wenigen Passanten. Hier gab es nicht viele Geschäfte, aber ab und an tauchten eine Bäckerei, ein Schuhmacher oder ein anderer Laden am Straßenrand auf.

Elise war gerade dabei, darüber nachzudenken, ob sie nicht lieber umkehren und bei Rudis Mutter erfragen sollte, wo genau sich dieser Fußballplatz denn befinden könnte, als sie plötzlich doch etwas hörte: das Schrillen einer Pfeife. Sofort begann ihr Herz aufgeregt zu klopfen.

Zwischen zwei ausgebombten Häusern war ein Durchgang, durch den sie hinten eine Brachfläche erkennen konnte: ein freier Platz inmitten von Straßen, genau so einer, wie sie ihn zum Spielen nutzten. Und darauf tummelten sich mindestens fünfzehn Jungs und rannten hinter einem Ball her. Einem echten, wie Elise beinahe schockiert sah. Der musste ein Vermögen gekostet haben, oder er kam noch vom Schwarzmarkt – egal, sie hechtete auf den Platz zu.

An der Seite des Platzes lag ein alter Baumstamm, darauf saßen drei kleine Jungs, die die Älteren anfeuerten. Und daneben stand der einbeinige Rudi mit seiner Pfeife. Jetzt rief er irgendetwas, und die Jungs sammelten sich vor einem Tor.

Es stand wohl ein Elfer an. Einer der Jungs löste sich aus der Gruppe, nahm den Ball und positionierte ihn mit ruhiger Hand vor seinem Fuß. Sein dunkles Haar wurde vom Wind durcheinandergewirbelt. Selbst von hier hinten konnte Elise das siegessichere Grinsen in seinem Gesicht erkennen. Paul.

Augenblicklich war ihr eiskalt geworden. Und ihre Beine wollten sich kaum mehr so recht vorwärtsbewegen, so steif fühlten sie sich mit einem Mal an. Aber sie zwang sich Schritt für Schritt bis zum Baumstamm, bis zu Rudi, der sich erschrocken zu ihr umdrehte. Die drei kleinen Jungs auf dem Stamm rutschten unruhig zur Seite. Und Paul, der schaute hoch, den Ball noch immer vor sich. Und erstarrte. Das schlechte Gewissen in seinem Gesicht sagte ihr alles.

In ihrem Mund breitete sich ein bitterer Geschmack aus. Aber diesmal kamen keine Tränen. Nein, das würde sie nicht zulassen, nicht vor ihm und nicht vor einem der anderen, die sie jetzt dumm anglotzten.

»Die schon wieder!«, meckerte einer der Ronsdorfer, der sich mit Gerhard vor dem Tor rangelte. »Die soll bloß verschwinden!«

»Jetzt schieß schon!«, rief Elise, weil Paul noch immer so bedröppelt dastand, sie anschaute, den Mund auf- und zuklappte.

»Ja, mach schon!«, rief Gerhard.

Und Paul schoss haarscharf am Pfosten vorbei.

»Es tut mir so leid, Elise!« Während die Ronsdorfer erleichtert jubelten, hatte Rudi sich zu ihr umgedreht. Er wirkte ehrlich bekümmert. Aber das änderte nichts.

»Wie steht es denn?«, fragte Elise. Ihre Stimme klang kalt, und Rudi wich beinahe einen Schritt zurück.

»2:1 für die«, antwortete er trotzdem hastig.

»Na, dann spielt mal besser weiter!« Mit noch immer verschränkten Armen ließ sie sich auf dem Baumstamm nieder. Das morsche Holz fühlte sich feucht an. »Jetzt pfeif schon!«, fuhr sie Rudi an, als der noch immer mit hängenden Schultern dastand. Aber es sah aus, als würde Paul gleich zu ihnen herüberkommen, und das würde sie nicht zulassen. Rudi tat ihr hastig den Gefallen.

War es eine Genugtuung, den anderen beim Verlieren zuzuschauen? Zu sehen, wie Paul kein Tor mehr schoss und immer wieder verunsichert zu ihr herüberschielte? Wie Gerhard über seine eigenen Füße stolperte und wie Jürgen, ihr Torwart, ganze drei weitere Treffer nicht halten konnte? Ein wenig.

Sie blieb bis kurz vor Schluss, sah mit unbewegter Miene zu. Und bevor Rudi das Spiel abpfeifen konnte, erhob sie sich, ging mit langsamen Schritten zur Straße zurück.

Ihre Kindheit, so kurz und dröge sie wegen all der Verluste sowieso schon gewesen war, war, das wurde Elise in diesem Moment unwiderruflich klar, ein für alle Mal vorbei.

3

Wuppertal, Dezember 2022

Wieder ist es abends, wieder sitzt Katja auf dem Sofa. Diesmal allerdings nicht alleine. Linus ist schon im Bett, aber Tom ist da. Er ist endlich einmal früher von der Arbeit nach Hause gekommen und kramt mit ihr in dem Karton, reicht ihr immer wieder ein Foto heraus, das ihm interessant erscheint.

Sie hat es nach dem merkwürdigen Treffen im Pflegeheim nicht mehr ausgehalten. Nachdem Elise so seltsam auf das Foto reagierte, hat sie Linus ins Auto verfrachtet, und sie sind gemeinsam ins Haus der Großeltern gefahren, sind im dunklen, viel zu leisen Haus auf den Dachboden geklettert und haben auch noch die restlichen Fotos mitgenommen. Fotos, die jetzt zum großen Teil auf dem Sofatisch verstreut liegen. Fotos von Elise und einer jungen Petra am See, Fotos von Katjas Opa, der durch einen Zaun eine Ziege streichelt, Fotos von Elises beiden Cousinen Jutta und Sabine, als sie noch recht klein waren – zumindest denkt Katja gleich, dass es sich bei den frech grinsenden Zwillingen mit den verschmierten Mündern um Verwandte von Elise handelt, die beide nicht mehr in Wuppertal wohnen, aber Elise noch regelmäßig Karten schreiben. Und schließlich sind da auch immer wieder sehr alte Aufnahmen von verschiedenen jungen Frauen, lachend in einem Café beieinandersitzend oder auf Fahrrädern. Und mitten unter ihnen Elise, zumindest vermuten Tom und Katja das.

»Hier, das könnte sie sein, oder? Auch wenn die Haare auf

dem Foto ein wenig zu dunkel wirken.« Mit detektivischem Gespür kramt Tom Fotos heraus, vergleicht Gesichter. Das ist typisch für ihn: Eigentlich war er ja todmüde. Aber als er sie hier mit einer Kiste möglicher Geheimnisse hat sitzen sehen, konnte er nicht widerstehen. Katja ist dankbar dafür. Von den ganzen körnigen Aufnahmen tun ihr beinahe die Augen weh. Und Tom ist deutlich besser darin als sie, etwas darauf zu erkennen. »Die hier kommt auch öfter vor!«, sagt er jetzt und zeigt auf eine junge Frau, die zart wie eine Elfe aussieht und dennoch wahnsinnig groß sein muss – sie überragt die anderen Frauen um ein gutes Stück. Und sie ist sowohl auf dem Foto am See als auch auf dem im Café zu sehen.

»Da könntest du recht haben«, stimmt Katja zu und begutachtet die Aufnahmen, die Tom auf dem Tisch nebeneinander ausgebreitet hat. Sie sind allesamt klein, keine Aufnahme ist besonders scharf.

Katja lehnt sich für einen Moment zurück, schaut auf die anderen Haufen aus Fotos, die sie schon gebildet haben. Die, von denen sie denken, dass Elise darauf sein könnte, haben sie zu dem mit der Fußballmannschaft gelegt. Tom und sie haben in der letzten Stunde immer wieder das Gesicht der jungen Frau mit dem Fußball mit Fotos von kleinen Mädchen mit Zöpfen oder mit den unterschiedlichen Porträts junger Frauen verglichen, mal grinsend, mal ernst in die Kamera schauend, mal mit offenen Haaren, mal streng frisiert. Auf einem anderen Haufen liegen die Fotos, auf denen Katjas Großvater zu sehen ist, nicht nur das mit dem Roller, an dem er so lässig lehnt, ein stolzes Grinsen im Gesicht, auch eines, das ihn vermutlich als kleineren Jungen mit seinen Eltern zeigt. Seine Mutter ist wahnsinnig schön, allein, wie strahlend und ansteckend ihr Lächeln wirkt, der Vater hingegen schaut immer recht grimmig.

Die Fotos ihres Großvaters hat Katja ganz bewusst zur Seite gelegt, für einen anderen Moment, wenn sie wieder den Kopf frei hat für die Trauer, für das Erinnern an ihren Opapa, der mit Linus Schach und mit ihr Fangen gespielt hat.

»Also, zusammenfassend würde ich wirklich sehr stark davon ausgehen, dass sie das ist!«, sagt Tom schließlich. »Dieses leicht grimmige Lächeln, die Ohren, die ein wenig abstehen.« Er hält jetzt wieder das Foto mit der Fußballmannschaft ins Licht der Stehlampe neben dem Sofa, die Augen zusammengekniffen. Das Foto, von dem Elise behauptet hat, sie sei nicht darauf. »Vielleicht war das Ganze einfach nicht so wichtig für sie. Vielleicht hat sie es deswegen vergessen.«

»Du warst nicht dabei!«, widerspricht Katja. »Sie hat nicht reagiert, als hätte sie irgendetwas vergessen. Eher, als möchte sie sich auf keinen Fall erinnern. Sie hat uns sogar aus dem Zimmer geworfen. Linus glaubt längst, dass ein großes Familiengeheimnis dahintersteckt.«

»Mein Sohn!« Tom grinst zufrieden und legt das Foto wieder auf den Tisch zu den anderen. »Hast du gewusst, dass er bei der Schülerzeitung mitmachen will?« Davon hört Katja das erste Mal, wundern tut es sie aber nicht. Früher hat sie immer gehofft, Linus hätte ihr Fußballtalent geerbt. Aber sie hat ziemlich schnell aufgehört, darauf zu warten. Er saß schon als Kleinkind meist lieber in der Ecke, anstatt zu toben, setzte stundenlang irgendwelche Holzpuzzles zusammen. Alles, wobei man außer Atem kommen könnte, ist ihm genau wie Tom ein Graus.

»Ja, dein Sohn«, sagt Katja und muss nun ebenfalls grinsen. Wenn Linus noch wach wäre – er würde genauso wie sie beide hier sitzen und sich durch alte Erinnerungen wühlen. Ein gemeinsames Projekt, das war schon immer das, was Tom und sie zusammengehalten hat, egal, worum es dabei ging. Und

Linus passt perfekt in die Familie. Er kann genauso hartnäckig werden wie sie beide, wenn ihn etwas interessiert.

»Ich werde Elise noch einmal darauf ansprechen«, beschließt Katja, während Tom dabei ist, die Fotos auf dem Tisch übereinanderzustapeln. »Morgen. Wenn Linus bei Aarons Geburtstagsparty ist.«

»Viel Glück dabei. Ich kann leider nicht mitkommen, ich muss noch mal in die Redaktion.«

Kurz wallt wieder Enttäuschung in Katja auf, aber sie schluckt sie hinunter. Sie weiß ja, dass er viel zu tun hat und aktuell auch samstags arbeiten muss. Dass er heute Abend bei ihr ist, sie nicht alleine inmitten dieser Fotos sitzen gelassen hat, bedeutet ihr schon viel. Und Tom könnte ihr ja sowieso nicht helfen. Wenn es eine Chance gibt, dass Elise endlich einmal aus sich herauskommt, doch etwas von ihrer Vergangenheit preisgibt, dann nur, wenn Katja selbst sie aus der Reserve lockt, da ist sie sich sicher.

»Aber, Katja.« Tom ist eigentlich schon aufgestanden, dreht sich jetzt wieder zu ihr um. »Steiger dich da nicht zu sehr rein, ja? Vermutlich steckt gar nichts dahinter, außer einfach die übliche Halsstarrigkeit deiner Oma. Wenn sie dich wieder rauswirft, nimm's nicht persönlich. Ich möchte nicht, dass du verletzt wirst, weil sie mal wieder grantig ist.«

Aber das ist leichter gesagt als getan. Katja hat die Handtasche voller Bilder, als sie am nächsten Tag – kaum, dass Linus zur Geburtstagsparty seines Freundes aufgebrochen ist – vor dem Pflegeheim hält, Bilder, die sie Elise geben möchte. Bilder, von denen sie hofft, dass sie Elise dazu bringen, ihr irgendetwas über ihre Vergangenheit zu erzählen.

Warum ihr das gerade so wichtig ist? Sie weiß es selbst nicht genau. Aber das ist es, so sehr, dass ihr jetzt das Herz ganz aufgeregt klopft, als sie aussteigt, die Autotür hinter sich zuschmeißt und auf die Glastür des Seniorenheims zugeht. Unter ihren Füßen knirscht der Kies, aber die Tür öffnet sich beinahe geräuschlos. Der Pförtner kennt sie schon, schiebt ihr wortlos die Anmeldeliste hin.

Wie leise es hier ist, denkt Katja, während wieder nur das Kratzen ihres Stiftes zu hören ist, dann das Surren des Aufzugs. Auch in Elises Stockwerk ist es ruhig, vorne schiebt eine Pflegekraft einen Servierwagen durch den Gang. Darauf stapeln sich leere Teller, vermutlich das Frühstück, das abgeräumt wird.

»Ach, Frau Mühlheim!« Die Pflegeheimleitung, Beate Trösch, eine ältere Frau mit eisgrauem Haar, steckt den Kopf aus ihrem Büro. »Würden Sie wohl auf ein Wort hereinkommen?«

»Ja, natürlich!« Katja wirft einen Blick nach vorne, wo Elises geschlossene Tür zu sehen ist, und folgt der Pflegeheimleitung. Beate Tröschs Büro ist schmucklos, aber auf dem Tisch steht der Blumenstrauß, den Katja ihr neulich mitgebracht hat, die Blumen sehen noch frisch aus, verdecken können sie den Geruch nach Desinfektionsmittel, nach Hühnerbrühe und Rotkohl und alten Leuten nicht.

»Immer noch hübsch, die Blumen, nicht?«, sagt Frau Trösch und deutet auf den Stuhl gegenüber. »Setzen Sie sich doch.«

Katja muss ein Seufzen unterdrücken. Aber natürlich setzt sie sich trotzdem hin, sieht, wie die ältere Frau die Hände ringt.

»Wissen Sie«, sagt Frau Trösch. »Wir sind es ja gewöhnt, mit schwierigen Patientinnen umzugehen. Aber Ihre Großmutter verhält sich … äußerst widerspenstig. Sie lässt sich nicht helfen, verweigert immer wieder das Essen, manchmal spricht sie kein Wort mit dem Personal. Dabei geben wir uns wirklich Mühe. Es ist nicht leicht für die Pflegerinnen und Pfleger.«

Frau Trösch guckt sie beinahe flehend aus ihren wasserblauen Augen an, und Katja seufzt jetzt doch. So muss man sich fühlen mit einem schwierigen Kind, wegen dem man ständig zum Rektor gerufen wird.

»Ich weiß ja, dass sie nicht leicht zu handhaben ist, sie ist eben sehr willensstark. Das hat auch Vorteile, sie sagt dann ja meistens auch, was sie will und braucht. Und alles andere wird sicher besser. Sie muss sich eben nur erst mal eingewöhnen, ihr Mann ist gerade erst gestorben, sie …«

»Natürlich, natürlich«, stoppt Frau Trösch sie, und Katja verstummt. Jetzt hat sie tatsächlich so wie eine überbesorgte Mutter geklungen, die ihr Kind verteidigt. Das muss sie nicht, das ist nicht ihre Aufgabe. Und irgendwie doch.

»Vielleicht reden Sie mit ihr, ja?« Frau Trösch sieht so aus, als wollte sie gleich hinübergreifen, Katjas Hand tätscheln. »Ich bin sicher, Sie haben den besten Zugang zu ihr. Aber wenn sich die Situation nicht verbessert, muss man natürlich überlegen, ob dieser Umzug das Richtige für sie war oder ob eine andere Einrichtung oder häusliche Pflege …«

»Nein, nein, ich rede mit ihr«, geht Katja schnell dazwischen und merkt, wie Verzweiflung in ihr hochsteigt. Vier Tage ist Elise erst hier. Vier Tage, und schon will man sie loswerden. Nur, weil sie nicht lieb und nett wie eine Vorzeigeseniorin aus der Altenheim-Broschüre in ihrem Schaukelstuhl sitzt, den ganzen Tag Fernsehen guckt und strickt und lächelt.

»Gut!« Frau Trösch klopft mit der flachen Hand auf den Tisch, steht auf. »Das ist alles, was ich wollte.«

Alles, was Katja will, ist, nicht ständig das Gefühl zu haben, dass ihr die Situation entgleitet.

Und doch überkommt es sie jetzt wieder, als sie das Büro verlässt, als sie an Elises Zimmertür klopft, keine Antwort erhält und schließlich vorsichtig hineinspäht. Ihre Großmutter liegt auf dem Bett, ihre Tagesdecke über sich gebreitet und die Hände über dem Bauch gefaltet. Der Raum ist ohnehin schon klein, und doch wirkt ihre Großmutter kleiner, verloren darin.

»Katja!« Als Elise sie sieht, blinzelt sie, als wäre sie gerade erst aus einem Tagtraum erwacht, müht sich ab, hochzukommen.

»Warte, Oma, ich helfe dir!«

Katja ergreift Elises Arm, zieht sie mit sich. So schmal und leicht fühlt sich ihre Oma mittlerweile an. Vielleicht kommt das Katja jetzt aber vor allem deswegen so vor, weil sie noch die ganzen Bilder vor Augen hat. Die Bilder dieser jungen Frauen auf den Fahrrädern oder im Café, die alle so mitten im Leben stehen und von denen eine ja Elise sein muss. Die Bilder, die sie in ihrer Handtasche hat, welche sie jetzt neben sich legt, als sie sich auf den Bettrand setzt.

»Wie geht es dir?«

»Ach, es könnte besser sein. Das Essen hier ist furchtbar! Und die Leute sind wahnsinnig tollpatschig! Gestern hat eine Pflegerin mich in den Arm gekniffen, kannst du dir das vorstellen?«

Schon wieder muss Katja ein Seufzen unterdrücken. Elises Ton ist genauso spröde wie immer. Sie kann sich wahrlich vorstellen, dass es nicht leicht ist, mit ihr umzugehen. Dabei muss man ja nur hinter die ruppige Fassade blicken. »Oma, du musst etwas geduldiger sein. Das Personal hat sich schon über dich beschwert. Mir wurde sogar mit Stationswechsel gedroht.«

Sofort verdüstert sich Elises Gesicht. »Was sind das nur für Fiesekontes hier! Na, denen werde ich was erzählen!« So gebrechlich Elise auch sein mag, jetzt springt sie fast auf. Und genau in diesem Moment klopft es. Eine kleine Pflegerin streckt den Kopf durch die Tür. Sie sieht bereits etwas verschreckt aus.

»Frau Mühlheim, wollen Sie wohl etwas Kaffee haben?«

»Na, der ist bestimmt wieder kalt!« Elise schenkt der Pflegerin nur einen kurzen Blick und verzieht das Gesicht.

»Nein, der ist ganz frisch gemacht!« Die Pflegerin beugt sich weiter hinein. Ihre Wangen leuchten rot, ob vor Eifer oder weil es hier drinnen so furchtbar warm ist, lässt sich nicht sagen. »Ich bin extra als Erstes zu Ihnen, weil …«

»Ach, hör auf zu babbeln und gib schon her!«, brummt Elise, und die Pflegerin stolpert nahezu ins Zimmer.

Katja schaut ihre Großmutter nur kopfschüttelnd an, während diese zufrieden an ihrem Kaffee nippt. »Schon viel besser als gestern. Danke!«

Jetzt zuckt ein kurzes Lächeln über das Gesicht der Pflegerin. Und trotzdem sieht sie zu, dass sie schnell rauskommt.

»Siehst du, Oma? Ich weiß, du meinst es nicht böse. Aber sei doch vielleicht etwas weniger ruppig«, sagt Katja, als die Tür mit einem leisen Klicken ins Schloss fällt. Draußen hört man das Trappeln der Pflegerin, das Schieben des Wagens. Kurz darauf klopft es nebenan.

»Sei nicht so knatschig!«, sagt Elise, die ihrerseits deutlich zufriedener wirkt und weiter ihren Kaffee schlürft. »Was macht denn eigentlich deine Arbeit?«

Das hat Elise schon immer gut gekonnt, von sich abzulenken, wenn es ungemütlich wird.

»Ich …« In diesem Moment brummt Katjas Smartphone, mehrmals hintereinander. Sie fischt in ihrer Tasche, die Fotos knistern ein wenig, als sie ihr Handy herauszieht.

Eine gelöschte Nachricht von Nele »Barbie« Babinsky, ihrer Stürmerin. Danach eine kurze Nachricht. *Hallo, Katja, können wir vielleicht kurz reden? Es ist dringend.*

»Ach, die Barbie!« Ihre Oma hat ihr wohl über die Schulter gelinst. Sie kennt Katjas Spielerinnen, auch wenn sie sich eigentlich nicht sonderlich für Fußball interessiert. Zumindest dachte Katja das ja immer.

Aber das Foto und das, was sie ihre Großmutter dazu fragen will, geraten gerade etwas in den Hintergrund angesichts von Neles Nachricht. Sie merkt schon seit einer Weile, dass etwas mit Nele nicht stimmt. Miriam hat deswegen ja sogar versucht, mit Nele zu sprechen. Doch bisher ist sie nicht mit der Sprache herausgerückt.

Noch heute? Bitte!, kommt eine weitere Nachricht von Nele hinterher, während Katja auf den Chat starrt. Es ist ungewöhnlich, dass eine Spielerin ihr so eindringlich schreibt. Auch wenn sie immer einen vertrauten Umgang mit allen pflegt.

Ohne groß nachzudenken, tippt sie: *Wir können uns nachher in der Vereinskneipe treffen. Oder ist es dir bei mir zum Kaffee lieber?*

Gerne bei dir! Danke! Wann kann ich kommen?

Katja schaut kurz aus dem Fenster. Der Himmel ist wie mit einer grauen, undurchdringlichen Schicht bestrichen, aber regnen tut es bisher nicht. Ein irgendwie unentschlossener Tag. Katja aber ist nicht hergekommen, um gleich wieder zu gehen. Sie hat eine Aufgabe, eine, die sie sich selbst gestellt hat. Diese Fotos in ihrer Tasche, die wiegen schwer. Andererseits klingt Nele wirklich nicht so, als könnte sie warten. Und später kommt Linus von seiner Geburtstagsparty wieder, später hat sie keine Zeit mehr …

Dieses ständige Gefühl, nichts wirklich richtig zu machen, ist manchmal einfach nur lähmend, denkt Katja.

»Na, geh schon!«, sagt Elise.

Die alte Dame schlürft noch immer zufrieden ihren Kaffee, schaut selbst aus dem Fenster, irgendwie versonnen. Dennoch zögert Katja. Doch dann gibt sie sich einen Ruck. Erst das eine, dann das andere. Nele klang wirklich sehr dringlich.

»Danke, Oma.« Sie drückt Elises Hand. »Ich komme bald wieder, ja?«

»Jaja, sicher.« Elise hört sie kaum noch, hat sich eine Packung Spritzgebäck vom Nachtschränkchen genommen, mümmelt vor sich hin.

Wieso nur ist Katja schon wieder so nervös? Kaum im Haus, fängt sie an, alles aufzuräumen oder eher fahrig die Dinge von links nach rechts zu schieben. Vielleicht braucht sie das Gefühl, wenigstens hier etwas Ordnung zu schaffen, die Dinge unter Kontrolle zu bringen.

Linus ist noch auf seiner Party, der Frühstückstisch steht beinahe unangetastet da: seine Müslischüssel, daneben noch die Packung Müsli, die Butter, die an den Rändern schon glasig wird. Auf dem Sofatisch liegen noch immer einige der Fotos, daneben die drei letzten Ausgaben von Toms Zeitung.

Katja nimmt die Fotos, legt sie in ihr Büro auf den Schreibtisch, zusammen mit denen aus ihrer Handtasche, räumt den Küchentisch ab, saugt schnell und sitzt dann auf ihrem Sofa, wartet. Es ist wahnsinnig friedlich in diesem Haus an so einem Vormittag. So still. Und so leer.

Mit einem Mal fragt Katja sich, wieso sie nicht auch dieses Jahr eine Weihnachtsfeier veranstaltet hat für den ganzen Kader, das Team. Letztes Jahr, vielleicht sogar genau an diesem Tag, war ihr kleines Haus bis zum Bersten gefüllt. Draußen vor dem Fenster war es dunkel, und sie hatte mit Linus' Hilfe überall Lichterketten aufgehängt, die ein warmes Licht verströmten, es gab Glühwein und Plätzchen, die Katja, Tom und Linus am Sonntag davor in stundenlanger Arbeit im Akkord gebacken hatten – für so viele Leute, Sportlerinnen zumal, die durchaus viel essen können, wenn sie sich selbst erlauben, zuzuschlagen. Die Stimmung war gelöst, und Katja lachte so viel, dass ihr hinterher die Wangenmuskeln wehtaten. Aber damals lebten auch noch ihre beiden Großeltern, die Hinrunde war gut gelaufen, beim DFB-Pokal standen sie im Viertelfinale, und sie war irgendwie beschwingter. Dieses Weihnachten will sie sich einfach nur einigeln, das neue Jahr abwarten. Aber vielleicht ist das falsch. Vielleicht hätte gleich nicht nur Nele vorbeikommen sollen, sondern sie alle. Das Team wieder zusammenschweißen, dafür sorgen, dass das, was auch immer in den letzten Spielen schiefgelaufen ist, in diesem Jahr bleibt, unter dem Glühwein verschwindet.

Stattdessen klingelt es jetzt nur ein Mal, und Barbie steht vor der Tür, die blonden Haare lugen kaum aus ihrer übergroßen Kapuze mit dem Kunstfellbesatz hervor. Sie sieht blass aus, aber sie lächelt, und Katja tritt schnell zur Seite, lässt ihre beste Spielerin eintreten.

»Einen Kaffee?«

Nele ist noch größer als Katja, und trotzdem sieht sie ein wenig verloren aus, wie sie jetzt an der Kücheninsel steht.

»Ja. Oder nein, lieber Tee. Wenn du hast.« Barbie lächelt schmallippig, selbst ihre Lippen sind ein wenig blass heute, dabei trägt sie sonst so gerne Make-up, zumindest außerhalb des Platzes.

Katja beschließt, dass sie gleich hierbleiben, bei der Kücheninsel, sich auf die Barhocker setzen, anstatt es sich im angrenzenden Wohnzimmer bequem zu machen. Sie schiebt eine Tasse auf den schwarzen Tresen. »Setz dich«, sagt sie.

Nele sieht aus, als würde sie jeden Moment Reißaus nehmen wollen. Aber sie nickt, zieht den hellblonden Zopf zurecht und schiebt sich auf den Hocker.

»Also«, sagt Nele, als Katja auch sitzt, sie selbst hat sich einen Kaffee gemacht, schwarz und bitter, genauso, wie ihn alle Frauen aus ihrer Familie am liebsten trinken.

»Musst du noch arbeiten, oder hast du auch bald Ferien?«, fragt Katja.

Nele macht eine Ausbildung zur Fitnesskauffrau, die meisten Spielerinnen machen irgendwas nebenher. Frauenfußball, das ist keine sichere Karriere, das ist nichts, was den Lebensunterhalt finanziert, zumindest nicht bei ihnen, dem 1. FC Wupper. Bei einem Ligisten, der auch eine Männerabteilung hat, der vielleicht querfinanziert, wie Wolfsburg, mag das anders aussehen. Aber der 1. FC Wupper ist einer der zwei letzten reinen Frauenvereine in der ersten Bundesliga. Das kommt mit einem Preis. Katja selbst hat früher BWL studiert, sie weiß, wie das ist mit der Doppelbelastung, der ständigen Zweiteilung.

Aber Nele scheint sie gar nicht zu hören, schaut an Katja vorbei zu der Küchenzeile hinter ihr, zu dem Kühlschrank, der bis obenhin vollgehängt ist mit Bildern von Linus, seinen Kunstversuchen, und ihrem Terminplaner.

»Ich bin schwanger!«, platzt Nele heraus, und Katja verschluckt sich an ihrem Kaffee.

»Schön … Oder nicht?«, fragt sie schließlich zögerlich. Sie weiß nicht, wie sie sonst reagieren soll. Nele wirkt nicht glücklich, eher im Gegenteil, sie schaut sie nicht an, nur auf den Tisch, auf die glänzende Oberfläche, auf der ihre Hand liegt.

»Ich … ja, vermutlich schon. Also, ich freue mich, also irgendwie. Aber …« Sie seufzt, schaut Katja an, will es offensichtlich nicht aussprechen.

»… du hast Angst, wie es mit dem Fußball weitergeht«, vollendet Katja den Satz vorsichtig. »Das verstehe ich gut. Und ich weiß natürlich auch nicht, wie deine konkrete Situation ist. Aber, Nele, bevor du dir jetzt wegen dem Fußball Sorgen machst, lass mich gleich vorwegnehmen: Du bist unsere beste Spielerin, das weißt du. Die Mannschaft braucht dich! Und deswegen finden wir gemeinsam einen Weg, das ist doch klar.«

Sie sagt es mit mehr Überzeugung, als sie eigentlich empfindet. Natürlich ist es nicht leicht, schon gar nicht mit Neles Ausbildung nebenher. Katja kennt durchaus Spielerinnen, für die eine Entscheidung für ein Kind das Ende ihrer Karriere war. Aber bei Nele … Nein. Barbie ist der Goalgetter der Mannschaft, das wäre eine Tragödie. Nicht nur für sie alle, auch für Nele selbst. Und dabei spürt sie ja deutlich, dass Nele vermutlich noch mehr bedrückt als das. So, wie sie jetzt den Kopf hängen lässt, ihr Gesichtsausdruck völlig mutlos.

»Ich glaube kaum, dass das möglich ist«, sagt sie leise.

Jetzt hält es Katja nicht länger aus. Sie steht auf, geht die paar Schritte zu ihr hinüber, nimmt sie in den Arm. Nele lässt es geschehen, lehnt sich an sie, seufzt ein Mal tief. Katja kennt Barbie sonst nicht so, so geknickt, so klein.

»Du weißt, du kannst mit mir auch über alles andere reden. Ist da noch etwas, was du mir sagen willst?« Doch Nele schüttelt schnell den Kopf, versucht sich an einem Lächeln.

»Nein, nein, so ist es nicht. Also, es ist nicht geplant, aber ich möchte es trotzdem bekommen. Ich stelle es mir schön vor, Mutter zu sein.« Jetzt wirkt Neles Lächeln für einen Moment lang ehrlich, ihre Augen leuchten auf. Sofort wird Katjas Herzschlag wieder ruhiger.

»Es ist auch toll, Mutter zu sein«, sagt sie und geht zurück zu ihrem eigenen Hocker. »Und ich weiß, es ist nicht immer alles möglich, aber mit einer guten Organisation kann man vieles abfangen. Magst du mir erzählen, wie das mit dem Vater des Kindes ist? Kann er vielleicht sogar den Löwenanteil der Betreuung übernehmen?«

Jetzt verdunkelt sich Neles Gesicht wieder. Als zöge ein Schatten darüber.

»Das ist … kompliziert«, sagt sie und will Katja nicht mehr in die Augen schauen. »Er wird mich natürlich unterstützen. Aber ich muss es halt alleine schaffen. Schon aus Prinzip.«

»Niemand muss aus Prinzip irgendwas alleine schaffen!«, geht Katja dazwischen und bereut es im selben Augenblick. Jetzt hat sie Nele verloren, das spürt sie, denn die redet schon hastig weiter. Sie will es hinter sich bringen, das merkt man.

»Jedenfalls hat meine Ausbildung Priorität, für die Zukunft des Kleinen. Das mit dem Fußball, das war ein Traum, aber manchmal muss man eben realistisch sein. Ich denke, es ist das Beste, wenn du schon ab Januar nicht mehr mit mir planst. Das Baby kommt im August, und ich – ich weiß nicht, wie fit ich noch sein werde. Mir ist schon seit Tagen ständig übel. Außerdem werde ich danach wohl erst mal ein paar Jahre gar nicht mehr spielen, es wäre also besser für euch, ihr baut eine neue Stürmerin auf, anstatt …«

Neles Stimme bricht, und Katja ist bei ihren Worten ganz kalt geworden. Als dränge jetzt erst alles zu ihr durch. Als verstünde sie jetzt erst, weswegen Nele hergekommen ist. Um Schluss zu machen. Diese Stürmerin, die auf dem Platz die Fans begeistert, die dieses sichere Gefühl für den Ball hat, das man nur schwer erlernen kann, die mit ihrem Ehrgeiz die Mannschaft zusammenhält. Diese Stürmerin keine Stürmerin mehr? Unmöglich! Unmöglich für sie, für die Mannschaft und für Katja ebenfalls.

»Nein!«, sagt Katja, und es ist vielleicht das erste Mal, dass sie wieder genauso entschlossen klingt, wie sie klingen sollte. Die Cheftrainerin mit dem Plan. Die Strenge, die auf den Tisch haut und nicht nur zuhört und grübelt. »Ganz ehrlich, Nele. Das geht nicht, und das ist Quatsch. Du bist einundzwanzig. Du hast deine ganze Karriere noch vor dir. Das lasse ich nicht zu.«

Wenigstens schaut Nele jetzt wieder hoch, wenigstens schaut sie Katja in die Augen. Und Katja holt tief Luft, um diesen Moment zu nutzen und Nele zu überzeugen.

*

Ob es gereicht hat?

Eigentlich ist am nächsten Tag Familientag, bis auf ein kurzes Telefonat mit Elise, um sicherzugehen, dass es ihr gut geht, endlich einmal Zeit, um abzuschalten. Und trotzdem spielt Katja die Situation mit Nele immer wieder im Kopf durch. Ob sie mehr hätte sagen sollen oder weniger. Wenigstens hat Nele zugestimmt, sich zu einem späteren Zeitpunkt noch einmal mit ihr zu treffen. Wenn alles ein Stück weit gesackt ist, schließlich hat sie selbst erst vor Kurzem von der Schwangerschaft erfahren. Und auch Katja muss das sacken lassen, das merkt sie deutlich. Immer, wenn sie daran denkt, Nele zu verlieren, ihre beste Spielerin, spürt sie in sich diesen Druck, als würde etwas ihr Herz zusammenquetschen, als würde alles ganz schwer werden. Sie und die Mannschaft brauchen Nele, sie können in dieser schwierigen Situation, jetzt, wo sie um den Klassenerhalt kämpfen, unmöglich auf sie verzichten. Und trotzdem darf sie niemandem davon erzählen. Nele war da sehr deutlich, nicht Franzi, nicht Miriam. Niemandem.

Also zieht Katja am Montag, kaum, dass Linus und Tom aus dem Haus sind, alleine ihre Laufsachen an, rennt ohne ihre Freundinnen in den kalten, nebligen Morgen. Sie trifft sich nachher mit Petra im Haus der Großeltern, schließlich muss auch das Ausräumen weitergehen. Aber anstatt das

Auto zu nehmen, wird sie die ganze Strecke laufen, auch wenn das Haus ein gutes Stück von ihr entfernt ist. Sie hat das dringende Gefühl, dass sie den Kopf frei kriegen, alle Sorgen, allen Ballast ablaufen muss.

Noch ist der Himmel gräulich, aber es deutet sich bereits an, dass die Sonne heute durchbrechen wird, ab und an zeigen sich bereits erste Sonnenflecken. Die Luft ist kalt und beißend und herrlich frisch. Und während Katja tief einatmet, erinnert sie sich wieder daran, wie es für sie selbst damals war, einen positiven Schwangerschaftstest in der Hand zu halten. Dabei war es bei ihr und Tom ja geplant, zumindest einigermaßen. Sie ließen es halt darauf ankommen, und dann war sie auch schon schwanger. Diese Überforderung, trotz der Freude. Und diese plötzliche Angst vor dem, was kommt.

Es gibt selten solche Situationen, in denen sich das Leben plötzlich vollkommen verändert. Für Katja war dieser Kontrollverlust beängstigend. Vielleicht geht es Nele ähnlich.

Katja besorgte sich damals gleich als Erstes alle Bücher zum Thema Babys, die die Buchhändlerin ihr empfahl. Außerdem stellte sie einen Karriereplan auf, zusammen mit Tom, alle Eventualitäten waren durchdacht. Es half nicht, zumindest nicht sofort. Katja erinnert sich an zahlreiche schlaflose Nächte, manche Tränen auch. Aber am Ende wurde alles gut, Stück für Stück war da nur noch Freude, keine Angst mehr.

Vielleicht hat Nele genauso ein Bedürfnis, die Dinge wieder zu richten. Nur, dass sie nicht einen Partner wie Tom an ihrer Seite hat, der ihr hilft. Vielleicht denkt sie deswegen, es wäre ein radikaler Schritt nötig, sich vom Fußball loszusagen, bevor man ihn vielleicht sowieso verliert.

Völlig verschwitzt und atemlos, aber mit noch genauso vollem Kopf kommt sie schließlich beim Haus der Großeltern an.

Ihre Mutter, eigentlich schon damit beschäftigt, all die

Einladungskarten, die sie neulich in einem der Schränke entdeckt haben, in Müllsäcke zu stopfen, merkt es sofort. »Was ist los, Katja? Du wirkst etwas fahrig!«

Man mag Petra für ruppig halten, aber sie kann durchaus weich werden. Wenn es wirklich erforderlich ist, ist sie immer da. »Na komm, ich mach erst mal einen starken Kaffee«, sagt Petra, als Katja nur kraftlos den Kopf schüttelt, und traut sich tatsächlich an Elises Höllenmaschine.

Der Kaffee schmeckt nach Katjas Oma, viel zu bitter und viel zu stark, und eine Weile sitzen Petra und sie einfach nur schweigend da und trinken. Katja ist froh, dass ihre Mutter nicht in sie dringt, sie einfach erst mal sein lässt. Auch dafür hat Petra ein Gespür, zumindest manchmal.

»Wie war das bei dir damals, als du gemerkt hast, dass du schwanger bist?«, fragt Katja schließlich irgendwann, und ihre Mutter zieht sofort die Augenbrauen hoch.

»Du bist doch wohl nicht …«

»Nein, nein.« Katja muss bei der Vorstellung grinsen. Tom und sie haben ziemlich früh beschlossen, dass sie nur ein Kind wollen. Und dabei sind sie immer geblieben.

»Schade!«, sagt Petra und trinkt einen großen Schluck aus ihrer Tasse. »Aber ich kann dich verstehen. Für mich hat eines auch gereicht. Du warst halt nicht geplant. Das war schwer zu schlucken, als ich damals gemerkt habe, dass meine Periode nicht kommt, dass was anders ist. Mit Holger … Eigentlich habe ich es schon damals geahnt.«

Petra schüttelt bitter den Kopf.

»Und, hast du irgendwas Unüberlegtes getan? Oder konntest du dich recht schnell darauf einstellen? Immerhin hast du mich ja behalten.«

Es fällt Katja schwer, all diese Fragen zu stellen. Dabei weiß sie ja das meiste schon. Petra hat noch nie ein Geheimnis daraus gemacht, dass Katja ein Unfall war, dass Petra noch viel zu jung war für so eine Verantwortung. Sie war damals nur wenig älter als Nele jetzt.

Doch überraschenderweise lächelt Petra, ein Lächeln, das viel sanfter wirkt als sonst.

»Wenn ich ehrlich bin, habe ich mich von Anfang an riesig gefreut. Und den Schock habe ich recht gut verkraftet. Nach alldem hier.« Petra schaut an die Decke, als könnte sie von dort ins erste Stockwerk schauen. Oder in ihre Kindheit. »Nach alldem hier habe ich mich irgendwie immer nach einer Familie gesehnt. Ich wollte es anders machen. Ich wollte ... alles. Es hat natürlich nicht so geklappt, aber damals hatte ich Hoffnung.«

Katja greift nach der Hand ihrer Mutter, drückt sie. »Du hast es gut gemacht«, sagt sie leise, und kurz glaubt sie, dass Petras Augen feucht werden, aber die schüttelt die Emotion schon wieder ab wie eine lästige Fliege.

»Wieso fragst du?«

»Es ist wegen einer Spielerin. Sie ist ungeplant schwanger, und ich habe das Gefühl, dass sie deswegen vorschnell mit dem Fußball aufhören möchte.«

»Ja, na ja, Fußball, das ist nichts für eine junge Mutter.« Petra nickt und steht auf, stellt die Tassen in die ansonsten komplett leere Spülmaschine. »Da braucht man eine Karriere mit Perspektive. Ich habe damals zugesehen, dass ich Land gewinne, einen sicheren Job, Aufstiegsoptionen trotz Kinderbetreuung. Das kann ich jeder nur empfehlen. Und auf keinen Fall abhängig machen von einem Mann. Das sage ich dir ja auch immer wieder. Eine sichere Perspektive ...«

Katja hat während Petras Redeschwall innerlich schon abgeschaltet. Eine sichere Perspektive ... Ihr Handy hat in der Früh mit einer Terminerinnerung gepiepst. Heute Abend ist ihr Treffen mit dem Vereinspräsidenten, Heinz Müller-Lachmann, in der Vereinskneipe. Und sie hat kein gutes Gefühl bei der Sache. Vorhin hat sie die Terminerinnerung einfach nur weggedrückt, jetzt fällt sie ihr wieder ein. Es fühlt sich an, als würde sich ganz plötzlich eine kalte Hand in ihren Nacken legen.

»Lass uns anfangen, ich habe später noch zu tun«, unterbricht Katja ihre Mutter. Petra guckt kurz beleidigt, aber dann siegt der Pragmatismus, natürlich.

»Es gibt unfassbar viel zu tun!«, sagt sie und nickt.

Und sie hat natürlich recht.

Wenigstens ist Katja so abgelenkt, versinkt in staubigen Kleidungsstücken, Büchern, Einladungskarten und der Frage, wie zum Teufel sie so viel wegwerfen, verkaufen, verschenken sollen.

Sie denkt erst wieder an das Treffen, als es schon fast so weit ist, als sie sich von Petra zu Hause absetzen lässt, um dort in ihr eigenes Auto zu steigen.

Es ist mittlerweile stockdunkel, aber die Vereinskneipe ist natürlich hell erleuchtet. Drinnen fühlt sich Katja immer ein wenig so wie aus der Zeit gefallen. Seit sie das erste Mal hier war, hat sich nichts verändert, und das ist immerhin über zwei Jahrzehnte her: die alten braunen Holzmöbel, die Lichterkette über der Bar, die Vereinsfarben Blau und Lila, die immer wieder aufgenommen werden, sei es in den Wimpeln an der Wand, den Bieruntersetzern oder im Wandanstrich auf den Toiletten. Nur, dass dazu an Weihnachtsdeko nicht gespart wurde. Auf jedem Tisch stehen Kerzen und ein kleiner Adventskranz – und an einem davon sitzt Heinz Müller-Lachmann und trinkt zufrieden lächelnd ein großes Hefeweizen.

Vielleicht habe ich mich ja auch getäuscht, denkt Katja. Vielleicht wird das hier ein netter Umtrunk, keine Probleme.

Immerhin grinst Heinz noch breiter, als er sie sieht, hebt sein Glas. »Auch eines für Katti, ja?«

»Aber alkoholfrei!«, ruft Katja noch schnell.

Berti, der Barkeeper, ebenfalls ein Urgestein, nickt nur, beginnt schon zu zapfen.

»Hefeweizen? Ich dachte, du bist eher der Schwarzbier-Typ?« Katja setzt sich zu Heinz, der ihr väterlich auf die Schulter klopft.

»Ich bin kürzlich umgestiegen. Ist gesünder. Habe ich mal gehört.«

»Ach so.« Ihre innere Anspannung löst sich noch ein wenig mehr, als Heinz ihr zuzwinkert. Man kann nicht anders als lächeln, wenn man mit ihm zusammen ist. Er mag selbst kein Sportler sein, aber er hält den Laden zusammen, seit Jahren schon. Einen besseren Präsidenten könnte man sich jedenfalls nicht vorstellen.

Berti bringt ihr auch ein Hefeweizen und nickt ihnen stumm zu – er ist kein Mann großer Worte. Im Gegensatz zu Heinz, der jetzt losplappert, von Weihnachten erzählt, dass seine Frau und er das Fest immer für die ganze Familie ausrichten, der Stress, dass jeder was zu essen bekommt, zumal zwei seiner Töchter jetzt auch noch Vegetarierinnen sind – und das als Sprösslinge einer Fleischerfamilie! –, und dass er noch keine Geschenke besorgt hat. Und natürlich fragt er auch nach, erkundigt sich nach Elise, dem Ausräumen des Hauses, Tom und Linus.

Ehe Katja sichs versieht, ist sie völlig entspannt, hat das Hefeweizen schon geleert und sich zu einem zweiten überreden lassen. Auch die Kneipe hat sich mittlerweile gefüllt, Gläserklirren und Stimmengemurmel erfüllen die Luft. Immer wieder spricht jemand sie an, will sich zu ihnen setzen. Aber Heinz lehnt jedes Mal entschieden ab. »Ein anderes Mal, ja?«, sagt er auch gerade wieder, als jemand mit ihnen über das letzte Spiel reden will, und diesmal seufzt er etwas schwerer, als er wieder zu Katja schaut.

»Na gut, genug der Plauderei.«

Und auf einmal ist sie wieder da, die Anspannung.

»Wir haben zwei Transferangebote. Für Beckmann und Maurer«, sagt Heinz freiheraus und schaut Katja aus traurigen Augen an. »Du weißt, wir müssen annehmen. Finanziell stehen wir nicht gut da. Die Verkäufe würden helfen.«

Katja muss schlucken. Gleich zwei ... und dann auch noch ihre beste Verteidigerin und eine mehr als gute Mittelfeldspielerin. Ihr war klar, dass beide nicht mehr lange bei ihnen bleiben würden. Sie haben eben nicht die finanziellen Mittel wie andere Vereine. Genau wie die SGS Essen, der andere Frauenligist, müssen sie alles aus eigenen Mitteln stemmen. Aber Heinz weiß noch nicht, dass auch Barbie wegbrechen wird. Bestenfalls kurzfristig, schlimmstenfalls für immer.

»So ist das bei uns nun mal.« Heinz seufzt schwer und schaut sie ernst an. »Aber du weißt, dass wir dafür eine sehr viel bessere Nachwuchsarbeit machen als die anderen. Klar, wir müssen unsere selbst hochgezogenen Spielerinnen immer wieder gehen lassen, das ist irgendwie das Spiel. Aber wir ziehen ja immer weiter hoch. Es gibt bei den Juniorinnen einige ...«

»Ich weiß!«, unterbricht Katja Heinz. Sie massiert sich die Schläfen. Eben noch war alles gut, jetzt hat sie dröhnende Kopfschmerzen.

»Hör mal, Katti.« Heinz greift hinüber, legt seine schwere Hand auf ihre. »Ich weiß, dass das hart ist. Und ich weiß, dass du 'ne schwierige Zeit hinter dir hast. Aber du kannst das packen. Ich glaube daran. Aber ich muss dir auch ehrlich sagen ...«

Katja hält inne im Massieren, schaut wieder hoch. Auch das, was jetzt kommt, hat sie kommen sehen. Und trotzdem spürt sie, wie sofort alles in ihr erstarrt.

»Im Verein werden Stimmen nach einem Trainerwechsel laut. Du weißt, wir müssen Hochleistung liefern. Du wirkst seit Monaten unkonzentriert, diese Saison ist nicht gut gestartet, dazu das frühe Aus im Pokal. Dir muss klar sein, dass das Konsequenzen haben wird, wenn das so weitergeht. Wir müssen so schnell wie möglich aus der Abstiegszone raus, sonst …«

»Das … das ist mir klar.« Katja muss sich räuspern. Es so ausgesprochen zu hören, fühlt sich anders an, als es nur zu denken. Als würde ihr der Boden unter den Füßen weggezogen.

»Aber du schaffst das, ich weiß es!« Heinz versucht sich an einem aufbauenden Lächeln. Katjas Erwiderung fällt bestenfalls zittrig aus.

»Komm, jetzt ist Zeit für was Stärkeres!«

»Nein, ich …« Aber Heinz klatscht schon in die Hände und winkt nach Berti. Und Katja muss später ein Taxi nehmen, aber das ist vielleicht besser, so sehr, wie ihr Kopf dröhnt.

Heinz hat sein Bestes getan, um sie zu motivieren, versucht, ihr Selbstvertrauen zu geben. Aber so funktioniert das nicht, nicht für Katja. Dafür ist sie zu sehr die Tochter ihrer Mutter. Sie muss es schon selbst fühlen, schon selbst wissen. Und jetzt, jetzt braucht sie einen Plan, das spürt sie ganz genau, als sie endlich wieder durch die Tür ihres Hauses stolpert. Sie muss überlegen, wen sie ins Team holt. Sie muss überlegen, wie sie das Team zusammenhält. Und sie braucht Tom, um sich selbst zusammenzuhalten.

Aber der ist nicht da, natürlich nicht. Erst hat er Linus ins Bett gebracht, und dann ist er schnell los, auf irgendeinen

Empfang. Schließlich ist Vorweihnachtszeit, da besucht der Ministerpräsident am laufenden Band irgendwelche Galas und Wohltätigkeitseinrichtungen, und Tom ist ihm für die Artikelserie auf den Fersen. Und deswegen antwortet Tom auch nicht auf ihre Nachricht, geht nicht ans Telefon, auch wenn sie es mehrmals versucht.

»Verflucht!« Wenigstens lässt langsam der Schwips etwas nach.

Katja geht in die Küche, holt sich eine Cola aus dem Kühlschrank. Eigentlich trinkt sie dieses Teufelszeug nicht, das ist Toms. Sie stürzt die Flasche in einem Zug hinunter, stützt sich auf der Kücheninsel ab. Hier, wo erst gestern noch Nele gesessen hat.

Entschlossen marschiert sie ins Büro. Ihr Bürostuhl gibt ein gequältes Quietschen von sich, als sie sich auf ihn sinken lässt. Sie lauscht, aber im Kinderzimmer, das direkt nebenan liegt, bleibt es leise. Sie hat noch gar nicht nach Linus geschaut. Ihre Nachbarin weiß, dass er heute mal ein paar Stunden abends ohne sie zu Hause war, war in Rufbereitschaft, trotzdem ist es Katja immer etwas mulmig zumute, wenn er alleine hier ist.

Sie schleicht zu seiner Tür, drückt vorsichtig die Klinke hinunter. Es dauert einen Moment, bis ihre Augen sich an die Dunkelheit gewöhnt haben. Da liegt er in seinem Bett, die Decke wie immer halb von sich gestrampelt, atmet leise.

Auf einmal ist sie unendlich müde. Vielleicht ist es Quatsch, jetzt sofort alles regeln zu wollen. Vielleicht macht sie das lieber morgen, mit klarem Kopf, mit wachem Verstand. Wenn sie wirklich etwas ausrichten, vielleicht rumtelefonieren, mit ihren Freundinnen sprechen kann. Was auch immer nötig ist, damit sie nicht das Gefühl hat, durchzudrehen.

Also legt sich Katja ins Bett, aber die Cola beginnt zu wirken, Teufelszeug, und sie rollt sich von einer Seite zur nächsten, findet keine bequeme Position. Ihr Kopf rattert und rattert. Irgendwann schläft sie doch ein, aber sie bleibt unruhig. Ihre Träume sind wirr und lassen sie immer wieder hochschrecken. Erst träumt sie von Heinz, Heinz, der auf dem Platz steht, den Schiedsrichter macht. Und dann sieht sie plötzlich Elise vor sich. Katja ist wieder ein Kind, sie sind im Haus der Großeltern, und Elise kickt einen Fußball durch den Garten, dribbelt gekonnt mit ihr und schießt. Da steht auch ein Tor auf dem Rasen ihrer Großeltern, so eines, wie Katja es immer hat haben wollen und nie bekommen hat, weil ihr Großvater dagegen war.

Elise lacht, der Ball trifft genau in die Mitte des Tores. Elise jubelt, und Katja jubelt auch.

Katja schreckt hoch. Sie ist nicht mehr alleine im Bett, neben ihr liegt jetzt Tom und schnarcht leise. Im Halbdunkeln kann Katja seine wuscheligen Haare erkennen, das gleichmäßige Heben und Senken seines Brustkorbs unter der weißen Decke.

Sie setzt sich auf, reibt sich über die Augen. Ihr Traum hat sich so echt angefühlt. Als wäre es wirklich so gewesen. Als hätte sie ihre Fußballleidenschaft von Elise geerbt. Diese unverfälschte Begeisterung für den Sport, die ihr jetzt manchmal fehlt. Aber so war es nicht. So kann es nicht gewesen sein, allein schon, weil Katja nie dieses Tor hatte, das sie gerade in ihrem Traum gesehen hat. Und weil Elise mit einem Fußball noch nie etwas anfangen konnte. Hat Katja sie überhaupt jemals mit einem Ball sehen?

Doch plötzlich schießt ihr eine Erinnerung durch den Kopf. Als hätte sie nur darauf gewartet, dass Katja sie endlich hervorholt: Ihr Geburtstag, sie weiß nicht mehr, der wievielte, aber es war eine Gartenparty, und Katja war total aufgeregt, weil sie mehrere Klassenkameraden einladen durfte. Damals spielten in ihrer Klasse alle Jungs Fußball und ein paar Mädchen auch – und kickten lachend Katjas Ball durch den Garten, obwohl ihr Großvater das ja sonst nicht erlaubte. An ihrem Geburtstag aber machte er eine Ausnahme.

Petra und Elise bauten unterdessen auf der an den Garten grenzenden kleinen Veranda das Büfett auf, mit Katjas Lieblingskuchen – mit Streuseln – und einem Berg an belegten Brötchen, Würstchen im Glas und von Petra akribisch aufgetürmten Schokoküssen. Doch einer der Jungs schoss wohl den Ball zu scharf – und er flog in hohem Bogen direkt auf den Büfetttisch zu. Nur, dass er Petras Schokokuss-Turm nicht zerstörte, weil Elise gerade rechtzeitig hochsprang und den Ball noch wegköpfte.

Zumindest denkt Katja plötzlich, dass Elise den Ball abgefangen hat, dass sie das ganz bewusst gemacht haben könnte. Damals waren alle entsetzt, dass Katjas Oma einen Ball an den Kopf bekommen hatte. Petra bestand sogar darauf, einen Sanitäter kommen zu lassen, auch wenn Elise selbst beteuerte, dass das doch gar nichts gewesen sei. Als der Sanitäter schließlich ankam, wies sie ihn unwirsch ab. Der Vorfall war danach noch ein paar Mal Thema in der Schule. Denn mal ehrlich, welche Oma hatte jemals etwas so Cooles gemacht? Aber Katja vergaß die ganze Geschichte danach wohl trotzdem irgendwie. Sie konnte sich einfach nicht vorstellen, dass das alles etwas anderes als ein Zufall gewesen sein mochte.

Jetzt allerdings sitzt sie hier in der Dunkelheit, neben sich das leise Aus- und Einatmen von Tom, und fragt sich, ob sie nicht schon damals etwas Entscheidendes über ihre Großmutter übersehen hat. Und es immer noch übersieht.

So leise sie kann, schiebt sie die Beine über den Rand ihres Boxspringbetts. Der Boden ist eisig kalt, und Katja tastet nach ihren Hausschuhen. Sie macht kein Licht im Flur, schleicht im Dunkeln zum Arbeitszimmer. Da, auf ihrem Schreibtisch, liegen noch die Fotos, die von Elise als Kind. Und das mit der jungen Frau, die vielleicht Elise ist und von einer Fußballmannschaft umringt wird.

Wieder kommt es Katja so vor, als würden die jungen Frauen darauf sehr glücklich aussehen. Die Aufnahme ist unscharf, und dennoch wirken alle so entschlossen, so strahlend. Als wären sie genau dort, wo sie sein wollen. Katja kennt dieses Gefühl aus Momenten wie diesen, vor dem Spiel vielleicht, voller Zuversicht. Und genau dieses Gefühl wünscht sie sich zurück. Wo ist all die Leichtigkeit hin, die der Fußball für sie bedeutet hat? Vielleicht ist es immer so, wenn einem etwas zu wichtig wird. Wenn man sein Hobby zum Beruf macht, plötzlich noch andere Erwartungen daran hängt. Finanzielle Sorgen, Zukunftsängste, ein Selbstbild.

Die Frauen auf dem Foto haben Fußball sicherlich nur als Hobby betrieben. Falls Elise das auf dem Foto ist, kann es ja eigentlich nur aus den Fünfzigern stammen. Katja weiß, wie schwer es die Frauen damals mit dem Fußball hatten. Sie wurden für ihre Leidenschaft ausgelacht, vom DFB kein bisschen ernst genommen und schließlich sogar mit Verboten behindert. Als sie selbst das erste Mal für die Nationalmannschaft spielen durfte, Anfang zwanzig und völlig beschwingt von ihrem Erfolg, setzte sie sich intensiv mit der Geschichte auseinander. Schließlich erklärt das viel über den Frauenfußball heute – welchen Weg er in Deutschland genommen hat, gegen welche Widerstände die Frauen damals angehen mussten, bis es nicht mehr als verpönt angesehen wurde, wenn Frauen sich körperlich in einem Wettkampf maßen, der als rein männlich galt.

Katja studiert die Gesichter der anderen Frauen auf dem

Bild. Sie alle waren vermutlich Hausfrauen, vielleicht noch Schülerinnen oder hielten sich als Sekretärinnen oder Haushaltshilfen über Wasser. Sie weiß ansonsten nicht viel über diese Zeit. Das Gesicht einer Frau springt ihr besonders ins Auge. Sie steht genau neben derjenigen, die wie Elise aussieht, hat sich bei ihr untergehakt. Die markante Nase und die etwas buschigen Augenbrauen, dazu der entschlossene Blick – irgendwie kommt Katja dieses Gesicht bekannt vor.

Einen Moment starrt sie unschlüssig darauf. Dann gibt sie sich einen Ruck. Könnte es sein …?

Sie kommt sich selbst ein wenig lächerlich vor, als sie jetzt ihren Laptop aufklappt. Sie ist keine Detektivin, auch keine Historikerin. Aber irgendetwas sagt ihr, dass sie gerade auf etwas gestoßen ist. Etwas, das die ganze Geschichte um das Foto noch deutlich interessanter macht.

Katja klickt auf ihrem Laptop herum, bis sie bei dem Ordner ist, den sie damals angelegt hat. Die Geschichte des Frauenfußballs. Darin hat sie Artikel abgespeichert, die sie zu dem Thema ausgegraben hat, wissenschaftliche Arbeiten wie auch Zeitungsberichte. Wahllos öffnet sie einen nach dem anderen, bis sie das gefunden hat, was sie sucht. Die ersten Fußballerinnen Deutschlands. Diejenigen, die völlig unter dem Radar flogen. Erst irgendwann, als man merkte, dass Frauenfußball doch etwas ist, das interessant sein könnte, da wurden sie zu Pionierinnen. Etwa 1981 beim »Wunder von Taipeh«, als die Spielerinnen der SSG 09 Bergisch Gladbach die erste Weltmeisterschaft der Frauen gewannen. Einige Spielerinnen werden in dem Artikel vorgestellt, auch solche, die in den Fünfzigern zu bolzen begonnen und für aufsehenerregende Spiele gesorgt haben.

Wieder quietscht ihr Sessel, als sie sich gegen die Lehne sinken lässt. Da, jetzt hat sie es.

»Was ist denn los?« Hinter ihr steht Tom im Dunkeln, das Haar verstrubbelt. Er blinzelt gegen die Helligkeit an. »Es ist vier Uhr morgens!«

Er sieht so süß verdattert aus, dass Katja einen Moment lang lächeln muss. Auch wenn ihre Entdeckung sie eigentlich völlig plattmacht.

»Schau dir das an«, sagt sie und winkt Tom näher, der, Linus so furchtbar ähnlich, zu ihr herübertapst. Ohne seine Brille geht er nirgendwohin. Sie sitzt ihm jetzt allerdings etwas schief auf der Nase. Katja stupst sie an, damit sie in eine gerade Position rutscht, und hält ihm das Foto vor die Nase.

»Siehst du das Mädchen neben Elise? Das könnte Christel Beck sein. Und die ist bekannt als eine der ersten Fußballerinnen Deutschlands.« Ihre eigene Stimme überschlägt sich etwas. Jetzt erst merkt sie, wie aufgeregt sie wegen ihrer Entdeckung ist – ihre Hände kribbeln, und ihr Herz pocht.

So groß ist die Sache gar nicht, versucht sie, sich selbst zu beruhigen. Aber sie kommt nicht gegen dieses Gefühl an: dass sie etwas Bedeutsamem auf der Spur ist. Etwas, das auch sie betrifft.

»Hier, siehst du. Unverkennbar.« Sie zeigt Tom die Bilder auf ihrem Laptop. Der wirkt immer wacher, seine Miene konzentriert.

»Du hast recht.« Christel Becks Gesicht ist tatsächlich leicht wiederzuerkennen. Dieser Blick, diese Nase und diese Augenbrauen.

»Das ist ja ein Ding.« Tom beugt sich über den Laptop, überfliegt den Artikel. Seine Augen huschen hin und her. »Vielleicht war ja Elise sogar dabei, bei diesem Spiel in Essen, von dem da die Rede ist.« Er zeigt auf den Artikel. »Das kann sie unmöglich vergessen haben. Sie verschweigt uns was.«

Plötzlich ist aus ihnen wieder ein »uns« geworden. Sie sieht es Tom an, dass er jetzt wieder voll dabei ist: Kein bisschen müde wirkt er mehr, in seinen Augen funkelt es.

Katja schluckt gegen den Kloß an, der sich sofort in ihrem Hals gebildet hat.

»Wir müssen noch mal mit ihr reden! Ich will wissen, was das für eine Geschichte ist.«

Nein, sie *muss* es sogar wissen. Und sie kann gar nicht sagen, wie sehr es sie erleichtert, dass sie plötzlich nicht mehr allein damit ist.

»Tja, ich jetzt auch. Ich komme mit. Morgen könnte ich nachmittags freimachen, wenn du magst«, sagt Tom auch schon.

Sie sehen sich an, beide entschlossen. Katja steht auf und lässt sich von Tom in eine Umarmung ziehen, drückt sich an ihn.

»Komm, wir gehen jetzt trotzdem erst mal ins Bett!« Er streicht ihr das Haar hinter die Ohren. »Ansonsten wird das mein Bounty des Tages, wenn ich so müde bin.« An seiner Stimme hört sie, dass er lächelt.

Er nimmt ihre Hand und zieht sie mit sich, aber Katja dreht sich noch einmal zum Schreibtisch um. Das Foto liegt da, mitten im Lichtkegel ihrer Schreibtischlampe. Sie tippt gegen den Schalter, und das Licht erlischt. Das Bild aber hat sich ihr eingebrannt: ihre Großmutter mit dem Fußball. Und Christel Beck.

4

Wuppertal, Juni 1954

Das Bild knisterte, Wellen aus Schneegestöber zogen über den kleinen Bildschirm. Dabei war es Juni und draußen ganz gewiss kein Schneewetter.

Elise nahm noch einen Schluck von ihrer Limonade und beobachtete, wie die Wirtin etwas zu grob am Fernsehgerät rüttelte.

»Pass doch auf, Susi! Nicht, dass das teure Ding gleich wieder kaputtgeht! Bisschen mit Gefühl ruckeln!« Ein alter Mann, der, soweit Elise das beurteilen konnte, so gut wie jeden Tag an der Bar saß, klopfte mit seinem Bier auf den Tresen. Die Wirtin ruckelte noch einmal, genauso grob, und es half: Plötzlich erschien flackernd ein Bild. Ein Stadion, die Tore nur als Schemen zu erahnen. Für einen Moment vergaß Elise zu atmen.

Als sie gehört hatte, dass die Wirtschaft »Müllerkrug« einen Fernseher angeschafft hatte – der Wirt war fußballbegeistert und glaubte trotz aller Unwahrscheinlichkeit fest daran, dass die Deutschen weit kommen würden –, hatte sie sich selbst davon überzeugen müssen. Jetzt erschien ein Nachrichtensprecher im Anzug. Die Wirtin Susi drehte rasch den Ton lauter, und es war, als würde jetzt nicht nur Elise den Atem anhalten. In der Wirtschaft war es totenstill geworden, lediglich das Gemurmel aus dem Fernsehapparat war zu hören. Und das Tapsen des Wirtes, der zu seiner Frau nach vorne trat, sich vorbeugte. Sofort erlosch das Bild. »Mensch, Heinrich, jetzt bist du auf das Kabel getreten!«

Elise grinste in ihr Glas und nahm noch einen letzten Schluck. Sie würde wohl in den nächsten Tagen und Wochen viel Zeit hier verbringen. Da war es ihr auch egal, was die Leute dazu sagen würden, dass sie als junge Frau allein in eine Wirtschaft ging.

»Hallo. Bist du Elise?«

Ein junges Mädchen rutschte ungefragt auf den Stuhl neben ihrem. Elise bemerkte den mißbilligenden Blick der Wirtin. Sie selbst war mittlerweile ja einundzwanzig Jahre alt, das konnte man von dem jungen Ding neben ihr nicht gerade behaupten. Sie sah aus wie fünfzehn oder sechzehn, trug ein etwas zerknittertes Kleid, hatte struppige dunkelbraune Haare und eine überaus lange, gerade Nase. Und sie starrte Elise ziemlich eindringlich an.

»Ja, bin ich. Wieso?«

»Du hast also diesen Aushang gemacht?«

»Ja, habe ich.« Elise reckte trotzig das Kinn. Es war nicht das erste Mal, dass sie auf ihren Aushang angesprochen wurde – und meist wurde sie direkt im Anschluss dafür ausgelacht, egal ob von Frauen oder Männern.

Zugegeben war ihre Suche nach einer Fußballmannschaft nicht gerade vielversprechend. Aber sie war es einfach leid, auf Rudi angewiesen zu sein, so lieb es auch von ihm war, dass er ihr jedes Mal Bescheid sagte, wenn irgendwo ein Ersatzmann gebraucht wurde. Er pfiff noch immer rund um Wuppertal jedes Amateurspiel, und sie hatte zu ihm Kontakt gehalten – anders als zu den Übrigen aus ihrer alten Jungs-Truppe, die freilich längst nicht mehr existierte, so verschieden waren ihrer aller Leben geworden. Aber er konnte auch nichts dagegen unternehmen, dass jedwede Fußballmannschaft sie allerhöchstens duldete, wenn Not am Mann war. Und selbst dann nur naserümpfend.

Aber das Mädchen machte keine Anstalten, sich über sie lustig zu machen.

»Klasse«, sagte sie nur. »Ich habe nämlich zufälligerweise gerade eine Fußballmannschaft gegründet. Du kannst gerne mitmachen. Also, wenn du was draufhast.« Sie grinste frech.

»Na, wenn ihr es auch draufhabt!« Elise konnte nicht anders, als zurückzugrinsen.

Dabei hatte sie nicht allzu hohe Ansprüche, wenn sie ehrlich war. Allein der Gedanke an eine nette Runde, wo man hinterher nicht gleich wieder wie eine Aussätzige behandelt wurde, genügte ihr schon, um ganz aufgeregt zu werden. Es gab wirklich wenig in ihrem Alltag, auf das sie sich ansonsten freuen konnte.

»Du wirst ein Fahrrad brauchen, um zu unserem Platz zu kommen, wir spielen etwas außerhalb von Wuppertal«, sagte das Mädchen und schob ihr einen Zettel zu. Darauf stand eine Adresse. »Am Sonntagnachmittag, 15 Uhr, egal bei welchem Wetter. Ach, und ich bin übrigens Christel.«

Das Mädchen hielt ihr die Hand hin, und Elise schlug ein. »Elise, aber das weißt du ja schon. Ich werde da sein.«

Und wie sie da sein würde.

Für ein Fahrrad hatte Elises bescheidener Lohn – zumal sie ja fast alles an ihre Großmutter weitergab – bisher nie gereicht. Aber Elises Tante Marie besaß eines, das Elise sich schon seit Jahren leihen durfte. Hoffentlich klappte das auch für dieses Wochenende!

Zum Glück wohnte Marie ganz in der Nähe der Wirtschaft, sodass Elise sie gleich nach dem Fahrrad fragen konnte. Ihr Herz klopfte noch immer voller Aufregung, als sie sich auf den Weg zu ihrer Tante machte. Die sah wie immer etwas abgekämpft aus, als sie Elise die Tür öffnete, strahlte bei ihrem Anblick aber über das ganze Gesicht. Obwohl sie so unterschiedliche Leben führten, waren sie nach wie vor eng verbunden. Mehr noch, Marie war Elises wichtigste Vertraute. Und Elise unterstützte sie, wo sie nur konnte.

»Hier, nimm mal!« Marie drückte ihr einen der Zwillinge in die Arme und eilte dann in die Küche, wo sie offensichtlich gerade das Abendessen kochte. Schließlich würde ihr Mann bald von der Arbeit nach Hause kommen.

Während Elise sich für Kochen und dergleichen nicht interessierte und eine Heirat sowieso in weiter Ferne lag, waren ein perfekter Haushalt und ihre beiden kleinen Zwillingsmädchen für Marie die Erfüllung all ihrer Träume. Zumindest behauptete sie das. So ausgezehrt und müde, wie sie meist aussah, fragte Elise sich eigentlich jedes Mal, ob Träume wirklich aus diesem Stoff gemacht sein konnten. Wenn allerdings Jutta und Sabine sie mit ihren zahnlosen Mündern angrinsten, dann verstand sie es doch ein klein wenig. Gerade allerdings weinte Jutta, und Sabine, die Elise auf den Arm gedrückt bekommen hatte, verzog ebenfalls das Gesicht.

»Sch, sch«, machte Elise unbeholfen und begann dann schnell ein Lied zu summen – sie kannte nicht sehr viele und landete früher oder später eigentlich immer bei Weihnachtsliedern. Gerade hatte sie instinktiv »Stille Nacht, Heilige Nacht« angestimmt. Immerhin funktionierte es. Sabinchen klappte den Mund wieder zu und starrte selig zu ihr hinauf. Jutta hingegen war weniger leicht zufriedenzustellen. Und während Marie in den Töpfen rührte, plärrte sie einfach weiter.

»Wie läuft es in der Schneiderei?«, versuchte Marie dennoch, ein Gespräch anzufangen.

Aber Elise hatte gerade wirklich gar keine Lust, über ihre Arbeit zu sprechen. Nicht, wenn es endlich etwas gab, auf das sie sich freuen konnte. Also erzählte sie über Juttas Gekreische und Sabines Gebrabbel hinweg von ihrem Treffen mit dem jungen Mädchen.

»Natürlich kannst du mein Fahrrad nehmen! Behalt es am besten gleich. Wann ich mal wieder rauskomme, steht ja ohnehin in den Sternen«, sagte Marie. Ihre Stimme klang so schwach und abgekämpft, dass Elise sofort das schlechte Gewissen packte.

»Warte, ich helfe dir!« Noch immer Sabine auf dem Arm, nahm sie Marie den Kochlöffel ab und begann wild draufloszurühren. Dass Marie das überhaupt geschehen ließ, obwohl sie ja wusste, dass Elise absolut keine Ahnung vom Kochen hatte, besagte schon einiges. Stattdessen ließ sich ihre Tante erschöpft auf einen Küchenstuhl fallen.

In der Küche war alles neu und schick – Richard arbeitete im Baugewebe, und der mittlerweile vorsichtig einsetzende Wirtschaftsaufschwung führte dazu, dass er kaum noch zu Hause war und stattdessen immer wieder neue Anschaffungen mitbrachte. Das Essen, das gerade vor sich hin köchelte – Kartoffeln und irgendeine bräunliche Sauce – stand auf einem brandneuen Elektroherd. So einen, für den neuerdings überall Werbung hing. Und einen Eisschrank hatte Marie, im Gegensatz zu fast allen anderen Wuppertalern, auch. Vermutlich würde Richard bald eine Waschmaschine anschaffen. Oder einen Fernseher, dachte Elise plötzlich. Dessen Kosten waren mit mindestens 1200 D-Mark allerdings schon ziemlich hoch.

»Vorsicht, es brennt gleich an«, sagte Marie müde vom Küchentisch aus, und Elise beeilte sich, schneller zu rühren. Sie musste dringend lernen, besser zu kochen, damit sie ihre Tante unterstützen konnte, dachte sie. Wieso nicht jetzt gleich damit anfangen? Wenn sie wieder Fußball spielen durfte, konnte sie im Gegenzug ja auch etwas wirklich Langweiliges wie Kochen lernen. Aber als sie sich umdrehte, um Marie nach dem Essen zu fragen, sah sie, dass diese auf dem Stuhl eingenickt war.

*

Die Tage bis zum Sonntag vergingen quälend langsam. Und das, obwohl die Arbeit in der Schneiderei Elise mittlerweile ziemlich leicht von der Hand ging. Sie war zur echten Mitarbeiterin aufgestiegen, durfte nun auch an die Nähmaschine, heftete und nähte, vermaß und notierte in einem fort. Sie musste zugeben, dass es langweiligere Tätigkeiten gab. Marie etwa hatte ja in all den Jahren, in denen sie sich nichts sehnlicher gewünscht hatte, als zu heiraten und endlich schwanger zu werden, immer in einer Wäscherei gearbeitet. Das war harte Plackerei, wie Marie ihr berichtet hatte, und zudem wurde die Haut davon rot und rissig.

Elise hatte lediglich einen etwas krummen Rücken, aber da sie viel laufen ging und Fußball spielte, wann immer sie dazu kam, hatte sie bisher außerhalb der Arbeit keine Probleme damit. Und ihre Aufgaben waren ja wenigstens recht vielseitig. Das Einzige, was sie aushalten musste, waren Frau Thieles ewige Geschichten. In der Zeit, die sie nun mit ihrer Großmutter in dem kleinen Ladengeschäft arbeitete, hatte sie jede Geschichte schon mindestens fünfzig Mal gehört. Aber, und auch das hatte Elise in den letzten Jahren wertzuschätzen gelernt, Frau Thiele erzählte nicht nur. Hin und wieder erkundigte sie sich nach Elises Großvater, nach Marie und ab und an sogar nach Elises Fußballleidenschaft. Die ältere Frau mochte vielleicht etwas eigen sein, aber das Wohl ihrer Mitarbeiterinnen interessierte sie durchaus. Und obwohl sie absolut keine Ahnung von Fußball hatte und der Sport sie auch nicht im Mindesten interessierte, hatte sie sich sogar gemerkt, dass schon nächste Woche die Fußballweltmeisterschaft beginnen würde – und Elise versprochen, dass sie, wenn es irgend möglich war, pünktlich für die Spiele Feierabend machen konnte.

Vorerst allerdings interessierte auch Elise die Fußballweltmeisterschaft weniger als das, was sie an diesem Sonntag westlich von Wuppertal vorfinden würde. Mit Maries Fahrrad war sie direkt nach dem Mittagessen, das sie mit ihren Großeltern wie immer schweigend zu sich genommen hatte, losgeradelt. Und während sie eifrig in die Pedale trat, um ja nicht zu spät zu kommen, schüttelte sie immer mehr die bedrückte Stimmung von zu Hause, die Gebrechlichkeit ihres Großvaters, der jetzt von Oma Guste gefüttert werden musste, und die zunehmende Bitterkeit der Großmutter ab, bis ihre Wangen glühten und ihr Herz wieder befreiter schlug.

Wie sich herausstellte, führte sie die Adresse auf dem Zettel, den Christel ihr gegeben hatte, mitten ins Nirgendwo. Hier gab es eigentlich nur Äcker und eine kleine Ansammlung von Gutshäuschen. Aber auf der Straße wurde sie von zwei jungen Frauen, die ebenfalls kräftig in die Pedale traten, überholt – und heftete sich an deren Fersen. Schließlich hielten sie tatsächlich hinter den Gutshäusern, mitten auf einer Wiese, die wie ein stillgelegter Acker aussah – und auf der zwei aus Baumstämmen gezimmerte Tore standen. Vier junge Frauen beugten sich über einen Viehtrog, der näher am Haus stand, und benetzten sich die verschwitzten Gesichter mit kaltem Wasser. Als Elise näher kam, schauten sie hoch.

»Hallo, bist du Elise?«

Eine junge Frau, die sogar noch größer war als Elise und sich kerzengerade hielt, kam auf sie zu und reichte ihr herzlich die Hand. »Ich bin Edith, und das sind Gerda und Rita. Ritas Eltern gehört der Hof hier.«

»Und ich bin Marion.«

»Karin!«

Noch mehr junge Frauen waren zu ihnen getreten. Und hinter ihnen stiegen noch zwei weitere von ihren Fahrrädern ab, warfen diese ins Gras und kamen herüber. Elise schwirrte schon der Kopf von den ganzen Namen. Und alle wirkten so freundlich, so offen und herzlich.

»Seid ihr in eurer Mannschaft etwa alles Frauen?«

Erst jetzt fiel ihr auf, dass sie Christel gar nicht dazu gefragt hatte. Irgendwie war sie davon ausgegangen, dass niemals so viele junge Frauen zum Fußballspielen zusammenfänden.

»Na klar!« Waltraud, die sich ihr als Letzte vorgestellt hatte, grinste. Rita und Marion hatten unterdessen auf der Wiese schon zu dribbeln begonnen. Sie besaßen einen echten Ball, und Elises Herz hüpfte vor Vorfreude.

Schließlich stieß auch Christel zu ihnen. Einen Schiedsrichter hatten sie nicht. Stattdessen wechselten sie sich an der Pfeife ab, während sie sechs gegen sechs auf dem kleinen Acker spielten.

Beim gemeinsamen Rumstehen vor dem Spiel hatte Elise sich kaum getraut, etwas zu sagen, aus Angst, die Gruppe würde sie vielleicht nicht mögen. Jetzt aber hielt sie sich nicht mehr zurück. Sie spielte mit Christel in einem Team, und jedes Mal, wenn Elise ein Tor schoss, jauchzte Christel auf.

»War genau das Richtige, dich zu holen! So eine gute Stürmerin wie dich hatten wir bisher noch nicht. Also, außer mir natürlich.«

Es stimmte. Während Paul und Gerhard damals mit Elise durchaus hatten mithalten können, spielten die jungen Frauen und Mädchen mit sehr unterschiedlicher Qualität. Christel,

Karin und Gerda waren ebenso gut wie Elise, Marion hingegen schaffte es nie, lange den Ball zu halten, und Waltraud schoss ständig daneben. Aber es schien niemandem etwas auszumachen, und das war fast genauso gut wie die Tatsache, dass sie beinahe zwei Stunden lang miteinander spielten, ohne dass jemand die Lust verlor. Niemand machte hämische Bemerkungen, nicht zum Können und auch nicht über die Frisur oder die Kleidung.

Wie sehr sie sich doch an diese schlechte Behandlung gewöhnt hatte, dachte Elise, als schließlich alle verschwitzt zum Viehtrog liefen, um sich kaltes Wasser ins Gesicht zu klatschen. Wie normal es für sie geworden war, dass sie nach dem Spiel beschimpft und ausgelacht wurde – dafür, dass sie Röcke trug, dass sie lange Haare hatte, dass ihre Brüste beim Rennen unter ihrer Kleidung sichtbar auf und ab hüpften.

Hier hingegen herrschten nur Lachen und Heiterkeit und ein gegenseitiges Sichaufziehen, als sich Marion und Edith mit Wasser zu bespritzen begannen. Marions feines schwarzes Haar – vom Spielen sowieso schon verschwitzt – war bereits klatschnass. Genauso wie Ediths komplette Kleidung.

»Wie habt ihr euch eigentlich alle gefunden?«, fragte Elise, als sie schließlich noch ein wenig gemeinsam auf der Wiese saßen. Die Sonne schien, und in den Bäumen um das Gutshaus zwitscherten die Vögel. Es war beinahe ein wenig unwirklich – wäre sie nicht noch immer außer Atem vom Spiel, sie hätte vermutlich kaum glauben können, dass sie wirklich hier war.

»Wir kennen uns fast alle von der Tanzschule«, sagte Marion, und ihre ungewöhnlich grünen Augen blitzten vergnügt. »Du weißt schon, um Benehmen zu lernen. Oder so.« Marion grinste. »Außer Waltraud, Christel, Edith, Karin und Eva, die sind Nachbarinnen oder Kolleginnen von jeweils einer von uns. Und irgendwie haben wir dann zusammengefunden. Wegen der WM.«

Jetzt erzählten alle durcheinander, wann genau sie mit dem Fußballspielen begonnen hatten – Christel zum Beispiel war gar von ihrem Vater dazu ermutigt worden, der selbst immer hatte spielen wollen, es aufgrund einer Verletzung aber nie gekonnt hatte. Oder dass sie, wie bei mindestens der Hälfte, eigentlich erst seit drei Wochen am Ball waren. Elise kam kaum hinterher, sich alle Geschichten zu merken. Aber sie hatte das Gefühl, dass sie das auch nicht musste. Sie würde hoffentlich noch viel Zeit mit der Gruppe verbringen.

»Nächsten Sonntag wieder, oder?«, fragte Christel auch schon in die Runde. »Aber früher, hinterher ist ja WM. Und kommt wer am Donnerstag zum ersten Spiel in den Müllerkrug?«

Schon war Elise nicht nur zum Fußballspielen, sondern auch zum gemeinsamen Radiohören in der Kneipe verabredet – das erste WM-Spiel der Deutschen wurde nicht im Fernsehen übertragen, sondern nur im Radio.

Konnte es noch besser werden? Kaum, dachte Elise zumindest an diesem Abend, als sie mit einem breiten Grinsen im Gesicht im Bett lag und den Tag wieder und wieder Revue passieren ließ. Irgendwie fühlte es sich nach all den zermürbenden Jahren an, als wäre ganz unverhofft alles an seinen Platz gerückt. Vielleicht, dachte Elise, während sie an die dunkle Decke starrte, lohnt es sich eben manchmal doch, einfach am Ball zu bleiben, weiter zu suchen, weiter zu hoffen. Schließlich hatte sie die Suche nach einer Gruppe, mit der sie endlich wieder Fußball spielen könnte, nie aufgegeben! Und nun würde der schnöde Alltag tatsächlich nicht mehr einfach nur ein Durchhalten sein, egal ob zu Hause oder in der Schneiderei. Es würde etwas geben, worauf sie sich freuen konnte. Noch breiter konnte ihr Grinsen eigentlich gar nicht werden. Höchstens ein klein wenig, als sie sich auf ihrer Matratze bequemer hinlegte und dabei bemerkte, dass sie bereits einen Muskelkater bekam. Ein Beweis dafür, dass sie heute so viel am Ball gewesen war wie schon lange nicht mehr.

*

Am Donnerstag zeigte sich Wuppertal wieder einmal von seiner diesigen, regnerischen Seite. Doch obwohl der Tag mit seinem grau behangenen Himmel, dem frischen Wind und dem ständigen Nieselregen eigentlich kaum durchschnittlicher und langweiliger hätte sein können, war Elise vor Vorfreude ganz hibbelig, als sie sich am Abend auf den Weg in die Kneipe machte. Vermutlich lag es nur an ihr, schließlich rechnete kaum jemand mit einem Weiterkommen der Deutschen bei dieser WM, die Begeisterung für das Spiel hielt sich deswegen in Grenzen – aber liefen nicht doch auch die anderen Menschen auf der Straße etwas beschwingter als sonst, zielstrebiger?

Vor ihr verschwanden ein paar junge Männer in der Wirtschaft, die am Ende der Straße lag. Tatsächlich empfing sie ein lautes Stimmengewirr, als sie selbst die Tür zur Kneipe aufstieß. Drinnen waren schon die meisten Tische besetzt, selbst am Rand standen ein paar Männer, und einige wenige Frauen und prosteten sich zu. Über allem lag der durchdringende Geruch nach Bier, Schweiß und Zigarettenrauch, der bereits in Schwaden in der Luft hing. Kein Wunder, es war ja auch schon kurz vor Anpfiff. Aber Elise hatte noch lange an einem Sommerkleid für Rudis Mutter gesessen. Jetzt spähte sie über die Menge und hielt nach einem vertrauten Gesicht Ausschau.

Da, irgendwo rechts, mitten im Gedränge, konnte sie Christels buschige Haare ausmachen, daneben Ediths kupferfarbenes feines Haar und Marions schwarzes.

Grinsend bahnte Elise sich einen Weg.

»Da bist du ja, ich hätte den Platz kaum länger freihalten können.« Schwungvoll nahm Christel ihre Tasche vom Stuhl neben sich und schob ihn Elise zu.

»Wir sprachen gerade über die Türken«, erklärte sie, als Elise sich hingesetzt hatte. »Weißt du viel über die Mannschaft?«

»Nur, dass die sich in der Qualifikation ziemlich überraschend gegen Spanien durchsetzen konnten.«

»Mit Münzwurf!«, fügte Edith hinzu und strich sich das Haar hinter die Ohren. Obwohl sie die Größte von ihnen war, sah sie aus wie eine Elfe, fand Elise. Außer, wenn sie so diabolisch grinste wie jetzt.

»Ich glaube trotzdem, dass das ein solider Gegner wird«, widersprach Marion. »Die haben da einen Stürmer, der … Oh, es geht los.«

Elise war so auf ihre neuen Bekanntschaften konzentriert gewesen, dass sie bisher gar nicht auf das Radio geachtet hatte. Aber Marion hatte recht. Aus dem kleinen schwarzen Gerät, das vor ihnen allen auf dem Tresen platziert worden war, tönte jetzt die Stimme des Kommentators, der das Einlaufen der deutschen Mannschaft verkündete. Es war schon äußerst ärgerlich, fand Elise, dass dieses Spiel nicht im Fernsehen übertragen wurde. Vermutlich, weil niemand mit einem allzu großen Interesse rechnete. Dabei hatte der Müllerkrug ja einen Fernseher! Und dabei wäre ja sogar genug Publikum da. Jetzt zumindest war es in der Kneipe schon deutlich leiser geworden, während der Kommentator die Aufstellung der Deutschen referierte.

»Ich sage, Morlock schießt heute ein Tor«, raunte Christel in die Runde.

»Ich tippe auf Walter«, sagte Marion. »Also der Ottmar, nicht der Fritz Walter.«

»Das stimmt, der schießt häufiger ins Ziel«, gab Elise ihr recht. »Aber der Berni Klodt gehört auch zur Offensive, und er soll sehr …«

»Können die Weibsbilder bitte mal das Maul halten?«, zischte ein junger Mann links von ihr. Christel verdrehte genervt die Augen. »Selber Maul halten! Es geht los!« Und tatsächlich schrillte auch schon der Anpfiff durch das Wirtshaus. Und mit einem Mal redete keiner mehr. Egal ob im Anzug oder im zerschlissenen Hemd, ob alt oder jung, alle tranken sie nun schweigend ihr Bier, starrten auf das kleine schwarze Radio auf dem Tresen. Bis nach nur drei Minuten schon der erste Gegentreffer fiel. Da riefen alle durcheinander, und Gläser und Krüge wurden empört auf die Tische geknallt. »Von wegen ein schwacher Gegner, so ein Mist!«, rief Christel. Elise war ja selbst nicht auf den Mund gefallen, aber dass Christel, auf jeden Fall noch minderjährig, sodass sie eigentlich überhaupt nicht hier sein dürfte, stets das Wort ergriff, imponierte ihr.

»Der Schuss von diesem Suat klang stark. War leider schon verdient«, gab sie selbst zu bedenken.

»Verdient, verdient. Seid ihr auf der Seite der Türken oder was? Wir Deutschen können trotzdem gewinnen!«, giftete schon wieder der Kerl links von ihnen. Der, der nicht wollte, dass sie plauderten, und dann wohl doch zuhörte.

»Zu hoffen wäre es«, murmelte Christel, und dann schwiegen sie, denn im Radio und auf dem Platz in Bern ging es ja schon weiter. Bald hatte Edith an ihren Nägeln zu kauen begonnen, und Marion und Christel sahen so aus, als wären sie kurz davor, von ihren Plätzen aufzuspringen. Und taten es tatsächlich, als Hans Schäfer nach einer knappen Viertelstunde endlich ausglich. In der Wirtschaft war ein ohrenbetäubender Jubel ausgebrochen, und wieder klirrten die Gläser, diesmal allerdings prostete man sich zu. Nur, um danach wieder gebannt auf das Radio zu blicken, als gäbe es dort etwas zu sehen.

Noch war nichts entschieden, das spürte Elise, das spürten sie alle ganz genau. Und doch stand es zur Halbzeit immer noch 1:1, trotz, zumindest waren sich da die Frauen einig, deutlicher Stärke des deutschen Teams.

»Wir müssen gewinnen!«, murmelte Christel, während sie hastig eine Apfelschorle leerte, als hätte sie seit Stunden nichts mehr getrunken.

»Das nächste Spiel geht gegen die Ungarn«, stimmte Elise ihr zu. »Die weltbeste Mannschaft. Wenn wir jetzt verlieren, sind wir schon in der Gruppenphase raus.«

»Es gibt Schlimmeres, als zu verlieren!«, sagte plötzlich eine männliche Stimme direkt hinter ihnen. Eine, die dafür sorgte, dass Elise sofort ganz anders zumute wurde. Als hätte ihr jemand eine Faust in den Magen gerammt.

Da rückte er unter den misstrauischen Blicken der anderen Frauen auch schon seinen Stuhl neben ihren.

»Elise«, sagte er und grinste sie an. Aber seine Augen wirkten irgendwie traurig.

»Paul!« Sie hatte ihn seit Jahren nicht gesehen. Nicht, seitdem er sein Abitur absolviert und schließlich tatsächlich zu seinem Onkel, dem Fabrikanten, nach Düsseldorf in die Lehre gegangen war. Zugegebenermaßen hatte sie seinen Weg immer ein wenig nachverfolgt, hatte sich das, was Rudi hier und da mal über ihn fallen ließ, gemerkt. Aber gesprochen hatte sie nie wieder mit ihm. Nicht seit dem Spiel bei den Ronsdorfern, nicht, seitdem er sie in ihrer zart aufkeimenden Beziehung so gemein hintergangen und belogen hatte, indem er hinter ihrem Rücken mit anderen gespielt hatte, obwohl ihm doch klar gewesen war, wie wichtig ihr das Fußballspielen war.

Jetzt sprang ihr das Herz fast aus der Brust.

Er sah genauso gut aus wie früher, wenn nicht sogar besser. Der Bartschatten, der auf seinem Gesicht lag, gab ihm etwas Düsteres, die Grübchen ließen aber immer noch den Jungen von damals hindurchschimmern. Und dann war da natürlich noch die Lücke zwischen seinen Schneidezähnen, für die er in Barmen bekannt gewesen war. Wo er jetzt wohl lebte, was er machte?

»Hallo, Paul!« Elise räusperte sich, besann sich gerade noch der Höflichkeit und stellte ihn ihren neuen Freundinnen vor. Edith musterte ihn interessiert, aber Marion und Christel hatten einfach weiter gefachsimpelt, als wäre gerade nicht ein attraktiver Mann zu ihnen gestoßen. Fast mochte Elise sie jetzt noch mehr als sowieso schon. Und sie beschloss, es ihnen gleichzutun. Sie würde sich von Paul nicht aus dem Konzept bringen lassen. Sie war schließlich wegen der Fußballübertragung hier.

»Schön, dich mal wiederzusehen«, setzte Paul an, aber da ging das Spiel auch schon weiter.

»Psst!«, machte Elise.

»Psst«, echote Christel sofort und warf ihr einen verschwörerischen Blick zu. Beide wandten sie sich demonstrativ nach vorne. Ein kleines Grinsen konnte Elise allerdings nicht unterdrücken. Und dann war die zweite Halbzeit tatsächlich zum Jubeln. Elise hatte sich ja so oder so für das Spiel interessiert, ob die Deutschen nun gewannen oder nicht. Aber dass sie gleich so haushoch triumphieren würden, damit hatte wohl keiner gerechnet: Erst besorgte Berni Klodt in der fünfzigsten Minute das 2:1, und dann schossen Ottmar Walter und Max Morlock die deutsche Elf noch zum 4:1.

In der Kneipe herrschte jetzt eine euphorische Stimmung.

»Ich hab gehört, der Morlock hatte schon Italienurlaub gebucht für die Zeit des Viertelfinales. Vielleicht muss er den ja noch absagen!«, warf Marion ein, und Christel sah aus, als hätte sie gerade selbst ein Tor geschossen.

Paul hingegen saß still neben Elise, hatte das ganze Spiel ruhig auf sich wirken lassen. Bei jedem Tor aber war er, genau wie Elise, Marion, Christel, Edith und viele andere in der Kneipe, aufgesprungen. Dabei hatte sein Arm immer wieder Elises gestreift, was sie zu ignorieren versucht hatte. Jetzt allerdings war das Spiel vorbei, und Paul schaute sie erwartungsvoll von der Seite her an.

»Wie geht es dir denn so?«

»Gut«, antwortete Elise knapp und fragte sich, wie sie sich schnellstmöglich aus der Situation befreien könnte. Edith, Marion und Christel waren nicht gerade eine Hilfe. Sie sprachen nun aufgeregt über das Spiel und merkten nicht, wie unwohl Elise sich fühlte. Sie wollte nicht mit Paul reden. Und noch weniger wollte sie, dass sein Anblick sie nach all den Jahren so aufwühlte.

»Elise!« Da, endlich nahte Rettung. Und zwar in Form des einbeinigen Rudi, der sich einen Weg zu ihnen bahnte.

Es freute Elise sehr für ihn, dass er nicht mehr auf die Krücken angewiesen war – sie waren einer richtigen Prothese gewichen, die unter der Hose verborgen war.

»Ich wusste gar nicht, dass du dich auch in eine Kneipe traust. Na gut, vergiss es, was würdest du dich schon nicht trauen.« Rudi grinste sie kumpelhaft an, und Elise erwiderte sein Lächeln genauso ehrlich. Es war schön, ihn zu sehen. Vor allem, weil er zuletzt – genau wie Elise – so viel in der Bäckerei hatte arbeiten müssen, dass sie sich eigentlich so gut wie nie über den Weg gelaufen waren.

»Pfeifst du noch?«, fragte Elise und merkte, dass ihr die Zeit, in der sie noch auf Rudis Tipps angewiesen gewesen war, plötzlich ganz weit weg vorkam. Dabei hatte sie ja erst ein Mal mit den anderen Frauen gespielt. Und trotzdem war es, als herrschte seitdem eine neue Zeitrechnung.

»Keine Zeit mehr.« Rudi hatte sich einen Stuhl herangezogen und sich zwischen Elise und Paul gequetscht – sehr zu dessen Missfallen. »Weißt du, ich übernehme demnächst endgültig die Bäckerei meiner Eltern und …«

»Elise, kann ich kurz mal mit dir reden. In Ruhe?« Paul hatte sich einfach an Rudi vorbeigebeugt und ihn in seinem Redeschwall unterbrochen. Und er schaute sie überaus dringlich an.

Elise zögerte, aber Pauls Blick war so flehend, dass sie schließlich nickte.

»Entschuldige, Rudi. Ich gehe kurz mit Paul vor die Tür.«

Sie murmelte auch ihren Freundinnen eine schnelle Entschuldigung zu, bevor sie sich mit Paul einen Weg durch die Menge bahnte.

Sie merkte sehr wohl, dass die anderen ihnen neugierig hinterherschauten. Dann aber verwickelte Rudi sie in ein Gespräch, und als Paul ihr schließlich die Tür aufhielt, blickte niemand mehr zu ihnen.

Die Straße vor dem Wirtshaus war bereits in ein rötliches Licht getaucht, das alles deutlich weicher wirken ließ: die schäbigen Häuser gegenüber, der an manchen Stellen noch immer kaputte Bürgersteig und die letzten verbliebenen Trümmer ganz am Ende der Straße, um die sich auch im Jahr 1954 noch niemand gekümmert hatte.

Elise lehnte sich an die Hauswand neben der Wirtshaustür.

»Also?«, fragte sie und versuchte, genauso streng auszusehen wie ihre Großmutter. Wenn es darum ging, nichts allzu nah an sich herankommen zu lassen, hatte sie wenig andere Vorbilder.

»Es tut mir so leid«, platzte Paul heraus.

»Was tut dir leid?«

»Alles, alles von damals! Wie das gewirkt haben muss auf dich, als du mich da bei den Ronsdorfern …« Paul war völlig außer Atem.

»Das ist doch Jahre her«, sagte Elise kühl. Und so fühlte es sich auch an. Es war merkwürdig, dass er so aufgewühlt wirkte. Sollte er das nicht längst vergessen haben? Hatte er nicht in Düsseldorf ein aufregendes, erfülltes Leben geführt, während sie sich hier in Wuppertal abgeplagt hatte?

»Es treibt mich aber seitdem um«, sagte Paul und schaute ihr ernst in die Augen. Mit dem Rücken drückte sie sich enger an die Hauswand. Die poröse Fassade war kühl und kratzte sie durch ihr Kleid.

»Ich konnte dir das damals ja nicht erklären, weil du verständlicherweise nicht mehr mit mir reden wolltest. Aber es war alles anders, als du denkst!«

»Ach ja? Also, für mich sah es aus, als hättest du bei den Ronsdorfern schön viel Spaß gehabt. Und mir davor noch ins Gesicht gelogen, du würdest da nicht mitmachen! Dabei wusstest du doch, wie wichtig mir das Spielen war.« Schön, jetzt war also ihre Fassade wirklich dahin. Ihre Stimme klang wütend, und sie merkte, wie ihr das Herz in der Brust zu stolpern begann. Da mochte sie sich noch so sehr einreden, das alles sei doch lange her. Der Schmerz saß noch tief. Darüber, dass er sie belogen hatte, darüber, dass sie nicht einmal dieses kleine Stück Glück, welches das Fußballspielen für sie gewesen war, hatte behalten dürfen.

»Ich habe nicht gelogen!« Paul trat einen Schritt auf sie zu. »Das war wirklich das erste Mal, dass ich zu den Ronsdorfern bin. Ich wollte mal schauen, ob es stimmt, was du gesagt hattest. Ich dachte ja, die anderen spielen gar nicht regelmäßig mit den Ronsdorfern und dass das nur eine Ausnahme war. Und dann … haben sie mich eben überredet, mitzumachen. Kurz bevor du kamst. Ich hätte dir selbstverständlich davon erzählt, und ich hätte selbstverständlich auch die anderen davon überzeugt, dass du mitmachen darfst. Wirklich, das musst du mir glauben!«

Er sah tatsächlich so aus, als wäre ihm das wichtig. Seine Augenbrauen hatte er flehentlich zusammengezogen, zwischen ihnen war wieder diese steile Falte entstanden.

Ob sie ihm wirklich glauben sollte? Sie wusste es nicht. Aber mit einem Mal merkte sie, dass sie die ganze Geschichte tatsächlich einfach nur vergessen wollte. Sie hatte jetzt eine andere Mannschaft. Frauen, mit denen sie sich auf Anhieb verstand, bei denen sie mitspielen konnte. Das war viel besser. Nur darauf sollte sie sich konzentrieren. Auf das, was gut war und gut bleiben würde, wenn sie nur daran festhielt.

»Es ist in Ordnung«, sagte sie und legte ihm beruhigend eine Hand auf den Arm. »Das ist Schnee von gestern und verziehen.«

»Wirklich?« Er suchte in ihrem Gesicht. Und atmete schließlich erleichtert aus. »Ich habe seitdem so oft an dich gedacht. An das, was hätte sein können, was aus uns hätte werden können.« Jetzt lächelte er wieder, auch wenn es ein wenig traurig wirkte.

»Na ja, wie es aussieht, sind wir beide erwachsen geworden. Und jetzt stehen wir wieder hier«, sagte Elise leichthin.

»Ja, das tun wir wohl.« Jetzt grinste er wirklich, und Elise konnte nicht anders, als es ihm gleichzutun. Nur am Rande nahm sie wahr, dass immer mehr Leute die Wirtschaft verließen. Wieder und wieder klapperte die Tür, um dann krachend ins Schloss zu fallen. Lachende und plaudernde Menschen strömten an ihnen vorbei.

»Es wäre also nicht vermessen, wenn ich dich frage, ob du vielleicht mal mit mir ausgehen würdest?« Paul war unwillkürlich noch einen Schritt näher gekommen. Jetzt konnte er sie beinahe berühren.

»Na, ich weiß ja nicht. Elise hat aktuell wirklich viel zu tun. Sie muss Fußball spielen!« Wie aus dem Nichts war Christel neben ihr aufgetaucht und hakte sich bei ihr unter. Paul war sofort einen Schritt zurückgewichen. Er wirkte leicht verlegen, wie er jetzt von einem Bein auf das andere trat.

»Da ist was dran!«, sagte Elise. Edith und Marion gesellten sich auf ihre andere Seite, musterten Paul neugierig. »Aber ich werde alle Spiele hier hören oder schauen, wenn du also dazukommen möchtest?« Sie fühlte sich irgendwie gestärkt durch Christels Arm, der sich so selbstverständlich unter ihren geschoben hatte. Gestärkt und mutig und ein wenig keck.

»Ich werde da sein!« Paul warf ihr noch einen Blick zu, der ihr Herz unwillkürlich schneller klopfen ließ. Dann nickte er den anderen zum Gruß zu und schlenderte zu Rudi, der nun ebenfalls den Kopf aus der Wirtschaft steckte.

»Elise, Elise!«, raunte Christel ihr zu und zog sie mit den anderen die Straße hinab. »Hast du gerade etwa einen Kerl zum gemeinsamen Fußballgucken eingeladen? Ich dachte, das wäre Frauensache!«

»Entschuldigung, ich …«

»Nein, hör nicht auf sie. Sie macht nur Spaß!« Marion hatte sich an ihrer anderen Seite untergehakt. Mit Edith, die wiederum neben Marion lief, passten sie kaum mehr auf den Bürgersteig. Hupend fuhr ein Auto an ihnen vorbei.

»Ich finde, er wirkt sehr nett, außerdem ist er attraktiv, und wir müssen schließlich alle schauen, wo wir bleiben.«

»Na, sicherlich ist dafür kein Mann vonnöten!«, murmelte Christel. »Aber das ist natürlich deine Entscheidung. Und Marion hat recht, er wirkt ja ganz nett. Trotzdem, können wir jetzt wieder über Fußball reden?«

»Du musst wissen«, schaltete sich Edith ein, »dass gerade noch die Nachricht kam, dass die Ungarn die Südkoreaner plattgemacht haben.«

»Oh nein. Die sind also wirklich so gut …« Elise seufzte. Schon am Sonntag würde es für Deutschland gegen Ungarn gehen. Die Mannschaft, von der eigentlich alle erwarteten, sie würde die Weltmeisterschaft gewinnen. Und schon waren sie wieder mittendrin in der Diskussion.

»Die Ungarn haben sogar die Engländer im Länderspiel besiegt. Das war die größte Niederlage für die Engländer jemals, habe ich gelesen«, referierte Marion, während sie weiter durch Elberfeld schlenderten, bis die Sonne schließlich ganz hinter den Häuserdächern verschwunden war und Wuppertal wieder in den dunklen Mantel der Nacht hüllte.

Das erfolgreiche Spiel gegen die Türken war in den nächsten Tagen Stadtgespräch, und sogar Oma Guste las Opa die Nachberichterstattung aus der Zeitung vor. Der brummte zwar nur irgendetwas Unverständliches – aber immerhin schien er zuzuhören.

Nachdem erst niemand an die Deutschen geglaubt hatte, wurde nun überall gemunkelt, man könne es ja vielleicht doch bis ins Viertelfinale schaffen. Und das Spiel am Sonntag gegen die Ungarn sollte als erstes Länderspiel überhaupt sogar richtig im Fernsehen ausgestrahlt werden. Beinahe war es, als hätte die Stadt nur darauf gewartet, sich auf dieses neue, heitere Thema stürzen zu können. Die Sonne schien, die Wirtschaft ging bergauf, niemand musste mehr Hunger leiden – die dunklen Jahre sollten endlich der Vergangenheit angehören. Was gab es da Besseres als etwas, das so gar nichts mit Krieg und Zerstörung zu tun hatte?

»Es ist einfach so ein befreiendes Gefühl, die Kugel reinzuschieben«, sagte Christel seufzend nach ihrem Übungsspiel am nächsten Sonntag und strich sich das verschwitzte Haar aus der Stirn. »Ich verstehe gar nicht, wieso es diese WM gebraucht hat, damit endlich alle den Sinn im Fußball sehen.«

»Na ja, es könnten durchaus noch mehr sein, die sich anstecken lassen und auch zu spielen anfangen. Vielleicht ja, wenn die Deutschen wirklich weiterkommen! Ich würde gerne mal gegen eine komplette andere Mannschaft kicken!«, warf Rita ein. Im Gegensatz zu allen anderen war Rita kein bisschen außer Atem – sie hatte sich in der ersten Halbzeit verletzt und seitdem nur auf einem Baumstumpf am Spielfeldrand gesessen. Nach ihrem Sturz war sie ziemlich blass gewesen. Jetzt aber hatten ihre Wangen schon wieder etwas Farbe bekommen.

»Wie geht es deinem Fuß?«, fragte Elise und ließ sich neben ihr ins Gras sinken. Es hatte zu nieseln begonnen, und der Boden war schon ein wenig feucht. Nicht, dass es Elise etwas ausgemacht hätte. Neuerdings ging Oma Guste immer sehr früh ins Bett – sie bekam eigentlich selten mit, wenn Elise nach Hause kam und wie sie dann aussah. Die Moralpredigten hatte ihre Oma sowieso aufgegeben, seitdem Elise mit ihr in der Schneiderei arbeitete. Elise vermutete, dass ihr dafür schlichtweg die Kraft fehlte – ihre Großmutter, eigentlich ein zäher Brocken, wurde älter und wirkte in letzter Zeit immer geschwächter.

»Weiß nicht!« Rita wackelte mit dem Fuß und verzog dann das Gesicht. »Es tut schon ziemlich weh. Und das Knie auch.«

»Wirst du Fahrrad fahren können?« Christel schaute hoch in den Himmel, und sie alle folgten ihrem Blick. Vorhin hatte noch die Sonne zwischen den Wolken hindurchgelugt – doch jetzt kündigte sich ein waschechter Wuppertaler Schauer an. Es war bereits ziemlich dunkel geworden über ihrem Spielfeld. Man konnte nur hoffen, dass es in der Schweiz auch regnen würde – Elise hatte gelesen, dass die Deutschen bei Regenwetter am besten spielten. So einen Vorteil würden sie im Spiel gegen die starken Ungarn gewiss brauchen.

Für sie hier war so ein kräftiger Regenguss allerdings weniger günstig. Sie mussten ja noch zur Wirtschaft fahren, um das Spiel zu schauen.

»Anpfiff ist in einer halben Stunde!«, nickte Marion. »Wir müssen uns also beeilen.«

»Das wird schon gehen!«, sagte Rita tapfer, doch als sie aufstand, knickte sie sofort wieder um und sank stöhnend auf den Baumstumpf. »Ich glaube, ihr müsst doch ohne mich fahren.«

»Aber was wird dann aus dir?« Edith, die mit ihrem feinen kupferfarbenen Haar und der kerzengeraden Statur wie immer überaus elfenhaft aussah, hatte sorgenvoll die Stirn gerunzelt. »Nach der Verletzung hast du dir doch umso mehr verdient, das Spiel zu schauen!«

»Ach, ich habe doch mein Radio im Schuppen!«, winkte Rita ab, sah dabei aber ganz schön kläglich aus.

Etwas unschlüssig standen die Frauen um sie herum. Mittlerweile mischten sich auch ein paar dicke Regentropfen unter den feinen Nieselregen, klatschten ihnen auf die Köpfe.

»Kommt gar nicht infrage, dass du alleine das Spiel hörst!«, entschied schließlich Christel. Und ein wenig war es so, als würde die ganze Gruppe aufatmen.

»Das kommt wirklich nicht infrage«, nickte Edith.

»Also, ich wollte schon immer mal deinen Schuppen sehen!«, meinte Marion.

Und Elise musste schlucken, denn ganz plötzlich hatte sich in ihrem Hals ein dicker Kloß gebildet. Freundinnen. Solche, die einfach zusammenhielten. Sie hatte nicht gewusst, wie sehr sie sich genau so etwas immer gewünscht hatte. Doch als sie gemeinsam Rita hochhievten und zu dem etwas weiter entfernten Holzschuppen schleppten, verschwand der Kloß wieder. Der Regen prasselte auf sie herunter, und die Frauen kicherten, weil sie Rita nun in die Höhe hoben und unter dem Regen der Länge nach die Wiese hinauftrugen.

Der Schuppen war ein mit lauter Elektrogeräten vollgestopfter kleiner Stall, in dem Rita nun humpelnd ein wenig Platz zu schaffen versuchte.

»Was ist das hier?« Elise schaute sich neugierig um.

»Meine Werkstatt.« Rita ließ sich von Marion auf einen etwas klapprig aussehenden Stuhl helfen und setzte sich schnaufend. »Ich repariere eigentlich alles.«

»Das sehe ich«, sagte Elise. Auf dem Arbeitstischchen stapelten sich verschiedene Radios, an der Seite stand sogar ein Fernsehgerät und ganz hinten wiederum etwas, das wie ein alter Roller aussah.

»Den Fernseher habe ich leider noch nicht zum Laufen gebracht. Aber die zwei Radios da funktionieren.«

»Woher kriegst du denn die Sachen?«, fragte Elise, während die anderen eines der Radios in die Mitte des Schuppens stellten und noch mehr Platz freimachten, damit sie alle darum herum sitzen konnten.

»Von Nachbarn oder aus der Stadt über Weiterempfehlung. Hab ich mir mehr oder weniger selbst beigebracht. So kann ich was für die Familie dazuverdienen. Und es macht mir richtig Spaß rumzutüfteln, bis was wieder geht.« Rita klang stolz, und Elise konnte es ihr nicht verdenken. Wie viele solcher spannenden Geheimnisse die anderen wohl noch hüteten?

Während sich nun alle auf dem staubigen Boden niederließen und Rita am Radio rumschraubte, musterte Elise die anderen unauffällig. Christel war noch Schülerin, aber Waltraud war sicherlich schon einige Jahre älter als Elise selbst, genauso wie Gerda und Eva. Von Letzterer wusste Elise, dass sie ein Kind hatte, für das sie ganz alleine sorgen musste. Deswegen schaffte sie es wohl oft nicht zum Spielen – heute aber war sie hier.

Wie viel spannender waren diese Frauen, dachte Elise, als die Jungs, mit denen sie früher gespielt hatte? Die waren einfach nur Jungs gewesen. Jungs, die zur Schule gingen oder im Betrieb ihrer Eltern arbeiteten. Wobei das natürlich unfair war. Sie wusste ja von vielen nicht, was aus ihnen geworden war. Nicht mal von Paul, wie ihr plötzlich wieder einfiel. Paul, mit dem sie doch heute eigentlich das Spiel hatte schauen wollen.

Sie hatte sich selbst ermahnt, nicht zu oft an ihn zu denken – und trotzdem konnte sie nicht leugnen, dass sie sich auf ihr Treffen gefreut hatte.

Jetzt allerdings rauschte das Radio, und dann waren sie auch schon mitten im Spiel, das vor einer Minute begonnen hatte. Nun war es sowieso zu spät, um noch in die Kneipe zu fahren.

Elise verdrängte das mulmige Gefühl, das sie beim Gedanken an Paul überkommen hatte, und konzentrierte sich auf die Stimme aus dem Radio, während sich Christel neben sie sinken ließ. Und es dauerte nicht lange, da war sie nahezu dankbar, dass sie dieses Spiel nicht im Fernsehen hatte schauen müssen – mit Paul neben sich, der doch neulich noch so großspurig verkündet hatte, es gäbe Schlimmeres, als zu verlieren. In Basel regnete es kein bisschen, und bereits nach einundzwanzig Minuten stand es 3:0 für die Ungarn.

»Wieso tut der Herberger das?«, stöhnte Christel. »Die Mannschaft, die er heute aufgestellt hat, kann man doch bestenfalls als gutes Reserveteam bezeichnen. Wo ist Berni Kloth? Und Max Morlock? Und Hans Schäfer? Will der etwa verlieren?«

»Psst«, zischte Marion. Der Radiosprecher war nämlich gerade in einen aufgeregten Singsang verfallen, und sie alle saßen plötzlich kerzengerade auf dem Boden. »Und Pfaff schießt!«, schrie der Sprecher beinahe aus dem Radio. Und kurz darauf: »Tooor! Tooor! Tooor!«

»Tor«, jubelten sie alle, und Marion und Rita klatschten sich grinsend ab.

»Das ändert nichts«, grummelte Christel dagegen nur. »Wir sind gnadenlos unterlegen.«

»Schon mal überlegt, dass das Absicht sein könnte?«, fragte Edith in die angespannte Stille hinein. Als alle sie erstaunt anschauten, zuckte sie nur verlegen die Schultern. »Ich meine, das hat der Radiosprecher doch eh gerade vermutet. Vielleicht will Herberger gar nicht gewinnen. Vielleicht spekuliert er auf Platz zwei.«

»Und deswegen«, nahm Elise den Gedanken auf und merkte, wie sich Aufregung in ihr breitmachte, »stellt er nur ein Reserveteam auf. Er schont die besten Spieler. Das macht absolut Sinn, wenn die Türken beim Spiel gegen Südkorea gleich gewinnen – dann geht es nach den neuen Regeln im nächsten Spiel um Platz zwei der Gruppe noch mal gegen die Türken. Mehr Spiele gibt es ja wegen des Spielmodus mit gesetzten und ungesetzten Mannschaften nicht. Es bleibt uns also nur die Chance gegen die Türken. Und die haben wir! Aber die

Türken sind trotzdem stark, da müssen wir mit voller Kraft auflaufen!«

Die anderen murmelten zustimmend, und wo eben die Stimmung noch angespannt gewesen war, wurde sie nun wieder heiterer. Und das, obwohl die Niederlage mit acht zu drei am Ende wirklich vernichtend war. »Vielleicht ist die WM trotzdem noch nicht gelaufen!«, verkündete Christel. Obwohl das Spiel der Türkei gegen Südkorea noch lief, sah es bereits danach aus, dass die Türken haushoch gewinnen würden. »Je weiter Deutschland kommt, desto mehr Leute werden Fußball spielen wollen. Vielleicht finden wir dann sogar noch eine andere Frauenmannschaft für ein richtiges Turnier!«

Doch ausgerechnet das entscheidende Spiel um Platz zwei – und damit um den Einzug in die Finalrunde konnte Elise sich nicht im Fernsehen anschauen. Schon als sie nach diesem Abend mit dem Fahrrad nach Hause radelte, merkte sie, dass etwas nicht stimmte. Sie fühlte sich merkwürdig schwindelig und schwitzig, und in ihrem Hals kratzte es, als hätte sie Schmirgelpapier verschluckt. Zittrig stellte sie das Fahrrad ab. Die wenigen Stufen zu der Wohnung, in der sie mit ihrem Großvater und Oma Guste lebte, machten sie schon ganz atemlos. Dabei hatte sie vorhin noch problemlos mehrere Tore geschossen!

Über der Wohnung lag wie immer eine tiefe Stille, die Elise manchmal als friedlich, meist aber als bedrückend wahrnahm. Nur aus der Küche kam das penetrante Ticken der Uhr. Im Wohnzimmer brannte zwar noch Licht, aber auch von dort war nichts zu hören.

Elise musste sich hinsetzen, um ihre Schuhe auszuziehen, so schwindelig war ihr. Trotzdem stolperte sie noch ins Wohnzimmer, um das Licht zu löschen.

Oma Guste saß zusammengesunken auf dem Sofa, und für einen Moment setzte Elises Herz aus. Dann aber sah sie, dass die Brust ihrer Oma sich gleichmäßig hob und senkte. In ihren Händen hielt sie ihre Stricknadeln, die Wolle war ihr allerdings schon halb auf den Boden gerutscht.

Vorsichtig breitete Elise eine Decke über ihre Großmutter. Dann wankte sie selbst ins Bett. Und blieb dort für die nächsten Tage liegen.

Das Fieber kam und ging und die Tage und Nächte auch – Elise nahm nur wahr, dass Oma Guste ihr immer wieder einen Tee oder eine Suppe ans Bett stellte, schweigend, mit starrem Gesichtsausdruck, den manche vielleicht als teilnahmslos gedeutet hätten. Aber Elise wusste, dass ihre Oma sich Sorgen machte. Sie ließ sogar den Arzt kommen, Pauls Vater, wie Elise unangenehm berührt feststellte, der ebenfalls stumm zu ihr hinunterblickte, sie abhörte und ihr schließlich eine Medizin verabreichte, die zumindest das Fieber sinken ließ.

Sobald sie konnte, stand sie wieder auf und schleppte sich zur Arbeit – aber da war es schon Donnerstag und das Spiel gegen die Türken bereits gelaufen. Immerhin hatten sie gewonnen, haushoch, und Deutschland stand nun im Viertelfinale. Der Gedanke an das nächste Spiel, das am Sonntag gegen Jugoslawien stattfinden würde, gab Elise etwas Kraft. Zumindest genug Kraft, um schniefend und hustend ihren Aufgaben in der Schneiderei nachzukommen – wobei Frau Thiele tunlichst darauf achtete, dass die Kundinnen sie ja nicht so sahen – und dann abends wieder ins Bett und in einen totenähnlichen Schlaf zu fallen. Sie konnte sich schlecht einfach Bettruhe verordnen, sie brauchten ihren Verdienst, zumal Oma Guste ja nicht mehr in der Lage war, so viele Stunden am Stück zu arbeiten. Doch so konnte sich Elise auch nicht erholen.

Und als das Wochenende kam und sie am Sonntag endlich, endlich frei hatte, musste sie sich eingestehen, dass ihre Kräfte definitiv noch nicht ausreichten, um in die Kneipe zu gehen und mit den anderen zusammen das Spiel zu gucken. Stattdessen blieb sie einfach nur matt und mit pochenden Kopfschmerzen im Bett liegen und trauerte. Wenn Deutschland jetzt aus der WM flog, dann hätte sie die letzte Möglichkeit verpasst, mit den anderen Frauen gemeinsam zu schauen. Und mit Paul.

Sie hasste es, sich in Selbstmitleid zu suhlen. Aber als sie von irgendwo aus dem Haus einen Aufschrei und schließlich ein Jubeln hörte, fühlte sie sich noch elender als sowieso schon.

Vielleicht hatte sie deswegen das Klingeln überhört. Als es schließlich an ihrer Zimmertür klopfte und Oma Guste den schmalen Kopf hereinstreckte, zuckte sie vor Schreck zusammen.

Hinter ihr stand Paul, und Elise setzte sich ruckartig auf.

Wie merkwürdig, dass sie mit einem Mal alles so gestochen scharf wahrnahm: die Kleidung, die sie nur nachlässig über den Stuhl gehängt hatte, die zwei dünnen Matratzen, die Elise jetzt, wo Marie nicht mehr hier schlief, übereinanderstapelte, damit es wenigstens etwas bequemer war, der alte Schrank, mittlerweile noch klappriger als damals, als Marie noch hier gewohnt hatte. Und sie selbst natürlich: mit ungekämmten Haaren und im Bett lümmelnd.

Auch Oma Guste schien das alles zu sehen, oder sie war grundsätzlich nicht angetan von dem Männerbesuch. »Nur ausnahmsweise. Und nur kurz«, brummte sie. Dass die Tür offen bleiben musste, verstand sich von alleine, zumal Oma Guste garantiert im Wohnzimmer auf dem Sofa Platz nehmen und die Ohren spitzen würde. Paul schien das nicht zu stören. Oma Guste nicht und auch nicht Elises Zimmer. Besorgt kam er herein.

»Mein Vater hat mir erzählt, dass du krank bist.« Er kniete sich zu ihr auf die Matratzen, die unter seinem Gewicht beinahe bis auf den Boden zusammensanken. »Wie geht es dir denn mittlerweile?«

Doch Elise hatte nur Augen für das, was er in der Hand hielt.

»Hast du das etwa für mich mitgebracht?«

Lächelnd schob er ihr das Radio über die Matratze zu.

»Das habe ich mir damals von meinem ersten Lohn gekauft.«

Paul streckte die langen Beine aus, während Elise am Knopf zu drehen begann. Da, zum Glück hatte sie gleich den richtigen Sender gefunden!

Erleichtert lehnte sie sich zurück, als die Stimme des Moderators und das Jubeln im Stade des Charmilles in Genf zu hören waren. Für einen Moment hatte sie sogar vergessen, dass sie vollkommen ungewaschen hier mit Paul saß. Sie hörten beide gebannt zu. Zumindest so lange, bis Oma Guste in der Zimmertür erschien und sich räusperte. Sie hatte die Augenbrauen hochgezogen und musterte Paul skeptisch, der mittlerweile in Elises Nähe auf dem Bett lehnte. Zwischen ihnen war zwar etwas Abstand, aber dass sich überhaupt ein junger Mann auf ihrem Bett befand, war natürlich skandalös.

Paul sprang sofort auf und trat einen Schritt von der Matratze weg. »Ich geh dann mal die zweite Halbzeit in der Wirtschaft schauen. Du kannst das Radio natürlich behalten.«

»Danke, ich …« Doch weiter kam Elise nicht, denn Oma Guste trieb Paul energisch aus dem Zimmer heraus.

»Bis bald, Elise. Wir sehen uns«, rief Paul ihr noch zu, kurz darauf erklang das leise Klicken der Wohnungstür.

»Wir sehen uns«, murmelte Elise in sich hinein. Trotz ihrer heftigen Kopfschmerzen und trotz des 1:0 für Jugoslawien freute sie sich.

*

»Hach, ist das aufregend!«

Es war wenige Tage später, genauer gesagt Mittwoch, der Tag des Halbfinales, bei dem Deutschland gegen Österreich antreten würde, und Elise stand in Maries Küche. Und ja, auch Elise war aufgeregt – das Spiel Deutschland gegen Jugoslawien war eine Zitterpartie gewesen. Dass es nun weiterging, war eine echte Sensation!

Nur, dass Marie gar nicht das Spiel gemeint hatte. »Ehrlich, ich freu mich wirklich sehr für dich!«, quietschte sie jetzt schon wieder und drückte, obwohl sie mit ihren zwei Kindern auf dem Arm dafür unmöglich eine Hand freihaben konnte, von hinten Elises Oberarm.

Bei ihren vorherigen Erzählungen über den Fußball und das letzte Spiel hatte Marie nur stumm am Küchentisch gesessen und Kartoffeln gepellt. Es hatte sogar ein wenig so ausgesehen, als würde sie gleich einnicken. Schließlich hatte sie Elise wortlos die Kartoffeln herübergeschoben, damit sie sie zu Kartoffelstampf verarbeitete. Doch kaum, dass Elise aus purer Langeweile nun doch von Paul berichtet hatte, war plötzlich Leben in ihre Tante gekommen. Sie war sogar aufgesprungen, ihre beiden Mädchen links und rechts unter den Arm geklemmt.

»Und heute wirst du ihn also wiedersehen, ja?«

Ein Blick über die Schulter bestätigte Elise, dass Marie vor Aufregung ganz rote Wangen bekommen hatte. Sie unterdrückte ein Seufzen. Und trotzdem stahl sich ein kleines Lächeln auf ihr Gesicht. Wenn es ihre Tante, die sonst nur müde und ausgezehrt wirkte, dermaßen aufheiterte, warum nicht? Und außerdem, wem machte sie etwas vor? Ja, auch sie war deswegen ein wenig aufgeregt.

»Er will ja auch zum Spiel kommen.«

»Bestimmt bringt er dich danach nach Hause!«, meinte Marie und begann leicht auf und ab zu wippen, sodass Jutta und Sabine auf ihrem Arm vor Vergnügen quietschten. Bis eben hatten sie noch geschlafen, jetzt musste man sie – das wusste Elise aus Erfahrung – bei Laune halten, damit sie nicht zu plärren begannen.

»Und er ist dauerhaft zurück in Wuppertal, um hier ein eigenes Geschäft aufzubauen?«, fragte Marie und setzte Jutta auf dem Boden ab, die sofort auf allen vieren zu Elise krabbelte. Die Kleinen wuchsen so schnell, dass Elise jedes Mal staunte, wenn sie Marie besuchte – selbst wenn zwischen den Besuchen nur wenige Tage lagen. Jetzt allerdings war sie wegen ihrer Krankheit über eine Woche lang nicht hier gewesen, und es kam ihr beinahe so vor, als würde Jutta ganz anders aussehen.

»Sag mal, kriegt sie schon ihren ersten Zahn? Ich sehe da doch was aufblitzen!«

Jutta lachte keckernd und offenbarte dabei tatsächlich eine kleine weiße Spitze in ihrem Zahnfleisch.

»Jetzt lenk nicht ab, ich versuche, gerade herauszufinden, ob er wirklich ein Mann zum Heiraten ist. Wobei, natürlich ist er das, allein schon, weil sein Vater Arzt ist. Eine gute Familie!« Marie nickte gewichtig, und jetzt musste Elise schon wieder die Augen verdrehen.

»Ich will ihn doch nicht heiraten!«, sagte sie bestimmt. »Nur erst mal ein wenig kennenlernen. Und was er hier in Wuppertal macht, weiß ich ehrlich gesagt gar nicht. Die letzten Jahre war er jedenfalls bei seinem Onkel, einem Fabrikanten, in der Lehre. Also wird es wohl irgendwas damit zu tun haben. Und jetzt komm mal her, Juttchen.«

Jutta strahlte, als Elise sie über ihren Kopf wirbelte, und Sabine kam auch schon angerobbt.

Doch egal, wie sehr Elise auch vorgab, sich nur für ihre Nichten zu interessieren – Marie hatte offensichtlich nicht vor, lockerzulassen.

»Eine Heirat wäre durchaus sinnvoll«, redete sie einfach weiter. »Du magst die Arbeit in der Schneiderei doch nicht wirklich. Wenn du heiraten würdest, könntest du das sein lassen und eine Familie gründen. Du liebst die beiden Kleinen doch auch!«

»Natürlich tue ich das. Weil sie deine Kinder sind. Aber selbst welche … Ich glaube nicht, Marie. Das ist nichts für mich. Ich will erst mal leben!«

Sie warf Marie einen flüchtigen Blick zu. Die sah mit einem Mal ganz traurig aus. Wie blass sie ist, dachte Elise nicht zum ersten Mal. Vielleicht bildete sie es sich nur ein, aber jedes Mal, wenn sie Marie besuchte, sah ihre Tante ein wenig kleiner und schmaler aus.

»Ich wäre sehr beruhigt, wenn ich dich in sicheren Händen wüsste«, sagte Marie leise. »Falls ich mal nicht mehr da bin …«

»Ach Quatsch, hör auf!« Elise konnte es wirklich nicht ertragen, ihre Tante so niedergeschlagen zu sehen. Vielleicht waren ihre dahingesagten Worte auch verletzender gewesen, als sie gedacht hatte, fiel Elise mit einem Mal auf. Als würde sie Marie unterstellen, sie würde nicht leben, nur weil sie früh geheiratet und Kinder gekriegt hatte.

Schnell lief sie zu ihrer Tante und zog sie in eine Umarmung. Sie hatte es gemacht, ohne nachzudenken, doch erst, als Marie ihre Arme auch um sie schlang und sie an sich drückte, wurde ihr klar, dass sie noch nie jemanden von sich aus umarmt hatte – nicht einmal Marie.

Schluchzte Marie an ihrem Hals etwa leise?

»Ist alles in Ordnung?«, fragte Elise vorsichtig.

»Ja, alles ist gut.« Doch Marie wischte sich verstohlen eine Träne aus dem Augenwinkel, als Elise sie losließ.

»Ich werde dir bei unserem nächsten Treffen auf jeden Fall haarklein alles von Paul erzählen!«, versprach Elise, und da zuckte wieder ein Lächeln über Maries Gesicht.

»Das will ich wohl meinen!« Jetzt grinste Marie, und die schlechte Stimmung war fürs Erste vorbei.

Aber Elise würde sie nicht vergessen, die Traurigkeit auf dem Gesicht ihrer Tante, und auch nicht, wie kraftlos sie in ihren Armen gelegen hatte. Sie dachte noch daran, während sie sich schon einen Weg durch die Wirtschaft erkämpfte, um neben Christel und den anderen Platz zu nehmen, und auch noch daran, als das Spiel dann endlich losging.

Doch während Schäfer und Morlock Deutschland in Führung schossen, schlich sich ein weiterer Gedanke dazu. Hatte Marie vielleicht recht, und es wäre nicht verkehrt, eine wirklich ernsthafte Beziehung mit Paul wenigstens in Betracht zu ziehen, anstatt so stur zu sein und auf ihrer Freiheit zu beharren?

Er war ein wenig zu spät gekommen, hatte Edith dann aber, charmant wie er war, dazu überredet, dass er seinen Stuhl neben Elises schieben durfte – und jetzt saß er da, so nah, dass sie ihn riechen konnte und dass immer wieder sein Arm den ihren streifte.

Nein, heiraten, das sollte nun wirklich nicht ihr Lebensziel sein. Dafür interessierte sie sich zu sehr für ein Leben außerhalb der Ehe. Mit einem Kind im Bauch oder am Rockzipfel –

wie sollte sie da Fußball spielen? Aber er war dennoch ohne Zweifel ein toller Mann: Er hörte ihr zu, er interessierte sich für Fußball, und er war verlässlich. Wollte sie wirklich für immer bei Oma Guste wohnen bleiben? Mit dem mickrigen Gehalt aus der Schneiderei ihre kleine Familie ernähren müssen, ohne die Möglichkeit, auszubrechen? Es missfiel ihr wirklich, dass ein Mann der einzige Ausweg sein sollte, so zumindest hatte Marie es klingen lassen. Aber eine Option, da hatte sie recht, war es schon. Zumal sie sich dann nie wieder so einsam fühlen müsste. Mit jemandem wie Paul an ihrer Seite wäre sie vielleicht glücklicher als immer nur alleine.

Wirklich ärgerlich war allerdings, dass sie in Gedanken jetzt so mit diesem Thema beschäftigt war, dass sie kaum der Halbzeitanalyse ihrer Freundinnen lauschen konnte. »Die Wiener spielen nach Schema F«, mokierte sich Christel gerade, während Edith genüsslich ihre Limonade schlürfte. »Und trandösig sind die«, stimmte Marion zu. »Weder Happel noch Hanappi haben auf Schäfer geachtet, der konnte ja komplett unbedrängt abziehen! Dass wir führen, ist absolut verdient!«

Paul unterhielt sich unterdessen mit Rudi, der ebenfalls zu ihnen gestoßen war, und so fühlte sich Elise ein wenig so, als würde dieser Abend an ihr vorbeiströmen, ohne dass sie ihn so richtig zu greifen bekam.

Dass Deutschland gewann, das bekam sie dann allerdings doch mit. Als das Spiel abgepfiffen wurde, brach in der ganzen Kneipe Jubel aus. Mehrere Männer sprangen auf, applaudierten oder grölten mit erhobener Faust dem Fernseher entgegen, als könnte die Mannschaft in der Schweiz sie so hören. Und es war ja auch wahrlich zum Jubeln: Sie hatten die Österreicher haushoch geschlagen. Und jetzt standen sie im Finale!

»Unglaublich!« Jetzt konnte auch Paul nicht länger ruhig auf seinem Stuhl sitzen bleiben. Er griff Elise an den Händen und riss sie mit nach oben. Mittlerweile zeigte auch der Fernseher nur noch jubelnde Menschen: im Stadion und schließlich auch die freudestrahlende deutsche Mannschaft. Im Wirtshaus war es mittlerweile so ohrenbetäubend laut, dass man weder den Kommentator noch Herberger hören konnte, der sogleich zum Sieg befragt wurde. Christel war Marion um den Hals gefallen, und hätte es noch Platz zwischen den Stühlen gegeben, sie wären vermutlich herumgetanzt.

Elise allerdings war bei alldem Lärm etwas schwindelig geworden. Die Wirtin hatte während des Spiels trotz der sommerlichen Temperaturen draußen die Tür geschlossen gehalten – vermutlich, damit niemand, der nicht Eintritt gezahlt hatte, mitschauen konnte. Im Wirtshaus war es nach der spannungsgeladenen Partie mehr als stickig.

Elise berührte Christel neben sich am Arm. »Ich gehe kurz raus.« Christel nickte nur und vertiefte sich dann wieder in ein aufgeregtes Gespräch mit Marion und Edith. Rudi hatte sich zu den dreien gesellt und winkte von irgendwo jetzt auch noch einen weiteren jungen Mann heran.

Elise bahnte sich einen Weg zwischen den Stühlen hindurch und am Tresen vorbei und schlüpfte hinaus.

Die Luft draußen war mild und warm, und sofort ließ der Schwindel etwas nach. Ihre Krankheit musste wirklich schlimm gewesen sein. Eigentlich war sie ja wieder genesen, und trotzdem überkam sie manchmal noch immer solch eine Schwäche. Hoffentlich wurde sie bis zum nächsten Fußballspiel wieder fit! Sie fühlte sich durch den Sieg der deutschen Mannschaft jedenfalls so inspiriert, dass sie am liebsten sofort selbst wieder den Platz gestürmt hätte. Stattdessen lehnte sie sich an die Hauswand und schloss kurz die Augen.

»Elise!« Als sie sie wieder öffnete, stand Paul neben ihr, lächelte sie unsicher an.

»Wie geht es dir mittlerweile?«

»Gut!« Es stimmte. Sie wusste nicht, wie lange sie hier in der milden Luft gestanden hatte, aber der Schwindel war vergangen. Stattdessen begann ihr Herz bei Pauls Anblick schneller zu schlagen.

»Ein tolles Spiel!«, sagte Paul. »Schade, dass die WM am Sonntag schon vorbei sein wird.«

»Ja, schade«, stimmte Elise ihm zu. Aber insgeheim hatte sie das Gefühl, dass ihre Fußballgeschichte ja gerade erst angefangen hatte – WM hin oder her. Und mit etwas Glück stimmte auch, was Christel vermutet hatte: dass, wenn Deutschland weit käme, immer mehr Frauen vom Fußball begeistert sein würden. Vielleicht würden sie noch mehr Mitspielerinnen finden! Vielleicht gar ganze Turniere bestreiten. Oder eine eigene kleine WM …

»Jedenfalls kann ich mich dann wenigstens besser auf die Arbeit konzentrieren, das hat ja auch etwas für sich«, unterbrach Paul ihre Träumereien. Er hatte die Stirn leicht gerunzelt und schien selbst mit den Gedanken schon wieder ganz woanders.

»Was arbeitest du denn jetzt eigentlich hier in Wuppertal? Oder bist du nur zu Besuch da und eigentlich immer noch in Düsseldorf?«

Gerade rechtzeitig hatte sie sich entsonnen, dass sie ihn das ja unbedingt hatte fragen wollen. Allein schon, um Marie davon erzählen zu können. Das würde ihre Tante aus ihrer trüben Stimmung reißen, zumindest für einen Moment, da war sich Elise sicher.

Ihre Fragen ließen Pauls Augen aufleuchten. »Also, das längerfristige Ziel ist, hier eine Zweigstelle der Firma meines Onkels aufzumachen. Eine neue Fabrik, die dann ich leiten werde. Weißt du, wir produzieren Bügeleisen …« Paul sprudelte los, und Elise musste unwillkürlich lächeln. Früher hatte er diesen Gesichtsausdruck nur dann gehabt, wenn er über Fußball geredet hatte. Dieses Glühen, die Grübchen in seinen Wangen, die aufblitzten, weil er beim Reden immer wieder lächelte. Wie sehr sich die Zeiten doch ändern konnten, dachte sie jetzt. Sie selbst hingegen würde niemals so über die Schneiderei reden, auch wenn sie die Tätigkeit ja längst nicht mehr so langweilig fand wie früher und sich recht gut damit arrangiert hatte.

»Wenn alles gut geht, willst du also hier sesshaft werden?«, fragte sie, als Paul seine detaillierten Schilderungen über die Suche eines geeigneten Fabrikstandorts beendet hatte.

Erst als sein Grinsen noch breiter wurde, bemerkte Elise, wie sie geklungen hatte. Dabei hatte sie ja für Marie gefragt! Schnell wich sie seinem Blick aus. Sie hasste es, sich so verlegen zu fühlen.

Doch Pauls Antwort überraschte sie. Er machte sich kein bisschen über sie lustig, zog sie auch nicht auf oder fing an zu flirten, wie es vielleicht noch vor Jahren seine Art gewesen war, damals, als er die Herzen in Barmen reihenweise hatte höherschlagen lassen. Stattdessen wurde er ganz ernst.

»Ehrlich gesagt, ja, das wünsche ich mir sehr«, sagte er und schaute ihr dabei so tief in die Augen, dass ihr heiß und kalt zugleich wurde. Kam jetzt das Fieber zurück? Sie schaffte es jedenfalls nicht, den Blick abzuwenden. Bis Christel ihr von links plötzlich eine Hand auf die Schulter klatschte und sie zusammenzuckte.

»Elise! Wir haben fantastische Neuigkeiten!«

»Ach ja?« Jetzt erst bemerkte sie, dass Christel nicht allein gekommen war. Wie von Zauberhand standen nun auch Edith und Marion bei ihnen, genauso wie Rudi und dessen Freund, ein schlanker großer Mann. Paul unterdessen war unwillkürlich einen Schritt zurückgetreten. Als wüsste er nicht, wie er damit umgehen sollte, dass ihre Unterhaltung plötzlich von so vielen Leuten unterbrochen worden war.

»Das ist Werner!«, stellte Christel den neuen Mann vor. Der trat selbstsicher auf sie zu und streckte die Hand aus. Elise merkte sehr wohl, dass Paul sie mit Argusaugen beobachtete, als sie Werners Hand schüttelte.

»Und er könnte unser Trainer werden!«

Überrascht schaute Elise zu Christel, aber die wirkte kein bisschen so, als mache sie Witze. Im Gegenteil: Ihr Gesicht glühte vor Aufregung, genauso wie Pauls eben, als er von seinen Bügeleisen gesprochen hatte.

»Er war früher Profifußballer, aber kann nicht mehr spielen.«

»Eine Knieverletzung«, warf Werner ein und grinste schief.

»Und jetzt hat er Lust, sich mal als Trainer zu versuchen. Er sagt, dass der Frauenfußball in Essen gerade ganz groß wird! Und wenn wir ihm gefallen, dann macht er uns mit anderen Mannschaften bekannt.«

Das klang fast schon ein wenig zu gut, um wahr zu sein, und obwohl Christel völlig aus dem Häuschen schien, musterte Elise den Neuen misstrauisch. Er sah in der Tat sehr athletisch aus. Und mit seinem offenen, etwas breiteren Gesicht, auf dem sich die Sommersprossen tummelten, auch recht vertrauenerweckend.

»Wo hast du denn gespielt?«, fragte Elise, und diesmal machte sie sich keine Gedanken, dass sie vielleicht zu forsch klingen könnte.

»Beim 1. FC Kaiserslautern und zuletzt bei Rot-Weiss-Essen.«

»Aha, wie Rahn also!«, schaltete sich Edith von der Seite ein. Sie, die sich vor der WM gar nicht groß für Fußball interessiert hatte, geschweige denn dafür, selbst zu spielen, kannte mittlerweile den kompletten Kader in- und auswendig.

»Ja, ein alter Kumpel von mir«, nickte Werner. Jetzt sah sein Lächeln ein wenig traurig aus.

»Aber Werner kommt aus Wuppertal und ist jetzt wieder zurück. Er ist ein ganz feiner Kerl!« Das war von Rudi gekommen, der offensichtlich das Bedürfnis hatte, seinen Freund gegenüber Elise zu verteidigen.

»Merkwürdig, dass ich dich dann nie beim Fußballspielen gesehen habe«, murmelte sie.

»Mir kommst du auch nicht bekannt vor«, schaltete sich Paul von der Seite ein, und Elise warf ihm einen überraschten Blick zu. Sie hatte beinahe vergessen, dass er auch noch da war. Seine Miene war noch immer misstrauisch.

»Ich bin schon mit acht weggezogen«, sagte Werner gelassen. »Aber jetzt bin ich wieder da und bin zufälligerweise gleich in Rudi reingelaufen. Er hat mir von eurer Mannschaft erzählt, und da war ich neugierig. Wie gesagt, in Essen habe ich schon so manches interessante Frauenteam spielen sehen. Klar, es ist nicht dasselbe Niveau wie bei den Männern. Aber es hat Potenzial finde ich, und …« Rudi stieß seinem Freund den Ellbogen in die Rippen, und Werner verstummte. Vermutlich fiel auch ihm jetzt Elises Blick auf, wobei Christel nicht minder düster guckte.

»Wir spielen hervorragend!« Christel funkelte ihn herausfordernd an.

»Ich bin gespannt!« Jetzt grinste Werner wieder und musterte Christel einen Hauch zu lang, aber das war Elise für den Moment egal. Inzwischen hatte die Aufregung der anderen auch sie ein wenig erfasst. Ein echter Spieler! Einer, der ihnen die Tricks und Tipps der Großen würde zeigen können. Ja, er war ein Mann, das war eindeutig ein Nachteil. Aber unter den

Frauen gab es nun mal keine Profispielerinnen. Sie standen noch am Anfang, da hatte er recht.

»Wann spielen wir?«, fragte Elise, und schon plapperten die anderen aufgeregt durcheinander.

*

»Elise, Elise! Junges Fräulein! Elise!«

Elise fuhr hoch und stieß sich den Kopf an der Nähmaschine. War sie wirklich eingeschlafen? Jetzt dröhnte ihr der Schädel, und alles drehte sich. Zum Glück nur für einen Moment. Nach ein paar Mal Blinzeln hörte die Welt auf zu kreisen, und ihre Sicht wurde klarer. Nur, dass es leider nichts daran änderte, dass Frau Thiele direkt vor ihr stand, die Hände in die Hüften gestemmt, und sie anfunkelte. So guckte Frau Thiele eigentlich nur, wenn eine Kundin kurzfristig einen Auftrag zurückzog.

Elise setzte sich unwillkürlich gerade hin. Ihr Nacken knackte dabei, wer wusste schon, wie lange sie mit dem Kopf so im Nähzimmer gelegen hatte.

»Entschuldigen Sie, Frau Thiele! Ich weiß nicht, wie das passieren konnte.«

Oh doch, das wusste sie schon, aber sie wollte nicht noch Öl ins Feuer gießen, so verkniffen, wie Frau Thiele jetzt sie und ihre ganze Aufmachung musterte.

Elise war heute Morgen viel zu spät aus dem Bett gefallen, hatte sich nur notdürftig zurechtgemacht. Und sie wusste sehr wohl, dass ihr Arm mit Kratzern übersät war – schließlich hatte sie gestern Abend trotz ihrer Schwäche wirklich alles gegeben und war so einige Male auf dem Rasen gelandet.

Heute Morgen hatte Frau Thiele das auch gar nicht weiter kommentiert – lediglich ihre Anweisung, Elise solle im Nähzimmer bleiben und Oma Guste die Vermessungen und den Kundinnenkontakt übernehmen, hatte gezeigt, dass ihr all das durchaus aufgefallen war. Und Oma Gustes Blick wiederum hatte Bände gesprochen.

Leider erschien auch ihre Großmutter jetzt in der Tür zum Nähzimmer, vermutlich angelockt durch Frau Thieles schneidende Stimme. Zumal diese nun zu einer echten Standpauke ausholte: »Du bist eine gute Mitarbeiterin, deswegen lasse ich dir ja schon einiges durchgehen. Aber irgendwo muss auch mal Schluss sein! Mir ist wohl bekannt, dass du dich abends in irgendwelchen Wirtschaften herumtreibst. Aber unsere Kundinnen! Die erwarten eine bessere Leistung und deine volle Aufmerksamkeit. Und wenn du hier noch einmal einschläfst …«

Frau Thiele endete abrupt. Über Oma Gustes Schulter lugte neugierig eine neue Kundin, deren Blick zwischen Elise und Frau Thiele hin und her flitzte.

Frau Thiele beugte sich so tief zu Elise hinunter, dass diese ihr direkt in die hellen blauen Augen starren musste. »Merk dir einfach, dass es so nicht geht. Jetzt nicht und in Zukunft schon gar nicht.« Und damit stakste Frau Thiele mit dem ihr üblichen steifen Gang auch schon davon und ließ Elise mit dumpfen Kopfschmerzen zurück.

Vielleicht hätte sie ein schlechtes Gewissen haben sollen, vielleicht sich schämen, weil Frau Thiele ja recht hatte – sie war bei der Arbeit eingeschlafen, und das war nun wirklich nicht in Ordnung. Stattdessen ärgerte sie sich über den Vorwurf, sie würde sich ständig in irgendwelchen Wirtschaften herumtreiben. So war es schließlich überhaupt nicht. Am Mittwoch, beim Spiel gegen Österreich – da hatte es natürlich gestimmt. Aber seitdem hatte sie jeden Abend auf dem Platz verbracht, mit den anderen Frauen gespielt, bis es dunkel wurde, und war dann so schnell nach Hause geradelt, dass sie hinterher nur noch völlig erschöpft ins Bett gefallen war. Aber sie hatten eben auch nicht länger warten können, um vor Werner zu spielen. Und da schließlich auch der Feuer und Flamme gewesen war, war eins zum anderen gekommen.

Elise bereute nichts davon. Bereute nicht den Muskelkater, nicht die Müdigkeit, nicht den Schwindel, der nicht weggehen wollte, nachdem sie ihren gerade erst gesundeten Körper so dermaßen beanspruchte. Was sie bereute, war, dass jetzt vermutlich auch Oma Guste ihretwegen Ärger bekam. Doch als sie sich hastig nach ihrer Großmutter umschaute, stand diese nicht mehr im Türrahmen. Aus dem Verkaufsraum erklang stattdessen das leise Murmeln des Kundinnengesprächs.

Elise rieb sich die noch immer pochende Stelle am Kopf – sie war direkt über der Stirn an die Nähmaschine gestoßen – und starrte auf den Stoff hinunter, den sie tatsächlich auch noch falsch zusammengenäht hatte. Seufzend trennte sie die Naht wieder auf. Besser, sie versuchte, noch so viel wie möglich zu schaffen, bis die nächste Standpauke kam.

Doch wie so oft schwieg Oma Guste später.

Eigentlich hatte Elise gedacht, dass sie sich so einiges würde anhören müssen. Zumal Oma Guste, die wegen ihres Rückens sonst meist eine Stunde früher als Elise Schluss machte, auf sie gewartet hatte.

Doch Oma Guste hielt ihrer Enkelin bloß die Tür auf, und gemeinsam machten sie sich durch den lauen Sommertag auf den Weg nach Hause. Die Straße dampfte die Wärme regelrecht aus, aber jetzt, gegen Nachmittag, wehte auch ein frischer Wind durch Barmen, der Elises nur nachlässig zusammengesteckte Haare aufwirbelte und Oma Guste den langen Rock um die Beine schlug. Immer wieder begegneten ihnen

Kundinnen oder Nachbarn, die ihre Großmutter jedes Mal mit einem stummen Nicken begrüßte. Wenn sie durch die Straßen ging, blieb kaum jemand für einen Plausch stehen, schließlich wussten alle, dass sie keine Frau großer Worte war – etwas, das Elise an der Gesellschaft von Oma Guste zu schätzen gelernt hatte.

Schweigend schlenderten sie zu ihrem Wohnhaus. In ihrer Straße waren nun alle Häuser wiederaufgebaut, und die neuen Gebäude glänzten mit ihrem frischen Anstrich in der Sommersonne. Ihr Wohnhaus wirkte dagegen genauso schäbig wie vor dem Krieg – die Fassade schmutzig, die Farbe an der knarrenden Eingangstür abgeblättert.

Auf dem Weg die Treppe hoch musste Oma Guste immer wieder pausieren und hielt sich schnaufend die Seite. Schließlich aber hatten sie es nach oben geschafft. Die Wohnung empfing sie wie immer mit Stille. Opa stand ja jetzt kaum noch zum Essen auf und verschlief den meisten Teil des Tages.

»Setz dich!«, die Worte ihrer Großmutter klangen kühl.

Nun also doch, dachte Elise resigniert, als sie ihrer Oma gegenüber an dem schmalen Küchentisch Platz nahm. Neuerdings aßen sie immer im Wohnzimmer, schließlich brauchte Oma Guste den Wohnzimmertisch nun nicht mehr für ihre privaten Aufträge, und Elise saß höchst selten an diesem Küchentisch, wenn es nicht darum ging, das Essen vorzubereiten. Jetzt fühlte sich der harte, kalte Küchenstuhl dafür gleich noch unbequemer an.

»Die Thiele hat ja schon alles gesagt.« Ihre Großmutter hatte die Hände auf den Tisch gelegt und blickte auf ihre schmalen, langen Finger, die von Runzeln übersät waren. »Mir ist bewusst, dass du vielleicht eines Tages ausziehen und ein eigenes Leben führen wirst – dann müssen Opa und ich ohne dich klarkommen.«

Jetzt schaute Oma Guste doch hoch. Ihr Blick war emotionslos, wie so oft. Doch um ihren Mund zuckte es. »Aber aktuell bist du noch hier, und bis auf die Schneiderei hast du nichts. Du brauchst diese Arbeit, vor allem, wenn du als alte Jungfer endest. Tu etwas dafür, dass sie dir erhalten bleibt.« Und ohne, dass sie Elise die Möglichkeit für eine Erwiderung gegeben hätte, stand Oma Guste auf. An der Tür jedoch drehte sie sich noch einmal um. »Ich werde zum neuen Jahr aufhören, in der Schneiderei zu arbeiten. Der Arzt rät mir schon länger davon ab, weiter so viel zu sitzen. Ich erwarte, dass du dann noch mehr Fleiß an den Tag legst, um deinen Beitrag zu leisten, solange du noch hier bei uns bist.«

Elise musste schlucken. Alles, was ihre Großmutter sagte, war nicht überraschend. Aber es war der Ton in ihrer Stimme. So kühl, so endgültig. Und irgendwie so traurig.

»Ja, Oma«, sagte sie leise, aber Oma Guste war schon aus der Tür gehumpelt, ließ Elise alleine in der kleinen, stickigen Küche zurück, in der sie gleich das Abendessen würde vorbereiten müssen.

Normalerweise hätte dieses Gespräch Elise für die nächsten Tage in eine düstere Stimmung gestürzt. Diesmal allerdings gelang es ihr recht gut, Oma Gustes Worte zu verdrängen. Alles andere war einfach zu aufregend – die Weltmeisterschaft, die schon am Sonntag um 17 Uhr, ausgerechnet wieder gegen Ungarn, in die finale Runde gehen würde. Und vor allem natürlich das Training mit Werner.

»Ich kann immer noch nicht glauben, dass wir jetzt wirklich einen Trainer haben!«, sagte Marion am Sonntag, als sie von Ritas Hof aus in Richtung Wirtschaft aufbrachen. Werner fuhr allen voran auf seinem Fahrrad, sodass er Edith und Marion, die neben Elise die Landstraße entlangradelten, vermutlich nicht hören konnte. Was auch besser war – schließlich analysierten die beiden die Trainingssitzung nun bis ins letzte Detail. Werner hatte ihnen allein heute schon wirklich viel zeigen können. Elise etwa hatte unter seiner Anweisung endlich einmal einen wirklich perfekten Flugkopfball hinbekommen. Und er vermittelte ihnen darüber hinaus auch ein Gefühl für Taktik, das sie – vor allem, weil so viele unerfahrene Spielerinnen bei ihnen mitmachten – bisher gar nicht gehabt hatten. Es war sogar schon vorgekommen, dass die Verteidigung komplett zusammengebrochen war, weil sie wie kleine Kinder vor lauter Eifer alle im Trupp dem Ball hinterhergerannt waren.

Das würde es mit Werner nun nicht mehr geben. Denn ob man es bei seinem freundlichen sommersprossigen Gesicht glauben mochte oder nicht, er hatte durchaus einen Hang zum Drill. Und wollte definitiv mehr, als nur auf einem Acker zu spielen. Er hatte ihnen gleich verkündet, dass er sie für Turniere trainieren und schließlich auch gewinnen wollte. Und wenn Elise noch irgendwelche Zweifel daran gehabt hätte, dass es richtig war, sich einen Trainer, zumal einen Mann, dazuzuholen, so waren die nun endgültig zerstreut worden. Vielleicht bald schon ein richtiges Spiel spielen – mit einer gegnerischen Mannschaft, gegen die sie ihr Können würden messen können … Das war etwas, von dem auch sie träumte, während sie jetzt genauso fleißig in die Pedale trat wie die anderen, um ja nicht zu spät zu kommen.

Vom Finalspiel wollten sie schließlich keine Sekunde verpassen. Deutschland im Endspiel einer Fußballweltmeisterschaft – das war eine echte Sensation!

Allerdings brannte die Sonne vom Himmel, es war warm und schwül, so wie beim ersten Spiel gegen die Ungarn. Und wenn Elise eines wusste, dann, dass die Ungarn bei solch einem Wetter einen kühlen Kopf behielten – anders als die Deutschen, die von ihnen ja schon beim Gruppenspiel gnadenlos plattgemacht worden waren. Das Finale heute würde sicherlich genauso katastrophal enden, wenn sich nicht wenigstens etwas an den äußeren Bedingungen ändern würde.

»Vielleicht regnet es ja in Bern«, sagte Edith hoffnungsvoll und warf einen Blick in den blauen Himmel.

Sie waren kurz vor Elberfeld, und ihre Kleider klebten ihnen bereits an den Beinen. »Fritz Walter hat doch gesagt, dass die Mannschaft bei regnerischem Wetter am besten spielt. Da können sie besser ihre Manöver laufen, und außerdem hatte er doch Malaria, da ist er einfach fitter, wenn es regnet. Also, das habe ich zumindest gelesen.«

Elise hatte auch davon gehört, trotzdem musste sie schmunzeln über Ediths Eifer.

»Tja, vermutlich regnet es in Bern aber genauso wenig wie hier. Schließlich ist Sommer. Egal, ich freue mich auf das Spiel, auch wenn sie uns wieder fertigmachen«, sagte Christel.

Sie war jetzt auch zu ihnen gestoßen. Das Schlusslicht bildeten Eva, Karin und Rita, deren Fuß es besser ging und die sich das Spiel heute nicht würde entgehen lassen.

»Ich musste unsere Nachbarin regelrecht anbetteln, damit sie auf meine Kleinen aufpasst. Da sollte unsere Mannschaft wohl besser gewinnen!«, brummte Eva. »Die Frau ist eine furchtbare Ziege.«

Vielleicht hatten die Menschen in der Wirtschaft nicht unbedingt Nachbarinnen, denen sie jetzt unangenehmerweise einen Gefallen schuldeten – trotzdem war die Stimmung an diesem Tag eine merkwürdige Mischung aus Angespanntheit, Vorfreude und Unruhe. Als würde für jeden etwas von einem Sieg oder einer Niederlage abhängen. Als wäre das hier wirklich mehr als nur Fußball. Und genauso fühlte es sich auch für Elise an.

Sie war ganz kribbelig, und das lag nicht mal an Paul, der ebenfalls wieder zu ihnen gestoßen war. Ehrlich gesagt hatte sie ihn in den letzten Tagen ja sowieso ein wenig vergessen. Sie war viel zu sehr vom Training mit Werner eingenommen gewesen. Etwas, das Paul ganz und gar nicht passte. Schon an dem Abend, an dem sie Werner begegnet war, hatte er sie beiseitegenommen und ihr gesagt, dass er das alles für keine gute Idee halte. »Du kennst ihn doch gar nicht!«, hatte er ihr zugeraunt und den Neuling misstrauisch gemustert. Elise vermutete, dass er ein wenig eifersüchtig war. Auch jetzt warf er Werner, der sich am Rande der Gruppe auf einen Stuhl gesetzt hatte, einen düsteren Blick zu. Dabei entstand wieder diese steile Falte zwischen seinen Augenbrauen, die ihn irgendwie niedlich aussehen ließ. Zumindest etwas, denn von Eifersüchteleien – zumal das zwischen ihnen ja noch mehr als vage war – hielt Elise gar nichts. Sie und Werner würden hoffentlich lange miteinander zu tun haben. Wenn Paul sich wirklich für sie interessierte, würde er das wohl oder übel akzeptieren müssen.

Immerhin schien er sich, genau wie alle anderen, vorerst auf das Spiel konzentrieren zu wollen. Die Wirtin hatte gerade den Fernseher angeschaltet, und sofort wurde es in der Kneipe totenstill. Nur die Stimme des Kommentators plärrte aufgeregt aus dem kleinen Gerät. »Deutschland im Endspiel der Fußballweltmeisterschaft! Das ist eine Sensation, das ist ein echtes Wunder!« Währenddessen sah man die deutsche Mannschaft die Stufen zum Stadion erklimmen. Die Gesichter grimmig, entschlossen.

Edith griff nach Elises Hand und drückte sie. »Sag mal, die Schiedsrichter tragen ja alle Kappen. Regnet es in Bern etwa?«

Und das tat es tatsächlich. Das Bild, ohnehin schon grisselig, sah aus, als zögen kleine Nadeln durch es hindurch. Neben Elise juchzte Edith auf, und Christel und Marion setzten sich noch gerader hin als sowieso schon.

Die ersten Minuten ließen sich auch durchaus vielversprechend an. Die Deutschen gingen auf Angriff, doch bereits in der sechsten Minute fiel das erste Gegentor. Ein Fehlpass von Liebrich hatte gereicht, und schon hatte der Ungar Boszik den Ball. Der passte zu Kocsis, dessen Abpraller versenkte Puskás, und schon gingen die Ungarn in Führung.

Wütend brüllten die Männer in der ersten Reihe, direkt vor ihnen, den Fernseher an. Hinter Christel war eine Gruppe von jungen Männern gar aufgesprungen und fuchtelte in Richtung Fernseher.

»Seit 1930 gibt es Weltmeisterschaften, und nie war Deutschland im Endspiel. Das ist ein großer Tag, das ist ein stolzer Tag!«, verkündete der Kommentator, und schon kehrte wieder etwas Ruhe in der Kneipe ein. Aber als dann das 2:0 fiel, herrschte nur mehr angespanntes Schweigen.

Elise hatte das Gefühl, sie würde vor Aufregung gleich platzen. Erst zehn Minuten ging das Spiel, aber ihr stand bereits der Schweiß auf der Stirn. Und dann passierte alles so schnell, dass Elise beinahe das Atmen vergaß. Der Ball ging von Eckel zu Fritz Walter und dann zu Rahn. Rahn flankte halb, schoss halb, Morlock wiederum lenkte den Ball Richtung Linie – und schon rollte der Ball in das äußerste linke Eck des Tores.

Tor! Das erste deutsche Tor!

Elise schaute zu ihren Freundinnen, die genauso fassungslos wirkten wie sie selbst. Einen Moment schien es, als müsste diese Nachricht, dieses Tor, erst zu ihnen allen durchsickern, so schnell war es gekommen. Dann brach tosender Applaus in der Kneipe aus.

Aber da ging es schon weiter. Die Ungarn waren sichtlich wütend. Wie Wespen, in deren Nest man gestochert hatte, spielten sie immer aggressiver. Und die nächste Torchance bot sich schon bald. Puskás stürmte wieder vor, aber Liebrich warf sich heldenhaft in die Schussbahn und verhinderte damit einen gefährlichen Torschuss schon im Entstehen. Auch die Deutschen griffen nun an, doch die Verteidiger der Ungarn, allen voran deren überragender Abwehrspieler Lóránt, vereitelten immer wieder ihre Versuche, den Ausgleich zu schaffen. Aber dann gab es in der achtzehnten Minute eine Ecke, getreten von Fritz Walter – schon die zweite innerhalb kürzester Zeit. Die erste konnte der Ungar Buzanski noch klären, bei der zweiten passte die Manndeckung Ungarns nicht auf, und Rahn konnte sie verwandeln. Unentschieden!

Die Ungarn warfen sich ins Spiel, um erneut die Führung zu erlangen. Toni Turek, der brillante Torwart der Deutschen, wurde vom Fernsehkommentator gar als Fußballgott ausgerufen, als er in der vierundzwanzigsten Minuten einen Schuss aus drei Metern – und damit einen sogenannten unmöglichen Ball – mit einem Sprung zur Ecke abwehrte. So stand es auch zum Ende der ersten Halbzeit noch unentschieden.

»Von wegen klare Überlegenheit, Deutschland spielt mit!« Sogar Paul hatte vor Aufregung ganz glänzende Augen bekommen.

»Dabei ist Ungarn seit viereinhalb Jahren in einunddreißig Länderspielen ungeschlagen!«, wiederholte Edith das, was der Kommentator eben in die Kneipe hineingerufen hatte. Auch sie wirkte völlig außer Atem und verschwitzt.

Die Halbzeitpause konnten sie alle wirklich gebrauchen. Paul erhob sich, um Getränke zu holen, und bahnte sich einen Weg durchs Gedränge. Die Limonade, die er Elise anschließend reichte, stürzte sie nahezu hinunter, während Paul ihr schmunzelnd dabei zusah.

»Sag mal, hast du morgen Abend schon was vor?«, fragte er, als sie das Glas mit einem Knall zurück auf den Tisch stellte. Eigentlich hatte sie gerade schon wieder zum Fernseher gespäht, um zu sehen, wann es denn endlich weiterging, jetzt aber hatte Paul ihre volle Aufmerksamkeit.

»Nein, dann ist die WM ja vorbei, und Training ist auch keines. Wir machen einen Pausentag«, sagte sie und musste daran denken, dass das vielleicht auch besser so war. Sie spürte den Muskelkater mittlerweile wirklich überall. Es würde nicht sehr angenehm sein, morgen den ganzen Tag an der Nähmaschine zu sitzen und sich bücken zu müssen, um Kundinnen zu vermessen. Aber da sie grundsätzlich beschlossen hatte, auf Oma Guste zu hören und sich mehr anzustrengen – ihre Großmutter hatte ja recht –, würde sie wohl oder übel die Zähne zusammenbeißen müssen.

»Gut, denn ich wollte dich fragen, ob du vielleicht mit mir ins Theater gehen würdest?« Paul wirkte ein wenig unsicher, beinahe ein bisschen atemlos, und Elise konnte nicht anders: Sie spürte regelrecht, wie ihr Herz schmolz. Dass er es ernst meinte, dass er wirklich bereute, sie damals verloren zu haben, das war ihr mittlerweile klar, weil jede seiner Gesten und auch seine Worte es zeigten.

»Ich habe nämlich Karten für …« Doch weiter kam er nicht, denn jetzt drehte die Wirtin den Fernseher wieder auf volle Lautstärke, und die Geräusche des vollen Berner Stadions im Regen fluteten den Raum.

»Oh, jetzt machen wir die Ungarn platt!«, rief Marion und war auf ihrem Stuhl schon wieder ganz nach vorne gerutscht.

Aber Elise nahm ganz schnell Pauls Hand, drückte sie, egal, wie forsch das auch wirken mochte.

»Gerne«, flüsterte sie, und obwohl bereits der Anpfiff durch den Raum gellte, verfingen sich ihre Blicke einen Moment lang ineinander.

Doch dann gab es nur noch das Spiel, auf das sie sich konzentrierten, und mit ihm die atemlose Spannung kaum, dass die Ungarn wieder geschickt zum deutschen Tor vorstießen.

Das Spiel blieb merkwürdig atemlos, und die Szenen wechselten so blitzartig, dass Elise froh war, ihre Limonade schon getrunken zu haben – sie hätte keinen Schluck nehmen können, aus Angst, irgendetwas zu verpassen. Die Ungarn griffen clever an und spielten sich eine Torchance nach der nächsten heraus – doch die deutsche Abwehr hielt fantastisch zusammen, und anders als in der ersten Halbzeit, in der die Ungarn gleich in Führung gegangen waren, blieben die Deutschen diesmal verbissen am Ball.

Zweimal scheiterte der Ball nicht an der Abwehr und auch nicht an Torhüter Toni Turek, sondern nur an der Querlatte, und jedes Mal ging ein Aufschrei durch die Wirtschaft. Bierkrüge wurden auf die Tische geknallt, und Männer fuchtelten mit ihren Fäusten zum Fernseher hin. Dann jedoch senkte sich wieder konzentrierte Stille über die Anwesenden. Mittlerweile war es die zweiundsiebzigste Minute, und bis auf die beiden Schüsse von Rahn gerade eben hatten die Deutschen deutlich weniger Torchancen als die Ungarn gehabt. Ottmar und Fritz Walter spielten sich gekonnt die Bälle zu, ganz offensichtlich auf dem nassen Boden in ihrem Element – und trotzdem stand es noch immer unentschieden.

Elise spähte immer wieder auf die Uhr an der Wand über dem Fernseher. Aber der Zeiger schlich nur so dahin. Außer, wenn die Ungarn wieder angriffen, dann vergingen die Minuten wie im Flug.

Noch acht Minuten zu spielen, erkannte Elise mit einem erneuten Blick auf die Uhr, noch sieben Minuten. Was würde in der Verlängerung passieren? Hätten die Deutschen überhaupt so eine gute Kondition?

Doch dann kam die vierundachtzigste Minute, und plötzlich ging alles ganz schnell: Schäfer setzte sich gegen den ungarischen Mittelfeldspieler Bozsik durch, flankte nach innen, Rahn übernahm, schoss – und der Ball schlug flach ins linke Eck des Tores ein.

»Tor, Tor, Tor!«, brüllte der Kommentator aus dem Fernseher, und alle in der Kneipe brüllten mit. Selbst Paul sprang auf, packte Elise um die Hüften und wirbelte sie durch die Luft. Von hier oben konnte sie kurz die strahlenden Gesichter um sich herum sehen, aufgeregte, verschwitzte, fassungslose Mienen.

Es stand 3:2 für die Deutschen, und das Spiel würde nicht mehr lange gehen.

Atemlos ließ Paul sie wieder hinunter, und einen Augenblick lang strahlten sie sich nur an. Doch es blieb keine Zeit, um zu verweilen, schon ging das Spiel weiter, und die Ungarn spielten wie von der Tarantel gestochen nach vorne. Schon schoss Puskás und traf – doch während ein entsetzter Aufschrei durch die Wirtschaft ging, wurde schnell klar: Nein, noch einmal Glück gehabt. Abseits!

Unwillkürlich hatte Elise jetzt Pauls Hand gepackt. Die Deutschen spielten mit letzter Kraft und aller Konzentration, die sie hatten, nun auf Zeit, das war für jeden ersichtlich. Und gegen die Sekunden, die nach wie vor viel zu zäh, aber doch stetig verstrichen, waren auch die verzweifelt kämpfenden Ungarn am Ende machtlos.

Endlich gellte der Abpfiff und mit ihm ein tosendes Gebrüll durch die Wirtschaft.

Alle, wirklich alle, waren aufgesprungen und schrien vor

Freude. Und selbst Werner, ihr neuer Trainer, der sich sonst doch eher gefasst gab, hatte Tränen in den Augen, zumindest glaubte Elise das. Sie spürte mit einem Mal nur noch Pauls Arme, der sie in eine feste Umarmung zog, sie an sich drückte. Und schließlich strahlend auf sie herunterschaute, das Gesicht gerötet.

Vielleicht ging es ihm wie ihr, vielleicht wusste er auch nicht, wohin mit seinen Gefühlen, seiner Aufregung. Sie beugten sich beide gleichzeitig vor, und das, was vielleicht nur ein unschuldiger, schneller Kuss hätte werden sollen, ihr allererster, wurde stürmisch und wild.

Für einen Moment stimmte wirklich alles. Für einen Moment war sie nicht mehr Elise, die zwar zeit ihres Lebens immer hatte Fußball spielen dürfen, aber eben nie so, wie sie gewollt hatte, die ihre Eltern früh verloren hatte und die bei ihren Großeltern ein recht freudloses Leben führte. Für einen Moment bestand die Welt aus Jubel und Vorfreude.

Und so blieb es, als der Kuss endete, als sie sich lächelnd anschauten. Pauls Augen leuchteten, und im Fernseher nahm der Kapitän der Deutschen, Fritz Walter – das weiße Trikot und die schwarze Hose verschwitzt und nass vom Regen –, schließlich den Pokal entgegen. Die Mannschaft, mit der niemand gerechnet hatte, hatte gewonnen. Ein echtes Wunder war das. Und wenn das möglich war – was konnte dann noch alles passieren?

5

Wuppertal, Dezember 2022

»Mama, hörst du mir überhaupt zu? Oma steht auf diesem Foto neben Christel Beck, und die war quasi das, was man für damalige Verhältnisse eine Profispielerin nennen könnte. Eine richtige Fußballerin jedenfalls.«

Bevor Katja Petras Nummer gewählt hat, war sie mehr als aufgeregt. Toms und ihre Entdeckung in der Nacht, der Plan, noch einmal mit Elise zu sprechen – all das rumorte stundenlang in ihrem Magen, tut es immer noch. Wieso das so ist, kann sie selbst nicht genau sagen. Ein wenig fühlt es sich an, als hätte sie ein Puzzlestück gefunden oder wäre kurz davor, es zu finden. Ein Puzzlestück, das von entscheidender Bedeutung ist – für sie, für die Entscheidungen, die sie getroffen hat, für ihre Liebe zum Fußball.

Jedenfalls ist sie seit ihrem Fund hellwach, wie aufgekratzt. Und hat sofort das dringende Bedürfnis gehabt, Petra in all das einzuweihen. Elise ist schließlich Petras Mutter. Müsste sie da nicht auch alles, was mit Elise zu tun hat, mit einer geheimen Vergangenheit, wenigstens ein bisschen aufwühlen?

Dabei hätte sie natürlich bedenken müssen, wie Petra mit jeglichen emotionalen Situationen umgeht: abgeklärt. Zumindest im ersten Moment. So ist Petra, sie lässt erst mal alles an ihrer harten Schale abprallen, bevor es dann doch in sie einsickert, Stück für Stück. Man muss nur Geduld haben.

Aber die hat Katja jetzt nicht, redet sich stattdessen seit zehn Minuten den Mund fusselig, um Petra zu überzeugen, dass es sehr wohl interessant ist, wer da auf dem Foto neben Elise steht, dass da etwas dahintersteckt, etwas, dem sie auf den Grund gehen müssen.

Doch auch jetzt seufzt Petra nur. »Meine Mutter hat ganz sicher nicht Fußball gespielt, und Spielerinnen kannte sie gewiss auch nicht. Überhaupt hatte sie keine Freundinnen, das weiß ich genau. Das hätte mich nämlich gefreut, wenn da mal jemand anderes bei uns zu Hause gewesen wäre.«

Wenigstens für einen Moment ist Petras Stimme etwas weicher geworden.

»Also …«, versucht Katja, sofort einzuhaken.

Doch Petra lässt sie nicht ausreden. »Und sowieso«, fährt sie auch schon fort, wieder mit dem Abprallen beschäftigt, »Profispielerin. Du hast doch gesagt, dass selbst heute noch kaum eine Spielerin wirklich längerfristig vom Spielen leben kann. Als Profi kann man das wohl kaum bezeichnen. Was ist eigentlich aus deiner Spielerin geworden, der Schwangeren?«

Jetzt also sind sie schon bei Petras zweitem Reaktionsmuster: Ablenkung. Eine Strategie, die meistens funktioniert, Petra hat sie ein Leben lang trainiert, zumindest hat sie das Katja einmal anvertraut. Wenn die Eltern sich mal wieder stritten, konnte Petra auf die Weise so manches Mal den Frieden sichern.

Auch jetzt sieht Katja sofort Nele Babinskys Gesicht vor sich. Wie sie hier in der Küche von Katjas Haus gesessen und rumgedruckst hat. Genau da, wo Katja jetzt steht, an diesem diesigen Morgen. Wie Nele schließlich damit herausgerückt ist, dass sie nicht mehr spielen, ihre Karriere, die ganze glänzende Karriere, einfach wegwerfen wolle. Mit einundzwanzig.

Nele ist mit ein Grund, warum Katja gerade der Kopf schier zu platzen droht. Nele, ihr Treffen mit Vereinspräsident Heinz und: Elise.

»Ich weiß es nicht, ich habe seitdem nicht noch mal mit Nele darüber geredet. Ich will sie in dieser Situation ja auch nicht zu sehr bedrängen. Aber es geht doch gerade um etwas ganz anderes. Bitte lenk nicht ab.«

Jetzt schnauft Petra am Telefon, aber sie widerspricht nicht. Schließlich seufzt sie sogar ergeben.

»Schön, ich verstehe, dass dich das beschäftigt. Mit Mutti und dem Fußball. Aber ehrlich, Katja, wir haben gerade ganz andere Themen, die wir mit ihr besprechen müssen. Wenn du nachher mit Tom hingehst, dann rede doch mal lieber mit ihr über den Hausverkauf. Wir sind beim Ausräumen doch schon gut vorangekommen, jetzt würde ich wirklich gerne bald mal eine Maklerin beauftragen.«

Jetzt ist Katja diejenige, die schnauft. Ihre Hand umklammert die Küchenanrichte so fest, dass ihre Knöchel weiß hervortreten. Nein, sie will nicht wütend werden, nicht enttäuscht sein. Sie will sich einmal nicht davon leiten lassen, was Petra denkt, was Petra wichtig findet.

Für einen Moment schließt sie die Augen. Die Küche in ihrem grauen Licht, die frisch geputzte Arbeitsfläche, alles verschwindet. Dann atmet sie durch.

»Das kannst du ja einfach selbst ansprechen, wenn du sie das nächste Mal siehst. Du, ich muss jetzt auch los, Tom kommt gerade nach Hause.«

»Ach so, ja.« Petra wirkt etwas perplex. Sie ist es nicht gewohnt, abgewürgt zu werden. An ihrer Stimme hört man, dass sie noch viel mehr zu sagen hätte, sie hat quasi schon Luft geholt. Aber Katja schaut zur Tür, durch die Tom natürlich gerade gar nicht kommt, die von hier hinten nur als weißer blanker

Rücken mit kleinen Flecken drauf zu sehen ist – da, wo Linus mal Aufkleber hingeklebt hat, die sie nun nicht mehr abbekommen –, und sagt: »So, dann also bis übermorgen im Haus.«

»Ja, gut.« Normalerweise hätte ihre Mutter jetzt schon aufgelegt. Sie hasst Zeitverschwendung, und wenn es nur noch zwei oder drei Floskeln am Ende eines Telefonats sind. Doch diesmal zögert Petra. »Du, Katja. Ich weiß, das mit Opa, mit dem Haus, das ist auch für dich nicht leicht. Ich will einfach nur nicht, dass du dir noch mehr aufhalst, dich unnötig in was verrennst.«

So etwas Ähnliches hat Tom neulich auch zu ihr gesagt, bevor er mit im Boot war, bevor ihn schließlich auch die Neugier gepackt hat, was es mit dieser Geschichte mit dem Fußball und Elise auf sich hat. Und mit einem Mal wird Katjas Herz wieder weich. Da ist sie also, Petra unter der harten Schale, wenigstens ganz kurz.

»Ist gut, Mama.«

»Ja, schön.« Jetzt hat sie doch aufgelegt.

Es dauert tatsächlich nicht lange, bis Tom wirklich nach Hause kommt. Katja hat kaum Zeit, noch weiter nachzugrübeln, und weder die Gelegenheit, ewig über Christel Beck zu recherchieren – viel findet man sowieso nicht –, noch endlich den Plan aufzustellen, für den sie gestern Nacht eigentlich in ihr Arbeitszimmer geschlichen ist. Der Plan, wie es weitergehen soll. Mit ihrem Team, mit ihrer Karriere.

Weder Tom noch ihrer Mutter hat sie bisher von dem Treffen mit Heinz erzählt, vor seinen dringlichen Worten, davon, dass ihr nicht nur Nele, sondern auch noch zwei andere Topspielerinnen wegbrechen werden. Vielleicht braucht sie das Gefühl, sich erst selbst einen Überblick verschafft zu haben. Vielleicht will sie auch einfach nur nicht nacherzählen müssen, was Heinz gesagt hat. Es damit realer machen. Solange sie es nicht ausspricht, fühlt es sich mehr so an wie ein schlechter Traum, der in die letzte, sowieso recht merkwürdige Nacht gehört.

Jetzt ist es mitten am Tag, ein wenig grau zwar, und dennoch scheint alles so klar umrissen: In ihrem Garten liegt Raureif auf dem Rasen, die Äste der Büsche sind kahl und leer, ab und zu hüpft eine Krähe an ihrem Wohnzimmerfenster vorbei, schaut mit eckigen Bewegungen durch die Scheiben. Und Tom kommt nach Hause, wie er versprochen hat, und klimpert mit den Schlüsseln in seiner Hand.

»Wollen wir dann?«

Ein leichter Nieselregen fällt auf den kleinen Garten des Seniorenheims, die breiten Wege sind von einer feuchten Schicht bedeckt, genau wie die Bänke, die in regelmäßigen Abständen rechts und links am Wegesrand stehen.

Unter Elises Rollator knirscht der Kies, als sie langsam gemeinsam den Weg entlangspazieren. Katja hält einen Schirm über sich und Elise, während Tom etwas abseits mit seinem eigenen läuft.

Katja ist froh, dass Elise trotz des Wetters für einen kleinen Spaziergang hinauswollte – »Ich bin doch nicht aus Zucker!« –, dazu das wölfische Lächeln, das so typisch für sie ist. Das ist etwas ganz anderes, als in diesem kleinen Zimmer zu sitzen, in das immer wieder eine Pflegekraft hineinplatzt, um zu fragen, ob Elise noch etwas braucht. Katja versteht, dass Elise genervt davon ist. Sie ist, genau wie Petra, autark, mag es, ihre eigene Herrin zu sein.

Jetzt stapft Elise entschlossen voran. Obwohl sie sich schwer auf dem Rollator abstützt, hat sie ein ordentliches Tempo vorgelegt.

Eine Sportlerin, schießt es Katja plötzlich durch den Kopf. Genau wie sie. Dabei dachte sie immer, sie sei die Einzige. Wie einsam sie sich ihr Leben lang gefühlt hat mit niemandem in ihrem Umfeld, der sie versteht. Geahnt hat sie jedenfalls nicht im Mindesten, dass sie vielleicht doch nicht die Erste in der Familie ist, die diese Leidenschaft hat. Natürlich, fit war ihre Oma schon immer, zäh eben, nicht unterzukriegen, schnell und entschlossen.

Weiß Elise, dass Christel Beck, mit der sie damals auf diesem Foto abgelichtet wurde, Fußballerin geworden ist, also eine, die zumindest so bekannt ist, dass man etwas über sie im Internet nachlesen kann?

Das Foto steckt in Katjas Handtasche, die jetzt an der Garderobe oben in Elises Zimmer hängt. Und Katja weiß einfach nicht, wie sie Elise darauf ansprechen soll. Beim letzten Mal kam die Sache mit Nele dazwischen, und davor, als Linus und sie Elise hier besuchten, machte Elise mehr als deutlich, dass sie nie wieder über dieses Foto sprechen wolle.

Tom wirft Katja einen Blick zu. Er zieht die Augenbrauen nach oben, doch Katja zuckt nur hilflos mit den Schultern. Der Schirm ist zu klein für sie und Elise, sie spürt, wie ihr Mantel dem ständigen Nieseln nachgibt, langsam durchweicht. Immerhin ist es heute nicht kalt, ganze elf Grad, und das vier Tage vor Weihnachten.

»Wollen wir uns kurz hinsetzen?« Jetzt hat Tom das Wort ergriffen, reißt Elise und Katja aus ihren Gedanken. Hier, fast am Ende des Seniorenparks, steht ein Pavillon, darunter drei weiße Bänke, zumindest regengeschützt. Auf den Bänken prangen kleine Plaketten, die an ehemalige Bewohnerinnen erinnern.

Elise lässt sich ächzend direkt vor der Plakette von »Lotti Obermann« sinken, lehnt sich zurück. Katja schiebt den Rollator so, dass Elise gleich wieder gut aufstehen kann, und nimmt selbst Platz. Die Bank ist kalt und hart, aber Elise sieht zufrieden aus, wie sie jetzt dasitzt, in den Regen vor dem Pavillon hineinblinzelt.

»Sag mal, Oma. Noch mal zu dem Foto von neulich.«

Schon sieht Elise nicht mehr zufrieden aus, das Gesicht verschließt sich, sie kneift die Lippen zusammen.

»Ich habe dir doch gesagt, dass ich damit nichts zu tun haben will.«

Sie klingt so endgültig, dass Katja für einen Moment die Worte fehlen. Und doch macht irgendetwas an ihrer Aussage sie stutzig.

»Eigentlich hast du gesagt, dass du nicht auf dem Foto drauf bist. Nicht, dass du nichts damit zu tun haben willst«, sagt sie schließlich langsam.

Ihr ist schon klar, dass Elise gleich wütend werden könnte. Richtig fuchsteufelswild, auch wenn Elise dann nicht laut wird wie Petra, überhaupt nicht, sich stattdessen nur mehr in sich verschließt. Aber sie hat Tom an ihrer Seite, spürt ihn warm neben sich sitzen, das gibt ihr Kraft.

»Ist doch dasselbe«, brummt Elise, aber Katja wird nicht lockerlassen, nein, diesmal nicht.

»Das ist nicht dasselbe«, sagt sie. »Und außerdem habe ich mittlerweile noch jemand anderen auf dem Foto erkannt. Und die hat hier tatsächlich auch in der Nähe gewohnt. Es wäre also durchaus möglich, dass du sie kennst. Christel Beck.«

Bei dem Namen zuckt Elise leicht zusammen, und obwohl es Katja leidtut, so klein, wie ihre Oma jetzt aussieht, so steif, wie sie sich gemacht hat, nur weil Katja das Thema angeschnitten hat, weiß sie jetzt, dass sie recht hat mit allem.

»Du kennst also Christel Beck?«, fragt sie. »Und du bist das auf dem Foto, richtig? Bitte, Oma, beantworte mir nur diese Frage.«

Schweigen legt sich über sie, während Elise nachzudenken scheint.

Der Regen plätschert nun lauter auf das Dach des Pavillons und klatscht auf den Kiesweg, wo er kleine Pfützen bildet.

Elises Gesicht bleibt unbewegt, als würde dahinter rein gar nichts passieren. Aber Katja weiß es besser, wartet.

Und schließlich seufzt Elise.

»Ja, es stimmt«, sagt sie leise. Sie schaut Katja nicht an, blickt in den grauen Park hinein, als wäre sie ganz woanders. Und als würde sie jedes Wort unendlich viel Kraft kosten. »Ich habe damals Fußball gespielt, ab und an, und ich habe auch mit Christel gespielt. Aber es ist mehr an dieser Geschichte dran als nur der Fußball. Es gibt Dinge im Leben, Katja, Themen, die sollte man lieber ruhen lassen. Für uns alle. Und dabei bleibe ich.«

Jetzt schaut sie Katja doch an, und ihr Blick ist so ernst, so durchdringend, dass Katja für einen Moment den Atem anhält.

Neben ihr zuckt Tom, und Katja spürt, dass er nachhaken will. Aber sie nimmt seine Hand, drückt sie.

»In Ordnung, Oma«, sagt sie leise, und Elise atmet seufzend aus. »Für den Moment.«

»Gut, dann lass uns zurückgehen.« Elise ist auf der Bank schon wieder nach vorne gerutscht, zieht sich verbissen an ihrem Rollator hoch, wieder ganz sie selbst. Und Tom wirft Katja einen fragenden Blick zu.

»Wieso hast du nicht weiter nachgebohrt? Du hattest sie doch endlich!«, will Tom später von ihr wissen, als sie im Auto sitzen. Der Regen hat mittlerweile aufgehört, aber er hängt noch als kleine Tropfen auf der Windschutzscheibe. Die Tropfen beginnen zu zittern, als Tom das Auto ausparkt, schließlich vom

Parkplatz rollt. Er wirkt ehrlich ratlos. »Ich dachte, du wolltest die ganze Geschichte herausfinden!«

»Und das will ich auch noch!«, sagt Katja. »Mehr denn je sogar. Aber ich bin keine Journalistin wie du. Elise ist meine Oma. Und ich will sie nicht verletzen. Ich werde behutsam vorgehen und gleichzeitig andere Wege finden, die Wahrheit herauszukriegen.«

»Die da wären?« Tom wirft ihr einen schnellen Blick zu. Wieder zieht jetzt das Wäldchen an ihnen vorbei, hohe Tannen, die links und rechts der Straße zum Seniorenheim stehen, dazwischen ein paar Straßenlaternen.

»Indem ich dich Trüffelschwein losschicke«, sagt Katja und sieht, dass an Toms Mundwinkeln sogleich ein Grinsen zupft. »Ich bin keine Journalistin. Aber du bist Journalist. Und wenn Elise nichts erzählt, dann ja vielleicht Christel Beck.«

»Ich Trüffelschwein kann aber auch nichts ausrichten, wenn Christel Beck nicht mehr lebt«, sagt Tom nüchtern. Doch er runzelt bereits konzentriert die Stirn. Vermutlich geht er im Kopf schon die Liste seiner Kontakte durch. »Ich versuche es auf jeden Fall, versprochen!«, sagt er schließlich.

Gleich sind sie bei der Straßenkreuzung, wo sie links abbiegen müssen. Zumindest, wenn sie nach Hause fahren wollen.

»Lass uns erst einen Weihnachtsbaum kaufen!«, sagt Katja, einer Eingebung folgend, und Tom hört auf zu grübeln und schaut sie überrascht an.

»Letztes Jahr wolltest du doch keinen. Wegen der Umwelt und so.«

»Ja, aber dieses Jahr will ich einen. Für Linus. Und für uns.«

Jetzt, wo sie es sagt, kann sie es kaum erwarten, einen Baum zu schmücken. Es soll zu Hause wieder gemütlich werden. Vielleicht muss es nicht immer ein toller Plan sein, der einem hilft, der einem das Gefühl gibt, die Kontrolle zu haben. Vielleicht reicht auch einfach eine Nordmanntanne. Einen Versuch ist es wert.

Tom – noch immer hat sie ihm nichts erzählt, nicht von Nele und nicht von ihrem Treffen mit Heinz Müller-Lachmann – schaut sie einen Moment lang an. Dann lenkt er nach rechts. »Gut, dann also ein Baum.«

*

Der Baum ist wunderschön, groß, die Zweige kräftig, und so, wie er jetzt in ihrem Wohnzimmer steht, direkt neben dem Sofa am Fenster, wirkt gleich alles viel weniger grau, viel weniger düster, sondern rot, grün und gold.

Katja hat auch am Mittwochvormittag weder über ihrer Aufstellung gebrütet noch die A-Juniorinnen gesichtet. Stattdessen hat sie die Kiste mit dem Weihnachtsschmuck aus dem Keller geholt, und auch wenn sie das alles eigentlich mit Linus zusammen machen wollte, hat sie es nicht lassen können und die kleinen Engel, Glocken, Pferdchen und Kugeln schon selbst am Baum drapiert. Die Kerzen, die lässt sie ihm aber, das fand er schon früher immer am tollsten.

Und dann ist ihr eingefallen, dass sie auch noch keine Weihnachtsplätzchen gebacken hat. Klar, auch das kann sie mit Linus machen, am Freitag zum Beispiel, seinem ersten Ferientag. Aber jetzt, wo der Baum steht, möchte Katja Vanillekipferl haben, sich ihre Sorgen wegbacken.

Und so hat sie schon die Hände im Teig, die Kücheninsel voller Mehl, als ihr Handy klingelt. Erst überlegt sie, es zu ignorieren. Der Teig fühlt sich so schön kühl und weich an unter ihren Fingern. Aber es ist Franzi, also zieht Katja die Hände aus dem klebrigen Zeug und greift nach dem Handy, das sie hinterher vermutlich erst mal grundreinigen muss.

»Mir fällt so was von die Decke auf den Kopf, ey! Die Kita hat schon zu, Karim zahnt, bitte, können wir 'ne Runde drehen?« Franzi klingt verzweifelt und etwas abgehetzt.

Katja wirft einen Blick auf den Teig, darin ihre Fingerabdrücke wie kleine Löcher. Und dann einen Blick aus dem Fenster. Es scheint tatsächlich die Sonne, ein milder Tag, man kann es eigentlich kaum glauben. »Na gut. Ich rufe Miriam an.«

»Bist ein Schatz«, und schon hat Franzi aufgelegt, und Katja wickelt Frischhaltefolie um den Teigklumpen.

Eigentlich ist das auch für sie jetzt genau das Richtige, denkt sie, als sie die Tür hinter sich schließt, in Richtung Treffpunkt lostrabt. Sie hat den Geruch der Plätzchen schon in der Nase, und das Schmücken des Baumes hat sie ruhiger gemacht. Wenn sie es jetzt noch schafft, einen Teil dessen, was sie bewegt, mit ihren Freundinnen zu teilen – vielleicht kann sie dann genau die Kraft sammeln, die sie braucht, um alles andere anzugehen. Vielleicht kann sie dann Weihnachten auch wirklich genießen.

Franzi wartet schon an der Bushaltestelle, von der aus sie sich immer in Richtung Vorwerkpark aufmachen, und fällt ihr beinahe um den Hals, als sie sie sieht. »Ein Glück hatte die Oma mal 'nen Stündchen Zeit, um aufzupassen«, sagt sie seufzend und hebt schon wieder den für sie so typischen Becher an den Mund. Der Strohhalm ist beschlagen. »Ist Glühwein drin«, verrät Franzi.

»Ist das dein Ernst, zum Joggen?«

»Entspann dich, ohne Alkohol natürlich.«

Quietschend hält der Bus an der Haltestelle, und Miriam hüpft aus der geöffneten Tür. Sie hat die Haare streng zurückgebunden, aber im Gegensatz zu Franzi sieht sie kein bisschen müde und erschöpft aus. Ihre Augen leuchten.

»Die Koffer sind schon gepackt«, sprudelt sie los, kaum, dass sie in gemächlichem Tempo loslaufen.

Sie nutzen ihre Joggingroute immer, um sich gegenseitig auf den neuesten Stand zu bringen – und jedes Mal beginnt Miriam, denn spätestens in fünfzehn Minuten, das wissen sie alle, wird sie zu stöhnen und zu schwitzen anfangen. Katja ist immer wieder von Neuem über ihren Enthusiasmus erstaunt. Auch wenn Miriam, trotz ihres Engagements im Fußballverein, selbst nicht allzu sportlich ist, beißt sie sich bei ihren wöchentlichen Joggingrunden durch, ohne jemals aufzugeben. Im Gegenteil: Am Anfang rennt sie sogar am schnellsten. Und genauso begeistert sprudeln jetzt auch ihre Reisevorbereitungen aus ihr heraus. »Morgen geht es los, Gran Canaria, ich kann es kaum erwarten.«

»Ich freue mich auch schon wahnsinnig auf Weihnachten. Der Mann muss arbeiten, das Kind hat eine anstrengende Phase, und meine Mutter hat trotzdem genaue Vorstellungen davon, wie wir den Weihnachtsbraten zubereiten müssen.«

Die Erschöpfung quillt Franzi wirklich beinahe aus jeder Pore, und Katja tätschelt im Laufen den Arm ihrer Freundin.

»Tröste dich, bei uns wird meine Mutter vermutlich genau an Heiligabend Elise gegenüber die Bombe platzen lassen, dass sie das Haus verkaufen möchte. Und zwar sofort.«

»Oh Mann«, sagt Franzi. »Du hast gewonnen. Das ist ja wirklich furchtbar. Schieß los.«

Und während sie den Vorwerkpark erreichen, berichtet Katja von Petra und von Elise, vom Haus und von all dem, was sie herausgefunden hat.

Es tut gut, die Geschichte zu erzählen, und es tut gut, wie gebannt ihre Freundinnen an ihren Lippen hängen.

»Na, dann darf Petra aber auf keinen Fall mit dem Haus anfangen. Die Sache mit Christel und dem Fußballspielen ist doch viel, viel wichtiger!«, ereifert Franzi sich, als Katja geendet hat.

»Immerhin hast du sie jetzt schon so weit, dass sie ein wenig aus ihrer Vergangenheit preisgibt«, schnauft Miriam. Das Auf und Ab ihrer Laufroute fordert bei ihrer Freundin seinen Tribut. Schon jetzt leuchten ihre Wangen wieder rot, und ihr Atem geht stoßweise. Katja drosselt ihr Tempo ein wenig, und Franzi zieht noch im Laufen gurgelnd Glühwein aus ihrem Becher.

»Das Haus müssen wir trotzdem weiter ausräumen, Petra besteht darauf«, sagt Katja.

Allein bei dem Gedanken daran, morgen weiter die alten Unterlagen von Elise zu sichten, wird ihr ganz anders. Eigentlich ist es ja interessant, so noch etwas mehr über das Leben ihrer Großeltern herausfinden zu können, vielleicht auch über die ganze Fußballgeschichte. Aber ganz wohl ist ihr eben auch nicht dabei, in Elises Sachen herumzuwühlen. Mal abgesehen davon, dass sie dabei auch ständig daran erinnert wird, wie anders alles geworden ist: ihr geliebter Großvater weg, Elise alt und gebrechlich und im Altersheim. Und ihre Mutter irgendwie so dünnhäutig, wie Katja sie selten erlebt hat.

Katja hat natürlich trotzdem eingewilligt, dass sie noch mal ins Haus gehen, wenn auch zähneknirschend und unter der Bedingung, dass sie danach eine kleine Weihnachtspause einlegen. Immerhin ist morgen Linus' letzter Schultag, danach sind Ferien – die möchte sie ihm eigentlich ungern verderben, indem auch er in den staubigen alten Sachen, der Geschichte seiner Familie, herumwühlen muss.

»Hey, das wird schon alles«, jetzt ist es Franzi, die Katja aufmunternd den Arm tätschelt.

Sie sind noch langsamer geworden, instinktiv, weil Miriam inzwischen regelrecht keucht. »Sorry, Leute, können wir kurz

Pause machen? Ich hätte vorhin nicht den ganzen Stollen essen sollen.«

Aber eigentlich ist das Katja auch ganz recht. Denn als sie bei einer kleinen, etwas feuchten Bank haltmachen, fragt Franzi leise: »Wie war denn eigentlich das Treffen mit Heinz?«

Und obwohl Katja irgendwie zögert, eigentlich am liebsten noch immer nicht aussprechen will, was seitdem in ihr wütet, erzählt sie nun doch, berichtet von diesem Abend, von Heinz' ernsten Worten. Und von der Realität, die den Verein bald einholen wird. »Das ist natürlich alles supergeheim«, fügt sie mahnend hinzu. Dabei wissen das die beiden natürlich. Und ihren entsetzten Mienen nach zu schließen, verstehen sie genau wie Katja auch nur zu gut, was das alles für sie bedeutet: für Katja und für den Verein. Außer, dass sowohl Franzi als auch Miriam sich sofort wieder fangen – genauso hätte Katja es ja früher auch gemacht: immer tatkräftig nach vorne schauen, nicht in Grübeleien versinken.

»Das kriegen wir doch hin!«, sagt Franzi, und Miriam nickt enthusiastisch, das Gesicht noch immer glühend rot. »Bei den A-Juniorinnen sind ein paar tolle Talente dabei, und so schlecht lief die Hinrunde auch wieder nicht. Und wenn wir nur Nele wieder aufgepäppelt kriegen, dann rocken wir die Rückrunde.« Noch immer nickt Miriam, die Augen leuchten, aber Katja ist das Herz schon wieder schwer geworden, weil Franzis Worte wie ein Schlag in die Magengrube sind. Wie gerne würde sie auch noch von Nele erzählen. Denn eigentlich, das merkt sie auch jetzt wieder, ist die Sache mit Nele noch deutlich schlimmer als das, was Heinz gesagt hat. Die Sache fühlt sich hoffnungslos an und irgendwie, als würde Katja persönlich versagen, weil sie es nicht hinkriegt, Nele im Boot zu halten, für sie und ihre Karriere zu kämpfen.

»Da wollte ich euch tatsächlich auch noch was erzählen«, sagt Miriam plötzlich. Ihr Atem klingt trotz der Pause noch immer etwas abgehackt, aber ihre Augen leuchten aufgeregt. »Ich glaube, ich habe eine Idee, was das Problem mit Nele sein könnte!«

»Ach ja?« Franzi lässt sofort ihren Becher sinken, dreht sich gespannt zu Miriam um. Und Katjas Herz beginnt zu rasen.

»Ich habe sie gestern auf dem Weihnachtsmarkt gesehen.« Miriam macht eine Kunstpause. »Oh Gott, ich weiß gar nicht, ob ich euch das erzählen darf. Es ist ja rein spekulativ, und ich sollte vermutlich erst mal mit Nele selbst reden und …«

»Jetzt sag schon!«, unterbricht Franzi ihre Freundin. Miriam ist bekannt dafür, dass ihr die Privatsphäre ihrer Schützlinge über alles geht. Immerhin ist sie schon seit Jahren Mannschaftsbetreuerin, die Seelsorgerin aller Spielerinnen. Franzi pflegt da einen sehr viel pragmatischeren Umgang. »Es geht um die Zukunft des Vereins, also hau raus!«

»Sie hat einen Freund, glaube ich. Und es sah ein wenig … angespannt aus. Also, ich habe sie nur von Weitem gesehen, aber sie schienen zu streiten. Na ja, und jetzt kommt das Pikanteste an der Situation. Ich bin mir nicht hundertprozentig sicher, aber relativ, also, sie trugen eben Mützen und Schals und so weiter …«

»Jetzt komm schon, Miri!«, knurrt Franzi, und diesmal kann Katja ihr nur zustimmen.

»Also gut!« Jetzt wirkt Miriam schon wieder außer Atem, diesmal allerdings vor Spannung. »Ich glaube, es war Felix, mit dem sie da zusammen war.«

Und mit einem Mal ist es für Katja so, als fiele alles an seinen Platz. Felix, ihr Co-Trainer. Felix, der groß hinauswill, das weiß sie ganz gewiss. Der Ehrgeiz quillt ihm quasi aus jeder Pore. Felix, der vielleicht Nele geschwängert hat und sie jetzt blockiert, sie womöglich unter Druck setzt, sie nicht unterstützen möchte.

Halt, ermahnt sich Katja selbst, bevor die Fantasie mit ihr durchgeht. Das klingt wie aus einem schlechten Film. Und unfair ist es auch, dass sie Felix so etwas unterstellt. Dass sie sofort vom Schlechtesten ausgeht, obwohl man Miriams Beobachtung ja wirklich erst mal als Spekulation abtun muss. Sie schätzt ihren jungen Kollegen eigentlich, sie findet seinen Ehrgeiz gut fürs Team. Und dass er davon träumt, Chefcoach zu werden, kann sie mehr als nachvollziehen. Nachdem sie ihre aktive Karriere beendet hatte, konnte sie sich selbst nichts Besseres vorstellen. Kann sie ja immer noch nicht, trotz aller Krisen. Dieses Gefühl, die Fäden in der Hand zu halten, das Planen, der Moment, wenn sie es geschafft hat, dass die Mannschaft mitzieht, wenn der Matchplan aufgeht, den sie sich überlegt hat. Fußballspielen, das hat sie schon als Kind mehr geliebt als alles andere. Und Trainerin sein – das liebt sie mindestens genauso sehr.

»Also, vielleicht macht sie sich Sorgen, dass die Beziehung im Team nicht gut ankommen könnte?«, mutmaßt Franzi laut und reißt damit Katja aus ihren Gedanken. Sie merkt, dass sie schon eine ganze Weile nicht mehr zugehört hat – Franzi und Miriam sind längst tief in der Diskussion, ob diese Beziehung der Grund für Neles Ablenkung sein könnte. »Aber verboten ist das ja nicht, oder?«, wendet sich Franzi an Katja, die nur mit den Achseln zuckt. Natürlich ist es nicht verboten, auch nicht innerhalb des Teams, innerhalb des Vereins. Aber darum geht es auch überhaupt nicht, nur, dass Franzi und Miriam das nicht wissen und dass sie es ihnen auch nicht sagen darf. Was gäbe sie darum, jetzt ihre Gedanken teilen zu dürfen! Aber eines weiß sie sicher, sie muss dringend noch mal mit Nele reden.

»Lass uns mal weiter, ich habe heute noch was vor«, sagt sie und steht auf. Ihr Hintern ist kalt von der feuchten Bank, und sie friert trotz der milden Temperaturen.

»Hast recht, ich muss ja auch langsam zurück.« Franzi wirft einen Blick auf ihr Handy, runzelt die Stirn. »Genauer gesagt müsste ich schon längst zurück sein. Karim ist wohl wach und weint. Na dann: Sprint!«

»Oh nein!«, grummelt Miriam, aber sie zieht mit, wie immer, während Katja und Franzi losstürmen, beide über den knirschenden Weg rennen, jede mit ihrem eigenen Grund, schnell nach Hause zu wollen.

Aber Nele geht nicht ans Telefon. Am Nachmittag nicht und auch am Abend nicht, als Katja endlich mit Linus die Vanillekipferl in den Ofen geschoben hat und zusieht, wie sie knusprig werden. Und Katja weiß ja, dass diese Sache im Grunde Neles Angelegenheit ist, Neles Entscheidung. Sie hat ihr bereits klargemacht, dass sie hier wäre, um sie zu unterstützen, dass Nele da nicht alleine durchmuss. Aber jetzt einfach nur zu warten – das kann sie eben auch nicht. Also schreibt sie zumindest eine Nachricht, bietet noch ein Gespräch an, zeigt Nele damit wenigstens, dass sie an sie denkt. Und dann reißt sie sich zusammen, versucht, ihre innere Unruhe zu zügeln, und ruft nicht noch mal an, als die Kipferl fertig sind und Linus und sie einen Weihnachtsfilm schauen, erst ohne Tom, dann doch mit ihm, und alle zusammen auf das Sofa krümeln.

Aber Katja hat die Sache nicht vergessen, auch am nächsten Morgen nicht, als Linus sich auf den Schulweg macht und sie ein paar Kisten ins Auto räumt, in die sie nachher die Erinnerungssachen von Elise packen will, bevor Petra noch alles wegwirft.

Während der ganzen Autofahrt grübelt sie weiter über Neles Schwangerschaft. Wie es ihr wohl jetzt damit geht, was es mit Felix auf sich hat und natürlich auch, was sie noch tun kann, um ihrer Spielerin zu helfen. Und gleichzeitig denkt sie an Elise, an das, was Tom vielleicht über Christel Beck herausfindet. Er hat schon begonnen, herumzufragen, gleich gestern, und ihr heute Morgen davon erzählt. Ab morgen hat er frei, viele Kollegen ebenfalls, er hofft, noch vorher eine Information zu bekommen.

Irgendwie sind die Tage gerade sehr dicht, denkt Katja, als sie den Wagen in der kleinen Ausfahrt vor dem Haus ihrer Großeltern parkt. Als würden vor Weihnachten alle Themen ihres Lebens zusammenschmelzen. Ist Heiligabend das Finale? Sie hofft es nicht.

Heiligabend, das ist normalerweise ihr Ruhepol des Jahres, leitet die Tage zwischen den Jahren ein, die irgendwie immer losgelöst sind von allen Problemen, die es sonst so geben mag. Und genauso hat sie es sich auch für dieses Jahr gewünscht, genauso braucht sie es doch eigentlich.

Aber die Ruhe, die sie gestern verspürt hat, als sie mit den Händen im Vanillekipferlteig versunken ist und sich der Geruch nach Nordmanntanne überall im Haus ausgebreitet hat, die ist jetzt auch weg. Stattdessen hat sie das merkwürdige Gefühl, dass alles zusammenhängt. Die Vergangenheit, das, was Elise nicht erzählen möchte, und ihre eigenen Zukunftssorgen, die Fragen, die sie sich selbst stellt.

Das Gefühl verstärkt sich, als sie aussteigt, die Autotür zuknallt und einen Augenblick lang auf das Haus ihrer Großeltern schaut. So viele Erinnerungen hängen an diesem kleinen grauen Klotz, so viele gute, und gleichzeitig scheinen jetzt so viele Fragezeichen darüber zu schweben. Wieso will Elise nicht über sich und den Fußball sprechen? Was hat sie damals von diesem Weg abgebracht? Und wie anders hätte Katjas Kindheit sein können, wenn Elise selbst noch Fußball gespielt hätte? Hätte sie dann jemanden an ihrer Seite gehabt, der sie nicht nur lustlos angefeuert, sondern sich wirklich für sie eingesetzt hätte? Ihr Mut gemacht hätte, auch wenn der Weg, den sie einschlug, etwas uneben und steinig war, weil es eben noch nicht viele Frauen gibt, die vom Fußball leben können?

Würde Katja sich dann heute anders fühlen? Weniger müde, weil sie immerzu kämpfen muss?

Und im selben Moment, wo sie noch einmal tief einatmet – frisch ist die Luft heute und ein wenig feucht, wie immer –, piepst ihr Handy.

Nele hat geantwortet und stimmt zu, noch einmal zu ihr zu kommen, gleich heute Nachmittag, um zu sprechen. Sie freue sich, schreibt sie sogar, und für einen Augenblick ist die leichte Melancholie weg, die Katja eben schon wieder überkommen hat, und sie verspürt zumindest einen Anflug des Optimismus, den auch Franzi und Miriam gestern versprüht haben.

Sie merkt, dass sie sogar ein wenig vor sich hin lächelt, als sie durch den diesigen Morgen auf das Haus zustapft. Mit einem Mal kommt ihr auch die Aussicht, gleich stundenlang mit ihrer schlecht gelaunten Mutter in alten Unterlagen zu wühlen, weniger schlimm vor. Vielleicht findet sie ja tatsächlich etwas heraus, irgendeinen Hinweis auf die Vergangenheit.

Nur, dass Petra alles, was Katja vielleicht eben noch an Motivation zusammengekratzt hat, gleich wieder zunichte macht, kaum dass Katja die Haustür hinter sich geschlossen und »Hallo« ins leere Haus gerufen hat.

»Bin hier hinten!« Petra steht schon wieder da mit ihren Müllsäcken, drei hat sie bereits gefüllt, bis zum Rand. Sie lehnen an der Wand des Wohnzimmers, genau neben dem Schränkchen, aus dem neulich die ganzen Einladungskarten hervorgequollen sind. Und anscheinend will sie jetzt an den Sekretär, der ganz in der Ecke steht, zumindest hängt daran schon eine geöffnete Mülltüte. Ein wahnsinnig schönes altes Möbelstück ist dieser Sekretär, aber völlig unpraktisch: Niemals hat Katja jemanden wirklich daran schreiben sehen, weder ihren Großvater noch Elise. Seit sie denken kann, steht dieser Sekretär einfach nur da, ein paar Schubladen verschlossen, aber der Schlüssel nirgendwo auffindbar.

»Also, ich habe jetzt Folgendes überlegt«, sprudelt Petra los, kaum dass Katja ihre Mutter zur Begrüßung in eine kurze Umarmung gezogen hat, die Petra wie immer etwas hölzern erwidert.

»Wir schmeißen nur alles Persönliche weg. Den ganzen Rest wie die Möbel, Vorhänge und so weiter, das könnten wir auch einfach den Käufern überlassen. Ich habe mit einer Maklerin gesprochen, das ist durchaus so üblich, dass man Häuser eben auch ganz verkaufen kann, mit allem Drum und Dran. Und dann haben wir den Ballast nicht. Weißt du, ich glaube, das tut uns beiden nicht gut, wenn wir hier zu viel Zeit verbringen.«

Noch während sie spricht, hat sie angefangen, die Türen des Sekretärs aufzumachen, erst die beiden Schranktüren unten, dann zieht sie an den verschlossenen Schubladen direkt über der schmalen, leicht schräg stehenden Tischplatte.

»Du hast schon mit einer Maklerin gesprochen?«

Katja steht völlig verdattert da, noch immer hat sie den Mantel an, die Winterschuhe, und Petra schaut nicht mal zu ihr hoch, während sie sich vor die offenen Türen kniet, hineinspäht.

»Keine Sorge, das war nur so ein rein allgemeines Gespräch. Alles Weitere erst, wenn wir mit Mutti gesprochen haben, und dann kannst du beim Termin natürlich mit dabei sein. Wir können uns das ja auch alles noch in Ruhe überlegen. Es war für mich nur einfach beruhigend zu wissen, dass es auch eine pragmatische Lösung gibt. Eine, wo wir diese ganze Haussache schnell hinter uns bringen können. Du hast doch deinen Fußball, und bei mir auf der Arbeit ist auch viel los, ich glaube, wir wollen beide nicht, dass sich das über Monate hinzieht.«

Nein, natürlich will Katja das nicht, und je länger sie darüber nachdenkt, desto mehr sieht sie, dass ihre Mutter recht hat. Und trotzdem weiß sie nicht, was sie dazu sagen soll. Wie sie sich jetzt fühlen soll. Schon wieder. Sie haben doch noch nicht mal mit Elise gesprochen! Und dennoch will Petra die Sache so überstürzt und unemotional abwickeln?

»Zieh doch endlich mal den Mantel aus und hilf mir!« Petra wirft ihr einen schnellen Blick über die Schulter zu und versucht schon, einen Ordner aus dem Sekretär zu ziehen.

Katja geht zurück zur Garderobe, zieht ihre Schuhe aus, stellt sie ordentlich auf die Ablage, genauso, wie ihr Großvater das haben wollte. Elise waren solche Regeln schon immer egal. Katja weiß noch, wie wahnsinnig das ihren Großvater gemacht hat, wenn sie ihren Mantel einfach so über das Geländer der Treppe gehängt hat statt ordentlich an den Haken, hier in der Nische neben der Tür. Einen Moment lang schließt Katja die Augen, atmet durch.

Dann geht sie zurück zu ihrer Mutter, die ihr schon eine Mülltüte reicht.

»Du die linke Tür, ich die rechte?«, fragt Petra, und schweigend beginnen sie, die Unterlagen herauszuziehen. Alte Rechnungen, Gebrauchsanweisungen, Garantien für Geräte.

»Oh, das ist wichtig, der Kaufvertrag fürs Haus«, sagt Petra und starrt einen Moment auf die kleine Mappe in ihrer Hand.

»Wann wurde das Haus eigentlich gekauft?« Katja wirft einen Blick zu Petra. Sie kann die Daten auf den Papieren nicht lesen. Alles schon leicht gelblich, aus einer längst vergangenen Zeit.

»Ich war drei«, sagt Petra leise. »Ich kann mich nicht wirklich erinnern. Aber bei Vati lief es damals noch besser mit der Fabrik, sonst hätten sie sich das niemals leisten können. Später wäre das nicht mehr möglich gewesen, als alles bergab ging. Immerhin hatten wir da dann noch das Haus, auch wenn der Verkauf immer wieder auf dem Tisch war. Ganz ehrlich, das wäre schon damals nicht sehr schmerzhaft für mich gewesen.«

Sie sagt es so abgeklärt, so kühl, selbst für ihre Verhältnisse, dass Katja innehält.

»Hast du echt gar keine schönen Erinnerungen an das Haus?«

Es ist merkwürdig, das zu fragen. Denn obwohl sie weiß, dass Petras Kindheit schwierig war, ist ihr nie in den Sinn gekommen, dass dieser Ort, der für Katja so viele positive Erinnerungen bereithält, für Petra wirklich genau das Gegenteil bedeuten könnte.

»Doch. Es war ja nicht alles schlimm. Aber irgendwie, ich weiß nicht. Mutti hat sich hier nie richtig wohlgefühlt, glaube ich. Und Vati wurde auch immer schweigsamer und unleidiger, nachdem sich seine beruflichen Hoffnungen nicht erfüllt hatten. Wenn sich die Eltern nicht wohlfühlen, als Paar nicht und in ihrem Leben nicht, wie soll es dann ein Kind?« Petra klingt endgültig, und vielleicht hat Katja deswegen jetzt eine Gänsehaut.

»Da hast du recht«, sagt sie leise und muss an Linus denken. Linus, für den Katja es schön haben möchte. Welche Eltern würden jemals etwas anderes wollen? Natürlich ist Elise eigen, manchmal halsstarrig und sicherlich nicht die Herzlichkeit in Person. Aber Katja kann sich keine Sekunde lang vorstellen, dass sie nicht auch das Beste für Petra gewollt hätte. Für ihr einziges Kind.

»Ich bin sicher, Oma fand es nicht nur schlecht, ihr Leben. Und dass sie dich sehr geliebt hat, Mama. Sie konnte es vielleicht einfach nur nicht so zeigen«, sagt Katja jetzt vorsichtig und sieht, noch während sie spricht, wie Petra zusammenzuckt. Aber statt sofort wieder zuzumachen, hält Petra inne.

»Sie mochte einfach keine Hausfrau sein, das kann ich ja verstehen«, sagt sie schließlich leise. »Aber ein wenig häusliche Gemütlichkeit, danach habe ich mich als Kind immer gesehnt. Manchmal gab es sie natürlich, solche Momente.« Petra scheint nachzudenken, dann zeigt sich beinahe so etwas wie ein Lächeln auf ihrem Gesicht. »Wir hatten in der Küche immer so ein kleines schwarzes Radio, und am Wochenende, wenn Vati mal wieder gearbeitet hat, dann hat Mutti uns Stiewen Ries gemacht, und wir haben zusammen Radio gehört, einfach nur zugehört, egal, was kam, nur wir beide, das war ...« Doch Petra unterbricht sich.

»Egal, das war wirklich nicht oft. Lass uns weitermachen«.

Katja will noch etwas sagen, aber da steht Petra schon auf, knotet beinahe fahrig ihren Müllsack zu. »Wieder einer voll. Jetzt muss ich noch diese blöden Schubladen hier aufbekommen.«

Petra rüttelt so doll an einer der verschlossenen Schubladen, dass es knackt.

»Der schöne Sekretär!«, sagt Katja automatisch, aber Petra wirft ihr nur einen strengen Blick zu. Verschwunden ist daraus alles Emotionale, alles Weiche, was eben hervorgeblitzt hat. »Wenn du eine bessere Idee hast, dann her damit. Aber der Schlüssel ist doch schon seit Jahren verschollen, und ich will nicht, dass später irgendwelche fremden Leute darin rumschnüffeln. Dann lieber wir.«

Dagegen kann Katja nichts einwenden. Trotzdem ist es furchtbar, wie Petra jetzt einen Spatel holt, ihn zwischen Sekretär und Schublade hebelt. Es knackt, irgendwas splittert, schließlich lässt sich die Schublade ruckelnd ein wenig vorziehen.

»Ach, nur alte Briefe, die können direkt weg!«, sagt Petra, aber Katja ist aufgesprungen, ehe Petra schon den nächsten Müllsack entrollen kann.

»Lass uns doch wenigstens kurz gucken.«

»Du wieder«, murmelt Petra, aber hält inne, während Katja die Briefe aus der Schublade zieht und mit fliegenden Fingern durchgeht.

Es sind alles Briefe an Elise, die meisten Namen sagen ihr nichts, ein paar Bekannte ihrer Großeltern sind dabei, deren Namen sie zumindest schon mal gehört hat, vor allem sind es viele Geburtstagskarten der Cousinen ihrer Großmutter, Jutta und Sabine. Offensichtlich hat Elise hier Briefe gesammelt, und offensichtlich sind schon seit ein paar Jahren keine mehr dazugekommen. Die Briefe wirken alle alt, gelblich, verblichen, knistern ganz anders in der Hand als frisches Papier. Und Katja würde zu gern jeden einzelnen Namen, der ihr nichts sagt, googeln, aber sie spürt Petras ungeduldigen Blick und blättert weiter. Und dann ist da tatsächlich ein Brief, noch ungeöffnet sogar, der an eine Christel adressiert ist. Und nie angekommen ist. »Verzogen« steht darauf. Er ist an Elise zurückgegangen, und sie hat ihn dennoch aufgehoben. Das muss etwas bedeuten, oder nicht? Auch wenn der Name auf dem Umschlag nicht Christel Beck lautet, sondern Christel Hansen. Aber könnte es nicht doch dieselbe sein?

Es gibt so viele Christels, schilt Katja sich selbst, bevor ihr wieder die Fantasie durchgeht. Zumindest in dieser Generation.

Trotzdem zittern ihre Finger ein wenig, als sie den Brief vorsichtig öffnet. Die Klebung ist so alt, dass der Umschlag sofort nachgibt. Das Papier darin sieht noch gut aus, darauf Elises kleine, enge Handschrift, wie Katja sie auch noch aus ihrer Kindheit kennt, die Buchstaben eine winzige akkurate Reihe, meist mit Bleistift geschrieben, auch in diesem Fall. Oben steht ein Datum, Dezember 1956. Nur wenige Monate vor Petras Geburt.

Katja wirft ihrer Mutter einen Blick zu. Petra tut unbeteiligt, aber auch ihr muss das Datum aufgefallen sein, ein wenig späht sie jetzt doch herüber.

»Möchtest du ihn zuerst lesen?«, fragt Katja und hält ihrer Mutter den Brief hin.

Die aber schüttelt nur den Kopf. »Mach du nur, ich räum derweil hier hinten weiter.« Und tatsächlich fummelt Petra auch schon den nächsten Müllsack auf. Aber sie bleibt in der Nähe, als Katja zu lesen beginnt, das Rascheln ihres Sackes, in den sie nun wahllos irgendwelche Sachen stopft, das Hintergrundrauschen zu Elises Worten.

Liebe Christel,
ich weiß, dass du gesagt hast, dass du mit mir nichts mehr zu tun haben möchtest, nicht nach alldem, aber nun muss ich dir doch schreiben. Ich habe das Gefühl, dass ich mich nicht doll genug entschuldigt habe, dass ich mehr hätte tun müssen, um dir zu zeigen, wie leid es mir tut. Du kennst mich, ich bin nicht gut mit Worten, ich …

Die Worte verblassen, als hätte Elise den Stift nun kaum noch aufgedrückt. Sicher hat man die folgenden Sätze einst gut lesen können, jetzt aber vermag Katja nur noch einzelne Worte zu entziffern, bis sie am Ende der Seite wieder mehr Sätze zusammenbekommt.

Ich fühle mich so unendlich einsam. Paul ist viel beschäftigt. Und dieses Kind, das immerzu in meinem Bauch tritt, ich weiß nicht, es fühlt sich nicht an wie meines, sondern wie ein Fremdkörper, ich …

Diesmal ist es nicht nur die Schrift, die verschwimmt, sondern Katjas Sicht, als sie instinktiv gegen die Tränen anblinzeln muss. Ihre Großmutter klingt so flehend, so anders, so unsicher. So hat Katja Elise noch nie erlebt. Und jetzt ist es, als würde sich plötzlich eine zweite Elise hinter der alten hervortrauen. Eine, die die Frau, die Katja kennt, garantiert nicht aller Welt offenbaren will.

»Und?«, fragt Petra. Erst jetzt merkt Katja, dass das Müllsackrascheln aufgehört hat, dass Petra schon längst wieder neben ihr steht. »Was steht drin?«

»Sehr Privates«, sagt Katja.

Ihre Mutter sollte das nicht lesen, das weiß sie instinktiv. Niemand sollte das lesen, außer vielleicht Christel, ob es nun Christel Beck ist oder eine andere. Aber Petra kann es nun doch nicht mehr aushalten, hat Katja den Brief schon abgenommen. Ihr Blick fliegt über das Papier, bis sie ihn schließlich selbst sinken lässt, ohne ihn umzudrehen, um auf der nächsten Seite weiterzulesen, genau wie Katja.

»Ich wusste nicht, dass sie schon vor meiner Geburt Probleme hatten«, sagt Petra leise. »Aber es passt alles zusammen. Ein Kind spürt so was«, fügt sie schließlich hinzu und hat wieder die Lippen zusammengepresst. »Das habe ich für dich nie gewollt.«

Sie muss gar nicht weiterreden, Katja versteht auch so. Petras harte Schale, ihr Misstrauen allen gegenüber, Männern insbesondere. Ihr Wunsch, es anders, es richtig zu machen, mit Katja, mit ihrer Karriere, mit allem.

Katja geht zu ihrer Mutter, und egal, welche Konflikte in den letzten Wochen immer wieder zwischen ihnen aufgeflammt sind, in diesem Moment lässt Petra eine Umarmung zu, und Katja weiß gar nicht, wer sie mehr braucht, sie oder Petra.

»Den Brief sollten wir wegschmeißen, und gut ist«, sagt Petra schließlich und hält Katja den Müllsack auf.

»Ich kann nicht.« Stumm schauen sich die beiden an.

»Wegen dieser Fußball-Christel-Geschichte?«, fragt ihre Mutter und wirkt schon wieder leicht verärgert. »Katja, das interessiert doch aktuell wirklich niemanden!«

»Doch«, sagt Katja, »mich.«

Und dann steckt sie den Brief ein, erwidert den Blick ihrer Mutter möglichst gelassen.

Sie muss akzeptieren, dass Petra bei dieser Sache nicht auf ihrer Seite ist. Sie kann es ja sogar verstehen, jetzt, wo sie sieht, wie sehr dieses Haus und alles, was mit Petra als Kind und mit der Beziehung ihrer Eltern zu tun hat, mit dieser Ehe, die schon so früh von Schweigen geprägt war, ihre Mutter aufwühlt. Aber Katjas Weg akzeptieren, das muss sie.

Merkwürdig, wie solch ein kleines Machtduell, ein unausgesprochener Streit, manchmal klärender sein kann als eine laute Auseinandersetzung.

Den Rest des Vormittags verbringen sie in friedlichem Schweigen, beim gemeinsamen Mittagessen plaudern sie über Gott und die Welt, und Petra erkundigt sich ausführlich, ob sie zu Heiligabend etwas mitbringen soll und ob Linus sich noch etwas wünscht – als würde das ein Weihnachten wie jedes andere werden.

Katja ist dankbar dafür, denn so hat sie trotz des aufwühlenden Besuchs das Gefühl, dass sie, als sie schließlich wieder in ihr Auto steigt, um nach Hause zu fahren, bereit ist für die nächste Herausforderung.

Heute wird sie noch einmal mit Nele sprechen, wird noch einmal alles geben – und morgen ist dann ein Familientag, endlich wieder zu dritt, wenn Tom auch Pause macht.

Sie schaltet das Radio an, nickt zum Beat eines neuen Popsongs, den sie noch nicht kennt, während sie durch die Wuppertaler Straßen Richtung Heckinghausen kurvt. Mit jedem Meter, den sie zurücklegt, lässt sie das, was sie heute erfahren hat, ein Stück weit hinter sich – und fängt schon wieder an, über Nele nachzugrübeln.

Es muss einen Weg geben, wie sie ihre Stürmerin überzeugen kann, gemeinsam mit ihr an einem Alternativplan zu basteln. Sie brauchen bessere Angebote im Verein. Es gibt keine vereinseigene Kinderbetreuung, da fängt es ja schon an. Wenn Katja Tom damals nicht gehabt hätte und natürlich Petra, die einsprang, wo sie nur konnte – sie hätte es ebenfalls nicht gepackt, nicht als Spielerin und schon gar nicht als Trainerin. Die Spiele finden meistens am Wochenende oder am Abend statt, die Trainings am Nachmittag. Da haben die meisten Kitas zu – sie sind nicht ausgerichtet auf Frauen, die nicht nur einen Job haben, sondern zwei, die medizinische Fachangestellte oder Studentin und gleichzeitig Profifußballerin sind.

Sie wird mit Heinz reden, denkt Katja, während sie schon in ihre Straße einbiegt. Das nächste Gespräch wird anders laufen, denn es wird nicht darum gehen, dass Katja auf dem Prüfstand steht – sondern darum, dass sich etwas ändern muss, damit der Frauenfußball eine Zukunft hat. Nicht nur für Nele, sondern für alle Spielerinnen.

Und da steht Nele auch schon, als Katja das Auto parkt,

eingehüllt in einen riesengroßen Parka, das blonde Haar lugt links und rechts aus der Kapuze hervor. Nele tritt unruhig von einem Fuß auf den anderen, schaut sich immer wieder um. Als sie Katja in dem Auto entdeckt, hellt sich ihre Miene auf. Sie lächelt. Und Katja lächelt zurück.

»Komm rein!« Sie schließt die Tür auf, hinter ihr fegen ein paar matschige Blätter mit in den Flur.

Man merkt, dass Nele gerade erst hier war. Wie selbstverständlich hängt sie ihre Jacke auf, schüttelt die Haare aus und reibt sich die Hände.

»Musstest du lange warten? Willst du einen Tee?«

Katja selbst legt ihre Tasche auf die Garderobenbank, zieht das Handy aus der Jackentasche.

»Hast du Ingwer?«, fragt Nele. »Ingwertee soll gegen die Übelkeit helfen. Hab ich gerade in meiner Schwangerschafts-App gelesen.«

»Das stimmt auch«, nickt Katja. »Habe ich damals literweise getrunken. Und Gewürzgurken gegessen, ich schau mal, ob wir noch welche dahaben.«

»Ist das nicht voll das Klischee?«, fragt Nele, aber auf ihrem Gesicht zeigt sich immerhin ein zartes Lächeln, das Katja erwidert.

Dann erst zieht sie selbst ihre Schuhe aus, macht sich auf den Weg zum Vorratsschrank. Das Handy in ihrer Hand hat sie beinahe vergessen, als es kurz vibriert. Eigentlich will sie nur einen kurzen Blick darauf werfen. Aber es ist Tom. Katja bleibt stehen.

Ich glaube, ich habe Christel gefunden, schreibt er.

6

Wuppertal, Sommer 1955

»Tschüss, Elise!«

Obwohl Elise Pauls Motorroller schon in den Hof von Ritas Familie einbiegen hörte und viele andere verliebte junge Frauen jetzt vielleicht losgestürmt wären, um ihren Liebsten sogleich zu empfangen, konnte sie einfach nicht anders, als sich noch einmal zu Christel umzudrehen. Dabei wusste sie ja, dass Paul, der immer ein wenig eifersüchtig auf den Fußball war, es ganz und gar nicht gern sah, wenn sie ihn warten ließ. Aber was sollte sie machen, es war Christel, die ihr zugerufen hatte, Christel, mit der sie dank ihrer gemeinsamen großen Liebe zum Fußball mittlerweile so eng befreundet war wie noch mit niemandem je zuvor. Christel, die neben dem Tor stand, die Haare verschwitzt, in den Augen ein wilder Blick, wie immer, wenn sie mal wieder voll in einem Spiel aufgegangen war. Vermutlich hatte Elise genau denselben Ausdruck im Gesicht.

»Tschüss, Christel!«, rief Elise zurück und winkte ihr noch einmal zu. »Guter Schuss vorhin, übrigens!«

»Na klar!« Auch über die Entfernung hinweg sah sie, dass Christel grinste. Sie wusste genau, welche Situation Elise meinte.

»Deiner auch! Ein perfekter Flatterball.«

»Na klar!«

Jetzt grinste auch Elise.

Das Training mit Werner war wie immer anstrengend und belebend gewesen, genau das, was Elise nach einer langen Woche auf der Arbeit gebraucht hatte. Mit Lob allerdings sparte ihr Trainer gerne. Das würde sie nur hochmütig werden lassen, meinte er stets. Und mit Hochmut kam man bei einem Spiel nicht weit. In den vergangenen Monaten war der Frauenfußball immer beliebter geworden, und es gab immer mehr Mannschaften, sodass nun auch regelmäßig Spiele stattfanden. Eine Liga für den Frauenfußball gab es zwar noch nicht, aber auf ihr Ziel, die beste Mannschaft der Umgebung zu werden, schwor Werner sie trotzdem regelmäßig ein. Also mussten sie sich nach jedem Spiel und nach jedem Training wohl oder übel stattdessen selbst loben – und taten es gern ausführlich.

Jetzt blickte Werner, der gerade noch mit ihrer Torwartin Eva sprach, nach oben und winkte ebenfalls.

»Nicht vergessen, morgen in Essen, ne!« Er lächelte nicht, natürlich nicht. Wenn einer das alles hier mindestens ebenso ernst nahm wie Christel und sie, dann war es Werner. Und Elise liebte es. Sie liebte, dass sie endlich eine echte Mannschaft gefunden hatte, mit der sie das machen konnte, was sie am liebsten tat: alles um sich herum vergessen und einfach nur im Moment sein, auf dem Platz, den Ball im Auge, oder hinterher, wenn Werner sie zu einer Besprechung versammelte, bei der er alles noch einmal mit ihnen durchging. Er selbst mit bierernster Miene, während Christel, Marion, Rita und alle anderen im Kreis um ihn herumstanden, alle begierig darauf, sich stetig zu verbessern.

Elise wusste nicht, ob es den anderen auch so ging, aber sie selbst verspürte dann jedes Mal so ein aufgeregtes Kitzeln in der Magengegend. Besser zu werden, Neues dazuzulernen, das machte das Spielen noch viel schöner, das machte ihr Leben noch viel schöner, weil sie nun ein Ziel hatte.

Jetzt zeigte Elise Werner den erhobenen Daumen. Und während er sich wieder an Eva wandte, drehte auch Elise sich endlich um, um nach Paul Ausschau zu halten.

Und tatsächlich, da stand er auch schon, lehnte an dem Haus von Ritas Familie und plauderte mit ihren Abwehrspielerinnen Marion und Rita. Neben sich sein glänzender neuer Motorroller.

So schnell ging es manchmal, dass man von der fokussierten Fußballerin doch zur verliebten jungen Frau wurde, dachte Elise. Denn jetzt hüpfte ihr Herz vor Freude, und wenn sie eben noch gedacht hatte, dass ihre Beine nach dem ständigen Hin-und-her-Gerenne unter Werners Fuchtel längst keine Kraft mehr hatten, so sprintete sie jetzt regelrecht auf Paul zu.

»Hallo!« Etwas außer Atem kam sie vor ihm zum Stehen. Er beugte sich zu ihr hinunter und gab ihr lächelnd einen Kuss auf die Wange.

Noch immer weigerte er sich, sie vor ihren Freundinnen – oder vor überhaupt irgendwem – richtig zu küssen. »Schließlich sind wir noch nicht verheiratet«, wie er zu sagen pflegte. Aber wie immer wurde sein Grinsen noch breiter, wenn er sie sah, und wie immer leuchteten seine Augen, wenn er ihr Gesicht musterte, und das reichte Elise.

»Ich gehe mich kurz umziehen, ja?«

Schnell machte sie sich los und verschwand in Ritas Schuppen, den die Frauen mittlerweile als Umkleide nutzten – schließlich war zumindest Werner immer zugegen und ein gemeinschaftliches Waschen am Viehtrog damit passé. Aber der Schuppen hatte als Umkleide einen ganz anderen Charme – hier roch es immer etwas nach Schweiß, und sie tuschelten und lachten miteinander, während sie sich aus den nassen Kleidern schälten. Nur heute war niemand hier, die anderen hatten nach dem Training nichts vor und trödelten noch auf dem Platz herum.

Elises Herz allerdings hüpfte noch immer, und sie hatte es eilig, ihre Fußballkleidung loszuwerden, so gerne sie sie auch sonst trug. Niemand anderes als sie selbst hatte schließlich ihre Trikots und die schwarzen Hosen dazu entworfen – und allesamt in Nachtschichten genäht. Wenn sie nicht sowieso schon ihren Frieden mit der Arbeit in der Schneiderei gemacht hätte – spätestens jetzt bereute sie es nicht mehr allzu sehr, dass sie noch immer dort arbeiten musste.

»Wollen wir?« Wieder leuchteten Pauls Augen so süß auf, als sie schließlich mit noch immer verschwitzten Haaren, aber immerhin in einem anständigen Kleid zu ihm zurückkam. Er klopfte auf den schmalen Sitz seines Motorrollers.

Elise liebte es, dass er sie samstagnachmittags so oft vom Training abholte. Und dass sie dann, dicht an seinen Rücken gelehnt, die Arme um seine Hüfte geschlungen, mit ihm durch die Landschaft brausen durfte. Einmal hatte er sie auch schon selbst fahren lassen, aber das war ihm sichtlich unangenehm gewesen. Immerhin war der DK-Hobby Roller nagelneu und hatte stolze 850 D-Mark gekostet. Für Elise unvorstellbar viel Geld, aber für Paul, wie er sagte, eine angemessene Belohnung für die viele Arbeit, die er in den Aufbau einer neuen Fabrik hier in Wuppertal gesteckt hatte. Die Fabrik hatte vor wenigen Monaten endlich ihre Produktion aufgenommen, und nun besaßen sowohl Oma Guste als auch Marie ein von Paul produziertes glänzendes neues Bügeleisenmodell. Und beide fragten Elise beinahe jede Woche, wann es denn so weit wäre, dass Paul ihr wohl einen Antrag machen würde. Eine Frage, die Elise mittlerweile nur noch mit einem Augenrollen quittierte. Sie zweifelte keine Sekunde an ihrer Beziehung, auch wenn er sie bisher nicht gefragt hatte. Und ehrlich gesagt war es ja auch so schon schön genug. Sogar perfekt, jetzt, wo Paul den Roller startete und das leise Röhren das Geplauder der anderen Frauen durchbrach.

»Tschüss, Elise!« Jetzt winkten sie alle, und noch während Elise zurückwinkte, brausten sie auch schon los.

Es war der 29. Juli und so drückend heiß, dass Elises Kleid, obwohl sie sich ja gerade erst umgezogen hatte, schon wieder an ihrem Rücken klebte. Aber dieser Wind, der ihr das noch feuchte Haar aus dem Gesicht wehte, und das Gefühl in ihrem Körper, der sich nach dem anstrengenden Training irgendwie warm, ausgelaugt und gleichzeitig völlig zufrieden anfühlte – was hätte sie da noch mehr haben wollen?

Außer natürlich den nächsten Fußballsieg, dachte Elise, als sie nun ihre erhitzte Wange an Pauls Rücken drückte. Das letzte Spiel hatten sie verloren, das nächste würden sie gegen die Gruga Essen ausfechten. Um sich mit dem Spiel der Mannschaft vertraut zu machen und damit ihre Chancen auf einen Sieg zu steigern, würde morgen eine kleine Gruppe von ihnen schon mal zu einer anderen Partie der Mannschaft fahren. »Fußball wird schließlich im Kopf gemacht!«, wie auch Werner stets betonte. »Wir analysieren den Gegner – und wir siegen!«

Und bis jetzt hatte er damit meist recht behalten.

»Wollen wir noch ein bisschen durch die Gegend fahren, bevor du wieder zurückmusst?«, fragte Paul über die Schulter. »Oder lieber zu unserem See?« Elise wusste genau, was er damit meinte: den kleinen, verwunschenen und vor allem gut versteckten Weiher, den sie bei einem ihrer Ausflüge mit dem Motorroller entdeckt hatten. Dort, wo sie es zum ersten Mal zugelassen hatte, dass seine Hand weiter wanderte, dort, wo sie schon häufiger stundenlang nebeneinander gelegen hatten, sich einfach nur gestreichelt und die Zeit vergessen hatten. Schon der Gedanke an die ganz und gar nicht mehr zurückhaltenden Küsse, die sie dort bekommen konnte, sorgten dafür, dass ihr ganz warm wurde – so warm, wie es kein Training der Welt schaffen würde. Sofort nickte sie. Sie wusste, dass er es merkte, schließlich hatte sie noch immer ihr Gesicht an sein Hemd gedrückt. Und auch sie spürte jetzt, wie er leise lachte, ein Vibrieren durch ihren Körper. Ja, das Leben war schön.

Lange konnten sie allerdings nicht bleiben. Schließlich fanden ihre Trainings immer recht spät am Nachmittag statt, da viele von ihnen – wie ja auch Elise – auch am Samstag vorher noch arbeiten mussten. Und Oma Guste sah es wirklich nicht gern, wenn sie abends allzu spät nach Hause kam.

Natürlich hatte ihre Großmutter ihr nichts verboten, das tat sie schon lange nicht mehr. Und seit Großvater vor einem halben Jahr gestorben war – er hatte zuletzt nur noch geschlafen und war dann eines Tages gar nicht mehr aufgewacht –, gab es sowieso kaum noch Regeln. Als hätte ihre Großmutter nun wirklich jede Strenge verloren. Aber Elise wusste trotzdem, dass Oma Guste nicht gerne alleine aß. Seitdem klar war, dass Elise am Samstagnachmittag lange wegbleiben würde – und auch am Sonntag oftmals erst mit einem späten Zug wieder aus irgendeinem Ort der Umgebung oder von einer Verabredung mit Marie oder Paul zurückkam, hatte sie die Essenszeiten immer weiter nach hinten verschoben. Dann saß sie jedes Mal am gedeckten Tisch, schon alles vorbereitet, die Hände über der weißen Tischdecke gefaltet.

»Oma wartet bestimmt schon!«, sagte Elise auch jetzt zu Paul, als sie schließlich vor ihrem Wohnhaus hielten. Das sah zum Glück längst nicht mehr so schäbig aus wie früher – endlich war auch hier zumindest die Fassade gestrichen worden. Der Geruch im Treppenhaus allerdings war noch immer derselbe: Meistens roch es irgendwie nach Kohl oder nach Bratfett. Auch jetzt wehte ihr der Geruch schon entgegen, obwohl sie erst die Klinke in der Hand hielt.

»Sag mal ...« Paul war am Fuß der Treppe stehen geblieben und blickte zu ihr hinauf. Eine Hand hatte er auf seinem Motorroller liegen, als fürchtete er, dass ihm das schicke Teil geklaut werden könnte, wenn er Elise auch nur einen Schritt in das dunkle Haus folgte.

»Morgen würde ich dich gerne ganz besonders ausführen. Es gibt ... einen Anlass.«

»Was denn für einen Anlass?«

»Wirst du dann schon sehen!«

Bei seinen Worten hatte eine kribbelnde Aufregung von Elise Besitz ergriffen. Und bildete sie es sich nur ein, oder wirkte Pauls Grinsen jetzt etwas nervös? Nun hatte er sogar doch die Hand vom Roller genommen, um sich damit durch die Haare zu fahren.

»Ein Antrag, es dauert nur noch ein paar Wochen, das spüre ich!«, hatte Marie ihr erst vor ein paar Tagen verkündet, während sie wie immer ein köstliches Essen für ihren Mann und ihre Kinder zubereitet hatte. Noch immer besuchte Elise ihre Tante so oft sie konnte und unterstützt sie, zumal Marie, obwohl die Zwillinge nun schon etwas älter waren, noch immer am Rand ihrer Kräfte zu sein schien. Und jedes Mal waren Paul und ein möglicher Antrag Maries Lieblingsthemen. Und trotzdem musste Elise ihre eigene Aufregung jetzt eindämmen.

»Morgen kann ich nicht«, sagte sie und konnte förmlich sehen, wie Paul in sich zusammensackte. »Da fahren wir doch zum Spiel der Gruga Essen.«

»Aber ich habe schon alles vorbereitet!« Paul wirkte mehr verzweifelt als wütend, trotzdem hatte sich zwischen seinen

Brauen wieder diese steile Falte gebildet, mit der er immer so hinreißend missmutig aussah. Zumindest hatte Elise das früher gefunden. Jetzt erschien die Falte zumeist, wenn sie sich stritten, wie es zuletzt wegen ihrer Auswärts-Fußballspiele hin und wieder der Fall gewesen war. Elise hasste es, zu streiten. Aber die morgige Fahrt nach Essen würde sie trotzdem ganz sicher nicht absagen.

»Ich hatte dir doch davon erzählt. Es ist wichtig, damit wir beim Spiel nächsten Sonntag gewinnen!«

»Ach, nächsten Sonntag bist du also auch wieder unterwegs?« Jetzt war er wirklich wütend, das sah Elise daran, wie verkrampft er plötzlich dastand, die Schultern angespannt. Seine Hand klammerte sich nun wieder um den Lenker seines Rollers.

»Paul, ich …«

»Nein, lass gut sein!« Er schaute sie nicht einmal mehr an, schwang sich nur auf seinen Roller. »Ich muss das jetzt erst mal verdauen, dass du unsere Verabredung schon wieder absagst.«

»Aber wir waren ja gar nicht verabredet! Ich hatte dir doch vom Spiel erzählt!«

Er hörte sie jedoch nicht mehr.

Das Röhren des Rollers hallte durch die kleine Straße, die wie so oft menschenleer war. Und sie musste mitansehen, wie Paul, ohne sie eines Blickes zu würdigen, davonrauschte.

»Doch nicht alles schön!«, murmelte Elise, während sie die Klinke ganz herunterdrückte und der Geruch von Kohl über sie hinwegschwappte. Von Oma Guste war auch nicht mehr als Schweigen zu erwarten, und so wappnete sie sich innerlich für einen Abend in dröhnender Stille.

*

Wenigstens das mit der Stille und der drückenden Einsamkeit war am nächsten Tag definitiv vorbei.

Da sie selbst in den letzten Monaten schon ein paar Mal in dem kleinen Stadion im Süden von Essen gespielt hatten – immer gegen eine andere Frauenmannschaft aus der Umgebung –, kannten sie den Weg durch die Essener Straßen bereits. Und konnten deswegen über das Training schwatzen und sich gegenseitig auf den neuesten Stand bringen. Sie waren als kleine, aber feine Gruppe unterwegs. Natürlich war Christel mit dabei, die bereits mit Werner in eine Diskussion über die Pläne für die kommenden Trainingseinheiten verstrickt war. Elise wiederum hatte sich bei Marion und Rita untergehakt. Mit Marion, die stets zu allem eine Meinung hatte, und Rita, auf deren Hof sie nach wie vor trainierten und die mittlerweile eine wirklich gute Abwehrspielerin geworden war, war sie nach wie vor mit am engsten befreundet. Hinter ihnen liefen Hilde, die neu ins Team dazugekommen und durch ihr lautes Lachen immer und überall zu erkennen war, und Eva, ihre Torwartin. Alle anderen waren in ihren Familien unabkömmlich – und das war natürlich nicht nur heute so. Nicht selten war es an den Sonntagen, an denen sie spielten, zu einer Zitterpartie gekommen, ob sie wirklich elf Spielerinnen zusammenbekämen. Kinder, Haushalt, unwillige Ehemänner – nicht jede hatte das Glück, so ungebunden zu sein wie Elise und Christel.

Zumindest versuchte Elise, sich das heute immer wieder selbst vor Augen zu halten, um sich von ihrem unschönen Gespräch mit Paul abzulenken. Natürlich hatte sie auch Marion und Rita davon erzählt, während sie durch den strahlenden Sonnenschein zum Stadion trabten.

»Ach, der kriegt sich schon wieder ein. Wenn er bisher bei dir geblieben ist, dann kann ihn das ständige Zu-den-Spielen-Fahren ja nicht sonderlich stören, oder?«, meinte Marion nur, und wenn sie das so locker und leicht dahersagte, klang es auch für Elise so, als würde sie sich unnötig Sorgen machen. Paul und sie würden sich wieder vertragen, und bis dahin hatte sie ein Spiel, auf das sie sich konzentrieren musste!

Das Stadion im Süden von Essen war zwar nicht so groß wie das Stadion Mathias Stinnes im Norden – aber dafür beinahe bis auf den letzten Platz besetzt. Frauenfußball erfreute sich auch hier einer zunehmenden Beliebtheit, sodass immer mehr Spiele in einem großen Stadion wie diesem ausgetragen werden konnten. Und die Zuschauer waren nicht etwa gekommen, um sich über die Frauen lustig zu machen. Stattdessen lag eine heitere, aufgeregte Stimmung in der Luft. Die Sonne schien auf den Rasen, und ein feiner Wind blies über die Zuschauerränge, sodass es ihnen auch nicht zu heiß wurde. Es wurde geplaudert, geraucht und getrunken. Und als das Spiel endlich losging, lautstark angefeuert. Die Mannschaften legten sich mächtig ins Zeug, um die Zuschauerinnen und Zuschauer nicht zu enttäuschen. Natürlich, mit einer Darbietung wie bei der Fußball-WM in Bern war das nicht zu vergleichen. Aber die Frauen wogen mit ihrem Engagement und ihrer Entschlossenheit das auf, was ihnen vielleicht an Technik und sportlicher Erfahrung fehlte. Hier wurde kein bisschen zimperlich gespielt, wirklich jede Spielerin gab alles, und immer wieder musste der Schiedsrichter Fouls pfeifen.

»Die Gruga Essen spielt aber ganz schön nach vorn. Da müssen wir uns auf was gefasst machen!«, urteilte Marion, und Christel, die auf Elises anderer Seite saß, tuschelte schon zum selben Thema aufgeregt mit Werner, der wie immer neben Christel Platz genommen hatte. Keine von ihnen wunderte es, dass er sich stets an Christel hielt – längst war sie mit Elise nicht nur die erfahrenste Spielerin, sondern auch diejenige, die den besten Draht zum Trainer hatte. Rita vermutete sogar, Christel und Werner seien heimlich ineinander verliebt – aber so wenig, wie Christel sich aus Männern machte, konnte sich Elise das eigentlich kaum vorstellen. Während Marion mittlerweile verheiratet war – ihr Mann war ein junger Ingenieur, der ebenfalls fußballbegeistert war und in den Marion sich letztes Jahr Hals über Kopf verliebt hatte – und Rita immerhin verlobt, hatte Christel ihnen in all den Jahren, die Elise sie nun schon kannte, noch kein einziges Mal einen Freund vorgestellt. Für sie ging es, genau wie für Elise, im Leben hauptsächlich um Fußball. Und genauso verbissen kommentierte sie jetzt das Spiel, machte sich sogar Notizen, damit sie ja nichts vergaß.

»Die spielen natürlich auch im WM-System«, murmelte Christel gerade vor sich hin. »Aber sie wechseln nicht elegant genug zwischen Mann- und Raumdeckung.«

Sie war gerade dabei, etwas in ihr kleines Büchlein zu kritzeln, als der Schiedsrichter plötzlich abpfiff.

»Hä?«, machte Marion neben Elise. »Ist etwa schon Halbzeit?« Tatsächlich hatte es kein Foul gegeben, auch keine Ecke oder ein Abseits. Im Gegenteil: Die Spielerinnen der Gruga hatten gerade zu einem aussichtsreichen Angriff angesetzt. Und jetzt das.

»Das macht man doch nicht, dass man mitten im Angriff zur Halbzeit pfeift!«, erzürnte sich Rita neben Marion, und Elise konnte ihr nur zustimmen. Mal abgesehen davon, dass noch nicht einmal zwanzig Minuten gespielt worden waren.

Unter den Zuschauern machte sich Unruhe breit, als der Schiedsrichter unten mit einem großen Mann diskutierte, der auf das Spielfeld gekommen war. Es war von ihrem Platz aus schwer zu erkennen, aber Elise war sich ziemlich sicher, dass es sich bei dem Mann um Willi Leupold handelte – einen der bekanntesten Organisatoren von Frauenspielen überhaupt. Auch sie selbst hatte ihn natürlich schon kennengelernt, da Werner die meisten ihrer Spiele über ihn organisierte. Willi war kein Fußballer, nicht einmal Trainer, sondern ein Geschäftsmann, der im Frauenfußball ein aufstrebendes Geschäft sah – zu Recht, immerhin war das Stadion mehr als gut besucht, und jeder hatte Eintritt bezahlt.

Was er allerdings mitten in einem Spiel auf dem Rasen zu suchen hatte, konnte sich Elise nicht wirklich erklären.

Etwas Gutes schien es jedenfalls nicht zu sein, denn jetzt redeten auch die beiden Kapitäninnen auf Willi ein, und der Schiedsrichter schüttelte wütend den Kopf und gestikulierte in Richtung der Zuschauerreihen. Schließlich beendete Willi Leupold den Streit mit den Kapitäninnen und stellte sich vor die Zuschauer.

Sofort wurde es in dem kleinen Stadion ruhiger. Diejenigen, die schon aufgestanden waren, um sich während der Wartezeit wenigstens etwas zu trinken zu holen, setzten sich wieder hin, und alle Gespräche verstummten.

»Der Deutsche Fußball-Bund hat soeben beschlossen, dass Frauenfußball in seinen Stadien nicht mehr gestattet ist. Der Beschluss gilt ab sofort, und dieses Spiel ist damit leider zu Ende.«

Weiter konnte Willi überhaupt nicht sprechen, denn überall waren die Zuschauer erbost aufgesprungen. Allen voran Werner und Christel.

»Was ist das denn für eine Schweinerei?«, rief Marion neben Elise, und die konnte ihr nur zustimmen. Was sollte das bitte für ein Beschluss sein? Was hatte der Deutsche Fußball-Bund gegen die Frauenspiele? Und wieso musste das mitten in einem Spiel umgesetzt werden?

Auf all diese Fragen bekamen sie keine Antworten, falls Willi überhaupt welche hatte. Der hatte nur das Gesicht in den Händen vergraben und schüttelte selbst verzweifelt den Kopf, während die Spielerinnen auf dem Platz aufgeregt gestikulierend miteinander zu diskutieren begonnen hatten. Nur die Torwartin der Gruga stand ganz verloren auf ihrem Platz, ließ die Schultern hängen.

Um Elise und ihre Freundinnen herum stürmten die Zuschauer unterdessen bereits in Richtung Kassenhäuschen. »Das Geld hol ich mir aber sofort zurück!«, hörte Elise einen jungen Mann rufen.

Auch ihnen blieb nichts anderes übrig, als ihre Plätze zu räumen, schließlich begannen die Mitarbeiter des Stadions schon damit, die wütenden Zuschauer hinauszuscheuchen. Und der Platz war mittlerweile sowieso beinahe leer, auch die Spielerinnen hatten ja keine andere Wahl, als sich zurückzuziehen, wenngleich sie sichtlich aufgebracht wirkten, ebenso wie Willi. Und schon deutete nichts mehr darauf hin, dass hier eigentlich ein sportliches Spektakel hatte stattfinden sollen. Außer der wütenden Traube am Kassenhäuschen.

Elise und die anderen versuchten gar nicht erst, ihr Geld wiederzubekommen. Stattdessen standen sie auf dem Platz vor dem kleinen Stadion, sahen zu, wie die Menschen die Straße hinabströmten, und wussten nicht so recht etwas mit sich anzufangen.

»Wir warten auf Willi und lassen uns das erklären!«, bestimmte Christel schließlich, und niemand widersprach ihr.

Bis Willi sich zu ihnen durchgekämpft hatte, dauerte es allerdings einige Zeit. Immer wieder belagerten ihn empörte Zuschauer. Sein Gesicht war hochrot, und der Arme schwitzte so stark, dass ihm das Hemd an seinem großen, ausladenden Körper klebte.

»Bevor ihr fragt, ich weiß es doch auch nicht!«, rief er verzweifelt, als Werner es endlich geschafft hatte, ihn zu ihrer

Gruppe zu winken. »Dass der DFB ein Problem mit dem Frauenfußball hat, haben wir ja alle geahnt. Und ich wusste durchaus, dass auf dem DFB-Bundestag an diesem Wochenende darüber beraten wurde. Aber so was! Nein! Das habe ich nicht erwartet. Jedenfalls ...«, Willi schnaufte und versuchte sichtlich, zu Luft zu kommen. »... jedenfalls haben die diesen Psychologen ausgekramt, der schon vor zwei Jahren eine psychologische Abhandlung zum Frauenfußball geschrieben hat. Und darauf stützen sie das Verbot. Alle Mitgliedsverbände des DFB sind jetzt gezwungen, das umzusetzen – keine Spiele in den Stadien, Schiedsrichtern ist es verboten, bei Frauenspielen zu pfeifen, und Pipapo. Und der niederrheinische Fußballverband, dieser Saftladen, hat daraufhin die sofortige Spielbeendigung rausgegeben. Was soll ich sagen, ich bin ruiniert!«

Willi erging sich noch ein wenig weiter in Tiraden, aber Christel, Elise und Marion hatten schon aufgehört, ihm zuzuhören. Dass er nun keinen Profit mehr aus der Sache schlagen konnte, war ihnen herzlich egal.

»Was wird jetzt aus uns?«, flüsterte Christel empört.

»Und aus dem Spiel nächste Woche?«, fragte Elise und merkte, wie Verzweiflung in ihr aufstieg. Erst langsam begriff sie, wie tiefgreifend, wie bedeutungsschwer dieses ganze Verbot überhaupt war.

»Und was ist das für ein komischer Psychologe?«, wisperte Marion, während Werner den aufgebrachten Willi zu beruhigen versuchte.

»Dieser Fred J. J. Buytendijk«, erklärte Elise. Sie hatten die Studie damals sogar gelesen, und Christel und sie hatten sich herrlich darüber amüsiert. Das Lachen war ihnen jetzt vergangen.

»Es geht darin darum, dass Fußball angeblich eine rein männliche Angelegenheit sei«, knurrte Christel. »Und dass

Fußball der Natur der Frauen entgegensteht. Ich zitiere: ›Das Treten ist wohl spezifisch männlich, ob darum Getretenwerden weiblich ist, lasse ich dahingestellt. Jedenfalls ist das Nichttreten weiblich.‹«

»Aber das kann doch niemand ernst nehmen!«, entrüstete sich Rita.

»Offensichtlich schon«, jetzt mischte sich auch Werner wieder in ihr Gespräch ein. Willi hatte sich verabschiedet und war gleich von der nächsten Traube wütender Menschen umringt worden, bevor er sich vom Vorplatz schleichen konnte.

»Ich habe so was ehrlich gesagt schon befürchtet, früher oder später. Aber nicht so … drastisch«, sagte Werner.

Auch wenn ihr Trainer äußerlich ruhig wirkte, kannte Elise ihn mittlerweile gut genug, um zu erkennen, wie sehr ihn diese Wendung traf. Er war unter seinen Sommersprossen ziemlich blass geworden, und sein Blick huschte unruhig hin und her. Immer wieder blieb er dabei bei Christel hängen, die von ihnen allen die düsterste Miene zog. Auch Christel schien etwas näher an Werner heranzurücken – oder bildete Elise sich das nur ein?

Weiter vorne sah Elise, wie nun auch die Spielerinnen des heutigen Spiels in kleinen Grüppchen den Vorplatz verließen. Einige sahen noch immer wütend aus, andere einfach nur traurig.

»Lasst uns nach Hause fahren«, sagte Elise. »Wir können im Zug beraten, wie wir jetzt vorgehen.«

»Ja, aber was sollen wir denn machen? Verbot ist Verbot!«, jammerte Rita, doch Elise und Christel waren bereits losgestapft, Seite an Seite, dafür war Elise dankbar. Keine Sekunde länger hielt sie es hier aus, wo alle Menschen nur verwirrt und wütend wirkten. Und hilflos.

Wie hilflos auch sie wirklich waren, zeigten allerdings erst die kommenden Tage. Nach und nach trudelten die Absagen der Stadien für bereits geplante Spiele ein. Sie alle hörten auf den Deutschen Fußball-Bund, und sie alle durften nun keine Spiele mit Frauen mehr austragen oder Schiedsrichter stellen, damit anderswo gepfiffen werden konnte. Und während Elise und Christel sich über jede Absage, die ihnen Werner übermittelte, wahnsinnig aufregten, ging das Leben um sie herum trotzdem weiter.

Für Elise mochte die Entscheidung des Deutschen Fußball-Bundes einschneidend sein. Ja, sie zerstörte regelrecht alles, was sie sich im letzten Jahr so mühsam aufgebaut hatte – doch die meisten Leute hatten überhaupt nichts davon mitbekommen. Oder wenn, dann entrüsteten sie sich keineswegs darüber. Oma Guste etwa hatte nur mit den Schultern gezuckt und irgendetwas von wegen »So musste es doch kommen, ist sicherlich besser so« gemurmelt. Und als Elise schließlich Frau Thiele von der ganzen Misere erzählte, beziehungsweise erzählen musste, weil sie, aufgewühlt, wie sie war, in dieser Woche immer wieder unaufmerksam bei der Arbeit war, seufzte diese nur und sagte: »Das tut mir leid für dich, Kind. Aber Fußball, das ist ja nun mal wirklich kein Sport für Frauen. Das habe ich schon immer gedacht! Na ja, bleib du nur hier im Nähzimmer, bis du nicht mehr so schlechte Laune hast!«

Und so hockte Elise ratlos und wütend hinten im Nähzimmer und erledigte ihre Arbeit viel zu energisch, sodass sie ständig von Neuem beginnen musste. Und zu allem Überfluss hörte sie auch noch mit an, wie Frau Thiele im Vorraum immer wieder flüsternd mit den Kundinnen über die Angelegenheit sprach. »Ja, also, wenn Sie mich fragen: eine gute Entscheidung! Wir Frauen haben in diesen Zeiten doch wirklich anderes zu tun!«, lautete mehr als eine gemurmelte Antwort, und Elise wurde gleich noch wütender.

Erst als sie am Donnerstag eine männliche Stimme aus dem Vorraum hörte, tauchte sie aus ihrem Nebel von Frustration und Ärger auf. War das etwa Paul?

Er hatte sich seit ihrem Streit am Samstag nicht mehr gemeldet.

Hastig warf sie einen Blick hinter sich, wo die große Uhr an der Wand tickte. Tatsächlich schon nach fünf, Feierabend. Und derjenige im Vorraum war tatsächlich Paul. Soeben berichtete Frau Thiele nämlich auch ihm von Elises aktueller Laune. »Na, für Sie ist das sicherlich nicht schlecht, dann haben Sie mehr von ihr. Für mich ist es jedenfalls ein Segen, endlich Schluss mit dieser ständigen Unachtsamkeit, zumal wir aktuell so viele Bestellungen haben …«, hörte Elise Frau Thiele zwitschern, dann riss sie die Tür auf.

Da stand Paul und lauschte der alten Dame geduldig, wie er es immer tat, wenn er Elise einmal in der Schneiderei aufsuchte. Was ihn nicht daran hinderte, auf dem Heimweg dann dennoch herzlich über die Marotten der alten Dame zu lachen oder sich gemeinsam mit Elise über ihre Pedanterie in Bezug auf die Kundinnenwünsche lustig zu machen.

Jetzt schaute er sofort hoch, als Elise den Raum betrat, ein unsicheres Lächeln auf den Lippen.

»Bist du fertig?« Er bot ihr den Arm an, und obwohl sie die heutige Arbeit eigentlich noch nicht beendet hatte und zudem ja gerade gar nicht wusste, wie es um sie beide stand, hakte sie sich dankbar bei ihm unter.

Frau Thiele seufzte nur theatralisch und ließ sie ziehen – zum Glück, Elise hätte es sowieso keine Sekunde länger unter dem taxierenden Blick ihrer Chefin ausgehalten.

Draußen schien die Sonne noch warm und hell, auch wenn

es bereits ein wenig schwül war – vermutlich lag ein Gewitter in der Luft. Schweigend liefen Paul und Elise die Straße hinunter. Vielleicht wussten sie beide nicht, was sie nach ihrem Streit neulich sagen sollten. Umso dankbarer war Elise, dass er sie heute einfach spontan abgeholt hatte. Als hätte er gespürt, dass sie Unterstützung brauchte.

»Heute Abend läuft der neue Film mit James Dean im Kino«, sagte Paul schließlich. »Ich dachte, dass wir uns den vielleicht anschauen könnten. Wenn du magst?«

Er klang vorsichtig, und auch dafür war Elise dankbar.

»Ehrlich gesagt ist mir gerade nicht so sehr nach Kino«, gab sie trotzdem zu. »Am Ende grübele ich nur wieder und kann mich ohnehin nicht auf die Handlung konzentrieren.«

Er schwieg. An seinem Gesichtsausdruck konnte Elise nicht recht erkennen, ob er schon wieder enttäuscht oder wütend wegen ihrer Absage war.

»Das kann ich verstehen«, sagte er schließlich. »Du musst das sicher erst mal sacken lassen, bevor du es hinter dir lässt.«

»Ich werde das ganz bestimmt nicht hinter mir lassen!« Elise klang etwas entrüsteter, als sie vielleicht sollte. Immerhin hatte sie es hier mit Paul zu tun und nicht mit einer Kundin, die sowieso nichts vom Fußball verstand und mit Frau Thiele hämisch im Vorzimmer tuschelte.

»Ach komm, Elise!«, sagte Paul und klang nun seinerseits etwas entnervt. »Dass das doof für euch ist, verstehe ich ja. Aber es hat schließlich auch was Gutes! Früher oder später hättest du sowieso mit dem Spielen aufhören müssen – ihr alle –, und nun ist die Entscheidung eben für euch gefällt worden. Das war doch abzusehen!«

Jetzt war Elise stehen geblieben. Der Himmel über ihnen hatte sich mittlerweile etwas verdüstert, und die Luft war fast zum Schneiden dick. Nicht, dass sie das kümmerte.

Meinte er das ernst, was er gerade gesagt hatte? Er klang überhaupt nicht wie Paul. Der Paul, der früher mit ihr Konservendosen gekickt hatte, noch klein und ungelenk und mit Schmutzstreifen im Gesicht, der hätte genau wie sie alles dafür getan, dass er weiterspielen könnte, dass er sich diesen Teil seines Lebens, diesen unbeschwerten, nicht von Bomben zerfetzten, einfach nur spielenden Teil, erhalten könnte.

Aber jetzt stand er vor ihr, erwachsen geworden, ein Geschäftsmann, der schon lange nicht mehr kickte, und hatte schon wieder diese steile Falte zwischen seinen Augenbrauen.

»Ich möchte aber nicht aufhören zu spielen, und ich werde es auch nicht!«, Elise verschränkte die Arme. Doch sie versuchte, Pauls Blick standzuhalten. Er sollte verstehen, wie wichtig ihr das war. Sie war kein bockiges Kind, das sein Lieblingsspielzeug nicht hergeben wollte. Sie war eine Frau, die auf ihrem Recht bestand. »Und was meinst du damit, dass ich sowieso hätte aufhören müssen? Wer, bitte, hat das Recht dazu, mir etwas zu verbieten, das mir Freude macht? Wie nichts sonst auf der Welt.«

Bei den letzten Worten brach ihr beinahe ein wenig die Stimme, und sofort wurde Pauls Gesichtsausdruck weicher.

»Elise«, sagte er und zog sie in eine feste, warme Umarmung. Doch vergessen konnte sie selbst dabei ihre Diskussion nicht. Und ihre Arme hielt sie weiterhin verschränkt.

»Hör mal!«, sagte Paul und ließ sie langsam los. »Das ist jetzt alles nicht so romantisch, wie ich es eigentlich für das letzte Wochenende vorgesehen hatte. Aber wenn du mit mir ausgegangen wärst und nicht zu diesem Spiel, dann wärst du auch nicht so enttäuscht worden. Deine Zukunft, die liegt doch nicht im Fußball, sondern an meiner Seite.«

»Und an deiner Seite gibt es keinen Fußball, oder wie?«

Elise ahnte, worauf er hinauswollte. Und sie fand es kein wenig romantisch.

»Wir sind keine Kinder mehr, Elise«, noch immer klang Paul erstaunlich sanft. Auf seiner Stirn standen Schweißperlen, vermutlich wegen der schwülen Luft. Aber sein Blick war ernst. »Ich bin erwachsen geworden, und du musst das auch tun. Es ziemt sich für die Frau eines Geschäftsmannes einfach nicht, wie eine Amazone im Dreck herumzurennen. Im Krieg und danach, da galten vielleicht noch andere Regeln. Aber jetzt hat doch alles wieder seine Ordnung, und das ist gut so. So sehr ich dir den Spaß auch gönne, für euch alle wird er in dem Moment vorbei sein, wo ihr wirklich wichtige Aufgaben übernehmt. Als Ehefrau, als Mutter. Wenn du …«

»Nein«, unterbrach Elise ihn, ehe er weiterreden konnte, scharf und klar.

»Was – nein?«

Aber sie brachte kein Wort mehr heraus. Seine Rede, das, was er da gerade einfach so dahingesagt hatte, hatte sie bis ins Mark getroffen. Wenn er wenigstens aus Wut oder Enttäuschung heraus gesprochen hätte! Aber er schaute sie noch immer so aufrichtig und ernst an und ignorierte die paar Tropfen, die nun vom Himmel auf sie herunterplatschten, die Vorboten des Gewitters, das sich sicherlich gleich über sie entladen würde.

Dass er wirklich so dachte, genauso wie alle anderen … Fassungslos schüttelte sie den Kopf und drehte sich um.

»Ich gehe allein nach Hause. Ich muss nachdenken.«

Sie konnte ihn nicht einmal mehr ansehen.

»Über meinen Antrag?«, fragte er, und obwohl Elise ihn noch immer nicht anschaute, hörte sie in seiner Stimme all die Gefühle, die auch in ihr tobten: Verwirrung, Angst, Zweifel. Und Wut.

»Das war doch kein Antrag!«, sagte sie, ohne sich zu ihm umzudrehen. Nein, das würde sie nicht ertragen. Keinen Blick von ihm, nicht seinen Gesichtsausdruck. Und schon gar keine Berührung.

Stattdessen war sie es diesmal, die ihn stehen ließ.

Er rief ihr nach, während nun tatsächlich in der Ferne Donner zu grollen begann. Sie tat so, als hörte sie ihn nicht.

Wenn er jetzt auch noch ihre verräterischen Tränen sähe, würde sie das erst recht nicht ertragen. Nicht so. Nicht, wenn er wirklich ernst meinte, was er da gerade gesagt hatte.

Vermutlich war sie in ihrem Leben noch nie so schnell gerannt.

*

»Du musst ihn in den Wind schießen!«

»Ich weiß.« Elise würde gerne ebenso empört klingen wie Christel, deren Augen vor Wut funkelten, seit sie ihr von dem Streit mit Paul erzählt hatte. Aber ihre eigene Wut schien seit diesem Abend, seit diesem Streit irgendwie wie verpufft. Was geblieben war, war eine Dumpfheit, die alles einhüllte. Wenn sie morgens aufstand, fühlte es sich an, als läge die ganze Wohnung in einem Nebel. Ihre Arbeit erledigte sie beinahe, ohne hinzuschauen. Alles erschien so farblos, so grau. Und sie selbst fühlte sich, als wäre sie gar nicht wirklich da.

Erst jetzt, nach dem Training mit den anderen, bei dem sie sich endlich all ihre Sorgen aus dem Körper hatte schwitzen können, jede von Werners Anweisungen erst wie in Trance und dann immer verbissener befolgt hatte, waren ihre Gefühle langsam zurückgekommen.

Und nun hatte sie Christel und ihren anderen Freundinnen beim Umziehen nach dem Spiel alles erzählt, und auch das hatte gutgetan: die ehrliche Empörung Christels. Und Ritas und Marions Verständnis. Auch sie hatten bereits etliche ähnliche Diskussionen geführt, wobei ihre beiden Männer irgendwie einsichtiger zu sein schienen. Bei ihren Freundinnen konnte Elise alles rauslassen, all den Ärger und die Enttäuschung. Dabei hatten sie ja hier in Ritas Schuppen kaum Zeit für ihre Unterhaltung. Sie schälten sich eilig die Kleider vom Körper und wuschen sich rasch in einem kleinen Eimer. Gleich wollten sie als ganze Truppe besprechen, wie sie mit der Situation umgehen konnten. Mit dem Verbot, das sie alle so sehr belastete.

Auch das gab Elise ein gutes Gefühl. Sie war nicht ohnmächtig und schon gar nicht alleine: Sie als Frauenfußballgruppe würden diese Krise gemeinsam meistern und einen Weg finden. Und vielleicht, vielleicht würde sich ja auch das mit Paul wieder einrenken. Zumindest Rita hatte ihr Mut gemacht, dass sich die Sache sicher irgendwie klären ließe. Auch ihr Verlobter, sagte Rita, wolle ihr das Spielen ab und an ausreden und lenke dann doch immer wieder ein.

Aber daran wollte Elise jetzt eigentlich nicht denken und schon gar keine Hoffnungen knüpfen. Ob sie Paul wirklich verzeihen konnte? Das, was er gesagt hatte, das, was er offensichtlich über Frauen dachte? Sie wusste es nicht. Und sie wollte jetzt auch lieber über etwas ganz Praktisches diskutieren.

»Was also machen wir?«, fragte sie in die Runde, kaum, dass die Letzte von ihnen auf dem kleinen Stück Wiese zwischen Viehtränke und ihrem »Fußballfeld« Platz genommen hatte.

Rita hatte Sitzkissen und eine große Kanne Zitronenlimonade für alle nach draußen getragen. Als wäre das hier einfach ein gemütliches Beisammensein unter Freundinnen und nicht eine ernste Besprechung.

Und tatsächlich erntete Elise auf ihren Vorstoß erst einmal betretenes Schweigen. Bis auf Christel, die kerzengerade und mit gerunzelter Stirn auf ihrem Kissen saß, das Limonadenglas gefährlich schief vor ihr im Gras, schauten die anderen Elise kaum an, schlürften nur an ihren Getränken.

»Sehr lecker«, raunte Marion Rita zu, und Elise räusperte sich empört. Was Rita nicht daran hinderte, »Ist nicht Sinalco, aber man kann es trinken, oder?« zurückzuflüstern.

»Wir müssen wirklich besprechen, wie wir vorgehen wollen!«, sprang Christel Elise bei und schaute mit ihren dunklen Augen düster in die Runde. Jetzt tuschelte keiner mehr, wie immer, wenn Christel das Wort führte.

»Ich habe eine Liste der Stadien gemacht, deren Betreiber vielleicht noch mal mit sich reden lassen würden«, meldete sich Werner zu Wort und überraschte sie damit alle. Auch er war geblieben, hatte sich, anders als sonst, zu ihnen gesetzt, statt schnell davonzuradeln, als wäre es ihm eigentlich unangenehm, mit so vielen Frauen zusammen zu sein. Und er guckte mindestens so grimmig wie Christel.

»Was denn? Mir liegt das auch am Herzen! Es hat mir schon lange nichts mehr so viel Spaß gemacht, wie euer Trainer zu sein. Da will ich auch drum kämpfen.« Jetzt wirkte er direkt verlegen, und Christel grinste ein wenig zu breit, wie Elise kritisch bemerkte. Aber immerhin war Werner mit im Boot – mit ihm, da war sich Elise sicher, hatten sie deutlich bessere Chancen, irgendwen von sich zu überzeugen. So bitter es auch war: Ein Mann als Fürsprecher, zumal einer, der selbst einmal Fußballer gewesen war, würde mehr Eindruck machen als eine Horde junger Frauen.

»Dann schlage ich vor, dass wir an den Sonntagen, an denen wir ja jetzt keine Spiele mehr haben, jeweils zu einem dieser Stadien fahren und dort unser Glück versuchen. Vielleicht kannst du gar Termine mit den Betreibern für uns ausmachen?«, wandte sich Elise direkt an Werner.

Sie wusste selbst nicht, wieso sie Christel diesmal nicht das Wort überließ, wie sonst so oft, wenn es um organisatorische Dinge ging.

Falls es Christel wunderte, zeigte diese es allerdings nicht, sondern nickte bekräftigend. »Und dass wir weiter trainieren, ist natürlich klar!«

»Also, wer ist nächsten Sonntag beim ersten Stadionbesuch dabei?«, fragte Elise und sah reihum in die Gruppe. Aber Hilde starrte in ihr Glas, als gäbe es dort irgendetwas Interessantes zu entdecken, Gerda und Eva zupften beide Gras von ihrer Kleidung, und Waltraud drehte versonnen eine Locke um den Finger.

»Können wir nicht einfach nur weiterspielen?«, fragte Edith schließlich leise und hatte damit die Aufmerksamkeit aller.

»Das … finde ich auch. Das reicht doch vielleicht«, sagte Waltraud.

»Wie meinst du das?«, fragte Christel und fixierte Edith so konzentriert, dass diese ein kleines Stück in sich zusammenzusacken schien.

»Na ja, ich habe ja jetzt auch einen Sohn.« Edith strich sich nervös das Haar aus der Stirn. »Viele von uns sind verheiratet oder möchten es bald sein. Mein Mann ist auch nicht übermäßig begeistert und … also, das mit unseren ständigen Terminen, das wurde mir ehrlich gesagt sowieso zu viel.« Bei den letzten Worten zog sie den Kopf ein, als fürchtete sie, Christel würde gleich auf sie zustürmen. Dabei seufzte diese bloß.

»Das weiß ich doch, du hast es ja auch kaum mehr zu unseren Spielen geschafft, und das ist ja auch kein Problem. Jede so, wie sie kann. Aber dass wir gar nicht mehr öffentlich spielen können und damit auch keine Anerkennung bekommen, das ist doch nicht in Ordnung!«

»Also ich finde, Edith hat recht!«, sagte Waltraud und reckte grimmig das Kinn vor. Sie war eine ihrer ältesten Spielerinnen, von Anfang an dabei und mittlerweile auch eine durchaus gute Innenverteidigerin. »Es soll doch Spaß machen. Wenn alle Welt uns für unsere Bemühungen am Ende nur auslacht, dann macht das doch keinen Spaß mehr. Mir reicht es, wenn wir hier ab und an mal kicken. Oder vielleicht auch mal was anderes machen.«

»Spaß!«, murmelte Christel verständnislos vor sich hin und schien ansonsten genauso sprachlos wie Elise.

Natürlich, sie war nicht so naiv gewesen zu glauben, dass die Turniere für die anderen genauso wichtig waren wie für Christel und sie. Aber …

»Seht ihr das etwa alle so? Keine von euch will noch mal mit uns in einem richtigen Stadion spielen?«

Immerhin duckten sich nicht alle weg, auch wenn Elises Stimme vielleicht ein wenig schärfer klang als beabsichtigt.

»Na ja, wenn ihr die Erlaubnis bekommt und es nicht überhandnimmt … dann natürlich!«, sagte Gerda schließlich, und Eva nickte, wenn auch etwas zögerlich.

»Also, ich bin auf jeden Fall dabei!«, sprang ihnen Marion bei.

»Und ich sowieso!«, fügte Rita hinzu.

»Na, wenn wir so elf zusammenkriegen«, murmelte Christel und warf Werner einen genervten Blick zu.

Dieser räusperte sich. »Ich muss aber schon auf euch alle zählen können, wenn wir doch noch mal ein großes Spiel haben! Das kann ich doch, oder?«, fragte er und blickte streng in die Runde. Dass er dermaßen den Trainer heraushängen ließ, fast schon ein wenig zu herrisch klang, zeigte Wirkung.

»Ja, wenn wir wirklich noch mal ein großes Spiel haben, dann natürlich«, versprach Waltraud, und Hilde nickte ebenfalls.

»Gut!«, nahm Elise schnell wieder das Wort an sich. Jetzt sahen alle weniger betreten aus, mehr so, wie Elise sich das von Anfang an gewünscht hätte. Vielleicht nicht Feuer und Flamme – aber zumindest anwesend.

»Dann gehen die wenigen von uns, die bereit sind, mehr Zeit damit zu verbringen, auf die Suche, und ihr anderen springt uns bei, wenn wir Erfolg haben sollten!«

Wie sie überhaupt Erfolg haben sollten, darüber wollte sie lieber gar nicht so genau nachdenken. Hauptsache, sie taten etwas.

»Ich organisiere uns ein Treffen für nächsten Sonntag!«, nickte Werner gewichtig.

»Ich bin dabei!«, kam es von Marion.

»Und ich auch!«, sagte Christel laut.

»Gut, dann sind wir doch eine … nicht allzu kleine Gruppe!«, meinte Elise versöhnlich und sah, wie alle in der Runde aufatmeten.

»Schön, viel Glück. Will noch jemand Limonade?«, zwitscherte Rita und stand schon auf. Und kurz darauf begannen alle über etwas anderes zu reden, ihre Arbeit, ihre Männer, das Wetter.

»Wir müssen das hinkriegen!«, raunte Christel Elise zu. »Sonst schläft das hier alles ein!«

»Ich weiß«, sagte Elise nur. Und diesmal war sie es, die grimmiger klang als Christel.

Ein Gutes hatte es ja wenigstens, dass sie heute kein Spiel irgendwo in der Umgebung von Wuppertal gehabt hatten: Elise hatte noch Zeit, wieder einmal bei Marie vorbeizuschauen.

Das schlechte Gewissen, nicht genug zu tun, um ihre Tante mit den Zwillingen zu unterstützen, nagte ständig an ihr. Und jedes Mal, wenn sie Marie dann besuchte, in ihre eigentlich so schicke und modern eingerichtete Wohnung trat und sah, wie Marie jedes Mal ein wenig blasser und müder wirkte, nahm ihr schlechtes Gewissen nur zu.

Dabei winkte Marie immer sofort ab, wenn Elise sich dafür entschuldigte, dass sie schon wieder einen Wochenendbesuch verpasst hatte oder sich nicht genug beteiligte.

»Ach, Kappes! Was wäre ich für eine Mutter, wenn ich das nicht alleine hinkriegen würde!«, sagte sie stets und versuchte sich an einem Lächeln, das längst nicht mehr so strahlend aussah, wie Elise es von ihrer früher so heiteren Tante gewohnt war. »So arg anstrengend ist es ja auch nicht, ich muss mich nur noch ein bisschen bedröppeln.«

Aber sie bedröppelte sich jetzt schon ganz schön lange – die Zwillinge waren nun schon deutlich über ein Jahr alt –, und Elise hatte nicht den Eindruck, dass es Marie in letzter Zeit irgendwie besser ging.

Auch heute war sie blass, und unter ihren Augen lagen so tiefe Schatten, dass Elise sie schon vom Hausflur aus sehen konnte. Und obwohl es nicht mal besonders heiß war, glänzte auf Maries Haut ein leichter Schweißfilm. Als wäre auch sie so viel durch die Gegend gerannt wie Elise beim Training.

»Elise! Die Kleinen essen gerade ein paar Bällerkes. Willst du auch was zu Mittag?« Vielleicht sah Elise derzeit alles in einem etwas düsteren Licht – aber irgendwie kam ihr Maries Heiterkeit heute umso aufgesetzter vor.

Anders stand es um die Zwillinge, die am Tisch saßen und die kurze Abwesenheit ihrer Mutter genutzt hatten, um sich vergnügt mit Fleischklopsen zu bewerfen, während Richard,

Maries Mann, etwas hilflos zwischen ihnen hin und her blickte, es dann aber immerhin schaffte, einen Fleischklops aus Juttas kleiner Faust zu schälen und gleichzeitig Sabine daran zu hindern, sich die Äpelssupp in die blonden Locken zu schmieren.

»Hallo, Elise!«, sagte Richard, ohne aufzusehen. Im Gegensatz zu Marie wirkte wenigstens er wie das blühende Leben.

Eigentlich kannte Elise niemanden, dem man den Wirtschaftsaufschwung deutlicher ansah als Richard, der im Baugewerbe noch immer gut verdiente. Er hatte im letzten Jahr ein Wohlstandsbäuchlein bekommen und war immer sehr schick gekleidet. Auch Marie hatte angefangen, sich für Mode zu interessieren. Stets lagen auf ihrem Couchtisch die »Film und Frau« und die »Constanze«, meist war der Modeteil aufgeschlagen, und Marie lag Elise auch ständig mit irgendwelchen Trends in den Ohren, in der Hoffnung, sie könnte sich darüber mit ihrer Nichte austauschen – die immerhin in einer Schneiderei arbeitete, wobei sie dort sowieso nur ältere Damen einkleideten. Aber an Marie sahen alle Kleider meist irgendwie zu groß aus, vor allem der neueste Trend der H-Linie aus Paris: schicke Kostüme ohne enge Taille. Sie wirkte darin einfach nur noch viel dünner.

Jetzt ließ Marie sich wieder auf ihrem Stuhl nieder, wies die Zwillinge streng in ihre Schranken und machte dann Elise einen Teller zurecht, obwohl diese ja noch immer gar nichts gesagt hatte.

»Danke!«, murmelte sie jetzt und grinste die Zwillinge an, die nun deutlich artiger am Tisch saßen.

»Tati!«, rief Jutta, was vermutlich Tante heißen sollte, und strahlte zurück, sodass Elise gleich viel leichter ums Herz wurde.

»So, jetzt aber ab ins Bett!«, sagte Marie zu den beiden

Kleinen, kaum, dass Elise den ersten Löffel zum Mund geführt hatte, während Richard wieder mit der Zeitung zu rascheln begann.

»Soll ich dir helfen?«

»Ach was!« Marie hatte die Zwillinge schon links und rechts an der Hand genommen und führte sie aus der Küche.

Elise löffelte stumm ihre Suppe und hörte zu, wie Marie ihren Kleinen etwas vorsang. Erst eine Ewigkeit später, in der Elise so gut es ging die Küche aufgeräumt und abgespült hatte, während Richard weiter still in seiner Zeitung blätterte, kam Marie zurück.

»Puh! Und jetzt koch ich uns einen Kaffee!«

»Soll ich das nicht lieber machen?«

»Ach was!«, sagte Marie nur wieder und hantierte schon an ihrem immer noch glänzenden neuen Herd. »Für dich auch, mein Schatz?«

Aber Richards Antwort ging in einem Hustenanfall unter, der Marie so plötzlich und heftig schüttelte, dass Richard und Elise beide aufsprangen.

»Ist alles in Ordnung, mein Liebling?« Richard war schon zu seiner Frau geeilt und klopfte ihr sanft auf den Rücken, während Marie nach Luft rang. Ihr blasses Gesicht hatte rote Flecken bekommen, sie liefen von ihren Wangen über ihren Hals bis unter ihr pflaumenfarbenes Kostüm.

»Einen Moment, geht gleich wieder.« Aber ihre Stimme klang gepresst, und Elise glaubte ihr keine Sekunde. Zumal selbst Richard, der normalerweise die Ruhe in Person war, jetzt durchaus besorgt wirkte, Marie gar den Wassertopf aus der Hand nahm, während die noch immer mühsam Atem holte.

»Soll ich lieber gehen, damit du einen Mittagsschlaf machen kannst?«, fragte Elise vorsichtig.

»Ach, Kappes!«, sagte Marie mit zittriger Stimme. Etwas fahrig hakte sie sich bei Elise unter.

»Wir gehen zum Sofa und machen es uns gemütlich!«

Marie wirkte noch ziemlich wackelig auf den Beinen, als sie nun zum Sofa wankte. Erst als sie sich gesetzt hatte, schien es ihr etwas besser zu gehen. Die roten Flecken verschwanden aus ihrem Gesicht, und sie wirkte wieder wie vorher: einfach nur müde.

»Was war denn das für ein Husten?«, fragte Elise besorgt, aber Marie begann nun schon, den Couchtisch aufzuräumen und alle ihre Illustrierten zusammenzuschieben, als wäre nichts gewesen.

»Das ist so ein Kros hier!«, murmelte sie abwesend.

»Also, der Husten?«, fragte Elise nach.

»Der ist bloß hartnäckig!« Marie winkte ab, hörte aber wenigstens auf, die Zeitschriften hin und her zu rücken, sondern lehnte sich zurück. »Sag, wie geht es dir?«

Eigentlich hatte Elise wirklich keine Lust, Marie irgendetwas von ihrer aktuellen Lage zu erzählen, nicht von Paul und auch nicht vom Fußball. Zumal sie nur zu gut merkte, dass Marie ihr mal wieder auswich – wie so oft, wenn sie sich nach ihrem Befinden erkundigte. Aber Marie schaute sie so gespannt an, dass sie es nicht übers Herz brachte, sie abzuweisen.

»Paul und ich haben gestritten«, gab Elise seufzend zu. »Und diesmal weiß ich nicht, ob wir uns wieder vertragen können.«

Dass das ganz sicher nicht das war, was Marie gerne hören wollte, wurde Elise nur zu deutlich, als Marie ein wenig in sich zusammenzusacken schien. Und das, obwohl Richard ihnen jetzt sogar den Kaffee ans Sofa servierte. Elise hatte das Kaffeekochen völlig vergessen und war ziemlich überrascht, dass Richard ihnen aus einer Kanne zwei Tassen einschenkte.

»Ah, wunderbar, ich brauche jetzt wirklich ein Köppken Kaffee«, sagte Marie, nicht im Mindesten überrascht, und nippte an dem starken Gebräu. Noch vor Jahren wäre echter Kaffee undenkbar gewesen. Jetzt hatte Richard, wie Elise feststellte, als sie ihrerseits einen Schluck nahm, wahrlich nicht an Bohnen gespart. Er war herrlich bitter und sorgte dafür, dass sie sich gleich wacher und weniger mutlos fühlte.

Vielleicht, dachte sie, machte sie sich wirklich zu viele Sorgen um Marie. Richard schien kein Mann zu sein wie andere, auch wenn sie das immer gedacht hatte. Soeben gab er seiner Frau gar einen liebevollen Kuss auf die Wange, bevor er sich von ihnen mit den Worten verabschiedete, dass er noch ein wenig arbeiten wolle.

»Also!«, sagte Marie und stellte ihre Tasse zurück auf den Couchtisch. »Kein Streit ist so schlimm, dass man ihn nicht lösen könnte. Paul ist doch ein Guter! Wenn du dich entschuldigst, dann wird er dir verzeihen, da bin ich mir sicher.«

»Wer sagt denn, dass ich etwas falsch gemacht habe?«, fuhr Elise sofort auf, aber Marie warf ihr nur einen strengen Blick zu. »Ich kenne dich doch, Elise! Sicherlich wollte er nur nett sein, und du hast wieder etwas in den falschen Hals bekommen.«

»So war es nicht!«, verteidigte sich Elise. Und dann erzählte sie Marie doch die ganze Geschichte, von Anfang bis Ende, und bereute es in dem Moment, wo sie von seinem Antrag erzählte. Dem völlig unpassenden, furchtbaren Antrag, der doch eigentlich gar keiner gewesen war und jetzt trotzdem Maries Augen zum Leuchten brachte.

»Er hat dir einen Antrag gemacht oder zumindest durchscheinen lassen, dass er dir einen machen wollte. Das ist wunderbar! Das ist das Wichtigste, da müssen wir ansetzen!«

»Wir?«

»Hör mal, Elise!« Marie griff nach ihren Händen und drückte sie fest. Dabei wäre Elise am liebsten aufgesprungen und gegangen. Nach allem, was sie heute hier erlebt hatte, wollte sie keinen Streit. Wobei es sowieso schwierig war, mit Marie zu streiten. Ihr Gesichtsausdruck war jetzt ganz weich, und ihre Augen suchten Elises Blick.

»Ich verstehe sehr wohl, dass seine Aussagen verletzend waren. Aber er ist ein Mann. Da ist es doch klar, dass er das so sieht. Die meisten Männer tun das. Und auch wenn es dir schwerfällt, wirst du darüber hinwegsehen müssen. Willst du eine Zukunft ohne ihn? Willst du eine Zukunft ohne eine Familie? Denn das ist die Alternative, und das ist keine gute.«

»Du bist doch meine Familie«, sagte Elise leise. Wenn Marie so ernst sprach, machte ihr das irgendwie eine Gänsehaut.

»Das bin ich. Aber ich werde vielleicht nicht immer in deiner Nähe sein«, sagte Marie und schaute Elise jetzt nicht mehr an. Mit einem Mal hatte Elise Herzklopfen.

»Zieht ihr etwa weg?«

»Ach, Kappes, und darum geht es auch nicht.« Jetzt schüttelte Marie den Kopf und fixierte Elise abermals mit ihrem Blick. Mit diesen Augen, die denen von Elises Mutter so ähnlich waren. In letzter Zeit hatte Elise kaum noch an sie gedacht. Umso mehr traf sie nun Maries Blick.

»Du weißt doch, nichts ist so schlecht, dass nicht auch was Gutes dran wäre«, sagte Marie und drückte noch einmal Elises Hand. »Vielleicht musste die Sache mit dem Fußball enden, vielleicht musste auch dieser Streit mit Paul sein. Damit du verstehst, wo deine Priorität liegen sollte. Was wirklich eine Zukunft hat.«

Elise öffnete den Mund, aber antworten konnte sie nicht. Sie hätte nicht gewusst, was, und in dem Moment erklang aus dem Kinderzimmer sowieso ein markerschütterndes

Geschrei. »Mama!«, kreischten zwei Kleinkinderstimmen gleichzeitig, und Marie ließ Elises Hände los.

»Mein Gott, geht das wieder los«, murmelte sie, aber sie wirkte nicht unglücklich. Im Gegenteil, ihre Augen leuchteten. Und es schien, als hätte sie sich während der kleinen Pause auf dem Sofa durchaus erholt.

Anders als Elise. Die fühlte sich nach diesem Gespräch und der anschließenden Spielzeit mit den Zwillingen wie gerädert. Als würde alles, was Marie gesagt hatte, in ihr arbeiten, selbst wenn sie nicht daran dachte: beim stillen Abendessen mit Oma Guste, beim Lesen in ihrer Kammer. Aber erst, als sie das Licht löschte, prasselten die Gedanken wirklich auf sie ein, als wären sie schon immer da gewesen und hätten nur darauf gewartet, dass sie sich endlich mit ihnen beschäftigte.

Und mit der Erkenntnis, dass Marie recht hatte. Es ging tatsächlich um Prioritäten. Es ging darum, wie sie ihr Leben führen wollte. Es ging um Entscheidungen. Und so eindringlich Marie sie auch von ihren Worten hatte überzeugen wollen, so hatten sie Elise doch nur eines gezeigt: dass sie so eben nicht empfand.

Nein, so sehr sie auch in sich hineinhorchte – Familie, eine Zukunft mit Kindern, das war nicht alles für sie. Alles, das war etwas ganz anderes.

Was nicht hieß, dass der Weg, den sie jetzt zu gehen hatte, ein leichter werden würde. Wenn überhaupt, dann machte sie sich das Leben nur noch schwerer und komplizierter, das wusste sie wohl. Und trotzdem konnte sie nicht anders, als am nächsten Tag direkt nach der Arbeit zu Paul zu marschieren und bei ihm zu klingeln.

Er wohnte natürlich schon längst nicht mehr in einer kleinen Kammer bei seinen Eltern. Seine Wohnung war allerdings nicht sehr geräumig, und in den letzten Wochen hatte er immer wieder Andeutungen fallen lassen, dass er vorhabe, sich demnächst zu vergrößern, dass sogar Elise mit einem baldigen Antrag gerechnet hatte. Nur, dass sie nicht gedacht hatte, dass schließlich alles ganz anders ausgehen würde, hier, in diesem engen Treppenhaus, mit Paul, der so groß war, dass er kaum in seinen Türrahmen passte und dennoch schon bei ihrem Anblick in sich zusammensank.

»Ist das dein Ernst? Das war es also?«

Selbst seine Reaktion auf ihre Worte hatte kaum noch die Energie, die sie sonst von ihm kannte. Wegen der sie ihn immer geliebt hatte. Als hätten sie beide insgeheim gewusst, dass es nun einmal so enden musste: mit einem Schlussstrich.

»Es tut mir wirklich leid«, sagte Elise und fühlte sich so, als würde sie am liebsten tagelang weinen. »Ich liebe dich, aber ich möchte so nicht leben. Und wenn ich mich entscheiden muss, dann muss ich mich eben so entscheiden.«

»Das liegt nur an dieser Christel! Und den anderen Frauen da. Die haben dir das eingeredet!« Auf Elise wirkte es nahezu so, als versuchte Paul, wütend zu sein. Aber da war keine Zornesfalte zwischen seinen Brauen. Noch immer stand er in seinem Türrahmen und sah einfach nur traurig aus.

»Bitte, überleg es dir anders! Ich liebe dich. Wirklich ehrlich und aufrichtig, und das habe ich schon immer getan.«

»Wenn du mich wirklich lieben würdest, dann würdest du nicht von mir verlangen, dass ich etwas aufgebe, was mir wichtig ist.«

Er klappte den Mund auf, wollte widersprechen, aber ließ es schließlich sein. Jetzt glänzten auch in seinen Augen Tränen. Am liebsten hätte Elise ihn umarmt.

»Wenn *du* mich wirklich lieben würdest, dann würdest du das verstehen«, sagte er schließlich, seine Stimme kratzig.

Stumm schauten sie sich an. Sie beide blinzelten gegen die Tränen an, keiner von ihnen konnte sie zulassen.

»Mach's gut, Paul!«, sagte Elise und drehte sich um.

*

Die folgenden Tage waren hart. Elise wünschte, es würde sich besser anfühlen, für sich selbst einzustehen. Sie hatte es sich irgendwie befreiend vorgestellt, wie etwas, das sie endlich einmal nur für sich tat, wo sie doch sonst so wenig eigenes besaß in ihrem Leben. Aber sie vermisste Paul. Sie vermisste ihn schon in dem Moment, in dem sie aus der Haustür auf die Straße getreten war, hinein in den strahlenden Sonnenschein, der sie zu verhöhnen schien. Sie vermisste ihn am Abend, wenn sie allein auf ihren zwei Matratzen lag, in dieser Wohnung, die so still war, mit Oma Guste, mit der sie so wenig gemein hatte.

Und nicht bloß das Vermissen war schlimm. Erst jetzt wurde ihr wirklich klar, dass sie nicht nur zu sich selbst gestanden hatte. Sie hatte sich auch gleichzeitig dazu verdammt, für immer hierzubleiben. Hier bei Oma Guste, hier in dieser schäbigen Straße, in der Schneiderei, in diesem Leben, von dem sie noch nicht wusste, ob es wieder so werden konnte wie früher. Denn ob ihre Entscheidung für den Fußball irgendetwas brachte, ob sie überhaupt wirklich weiterspielen könnte, das lag ja gar nicht in ihrer Hand.

Umso mehr biss sie die Zähne zusammen, erkundigte sich, wo sie nur konnte, nach Möglichkeiten zum Spielen und spannte sogar Rudi in ihre Recherche ein – und fieberte jedem Stadionbesuch am Sonntag entgegen.

In den Wochen, die zäh verstrichen, hatte Werner nun schon einige Termine für sie ausmachen können. Aber langsam gingen sogar ihm die Kontakte aus. Die meisten Stadionbetreiber hatten überhaupt keine Lust, mit ihnen zu reden. Die Sache war für sie klar, und da keiner es sich mit dem Deutschen Fußball-Bund verscherzen wollte, fand sich auch niemand, der – mit was für einem Anreiz auch immer – überhaupt nur darüber nachdenken wollte, wenigstens illegal ein Spiel auszutragen.

»Dabei würden wir ja auch nachts spielen!«, wie Christel zwischen zusammengebissenen Zähnen vor sich hin grummelte, als sie mal wieder erfolglos mit dem Zug zurück nach Wuppertal fuhren, durchgeschwitzt, müde, hungrig und enttäuscht.

Wenigstens einen Termin hatten sie aber noch vor sich, auf den Elise einige Hoffnung setzte. Und das, obwohl er im Stadion Mathias Stinnes in Essen stattfand, das recht groß war und das es sich genau wie alle anderen ganz sicher nicht mit dem DFB verscherzen wollte. Aber zu diesem Termin würde Willi Leupold sie begleiten – und der war schließlich Geschäftsmann und vielleicht etwas mehr auf Zack als Werner.

Elise war froh, dass Willi, nachdem er erst untergetaucht war, nun doch beschlossen hatte, sich selbst in der Sache zu engagieren. Wenn Elise nämlich bei den letzten Terminen eines hatte erkennen müssen, dann, dass Werner sich dem Frauenfußball zwar ohne Zweifel verschrieben hatte, er aber gegenüber irgendwelchen schlecht gelaunten Stadionbetreibern oft kaum den Mund aufbekam und Christel und ihr das Reden überließ. Und ihnen hörte nun einmal, so wie Elise und auch Christel es schon befürchtet hatten, kaum ein Mann ernsthaft zu. Außer Werner natürlich, der stets verhalten nickend daneben saß und Christel bewundernd ansah, wenn sie trotz der kritischen Blicke, die sie von allen erntete, unverdrossen vom Frauenfußball schwärmte.

Auch heute wirkte Werner wieder einmal äußerst unentschlossen, wie er da am Bahnhof auf sie wartete: Die Hände in den Hosentaschen vergraben, starrte er leicht vorgebeugt auf den Bahnhofsboden, als gäbe es dort etwas besonders Interessantes zu sehen. Er wirkte so beinahe noch schlaksiger, als er sowieso war, und längst nicht mehr so trainiert, wie er einmal gewesen sein musste. Natürlich, er spielte wegen seiner Sportverletzung ja auch schon seit Jahren nicht mehr selbst, sondern trainierte nur noch sie. Und das sehr gut, wie Elise noch immer fand, auch wenn sie in den letzten Wochen etwas enttäuscht von ihm war. Nicht nur, weil er sich bei diesen Terminen so wenig einsetzte; auch als Trainer vermochte er es derzeit kaum, die Mannschaft beisammenzuhalten.

So, wie es sich schon abgezeichnet hatte, begann das Engagement mancher Spielerinnen zu wanken. Einige kamen jetzt nur noch zu jedem zweiten oder dritten Treffen, andere zu spät, und wieder andere tratschten lieber am Spielfeldrand, anstatt sich ordentlich aufzuwärmen. All das war Elise ein Dorn im Auge.

Aber vielleicht war sie auch einfach nur schlecht gelaunt und sah deswegen alles so kritisch. Christel nämlich strahlte, als sie Werner dort stehen sah, und als er wiederum endlich hochschaute und sie erblickte, begannen auch seine Augen zu leuchten.

»Vielleicht erreichen wir ja heute etwas!«, sagte Christel, als sie gemeinsam zum Stadion fuhren, und Werner nickte artig.

Marion hatte schon vor Monaten geunkt, dass er bis über beide Ohren in Christel verliebt wäre – und in letzter Zeit glaubte Elise immer mehr, dass da was dran war. Man musste aber auch wirklich blind sein, um zu übersehen, wie Werner jedes von Christels Worten aufsaugte, während sie nun mit dem Zug Richtung Essen ratterten, wie er sich stets dicht neben ihr hielt und immer wieder ihren Blick suchte.

Elise gönnte Christel die Bewunderung – und trotzdem verbrachte sie die Zugreise lieber damit, aus dem schmutzigen Fenster in die Landschaft zu schauen, auf die Bäume, Sträucher, Wiesen, Tiere und Häuser, an denen sie vorbeizogen, anstatt sich an dem Gespräch über das nächste Training zu beteiligen.

Willi Leupold wartete bereits am Bahnhof auf sie, und im Gegensatz zu Werner polterte er gleich los, dass er es kaum erwarten könne, die Menschen umzustimmen. »Ihr glaubt gar nicht, wie viele Wutbriefe ich dem DFB schon geschrieben habe! An jeden, dessen Adresse ich rausfinden konnte! Frauenfußball, das ist doch erfrischend, das ist anders, da stecken echte Emotionen drin!«, hörte Elise ihn auf Werner einreden, der wieder nur stumm nickte, während sie sich bei Christel unterhakte.

Sie beide gingen ein Stück hinter den Herren und beobachteten belustigt, wie Werner den Kopf einzog, als Willi jetzt nahtlos in eine Beschimpfung des DFB überging.

»Oje«, flüsterte Christel. »Ein bisschen habe ich schon ein schlechtes Gewissen, dass wir Werner nicht helfen. Aber andererseits …« Sie grinste. »Außerdem können wir so mal in Ruhe quatschen. Sag, wie geht es dir?«

»Es könnte besser sein«, wich Elise aus und hielt Christel zurück, die nicht auf den Verkehr achtete, sondern blind über die Straße marschieren wollte. Gerade fuhr mit quietschenden Bremsen ein schicker neuer Volkswagen an ihnen vorbei. Der Fahrtwind wehte ihnen beiden die Haare aus dem Gesicht.

Die Männer waren unterdessen schon auf der anderen Straßenseite und bogen in eine Querstraße ein.

»Und wie geht es dir?« Langsam schlossen sie wieder zu den Männern auf, und schon hörten sie Willis Geplapper.

»Ach, diese ganze Fußballsache ist zermürbend, aber sonst«, schon wieder grinste Christel so breit, und Elise fiel auf, dass sie noch immer kaum den Blick von Werner nahm. Das kannte sie gar nicht von ihrer Freundin.

»Gehst du jetzt etwa mit Werner?«, platzte sie heraus, und Christel stupste sie empört in die Seite.

»Psst, willst du, dass uns jeder hört?« Aber noch immer lächelte sie, und das hätte Elise eigentlich Antwort genug sein müssen.

»Also ist es wahr? Du hast was mit unserem Trainer?«

So, wie sie es aussprach, klang das furchtbar anrüchig, und Christel verzog das Gesicht. »Nein, aber er hat mich schon häufiger gefragt, ob wir was miteinander unternehmen wollen. Ich habe natürlich immer abgesagt. Weil er unser Trainer ist. Aber jetzt …« Nun wurde Christel fast ein wenig rot, und wenn das zu einem Menschen nicht passte, dann zu Christel.

»Nachher gehen wir wohl mal ein Eis essen«, gab sie schließlich leise zu und schaute Elise dabei nicht an. »Ich weiß, dass er unser Trainer ist und so weiter, aber Elise, ich …«

»Ist schon gut!« Elise seufzte und drückte den Arm ihrer Freundin. »Ich hab's nicht so gemeint. Du kannst machen, was du willst.« Aber sie klang genauso wenig begeistert, wie sie sich fühlte, und Christel warf ihr einen zweifelnden Blick zu.

Jetzt macht sogar Christel weiter, schoss es Elise durch den Kopf. Christel fuhr mit ihrem Leben fort, schmiedete Pläne für die Zukunft – Pläne, die gar nichts mit Fußball zu tun hatten und auch nichts mit Elise. So wie alle anderen auch.

Eine so tiefe Traurigkeit überkam sie, dass sie für einen Moment das Gefühl hatte, sie müsste gleich, hier und jetzt, mitten auf der Straße, auseinanderbrechen.

Zum Glück hatten sie das Stadion im Essener Stadtteil Karnap endlich erreicht, und die beiden Männer warteten bereits vor dem Zaun zum Stadiongelände auf sie. »Denen werden wir's zeigen!«, schwor Willi sie ein, und während Christel begeistert zustimmte und schon wieder Werner einen versonnenen Blick zuwarf, schaffte Elise gerade einmal ein knappes Nicken.

Sie war nach wie vor dabei, sie war nach wie vor Feuer und Flamme, die Sache mit dem Fußball weiterzuverfolgen, aus Prinzip und für die Gerechtigkeit. Aber das änderte nichts daran, dass sie sich jetzt gerade, unter dem strahlend blauen Essener Himmel und an der Seite ihrer besten Freundin, die sich immer weiter von ihr entfernte, so fühlte wie der einsamste Mensch der Welt.

7

Wuppertal, Dezember 2022

Da sitzen Linus und Nele jetzt also einträchtig nebeneinander an Katjas Küchentheke und mampfen Vanillekipferl.

»Die größten Kipferl sind noch weich in der Mitte. Die musst du probieren!«, rät Linus Nele schmatzend. Die beiden beugen sich über die Dose. »Das da zum Beispiel!«

»Ach, ich weiß nicht, ich mag es lieber richtig knusprig«, sagt Nele und sucht sich einen anderen Keks aus. Sie knabbert zögerlich an einer Spitze des Kipferls. Katja kann ihre Vorsicht gut nachvollziehen. Sie weiß noch, wie sie damals in der Schwangerschaft immer völlig unvorhersehbar auf neue Lebensmittel reagierte. Das eine half gegen die Übelkeit, das andere ließ sie beinahe brechen. Die Gewürzgurken, die sie Nele vorhin aus der Speisekammer geholt hat, stehen jedenfalls noch unangetastet auf der Küchenanrichte.

»Das dachte ich früher auch, aber mittlerweile bin ich älter geworden und habe meine Meinung geändert«, gibt Linus, naseweis wie immer, zurück.

Das bringt Nele zum Lächeln, und da ist es Katja dann auch egal, dass ihr das Treffen so schnell entglitten ist, regelrecht aus der Hand genommen wurde, in dem Moment, als Linus hinter ihnen beiden mit matschigen Schuhen ins Haus stiefelte.

Nele sieht so viel gelassener aus als noch vor zehn Minuten, jetzt, wo sie mit Katjas Sohn an der Küchentheke sitzt und über Kipferl diskutiert anstatt über ihre Schwangerschaft.

Dabei möchte Katja so viel wissen, dazu, wie es Nele geht, und zu dem Gerücht mit Felix, auf das sie Nele noch nicht einmal ansprechen konnte. Stimmt es, dass Nele eine Affäre mit ihrem Co-Coach hat? Und ist er es, der sie in Bezug auf das Ende ihrer Karriere so unter Druck setzt?

All das möchte sie unbedingt herausfinden, zumindest so viel, wie Nele davon eben preisgeben will. Aber stattdessen war sie kurz abgelenkt von Toms Nachricht, die genau dann eintrudelte, als sie das Haus betraten. Die Nachricht, in der er schreibt, dass er Christel Beck gefunden hat – Christel Beck, an die Elise vermutlich einen Brief geschrieben hat, der immer noch knisternd in Katjas Tasche steckt und ihr Rätsel aufgibt. Während sie die Gewürzgurken suchte, Wasser für Neles Tee aufsetzte und in dem Gemüsefach nach Ingwer kramte, wurde sie in Gedanken kurz wieder in das Haus ihrer Großeltern katapultiert. Wieder zu Petra und wieder zu Elise und ihrem Leben, zu all den offenen Fragen. Zu dieser tiefen Traurigkeit, die aus den Zeilen des Briefes, den Elise einst an Christel geschrieben hatte, spricht.

Und dann rumpelte es am Eingang, Linus marschierte herein und verkündete, dass er dringend ein paar Kekse brauche.

Jetzt schiebt Katja Nele den fertigen Ingwertee über die Theke und setzt sich zu den beiden.

»Danke.« Nele nimmt die Tasse entgegen, schließt die Hände darum. »Aber deine Kekse helfen sogar auch etwas gegen die Übelkeit!«

Für Linus hat Katja einen Kakao gemacht. Er stürzt die dampfende Flüssigkeit unkommentiert hinunter und stopft schnell noch einen Keks nach.

»Die sind über Nacht sogar noch besser geworden, Mama!«

»Das freut mich. Wie war denn dein letzter Schultag?«

»Langweilig.«

»Schade.«

»Nö, schon okay. Jetzt will ich gleich mal so ein neues Schach-Online-Spiel ausprobieren.« Er wirft Nele einen schnellen Blick zu. »Ich steh nicht so auf Fußball, weißt du? Ich bin eher der Denkertyp.«

»Ach so!« Wieder zuckt ein Lächeln um Neles Lippen.

»Schön!«, sagt Katja und räumt Linus' Tasse weg. »Aber wie wär's, wenn du vorher mal kurz dein Zimmer aufräumen gehst? Als ich da heute Morgen reingeschaut habe, hätte mich fast der Schlag getroffen.«

»Och nö.« Krümel rieseln aus Linus' Mund, so hastig hat er widersprochen.

»Aber dann musst du das nicht morgen an deinem ersten Ferientag machen.«

Das Argument scheint Linus ins Grübeln zu bringen, er legt den Kopf schräg wie Tom, wenn er nachdenkt, runzelt die Stirn.

»Na gut, stimmt.«

Mit einem schnellen Blick zu ihr nimmt er sich noch eine Faust voll Kipferl und schlurft dann aus der Küche. »Bis nachher!«

»Ich find's echt cool, wie du mit ihm umgehst«, sagt Nele, als Linus' Schritte schließlich verklungen sind. »Genauso will ich auch mal sein. Also als Mutter.«

»Ach ja?«

»Ja!« Vorsichtig nimmt Nele einen Schluck vom Ingwertee. »Irgendwie streng, aber irgendwie auch nicht.«

Sie wirkt tatsächlich besser heute, findet Katja. Weniger blass, weniger unentschlossen. Vielleicht liegt das aber auch nur an Linus. Er hat sie noch, diese kindliche, unbekümmerte Art, die einen manchmal richtig in der Gegenwart verankert, ins Hier und Jetzt bringt, egal, wie viel man vorher auch gegrübelt haben mag.

»Auch nicht schlecht, der Tee«, sagt Nele und trinkt noch einen vorsichtigen Schluck.

»Schön.« Kurz breitet sich Schweigen zwischen ihnen aus. Ein Schweigen, in dem Nele allerdings völlig entspannt wirkt, während Katja schon wieder schwitzige Hände bekommt. Es ist so weit. Dabei hasst sie es, so indiskret zu sein. Aber dieses Gerücht um Felix, das muss sie ansprechen. Irgendein Gefühl sagt ihr, dass sie Nele sonst nicht verstehen und ihr auch nicht helfen kann.

»Hör mal, Nele. Ich akzeptiere, wenn dir das zu privat ist, aber ich habe das Gefühl, ich sollte dich das trotzdem fragen. Also ...«

»Ja?« Nele schaut sie an. Völlig unbekümmert wirkt sie jetzt nicht mehr, findet Katja. In ihren Augen flackert irgendetwas auf, ein Hauch von Angst vielleicht.

»Zwischen dir und Felix, läuft da was?«

»Nein!«, sagt Nele wie aus der Pistole geschossen, aber Katja anschauen tut sie auch nicht.

»Nele, du musst wissen, dass ...«

»Nein!« Nele schickt sich schon an, von ihrem Hocker herunterzurutschen.

»Bitte bleib!« Katja legt ihr eine Hand auf den Arm, und Nele hält inne.

»Du musst nichts dazu sagen, wenn du nicht willst. Ich möchte aber, dass du weißt, du kannst mir das sagen. Also, wenn es so wäre. Es gibt keine Regel, die so etwas verbietet. Ich will einfach bestmöglich für dich da sein, das ist alles.«

Hoffentlich hat sie jetzt den richtigen Ton getroffen. Nele scheint zu überlegen, und dann, nach endlosen Sekunden, schiebt sie sich zurück auf den Barhocker.

»Gut zu wissen«, sagt sie nur. »Aber ich möchte nicht darüber reden. Ich dachte, wir reden über die Schwangerschaft, keine Ahnung, über einen Plan oder so.«

Immerhin, ihre letzten Worte, auch die vorsichtige Art, wie sie sie ausspricht, stimmen Katja etwas hoffnungsvoll.

»Daran wärst du also interessiert? An einem Plan? Letztes Mal klang es so, als wärst du schon recht sicher, dass du den Fußball aufgeben willst.« Etwas, das nach wie vor eine echte Tragödie wäre. Es war doch immer Neles Traum, eine Fußballerin zu sein, eine erfolgreiche, das weiß Katja ganz genau. Und sie weiß auch, dass Nele das Zeug dazu hat, ganz groß rauszukommen, mehr als viele andere, dass Nele das kann, wenn sie es will. Wenn sie bereit ist, dafür zu kämpfen und sich dabei helfen zu lassen.

»Ja, das stimmt«, sagt Nele und wirkt verlegen. »Ich dachte einfach, der Traum ist ausgeträumt. Dass es eben nicht geht. Aber du hast mich zum Nachdenken gebracht. Darüber, dass ich ja noch gar nicht alle Möglichkeiten kenne. Also, was es an Hilfe geben könnte, was möglich wäre. Und da dachte ich mir: Informieren kann man sich ja mal. Oder?«

»Auf jeden Fall! Pass auf, ich habe schon ein paar Ideen, was sich ändern müsste. Angefangen von angepassten Trainingszeiten bis hin zu Kinderbetreuungsmöglichkeiten. Und ich habe fest vor, noch vor dem Trainingsbeginn mit Heinz Müller-Lachmann darüber zu reden. Aber vielleicht wäre es gut, wenn wir auch jetzt schon noch jemanden mit ins Boot holen. Miriam vielleicht? Wir könnten auch alle zusammen zu Pro Familia gehen, die haben, wie ich hörte, tolle Beratungen gerade auch für den finanziellen Aspekt und …«

Katja unterbricht sich selbst. Nele wirkt so, als hätte sie sich in sich zurückgezogen, sie lässt den Kopf hängen, und ihr Blick ist gesenkt.

»Nur erst mal unter uns beiden, ja? Ich will nicht, dass das im Verein rumgeht, also auch nicht das mit Felix und mir. Das ist eh schon … kompliziert.« Sie sagt es so leise, dass Katjas Herz sich vor Mitgefühl zusammenzieht. Und es schließlich genauso schwer wird wie vorhin, als sie diesen Brief von Elise gelesen hat, diesen Brief, der so vor Düsterkeit trieft und den Katja gerade deswegen nicht umgedreht hat, um auf der zweiten Seite weiterzulesen.

»Soll ich mal mit Felix reden? Dich da irgendwie unterstützen?«, kann sie sich nicht verkneifen zu fragen.

»Nein?« Neles Antwort klingt eher wie eine Frage. »Vielleicht reicht ja auch erst mal ein bisschen Zeit. Wir haben uns da irgendwie verhakt, also Felix und ich, und … Ach, eigentlich will ich immer noch nicht drüber reden. Und das ist ja auch nicht so wichtig, also für alles andere. Für den Plan und so.«

Wieder greift Katja hinüber, drückt Neles Arm. Und das, obwohl da jetzt auch eine riesige Wut in ihr keimt. Wenn sie Felix in die Finger bekommt …

»In Ordnung«, sagt sie trotzdem so ruhig wie möglich. »Erst mal nur wir beide. Ich überlege mir, was alles möglich wäre. Und wenn ich deswegen mit Heinz rede, dann nur anonym, versprochen.«

Dabei würde sie gerade wirklich am liebsten losrennen und Felix zur Rede stellen. Was hat er hier angerichtet? Natürlich weiß sie es nicht, sie kennt die Geschichte nicht. Aber dass Nele verletzt ist, das spürt sie nur zu gut. Verletzt und irgendwie in die Enge getrieben.

Stattdessen zieht sie Nele noch einmal in eine Umarmung, und die lässt es diesmal nicht nur geschehen, sondern lehnt sich etwas an Katja.

»Danke«, flüstert Nele und macht sich schließlich etwas unbeholfen los. »Danke wirklich.« Nele sieht tatsächlich zumindest ein bisschen erleichtert aus, etwas weniger beschwert als noch vorhin. Das ist ein kleiner Fortschritt, immerhin.

»Ich fände es toll, wenn du anonym mal mit Müller-Lachmann reden würdest, und ... danke auch für alle anderen Angebote. Und wegen Felix ...« Nele zuckt irgendwie hilflos mit den Schultern.

Katja nickt und versucht, ihre Emotionen runterzuschlucken, während die Eingangstür schon wieder ins Schloss rumst.

Tom brüllt allerdings nicht als erstes »Hallooo?« ins Haus wie Linus, sondern kommt in die Küche spaziert, hält inne, als er Nele sieht. »Oh, hi!«

»Ich muss eh los!« Nele ist sofort von ihrem Hocker gerutscht. »Ist ja schon spät.«

Nele drückt sich hastig an ihm vorbei, nickt ihm nur schnell schüchtern zu.

Tom hingegen beugt sich zu Katja, gibt ihr einen schnellen Kuss. »Ich muss noch arbeiten, ja?« Und schon ist er verschwunden.

Und kommt auch nicht wieder, als Katja langsam die Tür hinter Nele schließt, durch das kleine Fenster oben noch sieht, wie sie die Einfahrt hinunterstapft, die Kapuze wieder über den Kopf gezogen, die Hände in den Taschen vergraben, leicht gebeugt, wie es gar nicht zu einer Profifußballerin passt.

Einen Moment erschlägt die Stille der Wohnung Katja beinahe, als sie zurück in die Küche geht. Da steht noch Neles Tasse, die Dose mit den Keksen, das unangetastete Glas Gurken. Und Tom ist tatsächlich in sein Arbeitszimmer gegangen. Wenn man von hier aus den Gang hinuntersieht, erkennt man gleich, dass die Tür geschlossen ist.

Plötzlich fühlt sie sich wahnsinnig verloren.

Vorhin hat Tom ihr diese kryptische Nachricht wegen Christel geschrieben, wegen der sie sowieso schon ziemlich aufgewühlt ist. Wegen der Nachricht und dem Brief, von dem Tom nichts weiß. Und jetzt das Gespräch mit Nele … Sie hatte gehofft, er würde direkt zu ihr kommen, mit ihr alles besprechen. Und ihr verraten, was er über Christel herausgefunden hat.

Stattdessen macht sich Enttäuschung in ihr breit.

Aber natürlich, er hat Arbeit, seine eigenen Verpflichtungen. Und zumindest das mit Nele, mit Katjas ganzen Sorgen, das kann er ja auch überhaupt nicht wissen.

Sie hat ihm nichts von der Schwangerschaft ihrer besten Spielerin erzählt, nichts von ihrem Treffen mit Heinz Müller-Lachmann. Sie hat überhaupt nicht viel erzählt. Das ist auch seine Schuld, weil er so viel am Arbeiten ist. Aber vor allem ihre. Weil sie immer alles in sich hineinfrisst, weil es ihr so schwerfällt, selbst einfach mal Hilfe anzunehmen.

Und jetzt steht sie deswegen alleine hier, so voll von Gefühlen und Gedanken, dass sie glaubt, gleich platzen zu müssen.

Ohne groß nachzudenken, stapft sie zu Toms Arbeitszimmer, klopft an die Tür und öffnet schon im selben Moment, in dem er »Ja« sagt.

Er schaut sie etwas verdattert an, die Brille sitzt leicht schräg, hinter ihm leuchtet weiß sein Laptop.

»Was gibt's denn?« Er ist schon wieder dabei, sich zurückzudrehen, seine Stimme klingt so zerstreut wie immer, wenn er in Gedanken eigentlich gerade tief in einem Text steckt. In seinem Zimmer ist es ziemlich dunkel, er hat sich nicht mal die Mühe gemacht, das Deckenlicht anzuschalten, nur seine Schreibtischlampe. Durch das kleine Fenster, das zum Garten hinauszeigt, fällt nur Dunkelheit.

Für einen Moment weiß Katja nicht, was sie sagen soll. Sie stört ihn, und das will sie eigentlich auch nicht. Aber wohin soll sie sonst mit allem, was gerade in ihr tobt?

»Wegen Christel«, sagt sie schließlich.

»Ja, natürlich!« Tom schiebt sich die Brille auf der Nase zurecht. »Das ist wichtig, das verstehe ich. Aber ich muss ganz kurz den Text abschicken, ja? In zehn Minuten ist Redaktionsschluss, und ich …« Jetzt hat er sich tatsächlich umgedreht, und da ist nur noch sein Rücken, auf den sie starren kann.

»Okay!« Was bleibt ihr anderes übrig, als ihn zu lassen.

Und trotzdem ist es unendlich schwierig, jetzt ins Wohnzimmer zu gehen. Darauf zu warten, dass er von alleine zu ihr kommt.

Sie tigert ein wenig auf und ab, während zehn Minuten vergehen, zwanzig Minuten, und beginnt schließlich die Kürbissuppe von neulich aufzutauen. Das laute Klappern, weil sie die Glasdose zu energisch auf den Tisch und dann in die Mikrowelle stellt, ist irgendwie befriedigend. Als brauchte sie ein Ventil für all das, was sie beschäftigt. Allein dieser Brief, den sie vorhin gelesen hat. Elises Zeilen, so verletzt, die Einsamkeit, die aus jedem Wort spricht …

Eigentlich wäre sie gerne wütend, merkt Katja. Wütend darauf, dass Nele in so eine Situation gerät, in der sie denkt, sie müsse sich entscheiden, auf irgendetwas verzichten. Wütend darauf, dass ihre Großmutter einst so unglücklich war und irgendein Geheimnis verbirgt, das sie zu belasten scheint. Wütend, weil Elise ihr nicht einfach verrät, was sie verschweigt. Vor allem, weil es vielleicht etwas ist, das Katja helfen würde. Helfen, sich nicht immer so zu fühlen, als wäre sie allein in ihrem Kampf für das, was ihr etwas bedeutet.

Stattdessen ist sie nur aufgewühlt. Traurig und aufgeregt zugleich.

»Also, pass auf!«, sagt Tom wenig später, noch während er ins Wohnzimmer kommt, sich jetzt erst sein Jackett auszieht, es über die Sofalehne wirft.

Die Suppe dampft bereits in ihrem Glasbehälter, zwei Teller stehen noch leer auf dem Tisch, den dritten hat Katja in der Hand, gerade hat sie Suppe hineingeschöpft.

»Ich glaube, ich habe sie gefunden«, sprudelt Tom los. »Moritz aus der Sportredaktion kannte den Autor dieses Artikels, den du mir neulich gezeigt hast. Sie wohnt wohl in einem Altersheim in Essen. Die Info ist älter, sie könnte also auch schon tot sein, aber ich habe immerhin eine Nummer und … Sag mal, ist alles okay?«

Sie hat den Teller mit der Suppe so fahrig auf den Tisch gestellt, dass sie übergeschwappt ist.

»Nein. Ja. Tut mir leid«, sagt sie und schaut ihn an. »Ich bin ein bisschen durch den Wind.« Tom hingegen sieht einfach nur verwirrt aus und auch ein wenig müde. Seine Haare stehen ihm wirr in alle Richtungen ab.

»Hey!« Er kommt zu ihr herüber und nimmt sie in den Arm. »Geht dir die Geschichte so nah, oder was ist los? Wir können das mit Christel auch erst mal vergessen.«

»Nein, auf keinen Fall! Jetzt, wo du eine Spur hast! Ich will das unbedingt wissen, ich muss es wissen. Darum geht es überhaupt nicht …«

»Gibt's jetzt endlich Essen?« Linus schlurft in die Wohnküche, die Augen noch immer ein wenig glänzend, vermutlich vom vielen Schachspielen, die Haare ganz genauso verstrubbelt wie Toms.

»Ja.« Katja seufzt und stellt den nächsten Teller, diesmal vorsichtiger, auf den Tisch. Linus hat nicht verdient, dass seine Ferien so beginnen. Mit einer Mutter, die derart aufgewühlt ist. Also unterdrückt sie den Impuls, sofort mit allem rauszuplatzen, wechselt nur einen Blick mit Tom, der »Später!« sagt.

Vielleicht, denkt Katja, ist es auch besser, wenn sie erst einmal ein bisschen durchatmet. Nicht sofort bei Christel anruft, sosehr sie die Vergangenheit, Elises Schweigen, auch umtreibt. Vielleicht muss sie das alles sacken lassen, erst einmal durchatmen.

Tom scheint das auch so zu sehen. Jedenfalls geht er nach dem Abendessen nicht zurück ins Arbeitszimmer, obwohl er eigentlich noch einen weiteren Artikel in der Pipeline hat, wie er sagt. Stattdessen räumt er den Tisch ab, spielt noch eine Runde Uno mit Linus und lässt Katja ein Bad ein, ohne dass sie darum gebeten hat.

Eigentlich eine gute Idee, aber heute beruhigt sie das überhaupt nicht. Das warme Wasser ist ihr zu warm, der Seifenschaum zu viel, und aus dem Wohnzimmer hört sie Tom und Linus lachen, während sie hier in dieser engen feuchten Koje liegt und die Gedanken durch ihren Kopf rasen.

Früher, als sie noch aktive Spielerin war, da kannte sie das nicht. Vielleicht, weil das Spielen sie immer geerdet hat. Oder weil man sich so etwas als Spielerin auch schlecht erlauben kann. Wenn du auf dem Platz stehst, dann musst du funktionieren, dann darfst du nicht unter dem Druck zusammenbrechen, sondern musst ganz in dem Moment sein. Einfach genau in dem Moment, wenn dein Atem stoßweise geht, in der Nase der Geruch von Gras, der frische Wind dir um die Ohren pfeift. Was du dafür bekommst, ist das Gefühl hinterher. Das Gefühl, für etwas gekämpft zu haben. Etwas geschafft zu haben.

Vielleicht sollte ich wieder mehr spielen, denkt Katja. Vielleicht auch mal außerhalb der Trainings kicken gehen, notfalls allein oder mit Franzi und den anderen. Wieder mehr das machen, weswegen ich mit alldem angefangen habe.

Der Gedanke stimmt sie zumindest ein wenig optimistisch, und trotzdem hat sie das Gefühl, festzustecken, während ihre Füße immer schrumpeliger werden. Die Zehen, die da hinten aus dem Seifenschaum herausschauen, sehen im grellen Badezimmerlicht schon aus wie kleine, garstige Zwerge.

»Hier, magst du rauskommen? Linus ist im Bett.« Tom steht plötzlich im Badezimmer, hält ihr ein Handtuch hin.

»Musst du noch arbeiten? Oder können wir reden?« Sie hüllt sich in den warmen Stoff und fröstelt trotzdem an der kühlen Luft.

»Ja. Ich dachte, wir setzen uns ins Wohnzimmer«, sagt Tom. »Ich hab uns einen Wein aufgemacht.«

Katja nickt, obwohl sie merkt, wie wenig Kraft sie plötzlich hat, jetzt, wo die Wärme des Wassers sie vollends verlässt. Die Unruhe ist noch da. Und trotzdem ist sie mit einem Mal einfach nur müde.

Aber Tom sitzt da und wartet, schaut sie mit großen Augen an, als sie mit noch feuchten Haaren in den Raum kommt.

»Also?«, fragt Tom, während sie sich aufs Sofa setzt, ein Stück von ihm entfernt, damit sie ihn besser ansehen kann.

»Ich dachte, du würdest dich freuen, wenn ich Christels Nummer rausfinde«, sagt Tom, als sie schweigt, und klingt beinahe ein wenig enttäuscht. »Stattdessen wirkst du ziemlich gestresst.«

Gestresst klingt für Katja wie die Untertreibung des Jahres. Aber das kann Tom nicht wissen, er hat es nicht verdient, dass sie ihn anpampt. Und trotzdem kann Katja nicht verhindern, dass es jetzt einfach so aus ihr herausplatzt.

»Du hast keine Ahnung, was bei mir gerade los ist!« Aber anstatt, dass sie es ihm endlich erzählt, kommen da erst mal nur Tränen, die sie sich wütend aus den Augen wischt, bevor Tom näherrücken kann, sie gleich wieder umarmt. Und dann lässt sie es doch zu, einfach, weil es so guttut, dass er jetzt da ist, dass sie jemand in den Arm nimmt, weint für einen Moment, lässt alles los. Und erzählt.

Und Tom, der hört zu, unterbricht sie nicht, reibt sich nur hin und wieder müde die Augen, ist aber ansonsten aufmerksam. Und verständnisvoll. Wie ein Regenguss fühlt sich das an, oder gleich ein ganzes Gewitter, ein kräftiges, das irgendwie reinigend wirkt. Zumindest für sie.

Tom sieht am nächsten Morgen zwar noch immer wie gerädert aus, sie aber fühlt sich jetzt tatsächlich frischer, optimistischer. Endlich konnte sie ihm wirklich alles erzählen, von Nele, von Heinz Müller-Lachmann, von der Ungewissheit. Und obwohl das nichts geändert hat, obwohl sie noch nicht einmal Pläne gemacht haben, fühlt sie sich jetzt bereit für neue Taten. Und eines kann jetzt keine Sekunde mehr warten. Dafür ist sie, seit sie heute Morgen aufgestanden ist, schon wieder viel zu aufgeregt. Die Unruhe von gestern ist einer kribbelnden Energie gewichen, endlich mehr herauszufinden.

»Also, du hast die Nummer, ja?«, fragt Katja, als Tom und sie beide schon am Küchentisch sitzen. Linus ist noch nicht da, aber der Tisch sieht aus, wie es sich für einen Ferienstart gehört: mit frischen Brötchen und Orangensaft, dazu geschnittenes Obst und Gemüse. Katja war motiviert, ist vor Tom aufgestanden, der sich nur grummelnd auf die andere Seite gedreht hat.

»Mh?«, macht Tom, auch jetzt noch nur halb wach, und schaut verschlafen von seinem Kaffee auf. Im Gegensatz zu Katja trinkt er ihn mit viel Milch, diese hellbraune Brühe würde sie niemals hinunterbekommen.

»Ja«, sagt Tom schließlich, als zu ihm durchgesickert ist, was sie will. »Möchtest du heute anrufen?«

»Eigentlich schon«, sagt Katja. Um genau zu sein, sie will es unbedingt. Sie ist sich nur nicht ganz sicher, wie das für Christel wäre, so einen Anruf zu bekommen. So kurz vor Heiligabend, der ja immerhin schon morgen ist. Sie weiß ja nicht, inwiefern Christel das irgendwie stören oder gar aufwühlen könnte. Und mal abgesehen davon müssen sie auch durchaus noch etwas für die Feier besorgen. Und dann will sie ja den Tag mit Linus verbringen und sich nicht wieder irgendwelche emotionalen Themen aufladen. Morgen, das ahnt sie bereits, wird es schließlich schon emotional genug, mit Petra und Elise hier im Haus. Aber jetzt, wo sie die Chance hat, endlich mehr herauszufinden, nicht nur Elises spärliche Andeutungen zu bekommen, da kann sie es eben auch nicht sein lassen.

Tom nickt nur. »Linus möchte heute zu Elias rüber. Er hat keine Lust auf Weihnachtseinkäufe, sagt er«, fügt Tom hinzu, gerade, als Linus hinter ihm in die Wohnküche schlurft. Er trägt noch seinen Schlafanzug, sieht allerdings im Gegensatz zu Tom deutlich weniger zerknautscht aus. Als er den Tisch bemerkt, grinst er.

»Das sieht nach Ferien aus«, kommentiert er und lässt sich auf seinen Stuhl fallen.

»Ja«, sagt Katja und muss lächeln. Dann schiebt sie ihm ein Brötchen auf den Teller. Linus hat sein Glas mit Orangensaft schon hinuntergestürzt.

»Und ich will heute wirklich gerne zu Elias. Ja, Mama? Bevor die nächsten Tage dann wieder nur Stress ist wegen Oma und Uroma.«

Welch feine Antennen Linus hat, überrascht Katja immer wieder. Man könnte denken, er sei völlig unbekümmert. Aber dass es in den nächsten Tagen sicher an der einen oder anderen Stelle explodieren wird, das weiß er intuitiv.

»Ja, okay«, sagt sie seufzend und weiß nicht, ob sie traurig über die verpasste Möglichkeit sein soll, sich mit ihrem Sohn und ihrem Mann noch einmal gemütlich auf Weihnachten einzustimmen, nur sie drei, vielleicht ein langer Brettspielenachmittag, so etwas. Oder ob sie sich freuen soll. Dann ist es jetzt also entschieden: Sie wird anrufen.

Da ist sie wieder, diese kribbelnde Energie. Am liebsten würde sie sofort aufstehen und zum Handy greifen. Aber sie zügelt sich, erkundigt sich nach Linus' Schachspiel, nach Elias' Weihnachtsplänen und wartet, bis ihr Sohn alle Brötchen verdrückt hat, sich anzieht und sich schließlich auf den Weg zu seinem Freund macht, der nur zwei Straßen weiter wohnt, eine Kindheitsfreundschaft, wie Katja sie immer haben wollte, aber nie haben konnte, weil sie mit Petra ständig umgezogen ist – deren Karriere zuliebe.

Und dann steht sie endlich am Küchentresen, das Handy in der Hand, und Tom lehnt ihr gegenüber an der Arbeitsplatte, noch immer etwas müde, aber aufmerksam. Als wäre es ihm wichtig, ihr zu zeigen, dass er jetzt da ist, dass er heute nicht einfach in seinem Arbeitszimmer verschwindet, obwohl er so viel zu tun hat, immer noch.

Katjas Hand zittert etwas, als auf ihrem Handy das Freizeichen erklingt.

»Hallo? Ja? Ich höre Sie nicht?« Die Stimme, die sich schließlich meldet, wirkt alt und etwas verschlafen.

»Spreche ich mit Christel Beck?«

Ein Husten erklingt aus Katjas Handy, dann ein Räuspern. »Ja, die bin ich!«

Katja schaut zu Tom, nickt. Der richtet sich auf, wirkt mit einem Mal nicht mehr müde, sondern hellwach.

»Mein Name ist Katja Mühlheim. Ich bin die Enkelin von Elise, Elise Schneider damals. Vielleicht erinnern Sie sich?«

Am anderen Ende der Leitung hört man nur ein Schweigen. Dann ein schweres Atmen und wieder ein Hustenanfall. Schließlich ein kratziges, ein etwas zögerliches »Ja«. Und Katjas Herz fängt an zu rasen, ganz plötzlich.

»Entschuldigen Sie, dass ich einfach so anrufe. Passt es Ihnen gerade? Sonst kann ich mich auch wann anders melden?«

Katja merkt selbst, dass sie ins Schleudern gerät, zumal am anderen Ende der Leitung nur Schweigen herrscht. Christel ist alt, vielleicht krank, und sie stört hier einfach ihre Ruhe. Aber jetzt hat sie nun mal angerufen, jetzt ist es auch zu spät.

»Nee, passt schon.« Die Stimme am anderen Ende klingt immer noch kratzig. Dazu wieder dieses etwas rasselnde Atmen. Katja beißt sich auf die Lippe.

»Äh, gut. Ist es in Ordnung, wenn ich Ihnen ein paar Fragen stelle?«

Aber die Antwort der alten Dame überrascht sie.

»Wenn, dann nur persönlich. Sie können mich besuchen kommen. Ich sterbe hier vor Langeweile!« Und Christels Stimme klingt jetzt ganz und gar nicht mehr zögerlich.

Katja hält den Hörer völlig perplex einen Moment von sich. »Sie möchte uns treffen«, raunt sie Tom zu. Dann muss sie grinsen. Dass Elise und diese Frau da am anderen Ende einmal befreundet waren, das glaubt sie sofort, jetzt, wo die alte Dame aufgewacht zu sein scheint.

»Wann hätten Sie denn Zeit?«, fragt sie und lauscht gespannt.

Es dauert nicht lange, Tom zu überreden, eigentlich überredet Tom eher sie, und schon sitzen sie im Auto. Vielleicht kann er es jetzt ebenfalls kaum abwarten, dieses Geheimnis zu lüften – jedenfalls hat er sofort die Adresse herausgesucht und ihr versichert, er könne auch noch am Nachmittag seinen letzten Artikel fertig machen, wenn sie dafür die Einkäufe erledigt, direkt nach dem Treffen. Und schon brausen sie über die Autobahn Richtung Essen.

Die Fahrt dauert etwa eine Stunde, und sie müssen sich nicht absprechen, ob sie reden oder schweigen wollen: Tom schaltet das Radio ein, und gemeinsam lauschen sie den neuesten Hits, während sie unter immer dunkler werdenden Wolken hinwegfahren. Auch heute kündigt sich wieder Regen an.

Es ist nicht kalt, bestimmt über zehn Grad, als sie vor dem Altenheim parken. Anders als Elises Altenheim ist das hier ein grauer Klotz, daneben eine wenig befahrene Straße ohne jedes Geschäft, ohne jeden Charme.

»Oje«, sagt Tom, als sie die Türen zuknallen. »Kein Wunder, dass ihr langweilig ist.«

Katja hat ein mulmiges Gefühl, als sie die schmucklose weiße Tür zum Innern erreichen. Zum Glück ist das Gebäude drinnen freundlicher eingerichtet, als es von außen den Anschein macht. Sie sieht, dass man sich hier Mühe gibt, wenigstens ein paar Farbakzente zu setzen. In warmen Tönen gehaltene Gemälde hängen an den Wänden, im Gemeinschaftsraum, an dem sie vorbeikommen, gibt es bunte Tischdeckchen. Aber nichts kann darüber hinwegtäuschen, dass es hier genauso riecht wie bei Elise: der irgendwie abgestandene Mief, weil nie jemand lüftet.

»In solchen Gebäuden ist es immer so, als würde man in einem riesigen Glas mit Desinfektionsmittel schwimmen, oder?«, flüstert Tom leise, als sie eine Pflegerin suchen, um nach Christel zu fragen. »Ich meine nicht nur den Geruch, sondern irgendwie auch das Gefühl. So konserviert.«

Vielleicht hat er recht, vielleicht liegt es daran, dass solche Orte sich so sehr ähneln. Jedenfalls laufen sie an einem weiteren Gruppenraum vorbei, in dem ein paar ältere Menschen beieinandersitzen, und auf den ersten Blick hätte Katja nicht sagen können, wo sie sich gerade befinden: ob in Elises Heim in Wuppertal oder hier, wo sie gleich Christel treffen werden.

Auch Christels Tür, zu der sie eine Pflegerin bringt, sieht genauso aus wie Elises. Die Pflegerin klopft und wartet nicht darauf, dass Christel selbst die Tür öffnet, sondern drückt dann für sie die Klinke runter. »Sie kann nicht mehr so gut laufen«, erklärt sie schulterzuckend und dreht dann ab, während Tom und Katja einen kurzen Blick wechseln.

Sie haben nicht wirklich darüber gesprochen, wie sie das Treffen mit Christel angehen wollen. Es erschien Katja auch nicht sinnvoll. Sie wissen ja schließlich gar nicht, wie Christel so ist, wie es ihr geht, wie viel sie reden kann und mag. Innerlich ist Katja deswegen auf alles vorbereitet, als sie eintritt, der schmalen Frau entgegengeht, die da in ihrem Bett liegt und sie aus dunklen Augen anschaut.

Nicht mehr viel ist zu erkennen von der Christel, die Katja auf dem Foto gesehen hat, aber der Ausdruck in diesen Augen ist derselbe: wachsam, entschlossen und ein wenig grimmig. Sogar die etwas buschigen Augenbrauen sind ihr geblieben, auch wenn ihr Haar spärlich geworden ist.

Sobald sie sie sieht, setzt sie sich deutlich energischer auf, als man ihr das in diesem gebrechlichen Zustand zugetraut hätte. Über ihr wettergegerbtes Gesicht huscht ein Grinsen.

»Ah, Katja Mühlheim. Ich freue mich riesig, dich kennenzulernen! Ist in Ordnung, wenn wir uns duzen, oder?«

»Ja, natürlich!« Katja ist etwas perplex mitten im Raum stehen geblieben. Tom stößt von hinten fast gegen sie.

Sie hat sich darauf eingestellt, behutsam auf diese alte Frau zuzugehen, deren Ruhe sie hier stört. Christel aber wedelt schon ungeduldig mit der Hand herum. »Jetzt steht da nicht so rum, setzt euch!«

Tom hat sich als er Erster wieder gefangen, schnell schiebt er zwei Stühle nahe ans Bett heran.

»Ich bin übrigens Tom, Katjas Partner …«, setzt er an, doch Christel winkt wieder nur ab.

»Jaja, ich bin schließlich nicht blind. Aber Katja, jetzt erzähl doch mal, was war da los, letztes Spiel? Die SGS, die haben fies gespielt, diese überfallartigen Konter, eieiei, aber ihr habt doch sonst auch ein bisschen mehr Tempo und Dynamik drauf. Seid übrigens mein Lieblingsverein, nur mal nebenbei bemerkt.«

Christels Augen blitzen schelmisch auf, und bevor Katja sich richtig von der Überraschung erholen kann, dass diese alte Dame kein bisschen kränklich wirkt und noch dazu über Fußball plaudern will, ist sie schon mittendrin in einer Diskussion über den Verein und das letzte Spiel. Anders als mit ihrem Team, anders als mit den enttäuschten Fans, die Heinz und sie vor einigen Tagen in der Kneipe angesprochen haben, ist ihr dieses Gespräch allerdings nicht unangenehm. Christel hat eine Art, sie sowieso schon zu unterbrechen, bevor sie unter Rechtfertigungsdruck gerät. Sie scheint praktisch jedes Spiel der Hinrunde auswendig zu kennen, kommt ständig auf entscheidende Momente zurück.

»Vergiss mal die Barbie!«, sagt Christel gerade, bevor Katja sich auch hier rechtfertigen kann, wieso der Sturm im letzten Spiel versagt hat.

»Die Krause, die solltest du mal häufiger einwechseln. Die hat ein ordentliches Stellungsspiel, ein gutes Auge und den Instinkt dafür, wo die Bälle hinkommen. Du brauchst …« Und Christel will schon fortfahren, als Tom sich hüstelnd räuspert.

Etwas verdutzt schaut Katja ihren Partner an. Sie war so auf die alte Frau fokussiert, dass sie für einen Moment ganz vergessen hat, wo sie hier gerade sind und wieso. Und dass Tom auch noch da ist.

Christel scheint es ebenso zu gehen, sie wirft Tom allerdings einen eher ungnädigen Blick zu.

»Jaja, junger Mann, man wird ja wohl noch ein bisschen über Fußball plaudern dürfen. Wisst ihr, wie furchtbar das ist, den ganzen Tag von Menschen umgeben zu sein, die keinen Schimmer von der Materie haben? Wenn ich schon nicht selbst spielen kann, dann will ich doch wenigstens noch drüber reden!«

»Entschuldigen Sie, ich wollte nicht …«, setzt Tom an, aber auch ihn unterbricht Christel sofort.

»Jaja, ich weiß ja, ihr seid nicht deswegen hergekommen. Also bringen wir es hinter uns. Was wollt ihr wissen?«

Und auf einmal spricht Christel nicht mehr, sondern schaut sie mit ihrem durchdringenden Blick nacheinander an. Abwartend und vielleicht auch ein wenig angespannt.

Jetzt ist Katja diejenige, die sich räuspert.

»Das hier, das bist doch du, oder?« Sie hält Christel das alte Foto vor die Nase. Das Foto, auf dem die Fußballmannschaft aus Frauen zu sehen ist, vermutlich irgendwann in den Fünfzigerjahren.

»Aber sicher!«, sagt Christel und grinst, wenn auch nur kurz. Dann wird ihr Gesichtsausdruck wieder ernst. »Das war vor einem großen Spiel. Und bevor unsere Mannschaft sich dann leider zerstreut hat.«

Sie sieht aus, als wollte sie noch etwas anderes sagen, schüttelt dann aber den Kopf, wie um einen lästigen Gedanken zu vertreiben.

»Zerstreut?«, fragt Katja vorsichtig nach. Aber Christel

winkt nur brüsk ab. »Wie das eben so passiert. Und ich bin ja dann sowieso weggezogen. Habe geheiratet, und in Berlin, da ging das mit dem Fußball dann für mich auch weiter. Da habe ich noch ein paar schöne Erfolge feiern können! Aber deswegen seid ihr nicht hier, ich weiß ja. Ihr wollt über Elise sprechen, nicht wahr? Sie steht auf dem Foto hier neben mir.« Christel reicht Katja das Foto zurück. Ihre Hand zittert ein wenig. »Jetzt, wo ich weiß, dass du ihre Enkelin bist, sehe ich die Parallelen. Ist mir nie aufgefallen, ihr seid euch ja äußerlich auch nicht sehr ähnlich, aber ich habe mir ein paar alte Spielszenen von dir angeschaut. Sieht aus, als würde Elise spielen, diese Ballbehandlung. Der Fußball, das war Elises Leben, genauso wie meins.«

Christel lächelt sie traurig an, und Katja muss gegen den Kloß in ihrem Hals anschlucken.

»Also stimmt es wirklich? Elise und du, ihr habt damals zusammen gespielt? Sie will nicht darüber reden, leider.« Beim letzten Wort bricht Katjas Stimme, und wieder muss sie sich räuspern.

Christel hat gesagt, dass der Fußball Elises Leben war. Bei Elise hat das noch ganz anders geklungen.

»Ah, ich habe mich schon gewundert, ob sie euch hergeschickt hat. Von ihr habe ich nämlich seitdem nichts mehr gehört. Kein Wort.« Christel schaut aus dem Fenster. Ist auf einmal ganz weit weg.

»Nein, sie weiß nicht, dass wir hier sind«, nimmt Tom den Faden auf. »Christel, was ist damals passiert?«

»Solltet ihr das nicht trotzdem eher sie fragen als mich?« Jetzt schaut Christel sie doch an, in ihren Augen wieder dieser wilde Ausdruck.

»Sie will nicht darüber reden«, wiederholt Katja leise. Sie weiß, dass sie Elise im Grunde hintergehen, indem sie hier sind, und dass Christel recht hat. Aber es sein lassen, das kann sie eben auch nicht. Sie muss wissen, was damals passiert ist. Sie muss wissen, wieso ihre Großmutter ihr etwas verschweigt, was sie beide eigentlich hätte verbinden sollen.

»Na, dann rede ich auch nicht darüber.« Trotzig hebt Christel das Kinn, und wenn Katja das nicht so frustrierend fände, müsste sie lächeln. Eindeutig, diese beiden Frauen waren mal Freundinnen.

»Aber …«, hebt Tom an, doch Christels Blick wird nur finsterer.

»Nein.«

Christel schaut sie so grimmig an, dass es kaum Sinn macht, ihr zu widersprechen.

Wieso nur ist diese Freundschaft auseinandergegangen?, fragt Katja sich plötzlich. Zwei Frauen, die so stur sind, die finden doch einen Weg. Zum Fußball und zueinander. Andererseits, Elises Geschichte, die Weigerung zu sprechen und die Tatsache, dass Fußball nie wieder eine Rolle für sie gespielt hat, die erzählt eben etwas anderes, die beweist das Gegenteil.

Mit einem Mal ist Katja wieder nach Weinen zumute. Elises Worte in dem Brief, den sie gelesen hat. Dass ihre Großmutter einst so unglücklich war, so einsam. Und dass sie augenscheinlich etwas aufgegeben hat, warum auch immer, das ihr so viel bedeutet hat, all das macht sie so unfassbar traurig. Der Kloß in ihrem Hals ist so groß geworden, dass sie sich schon wieder räuspern muss. Unruhig wirft sie Tom einen Blick zu. Dann wischt sie sich schnell übers Gesicht.

Als sie aufblickt, treffen sich ihre und Christels Blicke. Christel hat den Mund zusammengekniffen, genauso wie Elise, wenn sie über etwas nicht sprechen will. Und genauso wie Elise weicht sie jetzt doch Katjas Blick aus. In ihrer Grimmigkeit und Verschlossenheit sehen sich die beiden alten Frauen wahnsinnig ähnlich.

Und auf einmal wird Katja etwas klar. Auch Christel ist verletzt. Auch Christel geht das nahe. Und hat die alte Dame nicht vorhin noch behauptet, Elise hätte sich nie wieder bei ihr gemeldet? Dabei stimmt das überhaupt nicht. In ihrer Tasche, knitternd und alt, hat Katja eine Antwort, zumindest eine für Christel.

»Das hier wollte ich dir noch geben«, sagt sie leise und zieht den Brief aus ihrer Tasche, der augenscheinlich nie bei Christel angekommen ist. Und den sie eigentlich überhaupt nicht mitgenommen hat, um ihn Christel zu geben. Aber jetzt fühlt es sich richtig an.

»Er ist gar nicht an Christel Beck adressiert, sondern an eine Christel Hansen. Aber ich nehme an, dass du das bist?«

Wieder beginnt Christels Hand zu zittern, als sie sie ausstreckt – eine Bewegung, die viel zögerlicher ist als jede andere, die Katja bisher von ihr gesehen hat.

»Der ist anscheinend nie angekommen. Aber sie wollte sich offensichtlich bei dir für irgendwas entschuldigen«, sagt Katja und fügt dann, als Christels Blick wieder finster zu ihr hochschnellt, hastig hinzu: »Ich habe ihn allerdings nicht ganz gelesen, keine Sorge.«

Christel hält den Brief in ihrer Hand, wirkt unschlüssig, was sie damit machen soll. Schließlich schiebt sie ihn unter die Steppdecke, unter der sie liegt, faltet ihre Hände darüber.

»Danke. Ich werde ihn nachher in Ruhe lesen.«

»Und wenn du dann …« Katja wägt ihre nächsten Worte gut ab. Aber dann sprudeln sie doch von ganz alleine aus ihr heraus. »Wenn du dann doch sprechen möchtest, mit uns oder sogar mit Elise, dann melde dich, ja? Hier ist meine Nummer. Auch wenn du einfach nur mal über Fußball plaudern willst.«

Tom hat bereits einen Zettel herausgeholt und reicht ihr einen Stift. Diesmal zittert Christels Hand nicht, als Katja ihr schließlich das kleine Stück Papier reicht.

»Vielleicht mache ich das sogar«, sagt Christel. »Alleine, um dir ordentlich die Leviten zu lesen, wenn ihr auch noch den Rückrundenstart verpatzt.« Immerhin grinst sie jetzt wieder, auch wenn es ihre Augen nicht erreicht.

Einen Moment schweigen sie. »Gut, dann sollten wir wohl mal wieder«, sagt Katja und steht langsam auf. Aus irgendeinem Grund fühlt sie sich jetzt selbst alt. Als könnte sie jede Bewegung nur noch in Zeitlupe vollziehen.

Tom reicht ihr wortlos ihren Mantel. Sie ist froh, dass sie sich kurz etwas an ihn lehnen kann, ohne dass es allzu sehr auffällt.

»Ich habe keine Kinder«, sagt Christel plötzlich. »Aber wenn, dann hätte ich mir gewünscht, dass sie auch Fußball spielen. Elise kann froh sein. Vielleicht ist es gut so, wie alles gekommen ist. Das ist das erste Mal, dass ich das denke, und das will doch was heißen.«

Die Worte klingen viel leiser und zögerlicher als alles, was Christel bisher von sich gegeben hat, und sie treffen Katja direkt ins Herz. Aber als sie sich zu der alten Dame umdreht, schaut diese schon wieder nur aus dem Fenster, als wäre sie ganz weit weg.

»Danke, dass wir kommen durften«, gibt Katja ebenso leise zurück. »Trotz allem. Es hat mich sehr gefreut, dich kennenzulernen.«

Und das hat es wirklich. Gleichzeitig aber fühlt es sich auf ihrem Rückweg durch die trostlosen Gänge des Pflegeheims an, als hätte ihr jemand einen riesigen Stein auf das Herz gelegt. Anders kann sie die tiefe Traurigkeit, die da jetzt auch noch ist, nicht beschreiben.

»Was für eine ulkige Frau«, sagt Tom, kaum dass sie die Autotür hinter sich zugeworfen haben, auf ihre kalten Sitze rutschen. Und Katja gibt einen Ton von sich, der irgendetwas zwischen Schluchzen und Lachen ist und, ehe sie sichs versieht, in ein Weinen übergeht.

Tom guckt sie alarmiert von der Seite an, hält aber still, die Hände schon am Lenker, und das ist auch gut so, denn Katja hat sich schnell beruhigt, streicht sich die Tränen aus den Augen.

»Schon wieder gut«, sagt sie und wirft Tom ein zittriges Lächeln zu. Wie dankbar sie ihm ist, merkt sie auch erst jetzt. Dass er hier mit ihr sitzt, dass sie all das zusammen erleben konnten, endlich, nach all den letzten Tagen und Wochen, in denen sie so alleine war.

Tom nimmt die Hände vom Lenker und legt sie stattdessen in den Schoß, lehnt sich zurück und schaut sie noch immer so ernst an.

»Es tut mir wahnsinnig leid«, sagt er, »dass ich irgendwie nicht kapiert habe, wie nah dir das alles geht. Dabei ist es ja logisch. Mit dem Tod von deinem Opa, dann der Stress mit dem Verein. Das hätte ich mir denken können, und trotzdem war ich irgendwie zu sehr in meinem eigenen Tunnel. Es tut mir leid, ehrlich.«

Katja nickt und muss sich eine letzte Träne wegstreichen, die sich noch ihren Weg gebahnt hat, vielleicht wegen seiner Worte, vielleicht immer noch wegen Christel, wer weiß das schon.

Dann nickt sie wieder und beugt sich für einen schnellen Kuss zu ihm hinüber, und er zieht sie an sich, so gut es über die Sitzbank hinweg geht, und hält sie ganz fest.

»Es fühlt sich an, als hätte ich einen Blick darauf erhascht, wie es mit Elise hätte sein können, wenn sie zu der Fußballsache nicht geschwiegen hätte, wenn sie zugegeben hätte, dass sie den Fußball genauso liebt wie ich«, sagt Katja in Toms Halsbeuge hinein. Dann macht sie sich los, schiebt sich seufzend auf ihren Platz zurück. »Eine Oma, die dieselbe Leidenschaft teilt wie ich, eine Verbündete in der Familie«, sagt sie leise. »Dann hätte ich vielleicht nicht so kämpfen müssen, gegen Petra, gegen Opa und Holger und alle anderen.« Wie lange sie allein schon Petra anbetteln musste, bis sie ihr endlich ordentliche Schuhe fürs Spielen kaufte, bis sie sie in einem Verein anmeldete. Und trotzdem dann immer wieder die Streits, wenn Katja für ein wichtiges Spiel irgendwohin gefahren werden musste. In alldem war Katja alleine, auf sich gestellt.

Tom schweigt und scheint zu überlegen. »Du hättest immer kämpfen müssen«, sagt er schließlich. »Petra ist eine, mit der muss man eben kämpfen.«

»Vielleicht wäre sie aber anders gewesen, wenn sie eine Mutter gehabt hätte, die zufrieden gewesen wäre. Eine, die nicht irgendeine Bürde mit sich rumgeschleppt hätte.«

»Du hast recht«, sagt Tom und schaut sie vorsichtig an. Offensichtlich wägt er seine nächsten Worte sehr gut ab. »Zumal ich schon den Eindruck habe, dass diese ganze Geschichte viel mit Petra zu tun hat. Mit dem Kind, das Elise bekommen hat und Christel nicht.«

Katja schaut Tom überrascht an. »Klang doch ein wenig so bei Christel, oder nicht?«, schiebt Tom hinterher, und Katja stellt fest, dass er recht hat. Natürlich, er ist Journalist, und er hört genau zu. Er hat es auch bei diesem Treffen getan, sosehr er sich im Hintergrund gehalten hat. Während sie selbst von ihren eigenen Emotionen überwältigt war. Dabei weiß sie ja schon, dass Petra und die Schwangerschaft eine Rolle gespielt haben könnten. Schließlich geht es darum ja auch in dem Brief an Christel. Den, den sie jetzt nie zu Ende wird lesen können, weil er in diesem quadratischen Gebäude verschwunden ist, diesem Klotz, vor dem sie immer noch stehen. Regen drippelt wieder auf die Windschutzscheibe und lässt die Sicht darauf verschwimmen.

Einen Moment schweigen sie, lauschen dem Regen und dem Geräusch der auf der Straße vorbeifahrenden Autos.

»Und ausgerechnet jetzt ist Weihnachten«, sagt Katja, und Tom schnaubt.

»Schon die Aussicht darauf ist mein Bounty des Tages. Wollen wir?«

Aber er macht keine Anstalten, den Motor zu starten, sondern greift hinüber und drückt ihre Hand, lang und fest.

*

Wie kommt man trotz allem, trotz des Gedankenkarussels und trotz der Aussicht, später am Tag noch zwei halsstarrige ältere Frauen im Haus zu haben, in Weihnachtsstimmung?

Eigentlich braucht es dafür, wie Katja am nächsten Morgen feststellt, nicht viel. Nur einen Linus, der völlig aufgedreht in seinem Weihnachtspullover durch das Haus flitzt, ständig »Wann kommen Oma und Uroma?« und »Wann geht es los?« fragt und irgendwo noch eine Kiste mit Lichterketten ausgegraben hat, sodass bald das ganze Wohnzimmer blinkt wie das Schaufenster irgendeines Kaufhauses – und eine Franzi, die samt einjährigem Wonneproppen spontan vorbeigekommen ist und jetzt inmitten der blinkenden Lichterketten auf dem Sofa sitzt, während ihr Kleiner völlig fasziniert hinter Linus herzudackeln versucht.

»Einfach herrlich«, sagt Franzi und schlurft ihren Glühwein – diesmal nicht aus ihrem geliebten Becher mit Strohhalm, sondern aus einer der vielen Weihnachtstassen, die sie besitzen. »Ich darf hier sitzen, und dieses Jahr kocht meine Mutter das Essen – weißt du, so habe ich mir das vorgestellt.«

Tatsächlich hat Franzi, nachdem sie sich beim Joggen neulich schon über den Streit mit ihrer Mutter bezüglich des Weihnachtsmenüs beschwert hat, beim nächsten Konflikt einfach kurzen Prozess gemacht und alle Verantwortung abgegeben – und fährt damit erstaunlich gut. Zumindest kann sie jetzt den Vormittag noch genießen, hier, wo es deutlich bessere Kekse und noch bessere Gesellschaft gibt, wie sie sagt. Dass sie möglicherweise auch gekommen ist, weil Katja ihr gestern Abend noch im Chat von ihren Sorgen geschrieben hat, hat sie nicht gesagt. Muss sie auch nicht. Es reicht, dass sie jetzt zuschauen, wie Linus den vor Freude quietschenden Karim in eine Lichterkette einwickelt und Franzi dabei den Arm um Katja legt.

»Hey, Tom!«, ruft Franzi schließlich nach hinten, wo Tom in der Küche steht und bereits den Kartoffelsalat vorbereitet – die Berliner Version, wie er sie von seiner Großmutter gelernt hat, mit viel Mayonnaise, die heute Abend dann neben Petras kalorienreduzierter Version mit Essig und Öl auf dem Tisch stehen wird. »Mach mal Weihnachtsmusik an!« Und Tom, vollkommen gewohnt, von Franzi in seinem eigenen Heim herumkommandiert zu werden, tut ihr den Gefallen, und kurz darauf schallt eine Mischung der kitschigsten Weihnachtslieder der Welt durch das Haus. Und als Franzi mit Karim durch das Wohnzimmer tanzt, wobei ihre identischen kleinen Korkenzieherlöckchen – Franzis in blond, Karims in braun – wild herumwippen, kann schließlich auch Katja nicht mehr ruhig sitzen bleiben.

Und Stunden später und völlig außer Atem ist sie also doch da, die Weihnachtsstimmung, zusammen mit Linus' glänzenden Augen, weil er schon jetzt zu viel Zucker intus hat – und dem Türklingeln.

»Oma! Uroma!« Linus rennt wie der aufgekratzte Elfjährige, der er ist, zur Tür. Katja erhebt sich unwillig vom Sofa, wo sie gerade außer Atem mit Karim und Franzi nach der dritten Runde »All I Want for Christmas« hingefallen ist, um zu verschnaufen.

»Na, er muss sowieso dringend ein Nickerchen machen!«, sagt Franzi mit Blick auf Karims ebenfalls glänzende Augen. Der reibt sich schon seit einer Weile immer wieder müde übers Gesicht.

Gemeinsam stehen sie auf, wobei Franzi Karim auf den Arm nimmt, wo er wie ein nasser Sack über ihrer Schulter hängt.

»Halt durch, ja? Und mach dir nicht zu viele Sorgen. Schon gar nicht wegen Heinz oder nächstem Jahr oder irgendwas, hörst du?« Vom Glühwein ist nichts mehr zu merken, Franzi schaut sie ganz ernst aus ihrem runden Gesicht an.

»Ich mach mir keine Sorgen«, verspricht Katja. »Höchstens ein bisschen.«

»Du bist die beste Freundin, die man sich wünschen könnte. Und die beste Trainerin für unser Team. Das wissen wir alle, und deswegen werden wir das auch wuppen, ne«, sagt Franzi, und jetzt ist es vielleicht doch ein wenig der Glühwein, der da spricht.

Hinter ihr hüstelt Petra.

Ohne dass Katja es bemerkt hat, sind Petra und Elise schon ins Haus gekommen, Elise bei Petra untergehakt und trotzdem ein Stückchen größer als ihre Tochter, ein merkwürdiges Duo.

»Mach's gut!« Katja umarmt Franzi noch einmal und wuschelt durch Karims Locken, dann sieht sie zu, wie ihre Freundin an Petra und Elise vorbeigeht, den beiden älteren Frauen zugrinst und schließlich im Flur dem jetzt unleidig jammernden Karim seine Jacke anzieht.

Die Musik ist verstummt, und das ist besser so, denn Linus quasselt auch so schon genug, fragt Elise und Petra aus und führt die Lichteffekte der Lichterketten hinter dem Sofa vor, sodass überhaupt niemand eine Chance hat, schlechte Stimmung zu verbreiten. Oder sich gar über irgendetwas Unangenehmes zu unterhalten. Und schließlich lächelt sogar Petra über die Begeisterung ihres Enkels, und Elise hat ihr wölfisches Grinsen im Gesicht statt dieses verkniffenen Gesichtsausdrucks und sitzt ganz entspannt neben Petra, Schulter an Schulter, wie ein friedliches Mutter-Tochter-Duo.

Nur Katja spürt wieder diesen Kloß im Hals, immer, wenn sie Elise ansieht. Dieses Leuchten in ihren Augen, weil sie Zeit mit ihrem geliebten Urenkel verbringen kann.

Wie kann es sein, dass einem jemand eigentlich so vertraut ist und jetzt plötzlich so fremd vorkommt? Das, was hätte sein können, wenn Elise Katja verraten hätte, dass sie nicht die Erste in der Familie ist, die sich für Sport und dann auch noch für so einen interessiert – das steht jetzt irgendwie mitten im Raum. Nur, dass lediglich Katja das spürt.

Schnell geht sie zur Kücheninsel, hilft Tom, der die Würstchen, die sie von Heinz bekommen haben, anbrät und schließlich noch die vegetarischen Würstchen für Katja zubereitet, und macht sich schließlich an den Nachtisch – ein geschichtetes Spekulatiusdessert im Glas – und versucht, nur Linus' fröhliches Geplapper zu hören, nicht ihre eigenen Gedanken.

Zur Bescherung versammeln sie sich alle um den Weihnachtsbaum. Schon vor Jahren haben sie beschlossen, dass nur Linus etwas zu Weihnachten bekommt, weil die ständigen Geschenkeschlachten sie allesamt ausgelaugt haben. Petra lässt es sich trotzdem nicht nehmen, allen ein kleines Fläschchen Likör aus einem Feinkostladen zu übergeben, und Linus' Wangen leuchten jetzt vor Aufregung beinahe knallrot, als er sich über seine Geschenke hermacht. »Oh, wie cool! Ein Escape-Spiel. Danke, Uroma! Das wollte ich schon immer mal ausprobieren!«

»Mal was anderes als immer nur Schach«, sagt Elise, aber man sieht, wie viel es ihr bedeutet, dass Linus sich über ihr Geschenk freut. Wie jedes Jahr trifft sie seinen Geschmack am besten. Was vielleicht auch daran liegt, dass sie weder Scheu hat, etwas zu kaufen, von dem sie selbst nichts versteht, noch sich von so etwas wie dem eigenen Geschmack davon abhalten lässt. Katja erinnert sich noch immer mit Grauen an den tanzenden und singenden Kuscheltierhund zu Linus' drittem Geburtstag, dessen Lieder sie sich anhören musste, bis Linus mindestens sechs Jahre alt war.

»Und ein neuer Füller! Danke, Oma!« Bald liegen auf dem Boden überall Geschenkverpackungen.

Wie jedes Weihnachten sind sie beim eigentlichen Abendessen dann alle erschöpft und froh, dass sie das Essen einfach nur in sich hineinschlingen müssen. Die Würstchen sind zwar nicht mehr so heiß, der Kartoffelsalat – beide Versionen davon – ein wenig zu salzig, aber Linus mampft so vergnügt, dass trotzdem keiner etwas dagegen sagt.

Erst beim Nachtisch geht es dann los. Vielleicht machen die Himbeeren, die Katja auf einer Quarkschicht drapiert hat, ganz am Boden der zerkrümelte Spekulatius, sie alle wieder wach. Jedenfalls hat Linus nur den Spekulatius-Teil vom Boden des Glases gepult, dann gequengelt, ob er aufstehen und weiter seine Geschenke angucken darf, und während sie ihn beim Weihnachtsbaum rascheln hören und alle ihre Quarkcreme löffeln, räuspert Petra sich und sagt: »Was meinte Franzi denn eigentlich vorhin, Katja? Als wir reinkamen, hat sie versucht, dir Mut zu machen, klang zumindest so.«

»Ja, stimmt«, sagt Katja ausweichend und beginnt nun selbst, ihren Löffel in die Spekulatiusschicht am Boden zu bohren.

»Du hast ja bereits erwähnt, dass das Jahr nicht optimal gelaufen ist. Heißt das, dass du jetzt auch von der Chefetage deswegen Ärger bekommst?«

Petra wirkt ehrlich interessiert, auch wenn Katja in ihren Augen schon wieder das Funkeln sieht und ahnt, was bestimmt gleich als Nächstes kommt: die unvermeidbare Aufforderung, doch lieber etwas »Richtiges« zu machen. Den Absprung zu schaffen, bevor sie noch gefeuert wird. Und genau die Unterhaltung will sie jetzt nicht führen, nicht hier und nicht heute.

»Ja, es läuft nicht sehr gut, und ja, es ist möglich, dass meine Zeit als Chefcoach endet, aber ich möchte jetzt nicht darüber sprechen. Es ist doch Weihnachten!«

Tom, der neben ihr sitzt, legt ihr von der Seite eine Hand auf den Oberschenkel, streichelt sie beruhigend. Elise hingegen hat sich aufgesetzt, sitzt mit einem Mal kerzengerade da. Und Petra, in deren Augen funkelt es nun wirklich. Auch wenn Katja da durchaus ehrliche Besorgnis sieht.

»Das heißt, man könnte dich feuern? Katja, das klingt wirklich ernst!«

»Tja, so ist es im Fußball, Mama. Man kann gewinnen, und man kann verlieren, das gehört eben dazu«, sagt sie trocken und schiebt sich dann einen Löffel Spekulatiusdessert in den Mund. Die Masse ist süß und pappig und eigentlich köstlich, aber kaum, dass Katja sie am Gaumen kleben hat, will sie sie einfach nur noch loswerden. Sie nimmt einen tiefen Schluck

Wasser, während Petra meint: »Du weißt, du kannst auch einfach selbst sagen, dass es genug ist, dass du deine Zeit hattest und jetzt …«

»Das will ich aber nicht, Mama!«, sagt Katja und stellt das Glas mit einem Knall zurück auf den Tisch.

»Beim Fußball, da geht es ums Kämpfen!«, sagt Elise plötzlich leise, aber bestimmt, und alle am Tisch starren sie an.

»Was weißt du denn schon wirklich vom Fußball?«, schnaubt Petra, und daran allein sieht man, dass sie das Ganze mit dem Foto, mit Elise und dem Fußball immer noch nicht recht zu glauben scheint oder wieder verdrängt hat, einfach, weil sie es nicht an sich heranlassen kann. Dass Elise ihnen etwas verschweigt. Nicht nur Katja, sondern auch ihrer eigenen Tochter. Etwas, das sehr wichtig ist.

Und auch jetzt verrät Elise ja nichts, zieht sich sofort wieder zurück, die Miene verschlossen, der Blick düster. Dann aber macht die alte Dame doch noch einmal den Mund auf.

»Ich kenne Katja«, sagt sie schlicht. »Und die ist eine, die kämpft.«

»Und ich nicht, oder wie?«, fragt Petra und fixiert ihre Mutter mit einem Blick, der wohl jeden anderen am ganzen Körper hätte schlottern lassen. Katja unterdessen hat eine Gänsehaut bekommen. So etwas, das hat Elise noch nie zu ihr gesagt.

»Es geht doch gar nicht um dich«, antwortet Elise unwirsch, und es ist wie ein Verkehrsunfall, bei dem Katja und Tom nur zusehen können, wie zwei Schwerlaster aufeinander zurasen.

»Natürlich geht es nicht um mich. Das tut es ja nie bei dir, oder?«, fragt Petra bissig zurück, und dass Elise nun stoisch schweigt, macht Petra erst recht wütend. »Hallo, Mutti? Ich rede mit dir!«

»Ich räume dann mal ab«, murmelt Tom, der in diesem Moment vermutlich froh ist, dass sein Teil der Familie über Weihnachten immer in den Urlaub fliegt und so nicht auch noch mit dabei ist. Er macht sich daran, die Dessertschalen zusammenzustellen, auch wenn fast alle noch etwas übrig haben. Dabei ist das Dessert mit Abstand der gelungenste Teil des Essens gewesen, aber Katja nickt nur und fängt ebenfalls an, die Teller zu stapeln, während Petra jetzt loslegt. Eine echte Tirade geht herunter, laut und deutlich, und wie immer wird Petra umso verzweifelter und umso lauter, je weniger Elise ihr zuzuhören scheint. »Hast du mal darüber nachgedacht, wie viel Arbeit dahintersteckt«, hört Katja von der Kücheninsel aus. »Das Heim suchen, der Umzug und …«

»Oh nein, jetzt fängt sie gleich vom Haus an«, flüstert Tom Katja zu und räumt schnell schon mal was in die Spülmaschine ein, das Klappern die Hintergrundmusik für das Unvermeidliche, von dem sie alle wussten, dass es ihnen heute blüht.

»Und das Haus, das haben jetzt Katja und ich an der Backe!«, hört Katja Petra auch schon und reicht Tom seufzend ein paar weitere Teller. Doch Elise bleibt wie immer stoisch. Selbst zu diesem Thema schweigt sie, wirft nur ab und an mal einen bissigen Kommentar ein, als Petra fortfährt, während Katja und Tom weiter um den Tisch herumschleichen, Stück für Stück alles abräumen, als könnte man, indem man die Kulisse entfernt, auch das Stück enden lassen.

Aber das Stück endet erst, wenn Petra genug Zorn abgelassen hat, und weil Elise irgendwann als Angriffsfläche nicht mehr reicht, wendet sie sich eben Katja zu. Die hat schon damit gerechnet, und trotzdem kann sie nicht anders, als innerlich wie zu erstarren, als Petra schon wieder anfängt.

»Mal ehrlich, Katja. Dass ich mir jetzt deinetwegen auch schon wieder Sorgen machen muss, nach allem, was wir dieses Jahr schon durchhaben … Wann hörst du denn endlich mal auf mich und kommst zur Vernunft? Diese Fußball-Angelegenheit, die bringt dir kein Glück. Das ist keine Karriere, die zu dir passt und die irgendeine Zukunft hat.«

»Das ist deine Meinung, Mama. Und ich habe eine andere.«

»Und ich auch«, meldet sich Elise von der Seite, und Katja schaut sie überrascht an. Schon wieder verteidigt ihre Oma sie. Schon wieder springt sie ihr zur Seite, etwas, das Katja sich all die Jahre so sehr gewünscht hat. Dass mal jemand aus ihrer Familie einfach uneingeschränkt hinter ihr steht, ihr sagt, dass sie genau das Richtige macht, komme, was wolle. Dass das Elise sein könnte, daran hat sie früher allerdings nie gedacht. Aber jetzt gerade ist ihre Oma ihr leider keine große Hilfe, denn Petra ist bei ihren Worten sofort zusammengezuckt.

»Schön, dann sind sich ja hier alle einig, und ich werde nicht mehr gebraucht!« Petra schiebt ihren Stuhl zurück.

»Mama!«, ruft Katja, zum ersten Mal auch mit lauterer Stimme. »Jetzt bleib doch bitte, wir können ja …«

»Was, miteinander sprechen?«, fragt Petra bissig. »Wo ich doch hier nur gegen eine Wand rede? Nein danke!« Und schon steht sie wirklich auf, stapft in den Flur – nicht, ohne noch einmal umzukehren und Linus ein Küsschen aufs Haar zu drücken. »Bis bald, mein Schatz! Entschuldige bitte, dass ich schon losmuss«, hört Katja sie noch sagen. »Spiel noch schön!«

Und dann kann auch Linus nur verdutzt zugucken, wie seine Oma abrauscht.

»Mama, jetzt bleib doch wirklich!«, macht Katja noch einen halbherzigen Versuch, diesmal in versöhnlicherem Ton, aber sie weiß ja selbst, dass der Abend gelaufen ist. Dass Petra in der Garderobe dennoch eine Umarmung zulässt – wenn es auch wie immer eine sehr kantige ist –, ist nur ein schwacher Trost.

»Entschuldige, Katja«, sagt Petra, und für einen Moment glaubt Katja tatsächlich Tränen in den Augen ihrer Mutter zu erkennen. »Aber ich kann das heute Abend einfach nicht länger ertragen, verstehst du?« Und schon ist sie weg.

»Ach herrje«, sagt Tom, als Katja zurück in die Küche kommt.

»Jetzt gib doch noch mal dieses leckere Dessert her, das ihr schon abgeräumt habt!«, sagt Elise.

Natürlich lässt Elise sich nicht anmerken, ob der Streit sie in irgendeiner Form getroffen hat. Höchstens, dass sie ablehnt, als Tom ihr anbietet, sie noch zurück ins Heim zu fahren, zeigt, dass sie vielleicht doch nicht alleine sein möchte. Stattdessen besteht sie darauf, bei ihnen zu übernachten, und verbringt den Rest des Abends mit Linus auf dem Sofa, wo sie den »Grinch« gucken – Elise ab und an grinsend, Linus vor sich hin kichernd –, während Katja heilfroh ist, dass der wie immer vorprogrammierte Weihnachtsstreit nun endlich vorbei ist. Sie ist nicht einmal enttäuscht deswegen, nur ein wenig erschöpft, als sie mit Tom den Rest aufräumt, schließlich in ihrem Arbeitszimmer das Schlafsofa ausklappt und für Elise bezieht.

Sie weiß, dass ihre Oma ganz und gar keinen Wert auf Ordnung legt, trotzdem verbringt sie eine gefühlte Ewigkeit damit, das Laken in Form zu zupfen, sodass es nicht eine Falte wirft. Als eine perfekte glatte Fläche vor ihr liegt, fühlt sie plötzlich eine merkwürdige Befriedigung. Petra wird sich schon wieder einkriegen, und ansonsten ist der Heiligabend ja nicht nur schlecht gewesen. Wie einträchtig Petra und Elise zumindest vorhin auf dem Sofa nebeneinandersaßen, wie sehr Linus sich über alles gefreut hat, das Licht der blinkenden Lichterketten über allem. Und morgen, morgen werden sie gemütlich frühstücken, und dann liegen die Weihnachtsfeiertage vor ihnen, ebenfalls eine glatte weiße Fläche, friedliche leere Tage, in denen sie vielleicht alle ein wenig zur Ruhe kommen können.

»Wir könnten mal wieder ins Kino gehen. Oder ins Schwimmbad. Oder Schlittschuhfahren«, sagt sie abends im Bett zu Tom, als es in der Wohnung endlich herrlich ruhig ist.

»Alles, was du willst«, murmelt Tom völlig erschlagen, und ist schon eingeschlafen.

Oder aber, denkt Katja am nächsten Morgen, als sie den Frühstückstisch deckt, sie könnte neben all diesen schönen Dingen weiter Pläne machen – echte Pläne, wie sie alles in den Griff bekommen will. Echte Pläne, die sie weiterbringen.

Jedenfalls fühlt sie sich überraschend beschwingt, als sie die Brötchen aus dem Ofen geholt und alles auf dem großen Esstisch drapiert hat. Tom kommt gerade verschlafen ins Wohnzimmer und grinst sie schief an, bevor er sich mit seinem Laptop auf das Sofa setzt – vermutlich, um noch irgendwelche Änderungen an seinen Artikeln vorzunehmen, bevor alle anderen wach sind. Linus schläft höchstwahrscheinlich wirklich noch, und auch von Elise ist nichts zu hören. Dabei weiß Katja ja, dass Elise eine Frühaufsteherin ist. Sie mag es, genau wie Katja und Petra, die Dinge lieber eher als später anzugehen.

Tatsächlich erklingt auch ein leises »Ja«, als Katja schließlich an ihrem Arbeitszimmer klopft. Vorsichtig drückt sie die Klinke hinunter, um nicht gegen das ausgeklappte Schlafsofa zu stoßen. Das Arbeitszimmer ist ziemlich klein, und wenn jemand dort schläft, geht die Tür nicht mehr ganz auf.

Elise sitzt ganz vorne auf der Bettkante, mit dem Blick zum Fenster, vor dem heute die Sonne scheint; ein paar Wolken ziehen daran vorbei, irgendwie friedlich. Elises Gesicht sieht

Katja nur zur Hälfte, und ihre Oma dreht sich auch nicht um, als sie in der Tür steht.

Dieser Blick aus dem Fenster, das erinnert Katja an Christel, und sogleich zieht sich ihr Herz wieder zusammen.

»Kommst du zum Frühstück, Oma?«, fragt sie leise, doch Elise antwortet nicht, sondern klopft stattdessen mit der Hand sacht auf die Matratze neben sich.

»Komm«, sagt sie nur, und Katja drückt sich an der ausladenden Ecke des Schlafsofas vorbei, setzt sich neben ihre Großmutter. Das Laken, das gestern noch so akkurat und glatt dalag, ist jetzt zerknittert und faltig, als hätte Elise sich in der Nacht viel herumgeworfen.

»Ich wusste nicht, dass du gerade so Probleme hast«, sagt Elise leise. »Du hast mir nicht erzählt, dass deine Fußballkarriere auf der Kippe steht.«

»Weil sie auch nicht auf der Kippe steht«, sagt Katja und würde dabei gerne entschlossener klingen. »Mach dir keine Sorgen, Oma!«

Sie will schon wieder aufstehen, aber Elise hält sie an der Hand fest. Ihr Griff ist ziemlich fest, wenn man bedenkt, wie zart sie in den letzten Jahren geworden ist.

»Ständig stellst du mir Fragen, bohrst nach. Aber wenn ich was wissen will, dann sagst du auch nichts«, behauptet sie und klingt jetzt beinahe wieder so störrisch wie gestern Abend mit Petra.

Aber anders als gestern Abend, wo alles irgendwie an Katja abgeprallt ist, treffen sie diese Worte.

»Warum können wir nicht offen reden, über alles, Oma?«, fragt sie leise. »Warum verschweigst du so viel, was uns doch eigentlich hätte verbinden können?«

Da sind sie wieder, die Gefühle, die sie nach ihrem Besuch bei Christel überschwemmt haben, mit voller Wucht. Katja muss schlucken. Und dann sieht sie, dass auf Elises anderer Seite, mitten auf dem zerknitterten Laken, das Foto liegt. Dieses vermaledeite Foto, das sie gestern mit zu Christel genommen und dann gedankenlos auf ihren Schreibtisch hier im Arbeitszimmer geworfen hat. Sie hatte gar nicht mehr daran gedacht, als sie das Zimmer gestern für Elise hergerichtet hat. Aber jetzt liegt es hier. Elise und Christel, Arm in Arm, ein Bild aus einer Zeit, die nichts mehr mit heute zu tun hat.

»Ich weiß mittlerweile, dass du früher den Fußball genauso geliebt haben musst wie ich. Wieso hast du etwas aufgegeben, das dir so viel bedeutet? Wie hast du das ausgehalten?«

Aber Elise schweigt. »Und wieso«, macht Katja weiter und ist jetzt unmerklich lauter geworden, »wieso habe ich mich dann immer so allein damit gefühlt? Wieso musste ich ständig kämpfen?«

Immerhin schaut Elise sie jetzt zum ersten Mal an diesem Morgen wirklich an. Vielleicht wirkt es im Licht, das direkt durch das Fenster, frisch und klar, zu ihnen hereinfällt, nur so. Aber sieht Katja da etwa Tränen in den Augen ihrer Großmutter glänzen? Elise macht sich nicht mal die Mühe, sie wegzublinzeln.

»Dass du nicht einfach Ruhe gibst«, sagt sie. Eine Feststellung, keine Frage.

»Nicht, bevor wir nicht endlich offen miteinander sprechen können«, sagt Katja schlicht. »Bis ich nicht mehr das Gefühl habe, dass ich dich gar nicht kenne.«

So etwas hat sie noch nie zu ihrer Großmutter gesagt, und sie erschrickt ein wenig über ihre eigenen Worte. Aber Elise rührt sich nicht. Und Elise wird auch nicht einfach zerbrechen, denn so hart die Worte auch klangen, sie stimmen natürlich nur zum Teil, und das weiß Elise sicherlich. Sie mag sich ihrer Großmutter gegenüber fremd fühlen, seitdem sie Christel getroffen und eine Ahnung davon bekommen hat, wie es hätte sein können. Aber Elise ist noch immer Elise, zäh und stoisch.

Und sie greift jetzt wieder nach Katjas Hand und drückt sie.

»Wenn ich dir erzähle, was passiert ist«, sagt Elise, und der ernste Ton ihrer Großmutter macht, dass Katjas Herz schneller zu klopfen beginnt. »Dann siehst du vielleicht alles mit anderen Augen, und ich weiß nicht, ob du das willst. Für dich und für Petra.«

Jetzt rast Katjas Herz wirklich.

»Also hat es etwas mit Petra zu tun? Mit der Schwangerschaft?«

Katja fühlt sich atemlos, wie sie da neben Elise sitzt. Und irgendwie kriecht auch so etwas wie Angst in ihr hoch. Sie will es wissen, sie will alles wissen. Aber das heißt nicht, dass sie sich nicht auch vor dem fürchtet, was sie erfahren könnte.

Elise antwortet wieder nicht, schaut nur aus dem Fenster. Dann greift sie zu dem Foto neben sich und legt es Katja in den Schoß.

»Das bin ich!«, sagt Elise und zeigt mit einem zitternden Finger auf sich selbst. »Und das ist Christel. Sie war meine beste Freundin. Und Fußball, das war mein Leben. Mein Alles.«

Elise seufzt, so schwer und traurig, dass auch Katja ganz eng ums Herz wird.

»Und dann musste ich eine Entscheidung treffen, die alles verändert hat. Die mich verändert hat.« Und jetzt schaut Elise sie doch an.

»Wenn du sagst, dass du mich nicht kennst, dann stimmt das nicht. Du kennst mich. Aber eben erst nach dieser Entscheidung.«

Und dann beginnt Elise endlich, endlich zu erzählen.

8

Wuppertal, Sommer 1956

»Im Namen des Vaters und des Sohnes und des …« Elise hörte nicht mehr zu, während der Pfarrer mit schnarrender Stimme seinen Monolog weiterführte. Sie schaute nur auf ihr flatterndes schwarzes Kleid, darunter ihre Füße in den schwarzen Schuhen. Nur ein paar Schritte weiter das Loch, in das Oma Guste gerade hinabgelassen worden war, ihr Sarg, schlicht und braun und trotzdem viel zu teuer, als dass Elise ihn hätte bezahlen können. Das hatte Marie gemacht, Marie, die jetzt nicht hier war, sondern von einem erneuten Schwächeanfall ans Bett gefesselt wurde.

Aber Elise war dennoch nicht allein. Christel stand neben ihr, schlank und groß wie immer, der Blick ebenfalls düster auf das frische Grab gerichtet, und auf Elises anderer Seite tastete Juttas kleine speckige Hand nach ihrer.

Elise drückte die Hand der Kleinen und war dankbar, dass wenigstens Richard und die Zwillinge gekommen waren, auch wenn Letztere die ganze Predigt nur nölend über sich hatten ergehen lassen. Jutta war dafür aber beim Hinunterlassen des Sarges an ihrer Seite geblieben, während Sabine schon irgendwo hinten zwischen den anderen Gräbern des kleinen Friedhofs hin und her stapfte, ab und an Gras aus dem Boden riss, während Richard etwas hilflos hinter ihr hertigerte.

Die Kleinen waren einfach noch viel zu jung, um auch nur ansatzweise zu verstehen, was hier passierte. Und obwohl Elise sehr wohl alt genug dafür war, um all das zu begreifen, fiel auch ihr das schwer. Natürlich, es war klar gewesen, dass Oma Guste nicht ewig leben würde. Und in den letzten Wochen hatten sich die Zeichen gemehrt, dass es mit ihr nun endgültig bergab ging. Aber niemand, den Elise kannte, war so zäh wie Oma Guste. Es war doch beinahe so, als wäre ihre Großmutter schon immer hier, in Wuppertal, gewesen – sie hatte hier zwei Kriege, den Tod ihrer Tochter, ihres Schwiegersohnes und ihres Mannes überstanden und einfach weitergelebt. Dass sie nun tatsächlich weg war, eines Tages nicht mehr hatte aufstehen können, war Elise noch immer unbegreiflich.

Jetzt schluckte sie mühsam ein paar Tränen hinunter, die nun doch in ihr aufzusteigen drohten. Hier zu weinen, zumal sie bis jetzt so gut durchgehalten, alles über sich hatte ergehen lassen – die neugierigen Blicke der Nachbarn, als der Bestatter kam, die Organisation der Beerdigung, schließlich diese ganze furchtbare Predigt hier –, würde Oma Guste gar nicht gutheißen. Also weinte Elise auch nicht, sondern drückte Juttas Hand nur etwas fester und ließ sich schließlich, als der Pfarrer endlich fertig war, von Jutta die paar wenigen Schritte zum Grab ziehen, wo sie beide eine kleine Hand voll Erde in das Loch warfen, in dem Oma Guste nun tatsächlich für immer ausharren würde.

Und damit war Elise nun wirklich eine Waise, wie sie dachte, als sie mit Jutta abdrehte und der Trauergemeinde den Rücken zukehrte. Alles, was sie jetzt noch an Familie hatte, waren die Zwillinge, Richard und Marie. Und Letztere durchlitt seit vergangenem Jahr immer wieder längere Schwächephasen, die Elise zunehmend Angst machten, auch wenn Marie jedes Mal betonte, es sei alles in Ordnung. Auch heute Morgen hatte sie Fieber gehabt, wie Richard erzählt hatte. Richard … Elise nahm sich fest vor, nachher mit ihm über Marie zu sprechen. Für den Moment hatte er allerdings wieder alle Hände voll zu tun, denn Jutta hatte sich jetzt von Elise losgemacht und alberte mit ihrer Schwester am Friedhofstor herum.

Ohne Juttas warmer Hand in ihrer fühlte Elise sich noch einsamer. Allerdings nur wenige Schritte lang, dann hatte Christel sie schon eingeholt, hakte sich wieder bei ihr unter. Und stand mit ihr auch die Verabschiedung am Eingang des Friedhofes durch, wo ihr die wenigen Gäste der Beerdigung nun noch einmal ihr Beileid aussprachen. Viele waren ja nicht gekommen – ein paar Nachbarn, Rudis Mutter, die irgendwie von dem Trauerfall gehört hatte, und natürlich Frau Thiele. Die hatte dafür sogar den Laden zugemacht, und das war vielleicht der einzige Moment gewesen, der Elise heute tatsächlich gerührt hatte. Jetzt nickte Frau Thiele ihr stumm zu und marschierte dann, genau wie alle anderen, die Straße hinunter. Es sah merkwürdig aus, diese schwarz gekleideten Gestalten inmitten von strahlendem Sonnenschein.

Auch Jutta und Sabine trugen schwarze Kleidchen und sahen mit ihren blonden Locken darin auch noch absolut hinreißend aus – wobei sie jetzt frech anfingen, in die wenigen Pfützen zu springen, die die Wärme des Tages vom nächtlichen Regenguss noch übrig gelassen hatte, bis ihre Füße und Beine pitschnass waren.

»Ich muss zurück zur Arbeit«, sagte Christel und drückte noch einmal Elises Arm. Christel arbeitete als Sekretärin und hatte für eine Stunde freibekommen – ihr Chef war zum Glück beinahe ebenso wohlmeinend wie Frau Thiele. »Aber wir spielen am Wochenende wieder, oder?«

»Unbedingt.« Elise erwiderte das Lächeln ihrer Freundin etwas kläglich. Dabei meinte sie es auch so. Am Wochenende zu spielen – das würde wie immer ihr Lichtblick werden. Vor allem anderen, vor der leeren Wohnung und den einsamen

Abenden, die nun folgen würden, graute ihr nämlich. Dabei sollte sie heute ja erst mal gar nicht alleine sein. Sie hatte Marie schließlich versprochen, gleich nach der Beerdigung bei ihr vorbeizukommen, und sich eigentlich darauf gefreut – doch jetzt machte auch das ihr Angst. Maries fieberndes Gesicht zu sehen, wie schwer sie atmete und wie sehr sie sich immer auf Richard stützte – Elise wusste nicht, ob sie das an diesem Tag auch noch ertragen würde.

Immerhin wurde der Besuch bei Marie dann deutlich besser als erwartet. Zwar hatte Elise, anders als sie es sich vorgenommen hatte, keine Zeit mehr, alleine mit Richard zu sprechen. Aber ihre Tante machte dafür einen besseren Eindruck.

Schon an der Wohnungstür umarmte Marie sie fest und machte ihnen dann allen einen starken Kaffee, während die Zwillinge in ihrer noch nicht sehr ausgefeilten Sprache über das, was sie heute erlebt hatten, plapperten.

Der Weg zur Wohnung danach hingegen, allein schon das Treppenhaus hinauf, das ihr noch stiller und dunkler vorkam als sonst, war genauso schlimm, wie Elise sich das vorgestellt hatte. Einsam und vor allem irgendwie endgültig. Und noch schlimmer war das Knarren der Tür, ihr eigener unsicherer Schritt im Flur der Wohnung: jedes Geräusch so laut, dass es ihr regelrecht in den Ohren knallte. Und dann die Stille, als sie schließlich innehielt und lauschte.

Sie hatte ja gedacht, dass ihre ganze Jugend und die ersten Jahre ihres Erwachsenenlebens bei ihren Großeltern sowieso schon immer von einer erschlagenden Stille geprägt gewesen wären. Jetzt aber wusste sie, was das wirklich war: Stille. Und in dieser Stille konnte Elise nun doch nicht anders, als zumindest ein oder zwei Tränen zuzulassen, bevor sie entschieden in ihr Zimmer marschierte – noch immer die kleine Kammer, in der sie einst zusammen mit Marie gewohnt hatte – und die

Tür hinter sich schloss, als müsste sie sich vor der Welt verbarrikadieren.

*

Mit der Trauer um jemanden, mit dem man gleichzeitig so viel und doch so wenig geteilt hatte, war es eine merkwürdige Sache: Manchmal gelang es Elise recht gut, nicht an Oma Guste, nicht an die Wohnung und alles darin, was sie an ihre Großmutter erinnerte, zu denken. Die Arbeit verrichtete sie im Grunde wie immer, das Essen kochte sie wie gewohnt, wenn auch nun alleine.

Aber manchmal, wenn ihr Blick auf eine Stoffschere fiel, die Oma Guste zuletzt in der Hand gehalten hatte, dann sah sie plötzlich den gebeugten Rücken ihrer Großmutter, oder wenn sie den Kochlöffel vom Haken nahm, dann war es so, als hörte sie das Räuspern von Oma Guste hinter sich – und dann war sie einen Augenblick lang wie betäubt.

Doch dann gab es wieder Momente wie diesen, wenn sie auf dem Rasen stand, über sich der blaue Himmel und die Äste des Baumes, der ihren Platz an der Seite ein wenig beschirmte, darin die zwitschernden Vögel, und alles war so wie immer.

Fußball war Fußball, eine verlässliche Ablenkung von der Welt, so trist sonst auch alles sein mochte, Fußball war nach wie vor ihr Zufluchtsort. Und auch wenn die anderen längst nicht mehr so motiviert bei der Sache waren wie Christel und sie, so war eines über die Jahre doch gleich geblieben: das Gefühl nämlich, genau hierherzugehören, in diese Gruppe von schnatternden Frauen, die alle so konzentriert wurden, wenn es darum ging, zu spielen.

Auch wenn immer wieder Frauen abgesprungen und hier und da neue hinzugekommen war, so war der Kern ihrer kleinen Truppe noch vorhanden: Edith, deren Sohn im letzten Jahr gelernt hatte, selbst einem Fußball hinterherzurennen, und den sie ab und an mitbrachte, Rita, die ihren Verlobten nun auch geheiratet hatte, Waltraud, die mit ihrem Mann inzwischen einen Gemischtwarenladen betrieb, und natürlich Marion und Christel, sie alle spielten zusammen, und sie waren unter Werners Anleitung immer besser geworden.

Zum Glück war der Beschluss des DFB, der es Stadien unmöglich machte, Frauenspiele auszutragen, und Schiedsrichtern verbot, bei diesen mitzuwirken, nicht das Ende des Frauenfußballs gewesen, auch wenn es vor einem Jahr so ausgesehen hatte. Elise erinnerte sich noch gut daran, wie deprimiert sie gewesen war, als von den Stadien nur Absagen gekommen waren. Aber es fanden sich dann eben doch immer wieder anderweitig Gelegenheiten, Spiele auszurichten: entweder auf irgendwelchen zweckentfremdeten Plätzen oder, weil sich das eine oder andere kleine Stadion vom Geld hatte hinreißen lassen und unter der Hand auch Frauenspiele zuließ – denn das Zuschauerinteresse war nach wie vor ungebrochen. Immer, wenn sie mit einer anderen Frauentruppe gebolzt hatten, waren reichlich Schaulustige gekommen. Und auch wenn sie sich dabei ständig blöde Sprüche anhören mussten, so machte das Spielen in einer derart aufgeladenen Atmosphäre einfach am meisten Spaß: die Schreie der Schaulustigen, das Anfeuern, diese kribbelnde Aufregung, bevor es losging. Das war mit nichts zu vergleichen, fand Elise.

Eigentlich hätte sie auch jetzt solch ein Spiel gebrauchen können. Wenn das Training mit den anderen sie schon aufheiterte, so hätte der Rausch eines echten Spieles sie definitiv auf andere Gedanken gebracht. Aber leider hatte Werner für die nächsten Wochen keine gute Partie für sie arrangieren können.

Nur, dass sich das vielleicht heute ändern würde, wie Elise hoffte, als sie sah, dass Willi Leupold ganz aufgeregt über die Wiese auf sie zulief. Irgendwo ganz hinten neben dem Haus von Ritas Eltern stand sein Auto und blitzte in der Sonne. Willis Gesicht hingegen war hochrot, als er endlich bei ihnen ankam. Kein Wunder, wie immer trug er trotz der Hitze seinen Geschäftsanzug – Edith hatte schon einmal gemunkelt, dass er gewiss darin schlafen würde.

»Werner, mein Lieber!« Sofort begrüßten sich die beiden Männer freundschaftlich und redeten leise miteinander.

So dankbar Elise Willi auch war, dass er ihnen half, immer wieder Frauenspiele zu arrangieren – dass er dabei stets nur mit Werner verhandelte, ging ihr und Christel gehörig gegen den Strich.

Da sie sowieso fertig waren mit ihrem Übungsspiel, hakte Elise sich bei Christel unter, und gemeinsam stapften sie zu Willi und ihrem Trainer hinüber.

»Eine tolle Möglichkeit, oder? Und da dachte ich gleich an euch als Ausgangspunkt, ihr seid schließlich das beste Team der Gegend!«

»In der Tat! Hallo, Willi!«, sagte Christel und quetschte sich praktisch zwischen Werner und Willi, die ohnehin schon eng beieinanderstanden.

»Ah, die Chefinnen!«, sagte Willi und machte Christel etwas Platz. Dass er seine Worte vermutlich wie immer etwas ironisch meinte, überhörten Elise und Christel beide geflissentlich.

»Es geht um ein Spiel«, weihte Werner sie in das Offensichtliche ein und schaute dabei Christel so verliebt an, dass Elise am liebsten die Augen verdreht hätte. Die beiden gingen erst seit Kurzem so richtig miteinander, und auch wenn keiner der beiden von Heirat oder dergleichen sprach, war es doch nur zu offensichtlich, dass Werner Christel am liebsten immerzu anschauen oder anfassen wollte. Sie hingegen hatte im Moment keinen Blick für ihren Freund übrig, sondern wandte sich geschäftig an Willi.

»Wer fragt an?«

»Das ist es ja gerade!« Jetzt strahlte Willi über das ganze verschwitzte Gesicht. Auf seiner Halbglatze sammelten sich bereits wieder neue Tropfen. Es war aber auch ein warmer, sonniger Tag; jetzt, um die Nachmittagszeit, brannte die Sonne regelrecht vom Himmel.

»Mehrere niederländische Fußballvereine haben sich zusammengetan und wollen wissen, ob nicht Interesse bestünde, ein Länderspiel auszutragen. Sie haben schon eine Nationalmannschaft zusammengestellt und suchen einen ebenbürtigen Gegner.«

»Oh fein, wer von den Niederländerinnen ist denn dabei?«, fragte Christel sofort und ging im Kopf vermutlich längst die Kandidatinnen durch. Gegen einige niederländische Vereine hatten sie nämlich schon gespielt – die Niederländerinnen waren beinahe genauso fußballverrückt wie sie und immer mal wieder für ein Gastspiel zu ihnen gekommen.

Elise hingegen hatte nur »Nationalmannschaft« gehört, und sofort hatte ihr Herz angefangen, wie wild zu pochen. Das klang nach etwas Aufregendem, das klang nach etwas Großem. Etwas, das der Frauenfußball hier sonst nicht zu bieten hatte.

»Aber wie sollen wir eine Nationalmannschaft aufstellen?«, wandte sie sich an Willi. »Wir sind doch nur … wir.«

»Ihr seid wie gesagt das beste Team weit und breit. Wir würden uns umhören und zusehen, dass wir noch ein paar gute Spielerinnen dazuholen, damit wir die Lücken füllen, die ihr hin und wieder habt.« Da hatte er einen wunden Punkt getroffen. Zu den Spielen schafften es nach wie vor nie all ihre Mitstreiterinnen, und schon oft hatten sie nur zu acht oder neunt gespielt. Was eigentlich nie ein Problem war, auch bei anderen Frauenteams klafften diese Lücken. Man versuchte, sich zu behelfen, dann gab es eben nur eine Verteidigerin, oder eine Mitspielerin, die noch nie Torwartin gewesen war, musste sich ins Tor stellen, um den Ball mehr schlecht als recht zu halten. Das war immer ein wenig ärgerlich und lustig zugleich. Aber Spaß hin oder her, bei einem Spiel Nationalmannschaft gegen Nationalmannschaft durfte es so etwas nicht geben.

Christel und Elise nickten einträchtig.

»Mir würde da die eine oder andere einfallen«, murmelte Werner vor sich hin.

»Schön, schick mir eine Liste, und ich stelle dir das Team zusammen«, nickte Willi geflissentlich. »Du wirst Nationaltrainer sein und kannst entscheiden.«

Ein kurzes Grinsen zuckte über Werners sommersprossiges Gesicht – so abgeklärt und ruhig er sich auch sonst gerne gab, schien ihn diese Vorstellung ebenfalls zu locken.

»Wir brauchen also nur noch einen Austragungsort, der der Größe der Veranstaltung angemessen ist. Ich erwarte mehrere Tausend Zuschauer«, sagte Willi, und es war klar, dass er mit Zuschauern vor allem mehrere Tausend Geldbeutel meinte. Jetzt leuchteten seine Augen.

»Was ist mit den Niederländerinnen? Können die da helfen?« Christel wirkte im Gegensatz zu ihnen allen überhaupt nicht aufgeregt, sondern lediglich konzentriert – wie immer.

»Leider nein. Dieselben Probleme wie bei uns«, sagte Willi und wischte sich mit einem Tuch den Schweiß von der Halbglatze. »Wir müssen wohl wieder auf die Suche gehen. Das wird haarig, das ist mir klar. Nicht, dass es daran scheitert!« Jetzt wirkte Willi ehrlich besorgt. Vermutlich sah er das Geld, von dem er eben noch geträumt hatte, schon wieder davonschwimmen.

Und genau dieser Gesichtsausdruck erinnerte Elise an etwas, das sie vor gerade mal einem Jahr erlebt hatten.

»Das Stadion Mathias Stinnes!«, sagte sie langsam.

»Der Geldsack.« Christel grinste. »Na klar, der Stadionbetreiber hat uns damals ja deutlich zu verstehen gegeben, dass er kein Interesse hat. Außer, das Angebot ist gut genug.«

Immer noch fühlte Elise nichts als Enttäuschung, wenn sie an ihren Besuch in besagtem Stadion dachte. Sie hatte solche Hoffnung gehabt, weil der Betreiber sie sogar eingeladen hatte. Und er hatte ihnen zugehört, wenn auch eisern schweigend, sich dabei nachdenklich über den Schnauzer gestrichen – und sie dann schließlich doch nach Hause geschickt. Es sei denn, wie er ihnen zum Abschluss süffisant mitgeteilt hatte, sie hätten ein Angebot, das sich für ihn wirklich lohnen würde.

Jetzt aber war ein Jahr vergangen. Und jetzt hatten sich die Dinge möglicherweise geändert.

Willi richtete seine Krawatte und nickte ihnen zufrieden zu. »Nächste Woche kriegt er sein Angebot!«

Ein wenig fühlte es sich wie ein Déjà-vu an, als sie sich am nächsten Sonntagmorgen wieder zu viert vor dem Stadion in Essen einfanden. Werner und Willi marschierten plaudernd zum Eingang. Und Elise kam sich, auch wenn sich Christel bei ihr untergehakt hatte, schon wieder so furchtbar verloren vor. Beim letzten Mal, als sie hier gewesen waren, war sie frisch getrennt gewesen, und an diesem Termin hatte einiges für sie gehangen. Zudem hatte sie erkennen müssen, dass sich zwischen Werner und Christel wirklich etwas anbahnte. Das war nicht leicht für sie gewesen, wegen der Sache mit Paul. Jetzt hatten Christel und Werner den ganzen Weg über Händchen gehalten und miteinander getuschelt – und das war sogar noch schlimmer auszuhalten.

Sie wollte nicht missgünstig sein, sie wollte Christel ihr Glück nicht neiden – und schon gar nicht wollte sie ihrer Freundin irgendetwas Negatives unterstellen. Nein, sie wollte wieder das Positive sehen, alles, was sie zuletzt traurig gemacht hatte, hinter sich lassen, und sich stattdessen auf die Aussicht auf ein echtes Länderspiel konzentrieren. Aber das war nicht leicht. Denn als sie endlich in dem kleinen Besprechungsraum saßen, hatte sie schon wieder ein Déjà-vu.

Der Stadionbetreiber, ein großer, schlanker Mann um die fünfzig, trug, genau wie beim letzten Mal, noch immer einen Schnauzer, der ein wenig zu groß für sein hageres Gesicht wirkte. Diesmal schaute er gleich von Anfang an herablassend und hörte ihnen nicht zu Ende zu, sondern fragte so forsch nach, als glaubte er ihnen sowieso nicht: »Also, Ihrer Meinung nach könnte es mindestens zehntausend zahlende Zuschauer geben, ja?« Bedächtig strich er sich über den Schnauzer. »Und Sie glauben, ein solches Spiel wäre das Risiko wert, ja?«

Man traf selten auf Menschen, dachte Elise, die sich so wenig in die Karten schauen ließen wie dieser Mann.

Bevor Christel mit ihren typischen Tiraden loslegen konnte, um ihn von der Wichtigkeit des Frauenfußballs zu überzeugen, oder Willi sich in finanziellen Argumenten verhedderte, ergriff Elise das Wort. Und dabei sprach sie viel ruhiger als sonst: »Es werden zehntausend sein, mindestens. Und was meinen Sie mit Risiko? Haben Sie Angst vor den Konsequenzen des DFB?«

Der Stadionbetreiber hielt im Streichen seines Schnauzers inne. Rudolf Breitenschneider hieß er, ein merkwürdiger Name für jemanden, der so lang und dürr war, schoss es Elise durch den Kopf. Sie bemühte sich um eine gerade Haltung, als er sie mit seinen hellen grauen Augen fixierte.

»Nun, was denken Sie, wären denn die Konsequenzen des DFB?«, fragte er, und obwohl sein Blick weiter starr auf ihr Gesicht gerichtet war, fühlte Elise sich plötzlich so vollständig in Augenschein genommen, dass sie den Impuls unterdrücken musste, die Arme vor der Brust zu verschränken.

»Für Sie? Gar keine«, sagte sie geradeheraus. »Sie führen das bedeutendste Stadion hier in der Umgebung. Sie erhalten doch schlimmstenfalls eine Abmahnung.«

»Die mich wohl Geld kostet, nicht wahr?«, sagte er und legte nachdenklich den Kopf zur Seite.

»Und die Eintrittsgelder könnten Sie selbstverständlich beinahe vollständig behalten. Das würde sich durchaus rechnen«, platzte Willi Leupold in die Stille.

Etwas unwillig löste der Stadionbetreiber den Blick von Elise.

»Soso?«, sagte er und ließ es wie eine Frage klingen. So unangenehm Elise die ganze Situation auch wahr – ein wenig imponierte ihr durchaus, wie gnadenlos dieser Rudolf Breitenschneider sie und vor allem den sonst so gewieften Geschäftsmann Willi auflaufen ließ.

»Nun, ich habe noch andere Termine, wie Sie hoffentlich verstehen werden«, der Stadionbetreiber schob seinen Stuhl zurück und erhob sich.

Willi tat es ihm hastig gleich, Christel und Elise tauschten einen enttäuschten Blick. Das sollte es schon gewesen sein?

»Und denken Sie jetzt darüber nach oder nicht?«, fragte Christel, wie immer viel zu forsch. Der Stadionbetreiber hingegen öffnete nur schwungvoll die Tür und deutete hinaus. Unmissverständlicher ging es nicht. Und wortkarger auch nicht.

Gelassen wartete Rudolf Breitenschneider darauf, dass Willi, wie immer mit etwas zu energischem Schritt und schon wieder schweißüberströmt, und schließlich Werner und Christel den Raum verließen.

Elise beeilte sich, den anderen zu folgen, aber als sie durch die Tür treten wollte, machte auch der Stadionbetreiber einen Schritt nach vorne. Seine Hand streifte ihre, und Elises Herz begann wild zu klopfen. Hatte er sie gar festhalten wollen?

So oder so, sie war stehen geblieben, während die Stimmen der andere sich immer weiter im Gang entfernten.

Rudolf Breitenschneider schien nichts von ihrem Unbehagen zu merken.

»Wie war noch gleich Ihr Name?«, fragte er, und kurz sah es so aus, als würde ein Lächeln über seine so ernste Miene huschen.

»Elise Schneider.«

»Sie haben mich durchaus neugierig gemacht. Melden Sie sich, wenn Ihnen … noch mehr Argumente einfallen.«

Und damit reichte er ihr eine Karte, auf der vermutlich eine Telefonnummer stand oder eine Adresse.

Elises Hand zitterte, als sie sie entgegennahm. Aus irgendeinem Grund fühlte es sich schmutzig an. Dabei hatte er nichts Anzügliches gesagt. Auch seine Miene verriet nichts, war jetzt wieder ernst wie zuvor. Und doch, sein Blick …

Trotzdem steckte sie die Karte in ihre Tasche, versuchte, ihr Zittern zu unterdrücken. Sie konnte sie später wegwerfen. Wichtig war, jetzt Stärke zu zeigen. Also straffte sie die Schultern. Und trat einen Schritt um Rudolf Breitenschneider herum, hinein in den engen Flur, durch den sie gekommen waren.

Die anderen warteten ein Stückchen weiter vorne, dort, wo bereits der Ausgang war. Offensichtlich war ihnen jetzt erst aufgefallen, dass Elise nicht mehr hinter ihnen gewesen war.

»Was war los?«, flüsterte Christel ihr zu, als sie diesmal an Werner vorbeigingen, der ihnen die Tür nach draußen aufhielt.

»Nichts«, sagte Elise.

Und doch hatte dieses Nichts sie aufgewühlt.

Würde der Stadionbetreiber vielleicht doch noch einmal über ihr Angebot nachdenken? Oder würde er genau wie beim letzten Mal nie wieder etwas von sich hören lassen? Und sollte Elise sich gar wirklich bei ihm melden? Hätte sie tatsächlich irgendeine Möglichkeit, ihn zu überzeugen? Er hatte den Ball mehr oder weniger vor ihre Füße gelegt. Diese unselige Karte, die er ihr zugesteckt hatte, brannte beinahe ein Loch in ihre Tasche.

Doch was wäre der Preis? Das hatte sie sich schon die ganze Rückfahrt über gefragt, in der Christel und Werner ungeniert miteinander geschäkert hatten, während Elises Gedanken mal wieder hin und her getrudelt waren. Sie war sich ziemlich sicher, dass es einen Preis geben würde. Und ihr Gefühl sagte ihr auch, dass er recht hoch sein würde …

Jetzt war sie wieder alleine in der Wohnung, und in dieser vollkommenen Stille wurden all die Fragen und Unsicherheiten nur noch lauter. Was würde aus ihr – aus ihrem Leben, aus ihrer Zukunft und aus dieser Traurigkeit, die sie immer wieder überkam –, wenn das Spiel nicht stattfinden würde? Wenn sie sich an nichts festhalten konnte, das sie die nächsten Wochen überstehen ließ? Und wäre ein Ende dieser Traurigkeit nicht beinahe jeden Preis wert?

Fast überhörte Elise das Klingeln, während sie ruhelos durch die Wohnung streifte und fahrig ein paar Kartoffeln aus dem Vorratsschrank holte, nur um sie dann auf dem

Küchentisch hin und her zu rollen, weil sie keine rechte Lust verspürte, irgendetwas zu kochen, gar zu essen. Eigentlich aß sie neuerdings sowieso am liebsten Spritzgebäck, auch wenn sie sich ab und zu mal zwang, etwas Richtiges zu kochen. Wer Fußball spielte, musste schließlich auch essen.

Als es erneut klingelte, diesmal energischer, und dazu jemand an die Tür klopfte, fuhr sie zusammen.

»Elise? Hallo!« Eine männliche Stimme!

Das würde doch wohl nicht der Stadionbetreiber sein? War er ihr etwa hierher gefolgt, um zu sie zu bedrängen?

Kappes, schalt sie sich. Schnell legte sie eine Kartoffel, die sich anschickte, von der Kante zu rollen, in die Tischmitte und stand auf.

»Elise, bist du da?«

Es war Pauls Stimme, die da gedämpft durch das Holz drang. Jetzt zitterte Elise, wenn auch aus anderen Gründen. Und gleichzeitig hüpfte ihr Herz, als sie die Tür vielleicht etwas zu energisch aufriss.

Paul sah aus wie immer und doch wieder nicht.

In den letzten Monaten hatte sie ihn nur hin und wieder gesehen, meistens von Weitem, meistens mit einem anderen Mädchen auf seinem Roller, und jedes Mal hatte er irgendwie ein wenig weiter weg, ein wenig erwachsener, ein wenig größer gewirkt.

Jetzt war es einfach nur Paul, der da vor ihrer Tür stand: die dunklen Haare verwuschelt, die Augen etwas tiefer liegend als früher, aber dennoch mit diesem ernsten Ausdruck darin, und natürlich sein Lächeln, als er sie sah. Auch wenn es heute ein wenig traurig wirkte.

»Da bist du«, sagte er.

»Ja, da bin ich«, sagte sie und ärgerte sich, weil das so dümmlich klang.

Schweigend schauten sie sich an. Hoffentlich hörte er nicht, wie laut ihr Herz klopfte, so still, wie es hier war.

Schon häufiger hatte sie sich gefragt, was sie ihm wohl sagen sollte, wenn sie sich das nächste Mal wirklich gegenüberstanden. Auch jetzt fiel ihr nichts ein.

Schließlich war er es, der sich räusperte.

»Ich habe das von Oma Guste gehört. Also dachte ich, ich komme einfach mal vorbei und ... spreche dir mein Beileid aus.«

Wie unsicher auch er klang. Das passte gar nicht zu ihm. Nicht zu dem Paul von früher und nicht zu dem Paul, der so selbstsicher mit irgendeinem Mädchen auf seinem Roller durch Barmen flitzte.

Erst jetzt fielen Elise die Blumen auf, die er in der Hand hielt und ihr nun entgegenstreckte.

»Für dich«, sagte er.

»Danke!« Ungelenk nahm sie den Strauß entgegen – irgendwas in Rot und Gelb, aber sie hatte jetzt überhaupt gar keinen Sinn dafür, sich die Blumen näher anzuschauen.

»Willst du reinkommen?«, platzte sie heraus und bereute es in dem Moment, wo er tatsächlich in ihrem dunklen, ärmlichen Flur stand.

Er kannte die Wohnung natürlich schon, wusste, wie ungemütlich und karg sie war, wusste, dass hier keine schicken Nierentische standen oder zumindest irgendein anderes Möbel, das erst nach dem Krieg für eine Bevölkerung produziert worden war, die sich nun nach etwas Elegantem und Schlankem sehnte. Hier war nichts elegant und schlank, genauso wenig, wie Elise elegant war, die zudem überall ihre Sachen verstreut hatte. Natürlich war das schon immer so gewesen, aber Paul war jetzt ein anderer, und vor ihm, dem erfolgreichen Geschäftsmann, war ihr plötzlich alles unangenehm.

»Willst du was trinken?«, fragte sie trotzdem tapfer und überlegte, während sie die paar Schritte in die Küche ging und ihm ein Glas aus dem Schrank holte, wie sie ihn wieder loswerden könnte.

Er hingegen lehnte sich recht unbekümmert gegen die Küchenanrichte und ließ den Blick über die verstreuten Kartoffeln auf dem Küchentisch schweifen.

»Wie kommst du klar?«, fragte er leise.

»Gut«, sagte Elise knapp und reichte ihm das Glas Wasser, das er gar nicht eingefordert hatte.

»Und du?«

»Auch«, sagte er und nahm einen Schluck. Wieder schwiegen sie, doch dann stellte Paul das Glas so abrupt auf die Küchentheke, dass es leicht schepperte und Elise zusammenzuckte.

»Ich vermisse dich«, sagte er, schlicht und ernst.

Anschauen konnte sie ihn jetzt nicht. Stattdessen starrte sie angestrengt auf sein noch fast volles Wasserglas, den kleinen nassen Fleck daneben.

»Ich dich auch.«

Am liebsten hätte sie ihn jetzt nach den anderen Frauen gefragt. Erst vor ein paar Wochen hatte sie gesehen, wie er eine sogar geküsst hatte. Sie war mit Christel ins Kino gegangen und wäre beinahe umgekehrt, als sie bemerkt hatte, dass Paul nur wenige Reihen vor ihnen saß. Aber Christel hatte den Film unbedingt sehen wollen und ansonsten sowieso nur von Werner gesprochen, also hatte sie die Zähne zusammengebissen und es durchgestanden. Das mit Paul und ihr, das war schließlich sehr klar auseinandergegangen. Und auch wenn es stimmte, dass sie ihn vermisste, so hatte sich an den Gründen für ihre Trennung ja nichts geändert. Zumindest für sie nicht.

Also zwang sie sich auch jetzt dazu, den Blick zu heben, ihn direkt anzuschauen.

Er seufzte. »Gott, dieser störrische Blick, mit dem du einen immer anschaust. Weißt du, selbst den hab ich vermisst.« Obwohl seine Worte neckisch klangen, sagte sein Gesichtsausdruck etwas anderes. »Elise, können wir nicht … ich weiß nicht, noch mal von vorne anfangen? Ich … ich kann dich nicht vergessen, egal, was ich mache. Ich wünsche mir immer noch, dass du bei mir bist, meine Frau wirst, dass wir eine richtige Familie werden, all das eben.«

Elise nickte. Sie wusste nicht, wie sie sonst reagieren sollte, zumal ihr das Herz jetzt bis in den Hals klopfte.

»Hat sich deine Meinung zum Fußball geändert?«, fragte sie. »Denn du musst wissen, dass ich kurz davor stehe, in die erste Frauennationalmannschaft Deutschlands gewählt zu werden.«

Jetzt war sie es, die neckisch klang, und über sein Gesicht huschte ein kurzes Grinsen.

»Das glaube ich dir keine Sekunde!«

»Doch«, sagte sie, »und ich würde alles dafür tun, dass das klappt.«

Und ganz plötzlich war die neckische Stimmung zwischen ihnen wieder fort, so schnell, wie sie gekommen war. Vielleicht dachten sie jetzt beide wieder an den letzten Streit. An das, was zwischen ihnen stand. Und für immer stehen würde.

»Für mich hat sich nichts geändert«, fügte sie hinzu. Leise, aber dennoch bestimmt.

»Elise!« Er seufzte geschlagen und stieß sich von der Anrichte ab, als wollte er auf sie zugehen. »Du kannst doch nicht nach all der Zeit … nach allem, was du gerade durchmachst, immer noch darauf beharren, dass das mit dem Fußball und dir eine Zukunft hat. Schau mal, ich hatte auch Zeit, um nachzudenken, und ich sehe ein, dass ich damals zu ruppig war. Und ich verstehe auch, dass dir das was bedeutet hat, als wir damals Fußball gespielt haben. Aber wir waren Kinder. Wenn man als Erwachsener spielen will, kann man das als Profi machen, aber du, du und deine Mannschaft, ihr könnt da unmöglich mithalten, zumal ihr euch doch zum Gespött …«

»Doch, können wir. Und das mit dem Gespött ist mir egal«, unterbrach sie seine Rede, und was immer er in ihrem Gesicht sah, es ließ ihn innehalten. Und in sich zusammensacken.

Er presste die Lippen aufeinander und nickte. »Es ist schön«, sagte er schließlich, »dass es dir sonst gut zu gehen scheint. Ich hatte mir Sorgen gemacht.«

»Ich komme klar.«

Irgendwie suchte sie noch nach weiteren passenden Worten. Nach etwas, was wenigstens den Abschied milder gestalten würde. Stattdessen tat es einfach nur weh, als er jetzt wieder nickte und sich umdrehte.

»Wenn du es dir doch noch einmal anders überlegst, weißt du, wo du mich findest. Ob du es glaubst oder nicht. Irgendwie kann ich ja doch nicht anders, als zu hoffen, dass sich alles noch zum Guten wendet.«

Zu deinem Guten, hätte Elise am liebsten gesagt. Aber sie wollte keinen Streit. Stattdessen sah sie zu, wie er aus der Küche stapfte.

»Danke für die Blumen«, rief sie ihm lahm nach. Die lagen jetzt auf der Küchenanrichte, das einzig Bunte hier. Und dufteten.

»Pass auf dich auf, Elise.« Und damit war er zur Tür hinaus, bevor sie »Du auch« sagen konnte.

*

Wenn Pauls Besuch bei Elise eines bewirkt hatte, dann, dass sie sich nun noch einsamer fühlte. Sie hatte ihn wirklich vermisst, aber wie sehr, merkte sie erst, als er schon wieder verschwunden war. Dass er keinen Zentimeter von seinem Standpunkt abgerückt war, schmerzte. Und schmerzte umso mehr, je öfter sie die Szene im Kopf durchging. Dass er eine Chance für sie sah, wenn sie es sich nur anders überlegte …

Als ob sie das könnte. Stattdessen wurde sie nur mit jedem Mal, das sie daran dachte, verbissener, was diese Sache mit den Niederländerinnen anbelangte. Als müsste sie Paul damit irgendetwas beweisen. Oder sich selbst. Jedenfalls musste die Sache einfach klappen, ganz unbedingt, das hatte sie im Gefühl. Ansonsten würde sie sich selbst nicht mehr im Spiegel in die Augen blicken können.

Leider trudelten aber von allen Stadien, die sie inzwischen für das Spiel angefragt hatten, nur Absagen ein, wie Werner ihnen traurig mitteilte.

Die meisten aus ihrer Truppe nahmen das recht gelassen hin – auch wenn sie ja alle wegen der neuen Möglichkeit aufgeregt gewesen waren –, aber für Elise war jede Absage eine niederschmetternde Neuigkeit.

Immerhin ein Stadion in Düsseldorf hatte Willi Leupold noch aufgetan, das sich zumindest ein zweites Mal mit ihnen treffen wollte, um die Situation zu eruieren. Und obwohl Elise an diesem Termin nicht teilnehmen konnte – immerhin fand er an einem Dienstagvormittag statt, und da hatte sie in Frau Thieles Nähstube zu sitzen und dem Tackern der Nähmaschine zu lauschen –, war sie in Gedanken fest dabei. Hoffentlich hatte Willi Erfolg! Später würde sie sich mit Werner und Christel im Müllerkrug treffen, um die Lage zu besprechen. Bis dahin musste sie wohl oder übel geduldig bleiben. Etwas, das ihr ja sowieso schon immer schwerfiel. Und als Frau Thiele sie schließlich entnervt anwies, Schluss zu machen – zugegebenermaßen hatte Elise heute wieder einige Fehler gemacht und war deswegen sowieso keine große Hilfe –, fühlte sie sich wie auf glühenden Kohlen. Noch zwei Stunden bis zum Treffen mit Christel und Werner!

Der Tag draußen begrüßte sie mit strahlendem Sonnenschein. Was sie in der verbleibenden Zeit bis zu ihrem Treffen machen sollte, wusste Elise allerdings nicht so recht. Spontan beschloss sie, endlich einmal Marie zu besuchen. Eigentlich hatte sie sich ja vorgenommen, ihrer Tante noch mehr unter die Arme zu greifen. Und trotzdem hatte sie dieses Treffen in der letzten Woche ein wenig vor sich hergeschoben. Obwohl Marie gar nichts von Pauls Besuch ahnen konnte, hatte sie irgendwie Angst, ihre Tante könnte sie darauf ansprechen – und sie müsste all die Gefühle, die sie seitdem mühsam zu unterdrücken versuchte, noch einmal durchleben. Am Ende würde Marie auch noch Zweifel in ihr säen, dass ihre Entscheidung die richtige war! Und mal abgesehen davon wollte sie eigentlich auch auf keinen Fall über Oma Guste reden. Sie sah förmlich schon vor sich, wie Marie sie gleich mit ihren großen Augen fragen würde, wie es denn wäre, so alleine in der Wohnung, ob sie klarkäme, ob sie noch etwas brauchte.

Andererseits konnte sie mit Marie und den Zwillingen sicherlich leicht die Zeit rumkriegen, ohne ständig nur zu grübeln, dafür waren Jutta und Sabine einfach zu lebhaft. Sie musste also nur dafür sorgen, dass die Zwillinge immer um sie waren – dann würde Marie ihr auch keine weiteren Fragen stellen. Elise freute sich schon auf die Gesichter der beiden, wenn sie sahen, dass ihre Lieblingstante sie überraschend besuchte, und musste selbst ein wenig lächeln, als sie auf den Klingelknopf drückte.

Tatsächlich hörte sie die beiden schon hinter der Tür krakeelen: »Klingel, Klingel!«

Doch es war nicht Marie, die ihr schließlich aufmachte, sondern Richard, das weiße Hemd mit einer roten Soße bekleckert und die Stirn voller Schweißflecken.

»Gott sei Dank, Hilfe naht!«, sagte er und zog sie in die Wohnung.

Ob Elise eine echte Hilfe sein würde, wagte sie zu bezweifeln. Allerdings sah sie schon auf den ersten Blick, dass Hilfe hier wahrlich vonnöten war. Im Flur lagen die Schuhe aller Bewohner auf unordentlichen Haufen, während Sabine immer mehr aus den Schränken zog. Da rächte es sich, dass Richard so viel Geld und Marie einen so ausgeprägten Geschmack für Mode entwickelt hatte, dachte Elise, während Sabine gluckernd lachte und ihr einen eleganten schwarzen Damenschuh entgegenhielt. Und in der Küche sah es nicht besser aus, da stand noch das Essen herum, die Tischdecke war nicht länger weiß, sondern von unzähligen Soßenflecken gesprenkelt, und Jutta war gerade dabei, auf der Tischplatte nach dem Besteck zu tasten. Richard räumte hastig alle Messer weg, während er sich nach Elise umsah.

»Heute hätte eine neue Haushaltshilfe anfangen sollen. Aber sie ist nicht erschienen«, erklärte er und zog Jutta vom Tisch weg.

»Und wo ist Marie?«

Richard schaute sie gar nicht an. »Beim Arzt«, antwortete er nur zerstreut, während er versuchte, Jutta mit einem Küchenhandtuch mehr schlecht als recht die Hände abzuwischen – die waren auch voller Soße.

»Komm mal her«, sagte Elise und nahm Richard die quietschende Jutta ab. Die Kleine wog mittlerweile einiges, aber Elise war groß und stark und machte sich mit Jutta auf den

Weg in den Flur, um Sabine einzusammeln. Schließlich ließen sich beide Kinder von ihr ins Kinderzimmer führen. Und dort vor ihren Bauklötzen absetzen. »Ihr baut jetzt einen Turm oder so«, sagte Elise und ließ die beiden zurück. Ob sie wirklich auf sie hörten, wagte sie zu bezweifeln. Aber immerhin lief ihr keine der beiden hinterher – stattdessen meinte sie, dass Jutta nun ein Lied anstimmte.

Richard saß in der Küche und hatte das Gesicht in den Händen vergraben, sodass nur seine dunklen Haare zu sehen waren. Auch in ihnen klebte etwas Soße, aber Elise sagte nichts dazu, sondern setzte sich ihm gegenüber.

»Geht es ihr also schon wieder schlechter?«, fragte sie leise.

Nach der Beerdigung hatte Marie wieder etwas kräftiger gewirkt. Aber ihre seltsamen Krankheitsanfälle waren auch einfach undurchschaubar – selbst im Sommer hatte sie manchmal Fieber und konnte tagelang nicht das Bett verlassen. Vielleicht würde sie von Richard ja nun endlich einmal mehr über Maries Zustand erfahren als von ihrer Tante.

Richard seufzte und schaute dann zu ihr auf, sein Gesicht irgendwie eingefallen, sodass Elise erschrak.

»Sie hat es dir immer noch nicht gesagt, oder?«, fragte er leise, und schon bei seinen Worten begann ihr Herz zu rasen. Richard rieb sich die Augen. »Sie ist krank«, fuhr er fort. »Sehr, sehr krank, und es bleibt ihr nicht mehr viel Zeit. Ich … ich weiß einfach nicht, wie ich das schaffen soll!«

In Richards Augen glänzten jetzt Tränen, auch wenn er sie wegwischte, bevor sie seine Augen verlassen konnten.

Elise hingegen saß da wie erstarrt. Als wäre alles in ihr eingefroren. Nur ihr Herz, das raste weiter.

Marie … sterben? Das konnte nicht sein, das durfte nicht sein! Sie hatte doch zwei Kinder, die sie brauchten, Richard. Und sie, Elise.

Bilder blitzten vor ihrem inneren Auge auf. Marie, wie sie neben ihr auf den durchgelegenen Matratzen bei Oma Guste gelegen hatte, Maries leiser Atem in der Nacht, wenn alles sonst so still war. Marie, die zuletzt immer so müde ausgesehen hatte, so krank. Elise hatte es nicht wahrhaben wollen, dabei hätte sie es doch spüren, wissen müssen! Dann hätte sie … ja, was?

Sie hätte mehr da sein, sie hätte Marie beistehen müssen, den Kindern, Richard. Jetzt war es, als würde ihr das Herz gleich vor Angst aus der Brust springen. Dabei saß sie selbst noch immer da wie erstarrt, schaute Richard nur an, der so blass war, so traurig aussah. Nur mit Mühe räusperte sie sich.

»Aber«, setzte sie an, doch Richard schüttelte nur müde den Kopf. »Sprich am besten mit ihr selbst. Es wird Zeit, dass sie dir die Wahrheit sagt. Und es wird Zeit, dass wir eine anständige Haushaltshilfe finden, die mit den Zwillingen klarkommt und auch danach … alles übernimmt.«

Die letzten Worte hatte er fast nur noch geflüstert, und trotzdem war er jetzt aufgestanden, als wäre dieses Gespräch beendet. Als könnte er sie einfach so mit diesen Informationen und ihrem rasenden Herzen zurücklassen. Als würde er schon viel zu lange mit dieser schrecklichen Wahrheit leben und wüsste, dass er sowieso weitermachen musste.

Ihn aufzuhalten, war sinnlos, denn in diesem Moment kam Sabine in die Küche geflitzt, Jutta im Schlepptau, beide kicherten. Und hinter ihnen trat plötzlich Marie durch die Küchentür, blass und schmal. Ihr Blick huschte hin und her und schien alles auf einmal zu registrieren: die Unordnung im Flur, das Chaos in der Küche, den müden Richard, die quietschenden Zwillinge und schließlich sie: Elise.

Was auch immer sie in Elises Gesicht fand, veranlasste Marie dazu, abrupt stehen zu bleiben. Ihre Miene war eine einzige Landschaft aus Schuld – und Angst. Und das war der Moment, in dem Elise begriff, wirklich begriff. Sie musste Marie gar nicht danach fragen. Sie wusste einfach, dass Richard recht hatte.

Den Weg in den Müllerkrug lief sie wie in Trance. Warum sie überhaupt noch zu dem Treffen ging? Sie wusste es nicht. Selbst die besten Nachrichten würden das, was sie gerade erfahren hatte, nicht besser machen. Aber allein sein konnte sie jetzt auch nicht.

Marie hatte geweint, sie um Vergebung dafür gebeten, dass sie ihr nichts erzählt hatte. Nicht von ihrer Lunge, mit der schon seit Jahren etwas nicht stimmte, nichts von den ständigen Entzündungen und dem Blut, das sie neuerdings hustete. Als ob es da irgendetwas zu entschuldigen gäbe. Als ob Elise deswegen böse wäre. Als ob die Schuldgefühle nicht schon längst an ihr selbst nagten – warum nur hatte sie das alles übersehen? Warum hatte sie ihre Tante mit alldem allein gelassen? Und wie sollte sie es ertragen, nun wiederum selbst allein gelassen zu werden? Marie zu verlieren? Ein Gedanke, der so schrecklich war, dass Elise es trotz allem nicht ausgehalten hatte, lange bei ihr zu bleiben. Sie hatte Marie umarmt, den Zwillingen einen Kuss gegeben – und war geflohen. Und jetzt stand sie auch schon vor dem Müllerkrug, immer noch schien die Sonne, auch wenn das Abendlicht alles in wärmere, gemütlichere Farben tauchte, und wusste nicht, wer oder was sie war, was sie hier sollte.

Aber etwas anderes, als die Tür aufzustoßen, blieb ihr ja auch nicht übrig.

Drinnen saßen Werner und Christel schon an einem Ecktisch, dicht nebeneinander, wie selbstverständlich lagen ihre verschränkten Hände auf der Tischplatte.

Und am liebsten wäre Elise sofort wieder umgedreht, aber Christel hatte sie schon gesehen, sprang winkend auf, als Elise sich nicht rührte.

»Ist was passiert?«, fragte Christel sofort, als Elise zum Tisch lief, noch immer wie in Trance.

Aber Elise zuckte nur unschlüssig mit den Schultern, vielleicht schüttelte sie auch den Kopf, oder zumindest so halb. Sie würde es Christel sehr gerne erzählen, sich alles aus dem Kopf und vom Herzen reden – aber ganz gewiss nicht vor Werner.

»Dann hast du es vielleicht schon gehört?«, mutmaßte Christel weiter, als Elise sich kraftlos auf einen Stuhl ihr gegenüber sinken ließ.

»Was denn?«

»Es klappt leider nicht. Also das mit Düsseldorf. Die glauben uns einfach nicht, dass wirklich so viele Zuschauer kommen würden.«

Werner hatte ganz nüchtern gesprochen, wobei sein Blick immer wieder zu Christel huschte. Die nickte nur grimmig.

Hätte Elise ihr Herz überhaupt noch gespürt, es wäre ihr sicherlich in die Hose gerutscht.

»Aber was sollen wir denn jetzt machen?« Sie klang viel zu verzweifelt für die Situation, das merkte sie selbst. Christel nickte wieder nur düster.

»Ich habe keine Ahnung. Viel Zeit bleibt uns nicht mehr, um einen guten Veranstaltungsort zu finden.«

Christel und Werner wechselten einen langen Blick, der irgendwie verschwörerisch wirkte.

»Wieso?«, fragte Elise und bemühte sich, nicht auf Werners und Christels Hände zu schauen, die noch immer verschränkt auf dem Tisch lagen.

»Werner hat ein Angebot aus Berlin bekommen. Als Trainer. Für den Männerfußball natürlich«, fügte Christel hinzu,

»und zwar beim …« Aber Elise hörte gar nicht mehr richtig zu. In ihren Ohren rauschte es. Werner würde weggehen? Aber was war dann mit ihrer Fußballtruppe? Und mit Christel?

So schuldbewusst, wie die Elise jetzt ansah, konnte sie sich das eigentlich schon denken. »Und gehst du da etwa mit?«, platzte sie heraus.

»Ja!«, sagte Christel schlicht, und auch wenn eben noch Schuldgefühle in ihrem kantigen Gesicht gestanden hatten, leuchteten jetzt ihre Augen. »Wir wollen uns da was Gemeinsames aufbauen. Das ist genau das, was ich will. Größer denken, hier rauskommen.«

Jetzt ließ Christel Werners Hand los und griff stattdessen nach Elises, ehe diese ihre wegziehen konnte. »Ich weiß, für dich ist das nicht so eine tolle Neuigkeit, aber … du musst das verstehen, Elise!«

Natürlich verstand Elise es. Wie hätte sie es nicht verstehen können, obgleich es irgendwie nicht Christel war, die hier sprach. Die Christel, die sich nie etwas aus Männern gemacht hatte, das rebellische Mädchen damals aus der Kneipe, war, ohne dass Elise es wirklich gemerkt hatte, eine Frau geworden. Eine, die Entscheidungen traf, welche ihr Leben in eine andere Richtung lenkten. Eine, die einem Mann hinterherlief.

Werner saß neben Christel und grinste gleichermaßen verschämt wie stolz, und obwohl sich Elise auch für ihn freuen wollte, überkam sie in diesem Moment nur eine tiefe Wut auf diesen Mann, der ihnen erst so geholfen hatte und nun im Begriff stand, ihnen so viel zu nehmen. »Und verlobt sind wir auch«, fügte er leise hinzu, als traute er sich selbst noch gar nicht, diese großartige Neuigkeit wirklich zu glauben.

»Herzlichen Glückwunsch!«, presste Elise hervor.

»Ich hätte es selbst nicht für möglich gehalten, dass mir so etwas mal passiert!« Christel strahlte Werner an und schien überhaupt nicht zu bemerken, dass Elise bereits von ihrem Stuhl rutschte.

Wie sie es schaffte, so schnell aus dem Lokal zu kommen, wusste Elise später nicht mehr. Die Floskeln schlüpften ihr irgendwie von den Lippen, sie umarmte Christel, versicherte ihr und Werner, dass sie weiter suchen würde, und war schon aus der Kneipe gelaufen, hinein in die warme, milde Abendluft, völlig außer Atem und erschöpft.

Zum Glück waren die beiden drinnen geblieben, saßen dort noch immer am Tisch, die Hände wieder verschränkt, träumten vermutlich von ihrer gemeinsamen Zukunft, sodass Elise den Kopf kurz an die Wand lehnen konnte, alleine.

Wie war es nur möglich, dass einem innerhalb von wenigen Tagen alles zu entgleiten drohte?

In den Bäumen an der Straße zwitscherten die Vögel, plaudernd gingen ein paar Passanten vorbei – und trotzdem hatte Elise das Gefühl, dass nicht nur alle Menschen um sie herum, die ihr etwas bedeuteten, verschwanden, sondern auch sie selbst. Als hätte sie keinen Körper mehr, als wäre sie gar nicht mehr wirklich da. Und wenn jetzt der Fußball wegfiel, wenn es nicht einmal mehr dieses Ereignis mit dem Länderspiel gab, auf das sie hinfiebern könnte – wer war sie dann überhaupt noch? Woran sonst sollte sie sich festhalten, wenn nicht am Fußball, der schon immer ihr Zufluchtsort gewesen war?

Sie versuchte, tief ein- und auszuatmen, aber es war, als würde ihr Atem irgendwo in ihr feststecken. Ihr Herz wiederum pochte wie wild in ihrer Brust. Sie legte ihre Hände darüber, spürte es rumpeln. Ja, sie war noch da, sie war hier. Und sie musste jetzt ruhig bleiben.

Wo war sie hin, die Elise, die immer zupackte, die immer weiterlief, dem hinterher, was ihr wirklich etwas bedeutete? Die musste noch irgendwo sein! Sie musste einen Weg finden. Zumindest für den Fußball, zumindest dafür.

Und auf einmal fiel ihr wieder die Karte ein, die noch in ihrem Kleid steckte. Sie hatte heute das Gleiche an wie bei diesem Treffen in Essen, das so merkwürdig geendet hatte.

Tatsächlich, da war es noch. Das Kärtchen in ihrer Tasche, darauf die Nummer. Und ein ziemlich offensichtliches Angebot, das war ihr mittlerweile klar.

Mit der Entschlossenheit der Verzweiflung stapfte sie los, bis sie die nächste Telefonzelle fand, schäbig und gelb und zum Glück nicht besetzt. »Bitte halten Sie sich kurz«, stand darauf in großen Lettern. Nichts anderes hatte sie vor.

Es gab sie, diese Momente, in denen das Leben ganz plötzlich vor den eigenen Augen wie in zwei Teile zerfiel. Die vor und die nach einer Entscheidung, einem Ereignis, einem Schicksalsschlag.

Elise wusste das mittlerweile, sie hatte solche Momente jetzt oft genug über sich ergehen lassen, sie hatte sie oft genug ertragen müssen. Aber diesmal hatte sie es selbst in der Hand. Sie, nur sie traf hier eine Entscheidung. Das spürte sie genau.

Sie spürte es, als Rudolf Breitenschneider ihr am Telefon als Treffpunkt das Restaurant in einem Hotel nannte. Und sie spürte es, als sie schließlich vor ebendiesem Hotel ankam, ihre kleine Tasche gegen den frischen Wind fest umklammert, der heute nicht nur in Wuppertal, sondern auch in Essen wehte, obwohl es noch immer Juli war. Und sie spürte es, als Rudolf sie zu einem teuren Essen einlud, ihre Argumente anhörte und ihr schließlich eine Hand auf das Bein legte, beiläufig, besitzergreifend, eindeutig.

Sie war nicht naiv, und sie war dank Paul auch nicht völlig unerfahren. Sie wusste, worauf sie sich einließ, und sie tat es, weil sie es musste.

Und auch, als sie wieder aus dem Hotel trat, sehr viel später, erhitzt und aufgewühlt, spürte sie es. Nein, sie bereute nichts. Sie fühlte sich nicht einmal besonders beschämt.

Sie hatte eben getan, was sie getan hatte, ein Moment, eine Entscheidung. Und eine Genugtuung, als Willi beim nächsten Training schließlich freudestrahlend auf sie zustapfte. »Wir haben die Zusage vom Stadion Mathias Stinnes!«, rief er schon, als er noch ein paar Meter von der Wiese entfernt war, wo sie alle gerade Pause machten und sich ein paar Brote teilten. Brote, die allerdings völlig vergessen waren, sobald Willi endete, weil sie alle in Jubel ausbrachen. »Keine Ahnung, wie uns dieses Wunder gelungen ist!«, verkündete Willi grinsend und wischte sich den Schweiß vom Gesicht.

»Vielleicht ja mein Brief!«, mutmaßte Christel und grinste ebenfalls. »Ich wusste, das würde was bringen, wenn ich dem Breitenschneider noch mal persönlich schreibe!« Und dann redeten alle durcheinander, freuten sich, planten. Nur Elise sagte nichts. Sie lächelte bloß in sich hinein und fühlte sich mächtig wie noch nie.

*

Das Spiel sollte schon am 23. September stattfinden, und dementsprechend aufgeregt waren nun alle. Bis dahin gab es einiges zu organisieren! Allen voran musste ja eine Auswahl zusammengestellt werden, mit der sie sich als erste Frauen-Nationalelf auch wirklich sehen lassen konnten.

Man hätte meinen können, dass diejenigen aus ihrer Truppe, die vielleicht nicht zu den besten Spielerinnen gehörten – etwa Marion, die zwar nach wie vor mit Eifer dabei war, aber noch immer selten ins Tor traf –, missgünstig reagieren könnten, weil sie es wohl nicht in die Auswahl schaffen würden. Stattdessen erklärte Marion sofort, sie würde jetzt Mannschaftsbetreuerin werden und für das Wohlergehen aller Spielerinnen sorgen – außerdem bestand sie darauf, dabei mitzuhelfen, geeignete Spielerinnen zu kontaktieren und zum Training einzuladen.

Und bald schon trafen sie sich beinahe jeden Tag auf Ritas Hof, den diese mittlerweile mit ihrem Mann bewirtschaftete. Das Leben bestand wieder aus Fußball, das Leben bestand wieder aus etwas anderem als Trauer, Angst und Verlust. Elise verbrachte jeden Abend auf dem Platz, maß sich mit den Bewerberinnen, die von überall angereist kamen, und hatte wenigstens für diese gestohlenen Stunden und Minuten das Gefühl, wieder freier atmen zu können. Sie fühlte sich wenigstens für einen Moment frei, auch wenn sie wusste, dass sie danach wieder in die leere Wohnung zurückkehren musste. Sie konnte für einen Moment sogar so etwas wie Spaß haben, auch wenn danach das schlechte Gewissen umso stärker an ihr nagte, weil sie noch immer nicht wieder mit Marie gesprochen hatte, weil sie einfach zu große Angst hatte, was sie bei ihrer Tante vorfinden würde. Und während des Spielens vergaß sie sogar kurz, dass sie sich, sobald sie nicht mehr spielte oder anderen dabei zuschaute, oft so furchtbar fern von allem fühlte – von ihren Freundinnen und von sich selbst, ihrem Körper, der sich jetzt meist so taub anfühlte.

Sie war dermaßen auf den Fußball konzentriert und darauf, zu vergessen, dass ihr nur schleichend auffiel, dass mit ihr tatsächlich etwas nicht stimmte.

Es fing damit an, dass ihr morgens nach dem Aufstehen immer furchtbar schlecht wurde. Oft schaffte sie es kaum ins

Bad, bis sie sich übergab. Zuerst dachte sie, sie hätte sich beim Fußballtraining einfach nur zu sehr verausgabt – kein Wunder, sie fiel abends vor Müdigkeit wie tot ins Bett, hatte zu Frau Thieles großem Ärger auch schon mehrfach verschlafen und fühlte sich sowieso wie gerädert. Aber als die Übelkeit dann schließlich auch tagsüber immer wiederkehrte, dämmerte ihr, dass sie vielleicht wirklich und wahrhaftig krank sein könnte. Oder etwas noch viel Schlimmeres.

So richtig klar wurde ihr das aber erst, als sie eines morgens Anfang August wieder einmal in Frau Thieles Nähstube saß – sie war zu spät gekommen und machte sich nun hastig daran, das Kleid, das sie gestern vor lauter Müdigkeit nicht mehr hatte fertigstellen können, zu Ende zu nähen – und ein kräftiges Ziehen in ihrem Unterleib sie zusammenzucken ließ.

Instinktiv nahm Elise den Fuß vom Pedal der Maschine und schlang die Arme um ihre Mitte. Doch das Ziehen hielt an, wanderte über ihren Bauch und ihren Rücken, nur um dann doch wieder etwas nachzulassen.

»Ist was?«, fragte Renate, die an der anderen Nähmaschine gerade an einem schicken Rock arbeitete, und lugte neugierig zu ihr hinüber. Renate war gerade einmal sechzehn und erst seit drei Wochen bei ihnen – in der Zeit hatte sie sich durch ihren nahezu unerträglichen Fleiß allerdings bereits unersetzbar gemacht. Außerdem zeichnete sie eine unstillbare Neugier aus, mit der sie Elise regelmäßig in den Wahnsinn trieb. Immerhin konnte Elise so wenigstens irgendwem von den aufregenden Fußballereignissen in ihrem Leben erzählen. Jetzt allerdings störte sie die Neugier wirklich.

»Nein, alles in Ordnung.« Schnell nahm sie die Hände wieder von ihrem Unterleib, es zog ja jetzt auch nur noch ein wenig. Dafür spürte sie eine neue Übelkeitswelle heranschwappen. Hastig stand sie auf.

»Ich muss eben austreten.« Weit kam sie allerdings nicht. Gerade mal bis zu dem kleinen Mülleimer neben der Tür schaffte sie es, bis ihr Körper der Übelkeit wieder einmal machtlos ausgeliefert war. Und wie sie da über dem Eimer kniete, gedemütigt und völlig erschöpft, und noch ein letztes Mal würgte, wurde ihr plötzlich klar, was das Problem war.

Wieder fasste sie an ihren Unterleib, drückte in ihren Bauch, als könnte sie so die Antwort erhalten. Wann hatte sie das letzte Mal geblutet? Sie wusste es nicht mehr, das Thema war ihr ja sowieso lästig, also hatte sie es in den letzten Wochen einfach verdrängt. Aber es musste schon eine Weile her sein. Zu lange her.

»Das geht doch so nicht, Mädchen!«

Jetzt war natürlich auch noch Frau Thiele neben ihr aufgetaucht, beugte sich angeekelt zu ihr hinunter. »Schau nur, was du für eine Sauerei gemacht hast! Warst du wieder in der Wirtschaft? Oder ist es so weit, und du wirst heiraten?« Die völlige Unverfrorenheit, mit der Frau Thiele manchmal Dinge aussprach – allerdings nur, wenn gerade keine Kundinnen zugegen waren –, überraschte Elise jedes Mal aufs Neue. Vermutlich machte das eine gute Geschäftsfrau aus.

Ermattet schüttelte Elise den Kopf. »Ich habe wohl etwas Schlechtes gegessen. Es tut mir leid, Frau Thiele!«

»Aha.« Frau Thiele wirkte nicht im Mindesten überzeugt. Selbstverständlich, für dumm verkaufen ließ sich die alte Dame natürlich auch nicht. »Ich kann dir mal eins sagen. So geht das hier nicht weiter. Deiner Großmutter zuliebe habe ich ja einiges ertragen. Und liebgewonnen habe ich dich auch. Aber Renate ist doppelt so schnell und doppelt so gut wie du, und jetzt ist das Maß voll. Wenn du hier fertig bist, kannst du deine Sachen packen und gehen!«

»Nein!« Hastig rappelte sich Elise auf und rieb sich unauffällig über den Mund. Das durfte nicht sein, das konnte nicht sein! Sie brauchte das Geld, das sie hier verdiente. Umso dringender, schoss es ihr plötzlich in den Kopf, wenn das, was sie befürchtete, wahr war.

»Ich werde mich mehr anstrengen!«, versprach sie und bemühte sich, nicht zu schwanken. Alles drehte sich, aber immerhin war die Übelkeit etwas erträglicher geworden. »Ich mache Überstunden! Ich habe mich einfach nur etwas verausgabt, das ist alles!«

»Aha«, wieder musterte Frau Thiele sie, aber der angeekelte Ausdruck in ihrem Gesicht war etwas gewichen, das fast nach Mitleid aussah.

Schließlich seufzte Frau Thiele. »Eine Chance gebe ich dir noch. Aber nur eine. Noch einmal Zuspätkommen, noch einmal irgendein Ausfall, und es ist vorbei. Dann lasse ich mich nicht mehr erweichen. Und jetzt geh dich herrichten, du siehst furchtbar aus! Und vielleicht …« Frau Thiele schien zu zögern. »Vielleicht lässt du dich mal untersuchen, Mädchen.« Damit drehte sie ab und wieselte davon – gerade, als die Glocke eine neue Kundin ankündigte.

»Du siehst wirklich furchtbar aus«, kommentierte Renate naseweis von hinten.

»Ich weiß«, sagte Elise matt.

Zum Arzt ging sie dennoch nicht. Sicherlich würde alles von alleine gut werden, redete sie sich selbst ein. Im Sommer der WM war sie schließlich auch einmal so krank gewesen, hatte sich danach wochenlang nicht richtig gut gefühlt. Und dann war doch alles wieder gut geworden.

Es sei denn natürlich, sie war gar nicht krank … Aber nein, ihre Befürchtungen durften ganz einfach nicht wahr sein! Also, beschloss Elise trotzig, waren sie das auch nicht. Und sowieso: Jetzt hatte sie ja auch schlichtweg keine Zeit mehr, um sich irgendwie untersuchen zu lassen.

An diesem Abend verpasste sie die letzte Auswahlrunde der neuen Spielerinnen, weil sie tatsächlich Überstunden machte – und an den nächsten Tagen stand sie noch früher auf als gewöhnlich, um gleich in der Schneiderei zu sein und ihre Arbeiten zu erledigen, bevor es Nachmittag wurde. Denn die ersten Übungsspiele mit der neuen Mannschaft, die inzwischen zusammengestellt worden war, wollte sie natürlich keinesfalls verpassen.

Ihre Elf konnte sich, wie Elise bald feststellte, durchaus sehen lassen. Aus ihrer alten Truppe waren Waltraud, Christel und sie selbst dabei. Außerdem noch Hilde und Rita. Ansonsten aber hatten sie vor allem viele sehr junge und überaus talentierte Spielerinnen dazugewonnen: etwa die erst sechzehnjährige Lore, deren Distanzschüsse sich jetzt schon sehen lassen konnten. Außerdem die vorlaute Helga und die junge Lotti, die zwar wie ein Schlot rauchte, aber sogar noch schneller war als Elise. Außerdem hatten sie mit Maria eine äußerst sichere neue Torwartin zwischen den Pfosten stehen.

Die Tage bis zum 23. September, an dem das große Spiel stattfinden sollte, flogen nur so dahin. Und Elise war nicht die Einzige, die für die ständigen Trainings bis ans Äußerste ging: Selbst Christel klagte irgendwann so lautstark über Muskelkater, dass sogar der sonst ihr gegenüber stets viel zu milde Werner sie anwies, dann eben bei den nächsten Übungen auszusetzen. Werner arbeitete gerade sowieso mit der Torwartin an deren Reaktionsschnelligkeit, weswegen Elise die Gelegenheit nutzte, sich zu Christel zu setzen. In ihrem Magen rumorte es bereits wieder. Das ständige Training tat ihrer Übelkeit und ihren immer wieder auftretenden Kreislaufbeschwerden – zumal, wenn es wieder so warm war wie heute – überhaupt nicht gut.

»Ist alles in Ordnung?« Christel fragte sie das nicht zum ersten Mal, und trotzdem konnte Elise nicht anders, als nur mit den Achseln zu zucken. Im Gegensatz zu ihr, die sich meist wie ein Häufchen Elend fühlte, strahlten Christels Augen neuerdings. Für sie und Werner würde es schon bald nach Berlin gehen. Meist vermied Elise deswegen jedes Gespräch mit ihr, denn Christel wurde nicht müde, von all dem zu erzählen, was sie dort erwartete. Noch immer wollte Elise ihrer Freundin das Glück nicht neiden – und doch ertrug sie deren ständiges Gerede kaum. Jetzt aber wogte sowieso eine neue Welle der Übelkeit heran, und sie hielt sich rasch die Hand vor den Mund.

»Irgendwie habe ich das Gefühl, dass es dir nicht gut geht«, gab sich Christel heute deutlich beharrlicher als sonst. Normalweise ließ sie es ja auf sich beruhen, wenn Elise nicht antwortete, und nutzte die Gelegenheit, um noch mehr zu schwärmen.

Heute konnte Elise Christel allerdings auch gar nicht antworten. Nicht schon wieder, betete sie innerlich und schluckte angestrengt gegen die Übelkeit an. Sie hatte sich bereits zwei Mal vor dem Training übergeben – dabei war das mit der Übelkeit zuletzt doch wenigstens etwas besser geworden. Angestrengt starrte sie auf einen ausgedünnten Grasfleck zu ihren Füßen.

»Sag mal, blutest du?«

»Was?« Jetzt schaute sie doch hoch. Christel deutete unauffällig zwischen ihre Beine, und da sah Elise es auch: unter ihrer kurzen schwarzen Trainingshose wand sich ein Blutfaden ihre Wade entlang.

Sie stand so hastig auf, dass sich schon wieder alles drehte.

»Ich bin gleich wieder da«, murmelte sie und rannte los – ungeachtet des Schwindels und der Übelkeit.

Hatte sie also endlich ihre Tage bekommen?

Hinter Ritas Schuppen zog sie hastig die Hose herunter.

Tatsächlich fand sie ihre Unterhose durchnässt vor, aber von den üblichen Krämpfen, die sie sonst bei ihrer Menstruation verspürte, fehlte jede Spur. Und die Blutung hatte auch schon wieder aufgehört. Stattdessen schwappte schon wieder eine Welle der Übelkeit über sie hinweg, und diesmal konnte sie nicht anders, als sich hier und jetzt ins Gras hinter Ritas Schuppen zu erleichtern.

Ich muss wirklich zum Arzt, schoss es ihr durch den Kopf. Was stimmt nur nicht mit mir?

Doch als sie das tatsächlich wenig später einen Arzt aufsuchte, schaute der sie nur stirnrunzelnd an.

Sie war extra nach Ronsdorf gefahren, wo sie kaum jemanden kannte, hatte sich in das enge Wartezimmer dieses Arztes gesetzt und schließlich dessen kalte Finger auf sich gespürt, nur, um jetzt von ihm streng gemustert zu werden.

»Sie müssen sich mehr schonen in Ihrem Zustand«, sagte der Arzt und schob seinen Stuhl zurück.

Dankbar, dass wenigstens die Untersuchung vorbei war, zog sie ihr Kleid wieder herunter. Die Untersuchungsliege fühlte sich unter ihrer Haut genauso kalt an wie der Rest des Raumes. Dabei schien die Sonne warm durch die großen Fenster an der Seite.

»Stimmt es also?«, fragte Elise, unfähig, aufzustehen. Ihre Stimme zitterte, aber der Arzt schüttelte nur verständnislos den Kopf. »Das müssen Sie doch gemerkt haben, dass Sie schwanger sind! Eine Frau spürt so was!«

Er wirkte völlig ungerührt. Als würde er nicht gerade jede

Hoffnung, die Elise noch gehabt hatte, zunichtemachen. Jetzt begann er gar, seine Brille zu putzen.

»Aber diese Blutung!«, sagte sie hilflos.

»Eben, Schonung«, nickte der Arzt gewichtig. »Sie dürfen nicht mehr so viel herumlaufen. Liegen, liegen, liegen. Die Blutung sollten Sie als Warnschuss nehmen.«

»Also habe ich das Kind noch nicht verloren?« Das Wort »Kind« fühlte sich so fremd auf ihrer Zunge an, dass sie es fast nicht herausbekam.

Vielleicht sah der Arzt jetzt die Hoffnung in ihrem Blick, verstand endlich. Jedenfalls setzte er seufzend seine Brille wieder auf, musterte sie mitleidig.

»Sie sind über die ersten Wochen schon hinaus. Da verliert man das Kind nicht mehr so schnell«, sagte er, deutlich sanfter.

Elise nickte mechanisch. Der Arzt wartete offenbar nicht auf irgendeine Reaktion ihrerseits, sondern ging zurück zu seinem Behandlungstisch. Offensichtlich war die Unterredung vorbei – er würdigte sie nun keines Blickes mehr.

Elise bemühte sich, endlich von der Untersuchungsliege herunterzukommen. Allerdings kam ihr das vor wie ein Ding der Unmöglichkeit. Wie taub sie sich jetzt schon wieder fühlte, innerlich und äußerlich.

»Danke«, presste sie hervor. Mit wackeligen Beinen lief sie zur Tür. Sie wusste, dass sie ihn nicht nach anderen Möglichkeiten fragen musste, dass sie gar nicht erst versuchen musste, zu betteln. Das eine oder andere Gerücht über Engelmacherinnen hatte sie ja schon gehört. Das waren selten Männer und noch seltener Ärzte wie dieser hier. Und er war sowieso längst mit irgendwelchen Unterlagen beschäftigt. Gerade kritzelte er irgendetwas auf ein Blatt, beachtete sie gar nicht.

Sie hatte schon beinahe die Klinke in der Hand, als er doch noch etwas sagte. »Hier, das wird Ihnen helfen!«

Hastig trat Elise wieder zu ihm. Tatsächlich, er hielt ihr einen Zettel hin, klein und unschuldig. Hatte sie sich getäuscht? Verstand er doch, was sie brauchte, was sie *wirklich* brauchte …?

»Das ist zur Beruhigung«, erklärte der Arzt väterlich. »Damit Sie sich mal ein bisschen entspannen. Und kommen Sie bloß nicht auf dumme Gedanken«, schob er leise hinterher.

Dumme Gedanken …

Enttäuscht und noch immer wie taub wankte sie aus dem Zimmer. Dumme Gedanken hatte sie nicht, sie hatte eigentlich überhaupt keine mehr. Als wäre sie völlig leer. Sie merkte ja nicht einmal mehr, wohin sie lief!

Ihre Füße bewegten sich jedenfalls, trabten ohne ihr Zutun in irgendeine Richtung, in welche, bemerkte sie kaum, während es nun doch in ihr zu rattern begann. Ein Kind! Und das ganz alleine! Wie hatte das nur passieren können? Und was sollte sie jetzt machen? Sich schonen kam ja auf keinen Fall infrage! Vielleicht würde sie es gar doch verlieren, wenn sie nur einfach weitermachte wie bisher? Wäre das verwerflich? Oder wäre das nicht eher genau das, was das Richtige wäre?

»Elise! Elise! Geht es dir gut?«

Wieso nur hatte sie überhaupt in diese Situation kommen müssen, sich so etwas zu fragen? Nur weil sie einmal eine mutige, eine leichtsinnige Entscheidung getroffen hatte? Eine Entscheidung, wegen der sie niemandem von ihrer Situation erzählen konnte. Zumindest nicht ihren Freundinnen, schon gar nicht Christel. Aber wer konnte ihr dann jetzt noch helfen?

»Elise, jetzt bleib doch mal stehen!«

Und wieso musste ausgerechnet Paul sie hier finden?

Da stand er nämlich, direkt vor ihr, hielt sie an den Armen

fest, damit sie nicht weiterstolperte, auch wenn sie ihn bisher redlich zu ignorieren versucht hatte.

»Du siehst furchtbar aus!«, sagte er anstelle einer Begrüßung. »Total blass! Und du zitterst ja!«

Es stimmte, sie zitterte. Schnell schlang sie die Arme um ihren Körper, diesen Verräter.

»Es ist alles gut!«, sagte sie und reckte ihr Kinn.

Pauls Blick huschte sorgenvoll über ihr Gesicht. »Das glaube ich dir nicht. Komm, ich bring dich nach Hause. Oder nein, du solltest nicht allein sein«, korrigierte er sich selbst. »Zu Marie. Deine Tante wohnt noch in Elberfeld, oder?«

Zu Marie. Marie, die todkrank war und die sie verlassen würde. Verlassen musste. Mit der sie seit Wochen nicht mehr gesprochen hatte, aus Angst, sie würde nicht die richtigen Worte finden. Aus Angst auch, der Wahrheit ins Auge blicken zu müssen. Aber es stimmte. Egal, wie furchtbar das mit Marie war und wie sehr es sie getroffen hatte: Marie war die Einzige, die sie jetzt sehen wollte. Fast schmerzhaft sehnte sie sich mit einem Mal nach ihrer Tante. Einmal umarmt werden, einmal weinen dürfen.

Vielleicht hatte sie schon geistesabwesend zu nicken begonnen. Vielleicht auch nicht, vielleicht machte Paul einfach trotzdem das, was er für richtig hielt, denn schon zog er sie sanft, aber bestimmt weiter.

Marie lag im Bett, aber setzte sich sofort auf, als Richard Elise ins Schlafzimmer führte. »Paul hat sie vorbeigebracht«, erklärte Richard etwas verdrießlich. »Er sagt, er habe sie völlig aufgelöst auf der Straße aufgelesen.« Und an Elise gewandt, fügte er hinzu: »Du bist aber doch wohl nicht ernsthaft krank, oder? Sonst kann ich dich nämlich nicht zu Marie lassen!«

Elise schüttelte kraftlos den Kopf, doch Marie hatte sowieso schon die Arme nach ihr ausgestreckt. »Jetzt geh schon!«, raunte sie ihrem Mann zu, der nur seufzend die Tür hinter ihnen schloss.

Dass Marie noch blasser geworden war, nahm Elise am Rande wahr. Auch, wie liebevoll jemand das Bett für sie hergerichtet hatte – hinter ihr so viele Kissen, dass sie sie fast verschluckten, neben ihr auf dem Nachttischchen ein Strauß Blumen. Dann stürzte sie sich in die Arme ihrer Tante und ließ es einmal, einmal zu, dass sie das tat, was Oma Guste ihr immer verboten hatte: richtig zu weinen.

Und genau das hatte sie auch gebraucht.

Elise und Marie redeten, bis es draußen schwärzeste Nacht war, die Zwillinge von ihrem neuen Kindermädchen längst schlafen gelegt worden waren und Richard bereits unruhig durch die Wohnung lief.

Marie erzählte ihr, wie das mit ihrer Lunge über all die Jahre schleichend immer schlimmer geworden war. Sie hatte es sich selbst nicht eingestehen wollen und deswegen auch Elise nichts davon erzählt – das hätte sie ja nur beunruhigt, wie Marie ihr erklärte, aber sie bereue jetzt, so lange geschwiegen zu haben. All die Arztbesuche, die Hoffnung und dann doch wieder die Enttäuschung, das hatte Marie mit sich allein ausmachen wollen.

»Aber ich bin froh, dass wir jetzt endlich sprechen. Es hat also wirklich etwas Gutes, dass du es von alleine herausgefunden hast«, endete ihre Tante schließlich ermattet und lehnte den Kopf an Elises Schulter.

»Wehe, du sagst jetzt auch noch, dass es nichts gibt, was so schlecht ist, dass nicht auch was Gutes dran wäre«, antwortete Elise, hauptsächlich, weil sie nicht schon wieder weinen wollte. Aber diesmal lächelte selbst Marie nur traurig, zog Elise in eine Umarmung und hielt sie schließlich so lange fest, bis auch ihre Sorgen aus ihr herausgepurzelt waren.

Natürlich schockierte Marie die Nachricht mit der Schwangerschaft über alle Maßen – sie fror regelrecht in ihrem Bett fest, als Elise sich endlich traute, das auszusprechen, was sie bis vorhin selbst nicht hatte glauben können.

Wer der Vater dieses Kindes war und wieso es dazu gekommen war – das konnte sie allerdings auch vor Marie nicht zugeben. Sie konnte es sich ja selbst nicht erklären. Aber noch jetzt, wo sie die bitteren Konsequenzen ihrer Entscheidung zu spüren bekam, wollte sie nach wie vor auch das Gute daran sehen: das Spiel, das stattfinden würde, eine historische Gelegenheit für den Frauenfußball. Vielleicht würden sie damit sogar in die Geschichtsbücher eingehen. War es das dann nicht alles wert gewesen, zumindest ein wenig?

»Und du bist sicher, dass Paul nicht der Vater ist, ja?«, fragte Marie. Noch immer zeigte sich eine Spur Hoffnung in ihrem blassen Gesicht, auch wenn Elise ihr bereits versichert hatte, es habe nichts zu bedeuten, dass Paul sie hierhergebracht hatte.

»Nein, wir sind uns in letzter Zeit nur zweimal begegnet. Ich möchte wirklich nicht über den Vater reden, Marie.«

»Aber Paul liebt dich noch, nicht wahr?«, hakte Marie nach, und Elise seufzte. Selbst krank und kaum noch in der Lage aufzustehen, blieb sie eine glühende Verfechterin der Liebesgeschichte von Paul und Elise – und glaubte nach wie vor an einen glücklichen Ausgang.

»Das mag sein«, gab Elise zu und musste schlucken, als sie wieder an jenes Gespräch in ihrer Wohnung dachte. Das Gespräch, das sie so traurig gemacht hatte, dass sie sich danach nur noch einsamer und verlorener gefühlt hatte als sowieso schon. »Aber es ist nicht sein Kind, und das zwischen uns würde sowieso nicht funktionieren.«

Marie runzelte nachdenklich die Stirn, aber ihr Gesicht sah jetzt noch blasser und kränklicher aus. Selbst ihre Lippen waren mittlerweile farblos geworden. Da war es wieder, das schlechte Gewissen, weil sie ihrer todkranken Tante solche Sorgen aufhalste.

»Ich könnte es auch einfach wegmachen lassen, oder? Ich meine … es gibt doch Möglichkeiten. Dann wäre alles …«

»Nein!« Marie hatte sich mit einem Ruck, der sie sichtlich Kraft kostete, im Bett aufgesetzt. »Das wirst du nicht tun! Elise, das ist viel zu gefährlich und verboten sowieso. Du könntest sterben!«

Maries Augen waren vor Schreck geweitet, und sie schaute Elise so eindringlich an, dass diese nicht anders konnte, als zu nicken. Dabei arbeitete der Gedanke still und heimlich in ihr weiter. Sie wollte nicht sterben. Aber dieses Leben, allein mit einem Kind, dem sie nichts bieten konnte, das war nicht das, was sie wollte. Wenn Frau Thiele davon erführe, würde Elise ja nicht einmal mehr eine Arbeit haben. Sie würde nicht mehr für sich sorgen können. Weder für sich noch für dieses Kind.

Das Kind … Elise musste schlucken. Es fiel ihr immer noch schwer, sich selbst klarzumachen, dass es nun eines gab, in ihr drin.

Unwillkürlich legte sie eine Hand auf ihren Bauch. Aber da gab es nichts zu spüren. Sie fühlte sich noch wie sie selbst und doch wie eine völlig andere – als trudelte ihr Leben in eine völlig falsche Richtung.

»Nein!«, sagte Marie wieder und legte ihre Hand über Elises, auf deren Bauch. »Nein, Elise. Diesmal gilt es wieder: Nichts ist so schlecht, dass nicht auch was Gutes dran wäre.

Es mag nicht Pauls Kind sein, aber das muss er ja nicht wissen. Er liebt dich noch, und er wird dich heiraten, wenn du ihn darum bittest. Und dann kannst du es noch immer führen, das Leben, das ich mir so sehr für dich wünsche. Bitte, Elise, sonst kann ich nicht gehen.«

Jetzt hatte Marie schon wieder Tränen in den Augen.

Es fühlte sich völlig falsch an, einer Todkranken zu widersprechen, und trotzdem konnte Elise nicht anders.

»Ich werde ihn nicht anlügen, und schon gar nicht werde ich ihm ein Kind unterjubeln. So bin ich nicht, und so möchte ich niemals sein«, sagte sie leise und erwiderte Maries Blick standhaft. Schließlich wischte Marie sich über die Augen und seufzte ergeben.

»Dann sagst du ihm eben die Wahrheit. Bitte, Elise, versuch es wenigstens. Weißt du, es wird dir gefallen, so mit einer kleinen Familie. Es ist erfüllend, das Leben, du musst es nur zulassen.«

Jetzt sah Marie wieder so traurig aus, und Elise wusste, was ihr durch den Kopf ging. Die Zwillinge, ihr Mann, all jene, die sie würde zurücklassen müssen. Das Leben, das Marie hatte leben wollen, war ihr zwar geschenkt worden, aber es wurde ihr viel zu früh wieder genommen.

»Ich kann nicht«, sagte Elise leise. Und dann legte sie den Kopf in den Schoß ihrer Tante und schloss die Augen. Schon wieder kamen ihr die Tränen, diesmal um Marie, um ihre geliebte Tante, ohne die die Welt grauer und leerer sein würde, und um die beiden Zwillingsmädchen, die ihre Mutter viel zu früh verlieren würden.

Marie legte ihr eine Hand aufs Haar, genauso, wie Elises Mutter das früher manchmal getan hatte, in einem Früher, das ihr so fern erschien wie ein Traum, von dem sie beim Aufwachen nicht einmal mehr wusste, ob sie ihn wirklich geträumt hatte. Und so blieben sie, bis Richard schließlich klopfte, um Elise hinauszuscheuchen. Aber da war Marie sowieso schon eingeschlafen.

*

»Stillhalten, die Damen!« Der Fotograf, den Werner für den heutigen Tag organisiert hatte – so viel Nostalgie hätte man ihrem Trainer gar nicht zugetraut – zeigte sein breites weißes Lächeln.

»Wie oft denn noch!«, murrte Christel neben Elise. »Wir müssen uns noch aufwärmen! Nur noch eine Stunde bis zum Anpfiff!«

»Psst!« Elise stupste ihre Freundin an.

»Und du da in der Mitte, bitte hör auf, mit dem Ball rumzuspielen!« Langsam schien das Lächeln des Fotografen angesichts Christels beharrlicher Weigerung, sich für dieses Erinnerungsfoto irgendwie kooperativ zu zeigen, etwas zu verrutschen. Als Kapitänin der ersten deutschen Frauen-Nationalmannschaft hätte Christel auf dem Foto den Ball unter ihrem Arm tragen sollen – stattdessen ließ sie ihn, aufgeregt, wie sie vor dem Spiel war, von einer Hand in die nächste kullern.

»Christel!« Kurzerhand nahm Elise Christel den Ball einfach ab und schob ihn sich selbst in die Armbeuge. Dann hakte sie sich bei ihrer Freundin unter. Diese schnaubte geschlagen. Und versuchte sich an einem grimmigen Lächeln.

»Wunderbar!« Der Fotograf ließ ein paar Mal das Blitzlicht aufleuchten, bevor er zufrieden hinter seinem Apparat hervorkam, diesmal wieder mit echtem Lächeln.

»So sehen Sieger aus! Dann viel Glück beim Spiel, die Damen!«

»Als ob wir Glück brauchen!«, feixte Christel. »Wir sind top vorbereitet!«

Ja, das waren sie. Die letzten Wochen hatten sie trainiert wie die Wilden, und aus der Mannschaft, die eigentlich gar keine gewesen war, eine feste Truppe gemacht. Helga, Lore, Lotti, Christel, Waltraud und die anderen, sie alle saßen wie auf Kohlen, heute endlich gegen die Niederländerinnen anzutreten. Und Elise hatte alles getan, um sich davon anstecken zu lassen. Die Schwangerschaft, Maries Krankheit, ihre eigene ungewisse Zukunft – all das wollte sie so gut es ging zur Seite schieben, um wenigstens das zu genießen, was sie sich so hart erarbeitet hatten. Diesen Tag, der hoffentlich eine Sternstunde des deutschen Frauenfußballs, nein, des deutschen Fußballs generell, werden würde.

Der Geschmack davon lag bereits in der Luft und half Elise, sich trotz allem auf das Hier und Jetzt zu konzentrieren: eine zittrige Aufregung, die sie alle erfasste, spätestens, als sie sich endlich aufgewärmt und in die Kabine zurückgezogen hatten, um ein letztes Mal durchzuatmen. Kein Wunder, die Ränge des Stadion Mathias Stinnes hatten sich restlos gefüllt. Ganze 18 000 Zuschauer sollten es sein – die Nachricht überbrachte Willi ihnen aufgeregt in die Kabine. Und machte sich dann davon, um sich einen guten Platz zu suchen.

Und sie, sie atmeten alle noch einmal durch, umarmten sich, streiften sich die Trikots über und liefen unter dem Lärm der Zuschauer ein – und es waren keine Buhrufe, sondern ein euphorisches Jubeln, das ihnen da entgegenschlug. Diese Atmosphäre, diese ehrliche Begeisterung in der Luft: Unter ihrem Trikot – traditionell in Schwarz-Weiß und mit dem deutschen Bundesadler auf der Brust – hatte Elise eine Gänsehaut.

Vorhin noch hatte sie sich selbst im Spiegel angeschaut und

zum ersten Mal in den letzten Wochen das Gefühl gehabt, dass für den Moment, nur für diesen einen kleinen Moment, alles gut war.

In ihr drin mochte jetzt ein fremdes Wesen wohnen, sich unaufhaltsam seinen Weg ins Leben bahnen, so sehr Elise den Umstand bisher auch zu verdrängen versuchte – aber von außen betrachtet war sie eine Fußballerin: das Gesicht braun gebrannt und voller Sommersprossen vom vielen Trainieren im Freien und auf der Brust der deutsche Bundesadler. Da konnte man beinahe übersehen, dass sie jetzt schneller außer Atem war und ihr Bauch sich bereits leicht zu wölben begann.

Instinktiv hatte Elise den Bauch eingezogen, als sie so einliefen, vor ihr Kapitänin Christel, hinter ihr Mittelfeldspielerin Lore, bei jedem Schritt aufgeregt auf den Füßen federnd, und direkt dahinter Innenverteidigerin Waltraud, deren sonstige Ruhe angesichts der vollen Zuschauerränge dahin war. Unruhig flitzte ihr Blick umher, kaum dass sie auf dem Rasen standen. Vorhin war genau hier das Foto gemacht worden. Aber da war es bis auf die Anweisungen des Fotografen still gewesen. Jetzt war die Luft erfüllt von den Tausenden Stimmen der Fans.

Elise wusste gar nicht, wohin sie zuerst schauen sollte: in die bunte Menge der Zuschauer – Männer, Frauen, Kinder – oder zu ihrer gegnerischen Mannschaft, die gerade ebenfalls einlief. Die Niederländerinnen sahen genauso aus, wie sie sich fühlten – aufgeregt, entschlossen und vor allem vorfreudig. Auch sie trugen Nationaltrikots, allerdings in Grau, die Hosen in Weiß, auch sie hatten echte Fußballschuhe an den Füßen – Männerschuhe. Und schließlich standen die beiden Mannschaften stolz da, sangen aus vollem Halse ihre Nationalhymnen. Elise sah, dass Lore neben ihr sich eine Träne von der Wange wischen musste. Sie alle standen so eng beieinander, hielten sich fest in den Armen, als könnten sie sonst kaum glauben, was ihnen hier passierte.

Ja, das alles war überwältigend. Und das alles war ihr Moment.

Und dann trockneten sie ihre Tränen, schluckten die Aufregung hinunter, und Elise zog nicht länger ihren Bauch ein, denn es ging los. Und wie immer, wenn der Ball zu rollen begann, gab es für Elise nichts anderes mehr als das Hier und Jetzt. Und das war auch gut so. Denn die Niederländerinnen waren vielleicht die anspruchsvollsten Gegnerinnen, die sie je gehabt hatten. Man merkte, dass hier nur die Besten der Besten spielten. Und noch dazu eine Truppe, die ebenso verbissen gewinnen wollte wie sie. Gleich zu Beginn spielten sich die Niederländerinnen auch schon eine gute Torchance heraus – die große Blonde van Beek, wie Elise wusste, eine der besten Spielerinnen der Mannschaft, kam rechts nahe der Außenlinie zum Flanken, fand im Zentrum aber keine Abnehmerin. Trotzdem, das war knapp gewesen, und das gleich in der zweiten Minute des Spiels. Als hätten sie diese Demonstration der Stärke ihrer Gegnerinnen als Weckruf gebraucht, ließen sie die Niederländerinnen anschließend aber kaum noch zum Zug kommen. Lotti, Elise und Christel machten stattdessen vorne ordentlich Druck. Und gleich in der siebten Minute zahlte sich ihr Einsatz aus: Christel bekam zentral vor dem Strafraum den Ball und gab ihn sofort nach halb links zu Lotti ab, die etwas Raum hatte und ihn nutzte: Sie machte noch ein paar Schritte und schoss dann aus dreizehn Metern platziert ins linke untere Toreck. Das brachte die Niederländerinnen sichtlich aus der Fassung, die in den Minuten danach äußerst unkonzentriert spielten. Und in der fünfzehnten Minute hatte Elise dann ihre erste eigene Chance, zu glänzen: Die Verteidigung der Niederländerinnen schien zu wanken, und Bakker, die sich sonst an Elises Fersen geheftet hatte, blieb diesmal abwartend in der Verteidigungskette, als Christel den Ball zu Elise passte. Elises Herz machte einen aufgeregten Hüpfer, dann aber war kein Platz mehr für irgendeine Empfindung. Da war nur Konzentration: Bakker und Janssen standen zwischen ihr und dem Tor. Und natürlich Torwartin van Leeuwen, die Elise ebenfalls konzentriert anstarrte. Sofort zog Elise rechts ab, ein gut platzierter Schuss. Der Ball strich an den beiden Niederländerinnen vorbei Richtung linkes unteres Toreck. Doch van Leeuwen erwischte ihn noch mit der Hand, kugelte sich danach über dem Ball zusammen, und Elise konnte sich ein lautes »Verdammt!« nicht verkneifen, ehe sie Christels Hand auf der Schulter spürte. »Guter Schuss, weiter so!«

Und ja, so wollte sie weitermachen. Das wäre fast ein Treffer gewesen, und es würde nicht ihre letzte Chance bleiben, das hatte sie im Gefühl. Dafür stimmte heute einfach alles: dieser herrliche Schmerz in ihren Beinen, weil sie schon jetzt so viel gerannt war, dabei immer wieder den Ball erobert hatte, das Rufen der Menge, die Sonne, die ihnen den Schweiß in die Gesichter trieb. Fehlte nur noch, dass sie die Führung weiter ausbauten!

Dann blieb es allerdings erst einmal beim 1:0, auch wenn beide Seiten verbissen kämpften. Bis kurz vor der Halbzeit. Zwar war es wieder Lotti, die am Ende einlochte, aber mindestens die Hälfte des Treffers ging auf Elises Kappe: Die fing einen flapsigen Pass der Niederländerin Peters ab und spielte dann in die Tiefe auf die startende Lotti. Diesmal war Torhüterin van Leeuwen chancenlos, als Lotti mit einem präzisen Rechtsschuss ihren Vorsprung besiegelte. Die Menge tobte, der Abpfiff gellte dazwischen. 2:0, und das schon zur Halbzeit! Elises Grinsen war so breit, dass man es vermutlich bis zum letzten Zuschauerrang sehen konnte.

Und sie war nicht die Einzige, die strahlte. Sie alle waren aufgeregt und verschwitzt, als sie nun in die Kabine zurücktrotteten. Lotti zündete sich erst mal eine Zigarette an und ließ sich von den anderen bejubeln, während Christel sich eine Flasche Wasser über den Kopf schüttete. Ihre Schienbeine waren mit Kratzern übersät, aber ihre Augen leuchteten – vermutlich sah Elise genauso aus. Diese Energie! Da konnte sie fast den leichten Schwindel vergessen, der sie schon wieder zu überkommen drohte.

»Meine Damen, sensationell!« Willi Leupold war zu ihnen in die Kabine getreten und schüttelte jetzt frenetisch Lottis und Christels Hand. »Die Zuschauer sind begeistert! Und wie ich hörte, sind auch einige namenhafte Sportjournalisten anwesend. Das ist ein Erfolg auf ganzer Linie! Ah, Elise, auf ein Wort bitte.«

»Ja?« Eigentlich hatte sie sich gerade setzen wollen, weil die Kabine sich etwas zu drehen begonnen hatte, jetzt ging sie ein paar wackelige Schritte zu Willi hinüber. Sie sollte dringend noch etwas trinken, vielleicht auch den Proviant essen, den sie mitgebracht hatte, bevor es zur zweiten Halbzeit hinausging.

»Der Herr Breitenschneider möchte mit dir sprechen«, raunte Willi ihr zu und hatte sie schon sanft am Ellbogen gepackt, als ob er fürchtete, sie würde sonst davonlaufen.

»Was will der denn von dir?«, fragte Christel von der Seite.

Elise hatte gar nicht gemerkt, dass auch ihre Freundin neben Willi getreten war. Sie biss gerade herzhaft in einen Apfel und schaute zwischen Elise und Willi hin und her.

»Keine Ahnung«, murmelte Elise und merkte, wie sich jetzt wirklich alles drehte.

»So oder so, wir haben keine Zeit. Es geht doch gleich weiter!«, beschied Christel streng und hielt Elise dann ihren Apfel unter die Nase.

»Beiß mal, du bist ja total blass um die Nase.« Mechanisch nahm Elise den Apfel entgegen. Der süße, frische Geschmack sorgte dafür, dass sie sofort wieder klarer sah.

»Er steht aber draußen im Flur und wartet. Ganz kurz«, beharrte Willi und zog Elise mit sich. Wenn sie keine Szene machen und damit die Aufmerksamkeit erst recht auf die Anwesenheit des Stadionbetreibers lenken wollte, musste sie sich wohl oder übel fügen.

»Ich bin gleich zurück«, sagte sie zähneknirschend über ihre Schulter hinweg und schüttelte Willis Hand ab. Sie hatte schon zum zweiten Mal an diesem Tag Gänsehaut – diesmal allerdings nicht gerade aus guten Gründen.

Tatsächlich stand Rudolf Breitenschneider direkt vor der Kabine, lehnte lang und schlank, wie er war, an der Wand und schaute ihr mit seinem lauernden Blick entgegen.

»Aber nur kurz, es geht ja gleich weiter mit dem Spiel«, sagte Willi jovial, klopfte Elise väterlich auf die Schulter und ließ sie einfach alleine.

Der Stadionbetreiber fackelte keine Sekunde. Kaum, dass Willi um die Ecke gebogen war, ergriff er Elise an der Hüfte und zog sie mit einem Ruck zu sich. Sie war so überrumpelt, dass sie vor Schreck den Apfel fallen ließ – er rollte einen Meter weiter, blieb in der Nähe der geschlossenen Tür der Umkleidekabine stehen.

Die Umkleidekabine. Was auch immer der Stadionbetreiber noch von ihr wollte, es zwar zweitranging gegenüber der Gefahr, dass jemand sie sehen könnte.

Elise versuchte, ihn wegzuschieben, aber sein Griff war überaus beharrlich. »Ich hatte gehofft, du würdest mich noch mal anrufen«, raunte er ihr zu.

Sie hatte ihn nicht so zudringlich in Erinnerung. Im Gegenteil, in der kurzen Zeit, die sie miteinander geteilt hatten, war er doch trotz seines unmoralischen Angebots recht umsichtig gewesen. Einmal abgesehen davon, dass das Ganze dennoch Konsequenzen für sie gehabt hatte. Konsequenzen, von denen er nichts wusste, nichts wissen durfte, wie ihr plötzlich durch den Kopf schoss.

Spürte er etwa, was geschehen war, als er die Hände nun viel zu fordernd um ihre Mitte gleiten ließ? Konnte er die verräterische Wölbung ertasten?

»Lassen Sie mich los!«, zischte Elise und versuchte erneut, sich zu befreien.

»Ich möchte dich wiedersehen«, sagte der Stadionbetreiber und lockerte nun wenigstens etwas seinen Griff.

»Das wird nicht möglich sein«, sagte Elise und schaffte es nun endlich, sich loszureißen. Ihre Haut prickelte unangenehm.

Hastig trat sie gleich mehrere Schritte zurück.

»Das war eine einmalige Angelegenheit, und an mehr bin ich nicht interessiert«, sagte sie und schaute ihm dabei fest in die Augen, wild entschlossen, sich nicht anmerken zu lassen, wie sehr sie innerlich zitterte. Und wie schlecht ihr schon wieder geworden war.

Schweigend musterte er sie. Aus der Kabine klang das Lachen ihrer Mitspielerinnen zu ihnen herüber.

»Ich muss zurück!«, sagte Elise und machte kehrt, aber Rudolf Breitenschneider sprach so laut und eindringlich, dass sie sich doch wieder zu ihm umdrehen musste. »Wissen die anderen, was du getan hast? Wie du ihnen zu diesem Spiel verholfen hast?«

Elise biss die Zähne zusammen. Sie würde darauf nicht antworten. Überhaupt war diese Unterhaltung beendet. Aber jetzt packte er sie schon wieder, diesmal an der Hand, und verhinderte damit, dass sie endlich gehen konnte.

»Oder soll ich es ihnen erzählen, hm?« In seinen Augen funkelte es nun gefährlich.

»Nein, ich ...«

Weiter kam sie nicht, denn plötzlich rumste die Tür der Mannschaftskabine geräuschvoll auf, und als Elise sich erschrocken umdrehte, sah sie, wie Christel mit erstarrter Miene davor stand, die Tür im Rücken. Ihr Blick huschte vom Apfel auf dem Boden zu Elise und dann schließlich zu Rudolf Breitenschneider, der noch immer Elises Hand umklammert hielt.

»Das Spiel geht weiter«, sagte sie kühl, und endlich gelang es Elise, sich aus seinem Griff zu befreien.

»Ich komme.« Ohne den Stadionbetreiber noch einmal anzuschauen, stapfte sie hinter Christel her.

Christel aber würdigte sie, obwohl sie kurz darauf wieder gemeinsam auf den Platz traten, keines Blickes mehr.

Vielleicht lag es an Elise, vielleicht war die Stimmung im Team jetzt insgesamt etwas angespannt. Jedenfalls gelang es ihnen in der zweiten Halbzeit nicht mehr, das Niveau der ersten zu halten. Selbst Lotti und Lore, die von der kurzen Irritation außerhalb der Kabine ja eigentlich nichts mitbekommen haben konnten, schafften es nicht mehr, gefährlich nah vors Tor zu kommen. In erster Linie lag es an den Niederländerinnen: Die schienen die Halbzeitpause gut genutzt zu haben, um ihre Strategie neu auszurichten. Jedenfalls biss sich die deutsche Mannschaft an deren Verteidigung nun die Zähne aus. Es war frustrierend, zu keinem Abschluss zu kommen. Dabei wäre das vielleicht das Einzige gewesen, was Elise wenigstens ein bisschen geerdet und das Bild von Breitenschneider und seinem zudringlichen Lächeln aus ihrem Kopf vertrieben hätte: ein ordentlicher Treffer.

Stattdessen wurde es in der zweiundfünfzigsten Minute für sie brenzlig: Die Niederländerinnen hatten einen Freistoß bekommen, und Elise sollte van Beek decken – die vielleicht gefährlichste Spielerin der Niederländerinnen, die nicht nur um einige Zentimeter größer als Elise war, sondern auch als exzellente Kopfballschützin galt. Etwas, das sie bisher allerdings noch nicht unter Beweis hatte stellen können.

Die Nummer 9 der Niederländerinnen, Mulder, die den Freistoß ausführen sollte, wirkte hochkonzentriert, als sie sich in Stellung brachte.

Normalerweise gelang es Elise in solchen Momenten äußerst gut, sich zu konzentrieren und alles, was sie hatte, auf diesen einen Moment zu richten. Sich nichts entgehen zu lassen. Jetzt aber fühlte sie sich irgendwie taub, ausgelaugt.

Du musst jetzt da sein, befahl sich Elise selbst, drückte sich an van Beek, so nah, dass sie den Schweiß und das Haarspray der Niederländerin riechen konnte. Aber sie war nicht hier, nicht wirklich. Stattdessen war da das Gefühl von Breitenschneiders Hand an ihrem Arm, der feste Griff, dieses Grinsen, dann Christels Gesicht, ihr Blick – Mulder schoss, der Ball flog genau auf sie zu, und schon beförderte van Beek den Ball mit dem Kopf ins Tor, ohne dass Elise irgendetwas dagegen unternommen hätte.

Die Niederländerinnen jubelten, im Publikum waren enttäuschte Rufe zu hören. Und Elise sank in sich zusammen.

Der erste Gegentreffer. Weil sie nicht gut genug aufgepasst hatte. Etwas, das ihr sonst nie passierte.

Einige Meter neben ihr stampfte Christel wütend auf. »Mist!«, hörte Elise sie rufen. Christels Blick streifte sie nur kurz, aber die Wut darin, die Enttäuschung ließen Elise zusammenzucken. Und dann stapfte Christel auch schon zu Werner und verwickelte ihn in eine kurze Diskussion.

Dabei schauten die beiden immer wieder zu Elise. Kurz darauf wurde ihre Nummer am Spielfeldrand hochgehalten. Sie musste raus.

»Das liegt nicht am Freistoß!«, versuchte Werner, sich zu erklären, als er sie abklatschte. »Wir brauchen jetzt einfach frische Leute, um vorne wieder mehr Druck machen zu können.« Aber das war Elise nicht im Mindesten ein Trost. Im Sturm spielte sonst nur noch Hilde – und die war lange nicht so gut wie Elise. Zumindest nicht, wenn Elise sich konzentrierte. Das wusste Werner. Und er hätte sie ohne Christels Intervention garantiert nicht ausgewechselt, das wusste sie ebenfalls mit Sicherheit. Jetzt hatte sie nicht mehr die Chance, zu beweisen, dass sie sich doch noch zusammenreißen konnte. Nicht die Chance, über das hinwegzukommen, was in der Halbzeitpause passiert war. Und das war nicht nur ihre, sondern auch Christels Schuld. Im Grunde war es skandalös, dass Werner sich von Christel hatte überreden lassen!

Aber Elise schaffte es nicht einmal mehr, wütend zu sein. Vielleicht war es ja auch besser so, das versuchte sie, sich zumindest einzureden. Ihr war noch immer schwindelig, das Blut rauschte ihr in den Ohren, und innerlich fühlte sie sich ganz zittrig. Wie Breitenschneider dort gestanden hatte, wie selbstverständlich …

Wie viel hatte Christel mitbekommen? Sie musste sich irgendeine gute Ausrede einfallen lassen für das, was da passiert war. Aber so angestrengt sie den Rest des Spiels auch darüber nachdachte, ihr fiel nichts ein. Es war so, wie es gewesen war. Vielleicht sollte sie einfach dazu stehen? Ehrlich sein, aufrichtig und tapfer, das war ihr doch eigentlich so wichtig.

Auf das Spiel konzentrieren konnte sie sich jedenfalls auch vom Spielfeldrand aus kaum. Immerhin gelang den Niederländerinnen nicht noch der Ausgleich – dadurch gewannen sie trotzdem. Doch der Sieg schmeckte hier von der Seitenlinie ein wenig fade.

Das hätte doch ihr Tag sein sollen! Und auch ihr Sieg. Stattdessen klang sogar der Abpfiff, das Jubeln ihrer Kameradinnen, weil sie gewonnen hatten, merkwürdig dumpf in ihren Ohren.

Dabei wollte sie sich mitfreuen! Und sie versuchte es auch, lächelte, klopfte den anderen auf die Schulter, als sie lachend und singend zurück in die Kabine marschierten. Aber das Lächeln verrutschte ihr schnell angesichts Christels düsterer Miene.

Und falls sie noch auf der Suche nach irgendwelchen Ausreden oder Erklärungen für die Situation mit Breitenschneider gewesen war, wurde ihr spätestens jetzt klar, dass Christel sowieso schon ihre eigenen Schlüsse gezogen hatte. Kaum, dass sie wieder in der Kabine waren, zog ihre Kapitänin sie beiseite.

»Also, du hast mit ihm geschlafen? Um Gottes willen, wieso?«

Neben ihnen plauderten die anderen vergnügt, während sie sich umzogen. Nur Christel wirkte so fassungslos, dass Elise einen Moment lang ebenfalls nicht wusste, was sie sagen sollte. Lügen war offensichtlich zwecklos. Und Christel würde das sowieso nicht durchgehen lassen.

»Elise, stell dir mal vor, was passiert, wenn das rauskommt!«, zischte Christel, sichtlich bemüht, dass niemand sonst sie hörte. Allerdings schaute mindestens Lore ganz interessiert zu ihnen herüber. Christels Gesicht war jetzt hochrot, nicht vom Spiel, sondern vor Wut. Dabei hätte doch ihre Kapitänin sich über ihren Sieg am allermeisten freuen sollen. »Wie stehen wir denn dann alle da?«, machte Christel weiter, ihre Stimme zitterte. »Als hätten wir hier nur spielen dürfen, weil wir Männern gefällig sind! Nicht, weil wir tatsächlich einfach gut sind!« Jetzt war sie doch lauter geworden.

Und in der Kabine war es plötzlich mucksmäuschenstill. Alle Blicke ruhten jetzt auf ihnen, und Elise trat unbehaglich von einem Bein auf das andere. Sie wagte es kaum, Christels Blick zu erwidern. Aber das brauchte sie auch nicht. Christel hatte schon weiter geschlussfolgert.

»Oh mein Gott!«, schnaubte sie. »Du hast es deswegen getan? So hast du ihn überzeugt? Und ich dachte noch, dass es vielleicht einfach unsere guten Argumente gewesen wären! Ich habe ihm doch einen Brief geschrieben, und Werner auch!«

Jetzt sah Elise doch hoch, und das pure Entsetzen, gepaart mit einer gehörigen Spur Ekel in Christels Gesicht, ließ sie zusammenzucken.

»Was hätte ich denn sonst tun sollen? Ich musste ihn doch überzeugen. Christel, für mich hängt hier alles dran«, sagte sie leise. Die Blicke der anderen Frauen – fassungslos, kritisch, angewidert – fühlten sich an wie kleine Nadelstiche, die sie überall trafen.

»Für mich etwa nicht?«, fuhr Christel auf. »Und genau deswegen hättest du es nicht tun sollen! Argumente sind unsere Waffe – und guter Fußball! Du hast unsere ganze Mannschaft beschmutzt und mich als Kapitänin sowieso! Wer sagt dir denn, dass wir ihn nicht auch anders hätten überzeugen können?«

Hätte Christel Feuer speien können, sie hätte es getan. Elise kam es gar so vor, als wären alle anderen Frauen instinktiv ein paar Schritte zurückgetreten.

Und mit einem Mal wurde sie wütend.

»Du als Kapitänin, ja? Du hast gut reden. Du ziehst doch mit unserem Trainer nach Berlin, um da ein neues Leben anzufangen! Was kümmert dich da unser Ruf?«

»Machst du mir jetzt etwa Vorwürfe wegen Werner?«

Ja, nun waren die anderen definitiv zurückgewichen. Nur Marion hatte sich vorsichtig neben Christel geschoben und legte ihr eine Hand auf den Arm. »Christel!«

»Was?«, fuhr Christel sie an. »Hast du etwa auch ein Problem mit meiner Beziehung zu Werner?«

»Niemand hat ein Problem mit deiner Beziehung!«, sagte Marion schnell und warf einen hilfesuchenden Blick zu den anderen, aber niemand wagte es, ihr beizuspringen. »Das schadet uns ja nicht.«

»Genau, im Gegensatz zu Elises Machenschaften!«, konnte sich Christel den nächsten Hieb nicht verkneifen.

»Ach ja? Und was soll ich dazu sagen, dass du Werner dazu überredet hast, mich während des Spiels ganz plötzlich auszuwechseln? Ist das etwa keine unfaire Einflussnahme?«

Eigentlich hatte Elise gar nicht mehr darüber sprechen wollen. Nicht heute, nicht jetzt. Eigentlich wollte sie ja alles, was seit der Halbzeitpause passiert war, einfach vergessen. Aber mittlerweile kochte sie selbst innerlich. Wie konnte Christel sie vor allen anderen so dermaßen an die Wand stellen?

»Vielleicht war es nicht richtig, was ich gemacht habe. Aber die Konsequenzen trage ich wenn, dann ganz alleine!«, versuchte sie, etwas ruhiger hinzuzufügen, aber Christels Blick war jetzt nur noch kalt. Wo war sie hin, die Freundschaft, die in den letzten zwei Jahren so innig geworden war? Man hätte meinen können, Christel würde sie hassen, so, wie sie sie anschaute.

»Die Konsequenzen trägst du in der Tat alleine«, sagte Christel abschätzig. »Denn du bist nicht länger Teil dieser Mannschaft. Nie wieder.«

»Das kannst du nicht entscheiden«, quetschte Elise hervor. Instinktiv hatte sie die Arme um ihren Bauch geschlungen.

Um die wirklichen Konsequenzen, die sie zu tragen hatte und von denen niemand etwas ahnte.

Christels Blick folgte ihrer Bewegung, kühl und berechnend. Und eine Ahnung blitzte in ihrem Blick auf. »Ach, das auch noch? Na, herzlichen Glückwunsch, ich habe mich schon gefragt, was mit dir los ist!«

»Christel!«, versuchte Marion, wieder einzulenken. Aber Elise wollte ihre Hilfe nicht. Nicht, wenn auch Marion sie so anschaute: voller Ekel und Fremdheit.

»Das kannst du trotzdem nicht entscheiden!«, sagte Elise trotzig und schaute in die Runde. Eigentlich hätten sie hier alle gerade gelöst feiern sollen. Sie hatten doch gewonnen! Stattdessen schaute sie in betroffene verschwitzte Gesichter. Und niemand wollte ihrem Blick begegnen.

»Na schön!«, gab Christel ebenso stur zurück. »Wer ist dafür, dass Elise, obwohl sie uns verraten hat, noch Teil dieser Mannschaft bleiben darf? Damit fällt natürlich ihr Handeln auf uns alle zurück«, sagte sie in die Runde und wartete gar nicht, ob eine der Spielerinnen antwortete. Es traute sich sowieso niemand. Und Elise hatte auch keine Kraft mehr, darauf zu warten. Mittlerweile zitterte sie so sehr, dass es gar nichts brachte, dass sie sich selbst umschlungen hielt. Es fühlte sich trotzdem so an, als würde sie jeden Moment auseinanderbrechen.

»Ich wünsche dir viel Spaß mit deinem Mann und seiner Fußballkarriere!«, brachte sie noch so gehässig wie möglich hervor – zu etwas anderem war sie gar nicht in der Lage. Und dann bemühte sie sich, zur Kabinentür so kommen, bevor sie noch umdrehen und betteln würde.

Nein, diese Christel, das war nicht die, die sie von früher kannte. Vielleicht war sie es schon länger nicht mehr, nicht, seitdem sie mit Werner zusammen war und sich für etwas

Besseres hielt, und Elise hatte es nur nicht wahrhaben wollen. Diese Christel jedenfalls würde sie ganz gewiss nicht anbetteln. Keine von denen, die einfach nichts verstanden und nicht einmal eine Sekunde daran dachten, zu ihr zu halten.

Doch dafür war sie jetzt alleine.

Sie spürte es, als sie sich auf den Rückweg machte, allein unter dem diesigen grauen Himmel zum Essener Bahnhof stapfte, im ratternden Zug den Kopf ans kühle Glas lehnte. Und erst recht spürte sie es, als sie dann schließlich wieder dort war: in ihrer leeren, kalten Wohnung. Vollkommen, total und hoffnungslos allein.

Nein, nicht ganz allein, dachte sie plötzlich und schaute wieder auf ihren Bauch hinunter, wo die leichte Wölbung unter ihrem Kleid nur zu erahnen war. Da gab es ja noch diesen kleinen Fremdkörper, der alles so viel komplizierter machte, den sie nicht wollte und niemals wirklich wollen würde, da war sie sich sicher. Und trotzdem war dies alles, was sie jetzt noch hatte, ob erwünscht oder nicht. Der einzige Mensch, der bleiben würde. Der einzige Mensch, für den sie bleiben würde.

Und mit einem Mal musste Elise an ihre Mutter denken. Der erste Verlust, den sie erlitten hatte, und vermutlich der schlimmste, auch jetzt noch, wo sie sich kaum mehr an das Gesicht der Mutter erinnerte. Wenn sie es versuchte, sah sie meist eine ältere Marie vor sich, dieses Freundliche, Herzliche im Gesicht, das Sommersprossige, immer Weiche.

Elises Mutter war lange fort, und die Erinnerung an sie mochte nur noch ein Schatten sein – aber sie wusste noch, dass ihre Mutter allem immer etwas Positives abgetrotzt hatte. »Nichts ist so schlecht, dass nicht auch etwas Gutes daran wäre« – dieser Spruch war nicht nur Maries, er wäre auch der ihrer Mutter gewesen.

Elises Motto aber war er nicht. Stattdessen setzte sie sich an den Küchentisch und wollte gerade den Kopf auf das kühle Holz legen, einfach nicht mehr sein, als es an der Tür klingelte.

Marie lag im Bett, die konnte es nicht sein. Christel?

Elises Herz machte einen Satz, und der Stuhl fiel fast um, als sie aufsprang.

Aber nein, stoppte sie sich kurz darauf selbst. Nur keine Hoffnung! Christel war zu stolz. Sie würde nicht kommen. Genauso wenig, wie Elise bei ihr vorbeigehen würde, weder hier noch in Berlin, nirgendwo. Diese Freundschaft war vorbei, das hatte sie in dem Moment gewusst, in dem Christel sie und den Stadionbetreiber im Flur vor der Kabine hatte stehen sehen und in ihrem Gesicht nichts als Entsetzen gewesen war – nicht wegen dem, was Elise widerfahren war. Nicht, weil sie Elise bemitleidete, ihr vielleicht helfen wollte. Sondern, weil sie Elise sofort verurteilt hatte, ohne auch nur eine Frage zu stellen.

Nein, Paul war es, der vor der Tür stand, groß und ernst, die Augenbrauen zusammengezogen, sodass er wieder so grimmig aussah wie früher, wenn sie sich gestritten hatten.

»Marie hat mir alles erzählt«, sagte er schlicht und versuchte sich an einem Lächeln, das ihm misslang.

»Darf ich reinkommen?«

Ach, Marie! Warum hatte sie nicht einfach schweigen können? Warum musste ihre Tante nur so gutmütig, so wohlmeinend sein? Warum musste sie allen ihre Vision eines Lebens, eines guten, erfüllenden Lebens, aufzuzwängen versuchen?

Natürlich hatte sie heimlich Paul aufgesucht, natürlich mit ihm gesprochen, ihn sicher um den Finger gewickelt, genauso, wie sie es mit Elise versucht hatte. Und ihretwegen war Paul jetzt hier. Und mit ihm, das spürte Elise einfach, wieder so ein Moment. Ein Moment, der das Leben in ein Davor und Danach teilte. Eine Entscheidung, die alles verändern würde.

Einen Augenblick lang schloss sie die Augen. Aber das brachte keine Klarheit, sondern nichts als Dunkelheit.

»Ja«, sagte Elise und trat zurück.

9

Wuppertal, Dezember 2022

Sie haben beide Tränen in den Augen, auch wenn sie damit ganz unterschiedlich umgehen. Katja lässt sie laufen, seit einer Weile schon, eigentlich, seit Elise richtig zu erzählen begonnen hat. Sie kann gar nichts dagegen tun und will es auch nicht. Elise hingegen blinzelt heftig dagegen an, schaut aus dem Fenster. Der Morgen ist schon längst weiter fortgeschritten, und das Licht des Tages spiegelt sich schimmernd in ihrem Blick.

»Ich habe mir selbst geschworen, nie wieder darüber zu sprechen«, sagt Elise. »Um Petras willen. Es ist doch sowieso schon schwer zwischen uns. War es immer.«

»Und Opa?«, fragt Katja leise. »Wusste er es? Die ganze Geschichte, meine ich?«

Jetzt sieht Katja wieder das Gesicht ihres Opas vor sich, kurz vor seinem Tod, viel schmaler und eingefallener als früher. Aber auch das jüngere Gesicht, die Leidenschaft darin, wenn es um etwas ging, was ihm wichtig war, die Zornesfalte zwischen seinen Augenbrauen, wenn er wütend war. Unfassbar, was sich damals zwischen Elise und Paul abspielte. Und sie hat nichts davon geahnt, rein gar nichts, weder sie noch Petra, da ist sie sicher. Aber jetzt hat sie es ganz klar vor Augen, das Foto von dem jungen Mann mit dem Motorroller, das sie neulich ebenfalls auf dem Dachboden ihrer Großeltern gefunden hat. Auch ihr Großvater war mal ein anderer, ein junger

Mann, der wusste, was er wollte, auch wenn dann in seinem Leben nicht alles so aufging, wie er sich das vorgestellt hatte. Zumindest seine beruflichen Wünsche konnte er sich nicht erfüllen, das weiß Katja. Aber was ist mit seinen privaten?

»Natürlich.« Elise nickt, und kurz huscht so etwas wie ein Lächeln über ihr Gesicht. »Marie hatte ihm bereits alles erzählt, als er da vor meiner Tür stand. Sie wusste ja, dass ich ihm das niemals verschweigen würde. Und er – er hat es einfach so hingenommen. Er wollte mich heiraten, trotz allem. Und er wollte dieses Kind annehmen. So war er, weißt du? Klar und offen, das habe ich immer an ihm geschätzt.«

»Und dann … Aber was ist dann passiert, Oma?« Die Frage klingt so einfach, doch Katja weiß, dass sie eigentlich unmöglich zu beantworten ist. Zwei Menschen mit so einer Geschichte. Wie hätten die beiden da wirklich glücklich werden können?

Glücklich jedenfalls hat Katja ihre Großeltern nie zusammen erlebt. Als sie klein war, dachte sie immer, dass das normal sei. Dass Großeltern eben kaum miteinander sprechen, nicht im selben Zimmer schlafen. Später hat ihr Petra dann von ihrer Kindheit erzählt, von diesem Schweigen zu Hause, der Lieblosigkeit, nicht ihr gegenüber, sondern untereinander. Aber bis jetzt hat Katja sich nie gefragt, was eigentlich passiert ist, damit ihre Großeltern so wurden. Welche Geschichte hinter ihrer Ehe steckt.

»Er hat sich daran gehalten, natürlich hat er das«, sagt Elise traurig. »Er hat es mir versprochen, damals, als er nach dem Spiel bei mir aufgetaucht ist. Dass er ein guter Vater sein wird, dass er Petra lieben wird. Und er war jemand, der seine Versprechen immer gehalten hat. Für ihn hat es nie einen Unterschied gemacht, ob er auch ihr biologischer Vater war. Aber ich musste ihm auch etwas versprechen, im Gegenzug. Schluss mit dem Fußball, eine richtige Familie sein, wie es sich gehört. Und nie über das alles reden, damit ja kein schlechtes Licht auf ihn, den aufsteigenden Fabrikanten, geworfen würde. Ich konnte ihn ja verstehen, irgendwie«, sagt Elise und seufzt. »Er wusste eben, was er wollte, und darin war er manchmal gnadenlos, genau wie ich.«

»Also hast du ihm dieses Versprechen gegeben. Und es gehalten«, sagt Katja leise. Langsam beginnt sie zu verstehen. Das, was damals passiert ist. Das, was Elise daraus gemacht und – störrisch, wie sie ist – bis jetzt durchgezogen hat. Dennoch, der Gedanke ist unerträglich, dass Elise dafür den Fußball hat aufgeben müssen. Sie hat den Fußball geliebt, das weiß Katja jetzt. Genauso wie Katja hat sie den Fußball gebraucht, wahrscheinlich sogar noch mehr als sie.

Katja möchte ihren Großvater nicht in einem anderen Licht sehen, nicht jetzt, wo er doch gerade erst gestorben ist. Dennoch kann sie nicht anders, als sich zu fragen, wieso er so grausam war.

»Ich verstehe einfach nicht, wie Opa so etwas von dir verlangen konnte«, murmelt sie.

Doch Elise seufzt nur. »Es waren damals andere Zeiten, Katja. Und glaub mir, es hat ihn selbst auch nicht glücklich gemacht. Vermutlich hat er irgendwie gehofft, dass ich wirklich darüber hinwegkommen, dass aus dieser Entscheidung etwas Gutes werden würde. Eine glückliche Ehe, eine glückliche Familie. Wo wir uns doch geliebt haben. Aber so leicht ist das nicht.«

»Nein, das glaube ich auch nicht«, sagt Katja und schluckt gegen den Kloß in ihrem Hals an.

Elise schaut jetzt zu ihrer Enkelin, nicht mehr nur aus dem Fenster. In ihrem Blick sind nun keine Tränen mehr zu sehen. Nein, da ist sie wieder, die halsstarrige alte Dame.

»Und trotzdem ging es nicht anders. Ich wusste eben nicht, was ich sonst tun sollte«, sagt sie mit fester Stimme. »Und ich wollte das. Für Petra. Eine Familie, wie ich sie selbst nur kurz gehabt habe. Das erschien mir plötzlich richtig, die Lösung, wo ja alles um mich herum zusammengebrochen war.«

»Und eure Ehe hat ja auch gehalten«, sagt Katja leise. »Irgendwie.«

»Paul war noch nie einer, der gut loslassen konnte«, sagt Elise. »Und für Petra, nein, um ihretwillen haben wir so etwas wie eine Scheidung auch nie wirklich in Erwägung gezogen. Vielleicht konnten wir auch beide nicht einsehen, dass es nicht reicht, sich zu lieben. Dass manche Dinge … nicht zu verzeihen sind. Ich zumindest konnte ihm nie verzeihen, nicht wirklich. Stattdessen haben wir dann einfach funktioniert. So gut es ging.«

Katja weiß von Petra, dass das nicht wirklich geklappt hat. Petra, die unter der Fremdheit ihrer Eltern litt, die bis heute Schwierigkeiten hat, wirklich jemanden an sich heranzulassen. Wenigstens das versteht Katja nun besser.

»Es tut mir leid, Oma«, sagt sie leise.

»Man kann zwar eine Entscheidung treffen«, sagt Elise schlicht. »Aber das heißt nicht, dass dann am Ende alles gut wird.«

Und während Katja jetzt schon wieder die Tränen kommen, einfach nur, weil das so endgültig und gleichzeitig so wahr klingt, geht ein Ruck durch Elise. »Du darfst Petra nichts davon sagen. Wenn, dann will ich es ihr selbst erzählen. Wenn sie es wissen will. Und wenn nicht, dann muss sie es auch nicht wissen. Denn dieser Teil der Geschichte, der ist nicht derjenige, der wirklich zählt. Paul hat sie über alles geliebt. Sie war sein Kind. Und er würde niemals wollen, dass sie etwas anderes denkt.«

»Ich verstehe das schon, Oma«, sagt Katja vorsichtig. »Aber ich glaube, es wäre wichtig für Petra, das zu wissen.« Und für euch beide, für eure Beziehung, möchte sie hinzufügen, lässt es aber. Elise hat so viel von sich preisgegeben, ist offensichtlich über ihren Schatten gesprungen. Sie möchte sie nicht vor den Kopf stoßen.

Doch Elise seufzt nur. »Ich weiß genau, was du denkst. Bitte versprich es mir trotzdem. Das ist mir wichtig!«

Was bleibt Katja da anderes übrig? »Ich verspreche es.« Sie hofft trotzdem, dass Petra die Wahrheit erfährt, irgendwie. Und falls Elise und Petra weiter nur miteinander streiten, statt sich einmal richtig zu unterhalten, wird sie gewiss zu vermitteln versuchen und irgendwie eine Gelegenheit schaffen, dass Elise Petra doch die Wahrheit erzählt, über alles. Zugleich ist dieser Teil der Geschichte auch für sie nicht der wichtigste. Und das, obwohl er ja auch bedeutet, dass ihr Opa nicht ihr leiblicher Opa ist. Für sie ist und bleibt er schlicht ihr Opa, egal, ob sie nun die ganze Wahrheit kennt oder nicht. Das ist nicht der Teil der Geschichte, der ihr die Tränen in die Augen treibt.

Und nicht der Teil, der sie auch in den nächsten Tagen wie manisch durch die Wohnung rennen lässt – schlaflos, aufgewühlt und irgendwie wütend. Aber nicht auf Elise. Zumindest nicht mehr so sehr wie vor diesem Gespräch. Sie ist immer noch traurig, dass ihre Großmutter ihr all das vorher nie erzählt hat. Dass sie zugelassen hat, dass da eine Fremdheit zwischen ihnen ist, die nicht hätte sein müssen. Aber die Wut, die Enttäuschung darüber richtet sich jetzt darauf, dass eine Frau damals im Grunde dazu gezwungen wurde, sich so zu entscheiden, wenn sie ihr Ziel erreichen wollte. Dass Elise nicht wirklich eine Wahl hatte, wenn es darum ging, für ihre Leidenschaft, den Fußball, zu kämpfen. Und was hätte sie schon für Möglichkeiten gehabt, allein und schwanger, außer Pauls Antrag anzunehmen? Vielleicht hätte sie das Kind noch weggeben können. Aber was dann? Glücklich hätte sie das nicht gemacht, und zum Fußballspielen hätte sie das auch nicht zurückgebracht.

Diese Wut beflügelt sie, macht sie unruhig und kämpferisch zugleich. Denn sie weiß ja auch, dass es Frauen noch immer schwer haben, im Fußball sowieso, sich ständig mit Entscheidungen konfrontiert sehen, bei denen sie am Ende nur zurückstecken.

Schon während Elises Erzählung hat sie nicht nur an ihren eigenen Weg denken müssen, die Schwierigkeiten, mit denen sie selbst konfrontiert war, sondern vor allem an Nele. Nele, die jetzt auch schwanger ist, genauso jung und unerfahren wie Elise damals, und die ein Mann zwingen will, sich zu entscheiden.

Natürlich ist ihr Co-Trainer Felix nicht Paul. Natürlich sind die Zeiten andere, und natürlich muss sie Nele ihre eigene Geschichte und ihre eigene Wahl zugestehen.

»Aber wenn die Geschichte mir doch eines gezeigt hat«, sagt sie einige Tage später abends zu Tom, als sie endlich ihre Gedanken geordnet hat. »Dann doch, dass es wichtig ist, Unterstützerinnen zu haben. Menschen, die die Entscheidung begleiten.«

»Oder in die eine oder andere Richtung lenken, meinst du wohl«, gibt Tom schmunzelnd zurück. In den letzten Tagen hat Tom nur wenig gearbeitet, stattdessen hat er sich um den Haushalt gekümmert und Zeit mit Linus verbracht – und halb besorgt, halb amüsiert beobachtet, wie Katja immer wieder rastlos durch die Wohnung getigert ist. Das, was sie von Elise erfahren hat, hat sie ihm haarklein erzählt. Und er hat zugehört, die Stirn gerunzelt, der Blick nicht müde, sondern hellwach. Und schon während Katja berichtet hat, hat er verstanden, warum sie die ganze Geschichte so mitnimmt. Und dass sie auch genau deswegen bei Nele unmöglich die Füße stillhalten kann.

»Selbstverständlich«, sagt Katja und grinst.

Da ist sie wieder, die Kampfeslust, die sie die ganze Zeit gesucht und irgendwie nicht so recht gefunden hat. Aber jetzt ist nicht mehr der Moment fürs Innehalten, fürs Verzagtsein, das spürt sie ganz genau.

»Was auch immer mich so gelähmt hat in den letzten Wochen«, sagt sie zu Tom und merkt selbst, dass sie fast ein wenig feierlich klingt. »Das muss jetzt vorbei sein. So leicht lasse ich mich nicht unterkriegen! Und meine Aufgabe ist es, Nele zu helfen, dass sie das genauso wenig tut.« Es klingt wie ein Versprechen, nicht nur für Nele. Auch für sich selbst. Tom merkt es, er lächelt.

»Willkommen zurück«, sagt er und stupst sie an der Schulter an.

Und sie fackelt nicht lange. Nein, die alte Katja, die konnte durchaus entschieden werden, wenn sie etwas wollte. Mehr wie ihre Großmutter und ihre Mutter, weniger wie eine, die sich immer nur wegduckt.

Nur, dass sie dafür leider furchtbar indiskret werden muss. Es ist ganz gewiss nicht die feine Art, das einfach so hinter Neles Rücken zu machen, das weiß sie selbst. Nele schien zwar bei ihrem Gespräch neulich grundsätzlich nicht abgeneigt, auch in dieser Hinsicht Katjas Hilfe anzunehmen – aber um Erlaubnis gefragt hat sie sie auch nicht. Trotzdem, sie muss das jetzt machen. Sie muss Felix wissen lassen, dass sie die Situation beobachtet. Und ihn vielleicht zu überzeugen versuchen, mit ihnen an einem Strang zu ziehen.

Anders geht es nicht, spricht sie sich selbst Mut zu, als sie sich schließlich vor Felix' Tür wiederfindet, den Finger schon auf dem Klingelknopf. Sie hat ihn erst einmal hier besucht, ganz am Anfang, als er frisch im Verein anfing. Damals überlegten sie vielleicht beide, ob aus der Kollegenschaft eine Freundschaft werden könnte. Aber er ist vielleicht etwas zu zielstrebig, zu konkurrenzorientiert. Alles an ihm strahlt aus, dass er hoch hinauswill – das schätzt sie zwar eigentlich auch, es macht ihn zu einem guten Trainer. Vielleicht hat es trotzdem genau deswegen nicht für eine echte Freundschaft gereicht, wie sie sie mit Franzi und Miriam teilt.

Oder es liegt an seiner Art, dieses etwas Glatte, das er hat, denkt Katja, als er auch jetzt viel zu schnell die Tür aufmacht, das Lächeln schon wie angeknipst, obwohl er ja gar nicht wissen konnte, wer da steht. Angekündigt hat sie sich nicht.

»Katja! Was verschafft mir die Ehre?«

Falls er überrascht ist, dass sie ihn so kurz vor dem Trainingsauftakt privat besucht, zeigt er es nicht. »Willst du einen Kaffee? Du trinkst ihn ja immer schwarz, oder?«

Kurz darauf sitzen sie auch schon in seiner Junggesellenbude in der Küche, klein, aber penibel sauber. Die Arbeitsflächen sind glatt und schwarz, alle Küchengeräte in glänzendem Silber und nigelnagelneu. So richtet sich niemand ein, der eigentlich vorhat, eine Familie zu gründen, denkt Katja und hat mit einem Mal doch etwas Mitleid mit ihm. Auch für ihn ist das alles neu, das ist ihr klar, neu und ungeplant und sicherlich nicht willkommen. Aber es kommt nicht darauf an, was man will, zumindest nicht in so einer Situation. Sondern wie man damit umgeht.

»Ich habe das mit Nele herausgefunden«, platzt sie heraus, noch als ihr Kaffee aus dem silbernen Vollautomaten gurgelnd in den Becher läuft und Felix sich gerade ihr gegenüber auf einen Küchenstuhl hat sinken lassen.

»Sie hat mir nichts gesagt«, schiebt sie schnell hinterher, als Felix sie nur unbewegt anguckt. Aber in seinem Blick sieht sie es kurz flackern. »Ich musste mir schon alles selbst zusammenreimen. Auch, dass du der Vater bist. Das hat sie sogar praktisch verneint. Aber ich bin ja nicht dumm. Und Miriam hat euch beide schon vor einiger Zeit zusammen in der Stadt gesehen.«

Felix seufzt, und auf einmal bekommt sein freundliches, aber unverbindliches Lächeln Risse. Wie um Zeit zu gewinnen, steht er wieder auf, geht zurück zur Kaffeemaschine, dreht Katja den Rücken zu. Die Maschine gibt ein leises Rülpsen von sich, als der Kaffee zu laufen aufhört. Dann ist es still in der Küche.

»Das war nicht geplant«, sagt er schließlich, als er sich umdreht. »Und mir ist durchaus bewusst, dass es nicht optimal ist, was mit einer Spielerin anzufangen, schon klar. Aber verboten ist es auch nicht.«

Jetzt blitzen seine Augen gefährlich. Sofort in den Angriffsmodus gehen, das kennt Katja von ihm. Deswegen sind sie schon so manches Mal aneinandergeraten. Aber heute will sie das ja eigentlich nicht. Das hier, das muss sie behutsamer angehen, merkt sie.

»Da hast du recht, verboten ist es nicht«, sagt sie und bemüht sich um einen versöhnlicheren Ton. An seiner angespannten Haltung ändert das nichts.

»Und ich bin auch nicht gekommen, um dir deswegen Vorwürfe zu machen. Aber ich möchte mit dir darüber sprechen, ob ich vielleicht irgendwie helfen kann.«

»Und wobei genau?«

Jetzt möchte Katja am liebsten seufzen. Er schaut sie so ablehnend an, und wenn sie ehrlich ist, hat er jedes Recht dazu. Natürlich ist es übergriffig von ihr, hier einfach aufzutauchen und ihn mit alldem zu konfrontieren. Aber was soll sie sonst machen?

»Bei der Schwangerschaft, der Planung, wie es weitergehen kann, vor allem für Nele«, sagt sie deswegen schlicht und beobachtet, wie sein Gesichtsausdruck sogar noch düsterer wird. »Was sind deine Pläne diesbezüglich?«

»Katja, findest du nicht, dass das erst mal unsere Sache ist? Selbstverständlich stehe ich zu dem Kind und auch zu Nele. Aber wir haben noch nicht mal unseren Familien davon erzählt«, sagt Felix und knallt ihr beinahe den Kaffee vor die Nase. Er selbst hat sich noch keinen gemacht, steht irgendwie unschlüssig vor seinem Küchentisch, ohne sich hinzusetzen.

»Ja«, rudert Katja zurück. »Du hast recht, das ist eure Sache. Und glaub mir, ich finde es auch nicht schön, mich da einzumischen. Aber Felix, gerade wenn du und Nele ein Paar bleiben wollt: Ich habe bisher das Gefühl bekommen, dass sie vorhat, ihre Karriere aufzugeben, einfach, weil sie denkt, dass sie es muss. Und dann geht es mich eben schon ein bisschen was an. Zumindest kann ich da nicht einfach nichts tun«, fügt sie murmelnd hinzu. Wenigstens hat sie jetzt einen Ton getroffen, der dafür sorgt, dass Felix sich hinsetzt, sie anschaut. Seine Stimme aber klingt noch immer trotzig.

»Sie muss sie ja nicht aufgeben«, sagt er. »Sie wird nur pausieren. Ein oder zwei Jahre. Wie die meisten Frauen übrigens. Ich lasse mich nicht als Antifeministen abstempeln, falls du darauf hinauswillst.«

»Das will ich nicht, wirklich«, versichert Katja ihm schnell. »Und mir ist bewusst, dass die meisten Frauen das so handhaben. Aber wir wissen beide, dass das im Profisport schwierig ist. Selbst wenn sie danach wieder einsteigt – die Spiele sind oft abends, die Trainings nachmittags, und sie hat noch ihre Ausbildung. Das wird schwierig, vor allem, wenn die ganze Last auf ihr liegt. Ich möchte sie überzeugen, dass es auch anders geht. Aber ohne deine Hilfe wird das nicht funktionieren.«

Sie hätte noch sehr viel mehr hinzuzufügen, darüber, was er sich eigentlich dabei denkt, sie so zu bremsen. Sie so allein zu lassen. Er, der doch genauso für den Fußball brennt, sie eigentlich unterstützen müsste, bedingungslos. Nele könnte sogar eine internationale Karriere anstreben. Und Felix weiß das genauso gut wie Katja.

»Hör mal«, sagt er schließlich und seufzt. »Es ist doch so. Ein Kind bedeutet nun mal eine Einschränkung der Pläne, das ist mir klar. Aber es ist ja auch normal, dass derjenige, der gerade mehr Geld verdient, der besser dasteht, dass der weitermacht mit der Karriere und der andere erst mal zurücksteckt. Nele und ich, wir ziehen das gemeinsam durch. Sie ist noch jung, sie wird schon aufholen. Und ich, ich hab da gerade dieses Angebot. Ich darf da noch nicht drüber sprechen«, fügt er hinzu. »Nur, dass du verstehst. Weil du ja eh nicht nachgibst«, fügt er grummelnd hinzu.

Und Katja versteht tatsächlich, zumindest ein wenig. »Cheftrainer? Wo?«, fragt sie, und Felix legt einen Finger auf die Lippen. Darunter breitet sich ein Grinsen aus, »Dortmund«, und kurz, nur ganz kurz, überlegt sie, ob sie sich für ihn freuen soll. Sie ist wütend auf ihn, stinkwütend. Und dass er wirklich seine Karriere vor Neles stellt, einfach so und ganz selbstverständlich, das geht für sie gar nicht. Hätte Tom das damals mit ihr und Linus auch so gemacht – sie selbst wäre heute nicht Cheftrainerin. Und Trainerin sein, vom Fußball leben zu können, das bedeutet ihr wirklich alles, wie ihr spätestens durch Elises Geschichte wieder klar geworden ist. Und trotzdem, sie wünscht auch Felix nur das Beste, beruflich wie privat.

»Glückwunsch«, ringt sie sich schließlich durch. »Du hast es dir verdient, das meine ich ehrlich.«

»Danke. Und ja, weiß ich.« Wieder dieses Grinsen, selbstsicher wie immer.

»Ab wann?«, fragt Katja noch, und obwohl sie eigentlich weiter über Nele reden möchte, kann sie nicht anders, als kurz im Kopf durchzugehen, wen sie als Co-Trainer möchte. Ihr fallen mehrere Optionen ein, auch wenn es nicht leicht wird. Sie und Felix haben eigentlich gut zusammengearbeitet, trotz der verpatzten Hinrunde, dem frühen Pokal-Aus. Aber es kann ja auch eine Chance sein, jemand Neues zu bekommen. Ein frischer Wind, genau den, den sie braucht.

Felix zuckt die Achseln. »Wir sind noch am Verhandeln.«

»Ich will das so bald wie möglich erfahren«, sagt Katja, ganz die Chefin. »Und was Nele angeht …«

»Nein, Katja, jetzt ist gut!« Felix haut auf den Tisch, ein dumpfes Klonk auf der glänzenden Platte.

Aber Katja hebt die Hand. »Ich weiß, das ist eure Sache. Aber jetzt, wo ich weiß, dass du vermutlich nach Dortmund gehst, muss ich umso mehr insistieren. Ich will Nele nicht verlieren, nicht als Spielerin und für den Fußball insgesamt nicht. Und ich weiß, das willst du auch nicht. Also ist es unsere Pflicht, sie zu unterstützen. Und uns irgendwas auszudenken, damit es am Ende doch klappen kann, dass sie wieder auf dem Platz steht, und zwar so früh wie möglich. Das geht nur zusammen.«.«

»Ja, mein Gott.« Jetzt reibt er sich genervt über das Gesicht. »Natürlich will ich auch das Beste für Nele, das ist doch klar!«

Und so, wie er sie jetzt anguckt, zumindest ein wenig nachdenklich, etwas weniger abwehrend, glaubt sie ihm sogar ein wenig.

Vielleicht, nur vielleicht hat es also doch was gebracht, denkt Katja, als sie sich schließlich verabschieden. Vielleicht denkt er noch mal darüber nach, ob wirklich nur seine Karriere zählt. Ob eine Beziehung funktionieren kann, wenn einer derart zurückstecken muss. Vielleicht aber auch nicht. Mehr jedenfalls kann sie hier nicht tun, ohne ihn stinksauer zu machen. Ein bisschen angefressen ist er sowieso schon, auch wenn sie ihm am Schluss nichts mehr davon anmerkt. Die Wogen haben sie durch ein bisschen berufliches Geplänkel geglättet. Katja hat noch ein paar interessierte Nachfragen zu seiner potenziellen neuen Stelle gestellt und gemerkt, dass er sich wieder etwas entspannt. Trotzdem, vielleicht wird er ihr diese Einmischung niemals verzeihen.

Doch das alles gehört zu Katjas neuem Plan. Der Plan mit der Offensive. Lieber Wut als Resignation. Lieber vorwärts als abwarten. Das wird sie auch Nele erklären, wenn sie gleich mit ihr spricht. Nele, die ihr hoffentlich diese Einmischung nicht übel nimmt. Denn Felix war ja nur der erste Schritt, sie musste einfach abklären, ob sie ihn vielleicht mit ins Boot holen kann. Jetzt, denkt Katja, während sie draußen auf der Straße voller Elan die kalte Luft einatmet, jetzt legt sie richtig los. Mit Nele zusammen, hoffentlich zumindest.

Kaum wieder zu Hause, setzt Katja sich an den Schreibtisch und schreibt. Ein Plan ist das nicht, nur eine Ideenliste.

Felix ist das eine, aber sie als Verein, sie werden auch alles geben müssen, mehr als bisher, um überhaupt erst möglich zu machen, dass Spielerinnen sich nicht entscheiden müssen. Zumindest nicht so, wie Nele glaubt, sich entscheiden zu müssen.

Und schließlich atmet Katja tief durch und wählt endlich die Nummer ihrer Spielerin. Es klingelt, einmal, zweimal, dreimal. Hoffentlich geht sie überhaupt ans Telefon.

Aber dann nimmt Nele tatsächlich ab, »Hallo, Katja?«, und irgendwie klingt sie schon in diesen zwei Wörtern weniger müde, weniger geknickt als zuletzt. Und vielleicht ist das der Motivationsschub, den Katja noch braucht, denn jetzt lächelt sie, während sie redet, und vielleicht hört Nele das, vielleicht lässt sie Katja deswegen alles erklären, zuerst ihre Besprechung mit Felix – auch wenn Nele da kurz schockiert aufschnauft, dann aber seufzt, als Katja ihr versichert, sie habe deutlich gemacht, dass sie nicht auf ihre Bitte hin mit ihm geredet habe und ihr die Einmischung sowieso furchtbar leidtue. Und schließlich lässt sie Katja nach einer Schocksekunde, in der sie wohl das mit Felix verdauen muss, auch noch den Plan vorstellen, den vorläufigen, und ihre Bitte. Und am Ende klingt es beinahe so, als würde Nele auch lächeln, zaghaft nur, aber immerhin

»Danke.« Und: »In Ordnung, ich überlege, ob ich auch komme oder lieber erst mal nicht.«

Denn das ist vielleicht das Wichtigste – auch wenn Nele anonym bleiben darf, müssen sie jetzt den Verein ins Boot holen. Wenn sie etwas erreichen wollen, dann schließlich nur alle zusammen. Als Team, als Verein. Als Kolleginnen und als Fußballfans, die einander helfen. Und jetzt, wo sie Neles Rückenwind hat, den vorsichtigen, ist es Zeit, genau dafür zu sorgen.

Übermorgen Nachmittag, Neujahrsumtrunk bei mir zu Hause. Und Besprechung zum Thema Vereinbarkeit Kind und Spielerinnenkarriere, schreibt sie an Franzi, schreibt sie an Miriam und an alle anderen aus dem Team. Auch an Felix. Er soll sehen, dass sie es ernst meint. Dass es mehr bedarf als nur guten Willen. Von ihnen allen.

Hä? Wieso?, schreibt Franzi sofort zurück. *Aber klar, bin dabei!*

Sie will Franzi gerade antworten, als es an der Tür klingelt.

Fast hat sie schon die Hoffnung, es könnte Nele sein oder Felix. Als würde sich gleich heute alles klären lassen, als würden sie alle einen Riesensprung nach vorne machen. Aber es ist Petra, die gerade einen Regenschirm zusammenklappt, sich ein paar feuchte Strähnen ihres dunklen Haars aus der Stirn streicht.

Sie haben seit dem Streit an Heiligabend nicht mehr miteinander gesprochen. Und das ist jetzt immerhin schon einige Tage her. Katja weiß, dass Petra immer eine Weile braucht, um sich zu beruhigen, um wieder runterzukommen. Und sie, sie hatte seitdem ja auch wirklich genug anderes im Kopf. Ehrlich gesagt fallen ihr der ganze Streit und all die Dinge, die Petra in ihrer Wut von sich gegeben hat, auch jetzt erst wieder so richtig ein. Und dann denkt sie sofort an Elise, an das, was sie über Paul erfahren hat. Und über Petras biologischen Vater. Dabei hat Petra ja dunkle Haare, genau wie Paul, und Katja fand schon immer, dass die beiden sich ziemlich ähnlich sehen. Wenn Petra zum Beispiel so die Brauen zusammenzieht wie jetzt, genauso, wie Opa Paul das immer gemacht hat, wenn er zerknirscht war.

Katja muss schlucken. Sie hat versprochen, nichts zu sagen. Trotz allem, was sie jetzt weiß. Aber wie schwierig das für sie wird, wird ihr jetzt erst klar, wo ihre Mutter vor ihr steht.

»Darf ich reinkommen?«, fragt Petra.

»Natürlich!«, sagt Katja schnell, überlegt es sich dann aber mit einem Blick in den Himmel anders. »Oder wir machen einen Spaziergang? Es hat gerade aufgehört zu regnen, oder?«

Tatsächlich tröpfelt es nur noch ein wenig. Dafür legt sich bereits die Dämmerung über Wuppertal. Aber die Luft ist frisch und angenehm feucht, und der Tag war aufregend genug. Hier draußen wird es ihr vielleicht leichterfallen, zu verschweigen, dass sie jetzt die ganze Wahrheit kennt, denkt Katja. Oder zumindest das, was Elise ihr davon erzählt hat. Vielleicht kann sie das Ganze einfach verdrängen, wenn sie durch die Straßen laufen, anstatt auf dem Sofa zu sitzen, so wie Elise und Petra neulich erst. Und wenn sie sich wieder streiten müssen, wenn es wieder eine Diskussion gibt, über Katjas Job oder über irgendetwas anderes, das Petra seit ihrer Auseinandersetzung neulich beschäftigt, dann vielleicht auch besser hier draußen, während sie laufen, während die Bewegung gleichzeitig für einen klaren Kopf sorgt.

Petra guckt zwar skeptisch, aber klappt den Regenschirm schließlich wieder auf und nickt. Katja machen die Tropfen nichts aus, aber Petra streckt den Regenschirm unaufgefordert über ihnen beiden in die Luft, als sie die Auffahrt hinaufmarschieren.

»Es tut mir leid«, sagt Petra schon nach wenigen Schritten, wie immer äußerst direkt. »Ich weiß nicht, da kam einfach alles zusammen. Der ganze Stress der letzten Wochen. Ich hätte dich nicht so angehen sollen.«

Katja nickt und hakt sich schließlich bei Petra unter, damit die den Regenschirm nicht immer so von sich strecken muss. Das ist etwas, was ihre Mutter kann: sich entschuldigen. Sie teilt schnell aus, oft ohne Rücksicht auf Verluste. Aber im Gegensatz zu Elise ist sie keine, die danach einfach alles totschweigt. Sie spricht offen die Konflikte an, und sie steht zu ihren Fehlern.

»Ist okay, Mama«, sagt Katja und spürt, wie Petra sich neben ihr unmerklich entspannt. Nur ein kleines Nachlassen in ihrer Körperspannung, ein leichtes Seufzen vielleicht. Und es ist ja auch wirklich okay für sie. Nicht nur, weil der Streit ihr jetzt so weit weg vorkommt. Sondern auch, weil sie Petra ja versteht. Und trotzdem, vielleicht ist es auch hier an der Zeit, etwas klarzustellen. Sich nicht wegzuducken.

»Aber ich muss dir auch sagen, dass es so nicht weitergeht«, fährt Katja deswegen fort. »Du kannst nicht immer alles kritisieren, was ich mache. Du musst irgendwann mal akzeptieren, wie ich mein Leben lebe. Dass ich mit meiner Karriere glücklich bin, ja, sogar wenn ich demnächst gefeuert werden sollte.« Katja versucht, möglichst bestimmt zu klingen. Die Luft um sie herum hilft ihr dabei. Die ist frisch und fegt ihr irgendwie alles Verworrene aus dem Kopf. »Ich liebe Fußball, Mama. Ich liebe meinen Job. Das ist mir in den letzten Tagen noch einmal richtig bewusst geworden. Und ich gehe diesen Weg, solange es eben geht. Und keine Sekunde kürzer!«

Jetzt ist sie automatisch lauter geworden. Wie könnte sie anders, wenn es so wahr ist. Beinahe hätte sie das schließlich selbst vergessen. Und das darf ihr nicht noch einmal passieren.

Petra seufzt, aber sie widerspricht nicht. Also macht Katja weiter. Warum auch nicht, jetzt, wo sie schon mal angefangen hat? »Und auch in Bezug auf Tom«, sagt sie. »Dass er und ich so leben, wie wir leben, dass ich nicht vorhabe, ihm ständig zu misstrauen, und dass ich mich auch nicht auf Teufel komm raus von ihm unabhängig machen will. Ich verstehe, woher dein Misstrauen kommt. Aber mein Leben ist mein Leben, und es verläuft sowieso ganz anders als deines.«

Sie sind bisher ziemlich ziellos durch ihre Nachbarschaft gelaufen und mittlerweile in einer weniger schönen Gegend angelangt. Schmale Fußgängerwege neben geteerten Straßen, daneben unspektakuläre Häuser, in denen hier und da hinter schmucklosen Gardinen ein Licht brennt.

Ja, eigentlich ist diese Gegend ein Sinnbild für die Unterschiede zwischen Petra und ihr, denkt Katja. Katja gefällt es hier, ihr reicht das. Mehr als das sogar: Ihr kleines Häuschen, die Ruhe hier, das ist das, was sie sich für ihr Leben gewünscht hat. Petra hingegen wohnt im schicken Briller Viertel, sammelt in ihrer Wohnung Kunstobjekte, die sie von Zeit zu Zeit austauscht, auf dem Boden Teppiche mit großen geometrischen Mustern, darauf perfekt drapiert die Möbel, während Katja es einfach nur weich und flauschig will.

Vielleicht denkt Petra das gerade auch. Sie klappt den Regenschirm ein und schaut sich um. Dann seufzt sie. »In Ordnung«, sagt sie leise. Leise und ernst. »Mir ist das wichtig, dass wir ein gutes Verhältnis behalten. Darauf war ich immer stolz, weißt du? Dass wir das anders hinkriegen als Mutti und ich. Und das will ich nicht kaputtmachen. Und du hast ja auch recht. Du bist du.«

»Und du bist du«, sagt Katja und muss fast grinsen. Das sind so Sätze, die hätte sie ihrer Mutter gar nicht zugetraut.

Schweigend drehen sie um, laufen den Weg zurück, den sie gekommen sind. Mittlerweile sind hinter den Fenstern immer mehr Lichter angegangen. Die Leute kommen nach Hause, vielleicht von der Arbeit, vielleicht von der Familie oder Freunden. In den Straßen wird es dafür immer dunkler, die Laternen spenden ein fahles Licht.

»Und mit Mutti«, sagt Petra schließlich und seufzt wieder. Und sofort klopft Katja das Herz ganz unruhig in der Brust. Aber Petra redet sowieso schon weiter. »Ich weiß einfach nicht, wie ich damit umgehen soll. Diese Häusersache, die zehrt so an mir. Seit Vatis Tod habe ich einfach das Gefühl, ich bin nur am Machen und Tun.«

Jetzt ist er schon eher zu hören, der typische Petra-Ton, immer kurz vorm Vorwurf. Aber Katja denkt gerade an ganz etwas anderes. Wenn sie doch nur alles erzählen könnte! Es ist, als hielte sie eine Art Schlüssel in den Händen, der Petra helfen würde, ihre eigene Vergangenheit zu verstehen. Aber das ist etwas zwischen Elise und Petra, das weiß sie auch. Und trotzdem zögert sie. Als lägen da schon Worte auf ihrer Zunge, die unbedingt gesagt werden wollen.

»Irgendwie kommt alles wieder hoch«, sagt Petra. »Meine Kindheit, dieses ständige Gefühl, dass irgendwas nicht stimmte zwischen meinen Eltern, immer dieses Schweigen zu Hause. Ach, ich weiß auch nicht. Und da passiert es mir eben automatisch, dass ich etwas über das Ziel hinausschieße mit meinem ganzen Organisieren.«

Jetzt muss Katja sich wirklich auf die Zunge beißen. Unwillkürlich ist sie wieder einen Schritt näher auf Petra zugetreten, bis sie sich an den Armen berühren. Als könnte sie wenigstens so für ihre Mutter da sein, ihr zeigen, dass sie es versteht.

»Mama, ich weiß, du und Oma, das ist schwierig. Aber vielleicht solltest du auch mal richtig mit ihr sprechen, ganz ehrlich, meine ich. Ihr wirklich sagen, wie es dir geht?« Und ihr zuhören, möchte sie hinzufügen, lässt es aber.

»Pff«, macht Petra nur, lehnt sich aber tatsächlich auch etwas an Katja, lässt die Nähe zu, die da zwischen ihnen ist, so unverhofft. Und Katja ist kurz davor, ihr einen Hinweis zu geben und Petra irgendwie dazu zu bringen, noch mal richtig mit Elise zu reden.

Aber in diesem Moment klingelt Katjas Handy, schrillt unangenehm laut in die Stille. Es könnte Nele sein, es könnte Felix sein. Oder auch einfach nur Tom. Immerhin verhindert ihr Handy aber so, dass Katja etwas sagt, das ihr nicht zusteht.

Aber sie kennt die Nummer nicht, die da angezeigt wird. Einen Moment starrt Katja unschlüssig auf das Display.

»Bestimmt deine Arbeit«, sagt Petra und stupst sie an. »Geh schon ran, ist sicher wichtig.«

Wie viel Mühe sie sich gibt, das ernst klingen zu lassen, entgeht Katja nicht. Fast muss sie wieder grinsen, trotz allem. Und drückt auf Annehmen.

Es hat schon wieder zu regnen begonnen, und Petra hat ihren Schirm aufgeklappt, als Katja kurz darauf wieder auflegt. Sie ist ein paar Schritte zur Seite gegangen, jetzt stapft sie zurück zu ihrer Mutter.

»Na?«, fragt Petra.

Und Katja zögert. Vielleicht ist das keine gute Idee. Zumindest könnte das, worum sie Petra bitten will, nach hinten losgehen. Andererseits … vielleicht wäre es auch eine Chance. Eine Chance, Petra zu helfen, zu erkennen, dass es manche Dinge in ihrer greifbaren Nähe gibt, die vielleicht einen zweiten Blick verdienen. Zumindest, wenn man alles ein bisschen besser verstehen will. Ohne dass Katja etwas verraten muss, ohne dass Petra jetzt sofort die ganze Wahrheit erfährt.

Tom hat morgen Vormittag sowieso keine Zeit, die Arbeit läuft wieder voll an, und da ist jetzt dieses Kribbeln in ihr, das keinen Aufschub duldet.

»Mama«, sagt sie langsam. »Darf ich dich um einen Gefallen bitten?«

Petra zieht die Augenbrauen hoch, aber nickt schon, während sie es tut. »Immer. Natürlich.« Dabei weiß sie nicht, was Katja da verlangt. Doch die hat plötzlich ein gutes Gefühl bei der Sache. Ja, die Idee ist nicht schlecht. Vielleicht, nur vielleicht, wird es helfen, dass Petra und Elise wieder einen Schritt aufeinander zugehen.

»Dann machen wir morgen einen Ausflug nach Essen«, sagt Katja feierlich.

*

Ob es wirklich eine gute Idee war, Petra miteinzubeziehen, weiß sie allerdings nicht mehr, als sie am nächsten Tag schließlich vom Parkplatz des Altersheims rollen. Im Rückspiegel kann sie sehen, wie steif Petra neben Christel auf der Rückbank sitzt. Die alte Dame hingegen wirkt gelassen, aber Katja vermutet stark, dass der Eindruck trügt. Christels Hände haben gezittert, und sie hat sich sehr auf Katja gestützt, als sie und Petra sie aus ihrem Zimmer begleitet haben, um zu Katjas Auto zu gehen.

Am Telefon klang sie schon deutlich weniger kräftig als bei ihrem ersten Treffen.

»Ich habe den Brief gelesen«, sagte sie, die Stimme leise und nachdenklich. »Und ich möchte nun doch mit Elise sprechen.«

Jetzt mustert die alte Dame unverhohlen Petra, während die trostlosen Häuser dieser Essener Gegend an ihnen vorbeiziehen.

»Sie sehen gar nicht aus wie Elise«, urteilt Christel schließlich und faltet die Hände im Schoß zusammen. Kurz zuckt Katja zusammen. Andererseits ist sie sich sicher, dass Christel nicht so indiskret sein wird, irgendetwas über Petras leiblichen Vater zu sagen. Schließlich hat sie ihnen auch sonst schon wenig verraten, war immer noch loyal ihrer Freundin gegenüber, auch wenn sie und Elise sich seit Jahrzehnten nicht gesprochen haben.

»Ich weiß«, sagt Petra und kneift die Lippen zusammen.

»Jetzt sehen Sie sehr aus wie Elise!«, sagt Christel und grinst.

Christels und Katjas Blicke begegnen sich im Rückspiegel. Und obwohl sie innerlich vor Aufregung fast verrückt wird, muss Katja auch grinsen.

Petra hingegen scheint das alles wenig amüsant zu finden. Ein Wunder, dass sie überhaupt mitgekommen ist, denkt Katja, dass sie nicht doch einen Rückzieher gemacht hat. Als Katja ihr offenbart hat, worum es geht, hat sie nur gestöhnt. »Im Ernst, Katja? Muttis Fußballfreundin? Müssen wir das jetzt unbedingt auch noch angehen?«

Aber Katja hat versucht, es ihr zu erklären, so gut es geht zumindest, ihr von ihrem Besuch bei Christel berichtet, von Elises emotionalem Geständnis, wie viel ihr der Fußball wirklich bedeutet hat – und von dem Brief, den sie schließlich Christel gegeben hat. Dem Brief, von dem ja auch Petra die erste Seite kennt. Dem Brief, den Christel mittlerweile komplett gelesen hat, wegen dem sie nun doch mit Elise sprechen möchte. So sehr, dass sie Katja deswegen angerufen hat und nun in ihrem Auto sitzt.

Und Petra hat sich schließlich doch bereit erklärt, Katja bei diesem Unterfangen zu unterstützen. Das heißt aber nicht, dass sie jetzt besonders begeistert wäre. Im Gegenteil, sie guckt für ihre Verhältnisse erstaunlich unschlüssig erst auf ihre eigenen Hände, mit denen sie im Schoß ihre Handtasche umklammert, dann aus dem Fenster und schließlich wieder zu Christel.

»Ich möchte, dass Sie sich nicht allzu viele Hoffnungen machen«, ringt Petra sich schließlich eine Bemerkung ab. »Meine Mutter ist furchtbar stur. Sehr gut möglich, dass sie nicht mit Ihnen sprechen möchte.«

»Ach«, sagt Christel und streicht sich das silberne Haar aus der Stirn. »Das weiß ich doch! Elise war schon immer stur und ich auch. Zu stur. Vor vielen, vielen Jahren habe ich einen Fehler gemacht und möchte mich entschuldigen. Oder es wenigstens versuchen, wissen Sie. Wenn sie mich trotzdem zum Teufel schickt, dann ist das eben so.« Sie klingt so leichthin, so resolut. Aber die Hand, die sie jetzt wieder in ihren Schoß sinken lässt, zittert noch immer.

Petra schaut die alte Dame einen Moment lang an, beinahe verblüfft wirkt sie dabei. Verblüfft, wie vielleicht auch Katja es bei ihrer ersten Begegnung mit Christel war. Es ist einfach zu sehr so, als säße eine andere Elise neben ihnen. Eine, die genauso geradeheraus, genauso halsstarrig ist. Nur, dass sie dabei irgendwie vergnügter wirkt.

»Seit ich denken kann, hatte Mutti keine Freundinnen«, sagt Petra leise.

»Ich hatte auch nie wieder so eine gute Freundin«, sagt Christel. »Leider. Was hab ich mir damit das Leben versaut! Sehen Sie, mein Mann ist tot, und jetzt sitze ich ganz alleine in diesem Klotz von Altersheim!«

Aber der Klotz ist längst schon nicht mehr zu sehen, sie befinden sich bereits auf der Autobahn. Immer wieder saust ein Auto an ihnen vorbei. Katja fährt lieber langsam, nicht, dass sie vor lauter Aufregung noch einen Unfall baut.

»Kinder habe ich auch nicht, sehr schade, so im Nachhinein«, spricht Christel weiter. Und obwohl ihr Ton völlig unbekümmert ist, fängt Katjas Herz schon wieder an zu rasen. Sie wird doch auch jetzt nichts verraten, oder? Nicht irgendeine Andeutung machen, die Petra verunsichern könnte? Aber da fährt Christel auch schon fort, ihr Tonfall noch immer gelassen. »Das hat sich irgendwie nicht ergeben. Nun, und ich war auch ein wenig arrogant und dachte, Familie, das ist was für andere Frauen. Das brauche ich nicht. Der Fußball, der war immer mein Leben. Genau wie bei Elise. Sagen Sie, sind Sie auch Fußballerin?«

»Ich?« Petra wirkt beinahe erschrocken, auch wenn sie schon längst nicht mehr so verkniffen ist wie zu Beginn der Fahrt. Sie hat sogar die Handtasche neben sich gelegt, anstatt die Henkel zu umklammern, als müsste sie sich an irgendetwas festhalten. »Um Gottes willen, Nein!«

»Ach, schade«, sagt Christel und grinst. »Sie hätten sich sicher gut gemacht, bei dem Talent in der Familie.«

»Na, meine Tochter scheint es ja geerbt zu haben«, sagt Petra, und jetzt begegnen sich Petras und Katjas Blick im Rückspiegel. Es ist das erste Mal, dass Petra diese Wahrheit ausspricht. Die Wahrheit über Elise und die über Katja, und Katja muss schlucken.

»Sonst wäre es auch zu schade gewesen!«, urteilt Christel und fängt dann an, Petra so ausführlich ihren Lebensweg zu erzählen, dass Katja sich wieder voll und ganz auf die Straße konzentrieren kann. Christel hat viel zu berichten, und Petra hört geduldig zu, und als sie schließlich in Wuppertal ankommen und Christel nun doch etwas angespannt zu schweigen beginnt, haben sich die beiden Frauen fast ein bisschen angefreundet.

»Viel Glück!«, sagt Petra zu der alten Dame, als Katja ihnen schließlich die Türen öffnet. Und sie scheint es so zu meinen.

Natürlich lassen sie Christel nicht alleine zu Elise nach oben gehen. Ins offene Messer, wie Katja insgeheim denkt.

Sie hat wirklich keine Ahnung, wie ihre Großmutter reagieren wird, wenn sie Christel sieht, deswegen weiß sie gar nicht, wer jetzt mehr zittert: Christel, die sich auf sie und Petra stützt, oder sie selbst.

Elise hat sie nicht gesagt, wer heute kommen wird. Aber dass ein Überraschungsbesuch ansteht, das weiß sie.

Deswegen wundert es Katja auch nicht, dass Elise sofort »Herein« ruft, als sie an die Tür klopft.

Zum Glück steht aber Elise nicht wieder hinter der Tür, sondern sitzt auf ihrem Bett, die Beine übereinandergeschlagen, auf ihrem Schoß eine Packung Spritzgebäck, in der Hand bereits ein halber Keks. Man könnte meinen, sie würde Christel nicht erkennen, oder es wäre ihr schlichtweg egal, wer da hereingekommen ist, so unbewegt starrt sie ihnen jetzt entgegen. Aber der halbe Keks fällt mit einem leisen Klonk auf den Boden und beweist das Gegenteil.

Auch Christel hält still, und einen Moment lang ist es wirklich so, als hätte jemand die Zeit angehalten. Niemand bewegt sich, und außer Christels lautem Atem ist kein Geräusch zu hören. Und dann macht sich die alte Dame von Katja los und humpelt auf Elise zu, genau in dem Moment, in dem auch Elise vom Bett aufsteht, so schnell, dass sie sich am Nachttisch festhalten muss. Und schon liegen sich die beiden Frauen in den Armen. Eine merkwürdige Umarmung ist das, irgendwie steif, irgendwie ungelenk, aber gleichzeitig, als hielte eine die andere so eng umklammert, um sich nie wieder loszulassen.

Petra und Katja wagen es kaum, sich zu bewegen. Aber dann schaut Christel zurück, nickt ihnen zu, und Katja zupft Petra leicht am Ärmel. Leise gehen sie zur Tür, die hinter ihnen mit einem Klicken ins Schloss fällt. Dahinter ist nichts zu hören, schließlich das Murmeln von Stimmen.

Petra seufzt. »Vielleicht kriegt man in der Cafeteria ja einen annehmbaren Kaffee? Ich könnte jetzt einen gebrauchen!«

»Ich auch«, sagt Katja.

Petra hat sich schon umgedreht. Dass es auch in ihren Augen feucht glitzert, hat Katja allerdings trotzdem gesehen. Und wieder denkt sie daran, wie wichtig es für ihre Mutter wäre, die Wahrheit zu kennen. Katja glaubt, dass es Petra helfen könnte, zu verstehen, wieso ihr Verhältnis zu ihrer Mutter möglicherweise so kompliziert war, welche Opfer Elise bringen musste – ob zum Guten oder zum Schlechten. Und dass sie es trotz allem für Petra getan hat. Und nicht nur sie. Kurz muss Katja auch an ihren Opa denken. Die Geschichte hat ein anderes Licht auf ihn geworfen. Und trotzdem ändert es am Ende doch nichts an dem Bild, das sie von ihm hat: ein etwas stoffeliger, aber im Grunde liebenswürdiger Mann. Ein liebender Vater, Opa und Uropa. Ja, er hat Elise unter Druck gesetzt, wusste sich anscheinend auch nicht anders zu helfen. Aber Petra als sein eigenes Kind aufgezogen hat er trotzdem. Er, zu dem Petra eigentlich immer ein gutes Verhältnis hatte, hat ihr nie Grund zum Zweifeln gegeben.

»Du hattest recht«, sagt Petra leise, als sie sich jetzt auf den Weg zum Fahrstuhl machen. Sie gehen beide langsam, schleichen fast. Als hinge nicht nur Katja tief in ihren Gedanken fest. Als sie ihre Mutter anschaut, sieht sie es immer noch in ihren Augen glitzern. »So habe ich Mutti noch nie gesehen«, sagt Petra.

»Ich weiß«, sagt Katja und schlingt einen Arm um ihre Mutter. »Du solltest dich, glaube ich, wirklich mal länger mit ihr unterhalten. In Ruhe. Über diese ganze Geschichte.«

»Ich weiß.« Jetzt ist es Petra, die einen Arm um Katja legt. »Das werde ich wohl machen müssen, ehrlich.«

»Gut.« Katja nickt, als der Fahrstuhl mit einem Pling vor ihnen hält. »Denn ich glaube, das, was du da gerade gesehen hast, ist erst der Anfang.«

*

Das ist erst der Anfang, denkt Katja auch am nächsten Tag, als sie vor dem Spiegel steht, noch einmal ihr Outfit überprüft. Sonst legt sie wenig Wert darauf, wie sie aussieht. Aber heute will sie alles richtig machen. Der schwarze Zweiteiler und ihre frisch geglätteten Haare sollen ausstrahlen, dass ihr das hier wichtig ist, dass das ein neuer Anfang wird. Für sie alle.

Die Getränke und die Häppchen, die jetzt hübsch angerichtet auf dem Küchentresen warten, sollen ein Übriges tun. Und das Gleiche, das hat sie heute Morgen spontan beschlossen, wird sie auch noch für ihren Kader machen, für die ganze Fußballhorde. Eine Art Neujahrsempfang, eine Einstimmung auf das, was kommt.

Jetzt aber geht es erst mal um etwas anderes. Jetzt wird es auch ernst. Und wichtig.

Katja hat ihre Ideenliste bereits ausgedruckt auf dem Wohnzimmertisch liegen, mit viel Platz für Anregungen von den anderen. Daneben steht ein Flipchart, auch darauf können sie später sammeln. Noch immer weiß sie nicht, ob sie heute nur ganz allgemein über das Familienfreundlichkeitsthema reden werden oder ob sie vielleicht sogar über Nele sprechen können. Sie hat noch einmal mit ihr telefoniert, aber die war sich nach wie vor nicht sicher, ob sie heute kommen mag, wollte es ganz spontan entscheiden. Und Katja hat dem zugestimmt. Auch wenn sie hofft, dass Nele tatsächlich vorbeischaut.

So oder so, Nele soll spüren, dass sie voll und ganz hinter ihr steht, bestenfalls sie alle hier, aber Katja eben besonders. Dass Katja so eine Art Fußball-Oma für Neles Kind sein wird, es notfalls selbst über den Platz trägt, damit Nele spielen kann. Denn wer spielen will, der soll es tun können. Nichts ist Katja momentan wichtiger.

Sie überlegt, ob sie Nele noch einmal schreiben soll. Aber da klingelt es bereits. Miriam, frisch zurück aus dem Urlaub, braun gebrannt und übermotiviert, ist zu früh dran. Direkt hinter ihr stiefelt Franzi herein, ihren Becher fest umklammert und ein breites Grinsen auf dem Gesicht.

»Du spannst uns vielleicht auf die Folter!«, sagt sie statt einer Begrüßung und umarmt Katja dabei, wobei ihr Becher ein leises Klonk von sich gibt, als sie damit die Garderobe streift. »Wer ist denn nun schwanger?«

Aber Katja zuckt nur die Achseln, und Torwarttrainer Olaf

erspart ihr sowieso die Antwort, er saust auf seinem Rennrad die Straße herab und biegt so scharf in ihre Einfahrt ein, dass es auf dem nassen Boden quietscht. »Mensch, Olaf, du auch zu früh?«, sagt Miriam. »Wir können's alle kaum erwarten, dass es wieder losgeht, was?«

»Aber klar. Die Feiertage waren langweilig«, sagt Olaf und winkt Felix zu, der die Straße entlangspaziert kommt, der Gesichtsausdruck ein wenig angespannt, zumindest im Vergleich zu den anderen, die Hände in seinen Manteltaschen vergraben.

Jetzt fehlen nur noch Boris und Silvia, aber Katja schenkt drinnen schon mal Kaffee, Orangensaft und Tee aus, hört zu, wie die anderen über ihre Urlaube, die Familie, die lange Zeit zwischen den Jahren sprechen.

Genauso hat sie sich das vorgestellt, ruhig, familiär, vertraulich. Schon wie sie alle hier in ihrem Wohnzimmer stehen, sich offensichtlich freuen, einander wiederzusehen, ist es, als würden sie erneut an einem Strang ziehen. Vielleicht haben sie das ja auch immer getan, vielleicht war nur Katja abgelenkt, vielleicht hat sie eine Weile gebraucht, um wieder zu diesem Strang zurückzufinden.

Hier und jetzt jedenfalls hüpft ihr Herz jedes Mal ein wenig vor Erleichterung, wenn es an der Tür klingelt und Boris kommt, Silvia kommt, beide mit einem freudigen Grinsen im Gesicht, Silvia mit einem Blumenstrauß in der Hand und Boris mit einem Sekt: »Auf das neue Jahr!«

Und dann klingelt es noch einmal an der Tür, und diesmal springt Katja das Herz fast bis zum Hals hinaus.

Sie kann sie schon durch das kleine Fenster in ihrer Eingangstür sehen, glauben tut sie es trotzdem erst so richtig, als Nele hereinkommt, in ihrem großen Parka etwas verloren an der Garderobe steht. Auf ihren Lippen liegt ein unsicheres Lächeln.

»Es wird alles gut«, sagt Katja und umarmt ihre Spielerin, einen Moment zu lang vielleicht für eine Trainerin, aber sie merkt einfach, dass Nele das jetzt braucht: diesen kurzen Augenblick, bevor es alle wissen, bevor es offiziell wird.

»Bist du dir sicher? Du musst noch nicht darüber sprechen«, sagt Katja leise.

»Ich weiß«, sagt Nele und holt tief Luft. Und zieht dann ihren Mantel aus, hängt ihn sorgfältig zu den anderen. »Aber ich will.«

Und man merkt ihr wirklich gar keine Unsicherheit mehr an, als sie zu den anderen ins Wohnzimmer gehen. Ihr Schritt ist fest, und ebenso entschlossen schaut sie auch in die Runde, die da bereits am Tisch sitzt und Kaffee trinkt.

»Ah, unsere Kapitänin kommt auch, wie schön!«, ruft Boris, und Nele grinst fröhlich zurück. Falls irgendwer sich wundert, warum Nele da ist, zeigt es niemand.

Nur Felix wirkt erst etwas überrumpelt, dann aber tauschen er und Nele immerhin einen langen Blick. Bevor Nele sich trotzdem neben Franzi an den Tisch setzt, anstatt neben ihren Freund.

Aber darum soll es heute ja auch nicht gehen, weswegen Katja Franzis hochgezogene Augenbrauen ignoriert, sondern nun ihrerseits lächelt. Und Franzi, die versteht den Wink offenbar. Denn sie schiebt Nele stattdessen nun stumm den Teller mit den Keksen vor die Nase. Vanillekipferl sind auch dabei, und Nele wirft Katja ein schnelles Grinsen zu, bevor sie sich eines nimmt. Ein wenig zittert ihre Hand jetzt aber schon.

»So«, beginnt Katja und setzt sich nun ihrerseits. »Danke, dass ihr gekommen seid. Und wie ihr seht, habe ich Verstärkung aus der Mannschaft eingeladen.« Mehr will sie nicht dazu sagen. Wenn Nele sprechen will, soll sie sprechen. Und wenn nicht, dann nicht.

Bis dahin wird Katja reden. Zu sagen gibt es viel.

»Ich möchte mit etwas Persönlichem beginnen«, sagt sie und hält kurz inne. Miriams und Franzis Blicke machen ihr Mut. Als wüssten die beiden, was jetzt kommt, als ahnten sie es zumindest.

»Meine Oma«, beginnt Katja langsam, nur um dann umso entschlossener weiterzusprechen. »Meine Oma hat in den Fünfzigerjahren Fußball gespielt, leidenschaftlich, das habe ich jetzt erst herausgefunden.« Und schon ist sie in der Geschichte, auch wenn sie sie nicht ganz erzählt, das ist schließlich Elises Sache. Aber ein wenig verrät sie schon, von der Leidenschaft ihrer Oma und wie schwierig es damals war als Frau mit diesem ungewöhnlichen Hobby und dass es mit der Karriere vorbei sein musste, als Elise schwanger wurde. Es ist schwer, dabei nicht ständig zu Nele zu schauen. Die anderen hängen ihr aber sowieso wie gebannt an den Lippen. Vor allem Franzi, die ihr immer wieder aufmunternd zuzwinkert, während sie sich einen Keks nach dem anderen in den Mund stopft. Auch Nele hört zu, der Blick konzentriert, ein leicht verwunderter Ausdruck im Gesicht. Katja hat ihr schließlich noch nichts davon erzählt, dass ihre Oma damals wegen der Schwangerschaft mit dem Fußball aufhören musste. So, wie Nele zuerst gedacht hat, aufhören zu müssen.

»In den Fünfzigerjahren wäre es natürlich für eine Frau ohnehin undenkbar gewesen, als Profi vom Fußball zu leben«, sagt Katja. »Viel hat sich seitdem verändert. Und doch sind wir noch längst nicht da, wo wir sein wollen und wo wir sein sollten. Wir wissen alle, wie schwer es der Frauenfußball hat. Ich will gar nicht anfangen vom Gender-Pay-Gap, auch nicht vom Gender-Show-Gap, der fehlenden Sichtbarkeit unseres Sports. Davon, dass wir viel mehr leisten müssen als die Männer, um anerkannt zu werden.«

»Wahre Worte!«, wirft Franzi mit vollem Mund ein. Der Teller, der zwischen ihr und Nele steht, ist schon fast leer. »Und immer schön sexy aussehen beim Spielen!«, schiebt Franzi hinterher.

»Oder alternativ die Weiblichkeit abgesprochen bekommen!«, fügt Miriam hinzu.

»Ja, genau!«, ruft Katja, die über den Enthusiasmus ihrer Freundinnen lächeln muss. »Und beim Thema der Vereinbarkeit von Fußball und Familie – da sind wir auch noch nicht da, wo wir sein sollten«, fährt sie fort. »Laut einer Umfrage des SWR fühlt sich nur jede zehnte Spitzensportlerin von ihrem Verein diesbezüglich unterstützt. Auch bei uns kann nicht von einer Unterstützung die Rede sein. Die Verträge für unsere Spielerinnen sind immer nur kurzfristig und nicht darauf ausgerichtet, eine Schwangerschaft zu ermöglichen – und ihr wisst, wie wenig bei uns sowieso schon gezahlt wird. Da hat eine Spielerin nichts angespart, falls sie wegen einer Schwangerschaft aussetzen muss und …« Jetzt stoppt sie sich selbst. Zum einen, weil sie nicht mit allem herausplatzen will, was ihr zu diesem Thema einfällt. Sondern weil sie auch wissen will, was die anderen denken. Was ihnen dazu einfällt. Und natürlich will sie auch Raum lassen für Nele. Falls ihre Spielerin etwas einwerfen will. Die aber schaut jetzt auf ihre Hände, so konzentriert, als gäbe es da etwas Spannendes zu sehen. Und in dem Moment rumst auch die Eingangstür ins Schloss. Diesmal allerdings sind es keine weiteren Gäste, sondern nur Tom und Linus. Draußen ist es bereits stockdunkel, und Tom hat Linus nach der Arbeit bei seinem Freund Elias abgeholt. Jetzt stiefelt Linus schon herein, winkt ihnen zu. Und verschwindet dann in seinem Zimmer. Nur Tom bleibt kurz stehen, sein Blick huscht zu Nele, dann zu Katja, bevor er ihr zuzwinkert. Er weiß genau, was es bedeutet, dass ihre Spielerin gekommen ist. Auch wenn Nele nach wie vor schweigt, nur auf ihre Hände schaut, schließlich mit zitternden Fingern nach ihrem Glas Orangensaft greift. Stattdessen räuspert sich nun Olaf, ihr Torwarttrainer.

»Ich finde es gut, dass wir da mal drüber reden«, sagt er. »Ehrlich. Aber von allen Gleichberechtigungsproblemen, die es im Frauenfußball gibt, halte ich dieses für nicht so wichtig. Unsere Spielerinnen sind alle sehr jung und haben doch noch Zeit. Die kriegen ohnehin erst Kinder, wenn ihre aktive Karriere beinahe vorbei ist. So wie du, Katja.« Olaf nickt in Richtung des Flurs, dort, wo Linus gerade verschwunden ist, man hört ihn leise im Kinderzimmer herumwuseln. Linus, den Katja tatsächlich erst bekommen hat, als sie ohnehin schon mit dem Gedanken spielte, von nun an als Trainerin weiterzumachen. »Alles andere sind wohl eher Einzelfälle«, schließt Olaf, und Boris an seiner Seite nickt. Franzi holt schon Luft, sieht aus, als wollte sie gleich lospoltern, da hebt Nele den Kopf.

»Ich bin der Einzelfall«, sagt Nele, und Franzi klappt den Mund wieder zu, schaut ihre Spielerin verdattert an. Mit einem Mal ist es so still, dass man Linus und Tom leise im Kinderzimmer murmeln hören kann.

»Ich bin schwanger«, schiebt Nele hinterher, dabei haben alle in der Runde ja schon verstanden, was sie meint. Alle starren sie an, alle außer Felix. Jetzt ist er es, der auf seine Hände schaut. »Und streng genommen bin ich ganz und gar kein Einzelfall«, schiebt Nele hinterher, ihre Stimme ruhig und kräftig, als hätte sie nicht gerade eine Bombe platzen lassen. »Ich kenne mindestens zwei im Team, die sich auch jung Kinder wünschen, aber sich nicht trauen, weil sie Kinder und Fußball nicht für vereinbar halten. Und genau das dachte ich auch. Ich dachte, dass es das Ende wäre. Wie bei Katjas Oma. Dass ich meinen Traum begraben kann. Und ich kenne auch eine aus dem Team, die deswegen schon abgetrieben hat. Weil sie sich einfach nicht anders zu helfen wusste. Das ist nicht in Ordnung, das darf nicht sein.«

Neles Worten folgt erst einmal nur Schweigen. Und dann beginnen alle durcheinanderzureden. Und Katja, die merkt wie etwas in ihr anschwillt, ein Gefühl, so mächtig, dass sie erst einmal kaum ein Wort herausbringt. Stolz auf Nele, die für sich einsteht, die als Kapitänin sogar für alle anderen einsteht. Und das Gefühl, dass das hier der erste wirklich wichtige Schritt ist. Auszusprechen, wie es ist. Die Missstände zu benennen. Und dann gemeinsam dagegen anzugehen.

Sie findet ihre Stimme erst wieder, als alle aufgehört haben, Nele zu beglückwünschen und aufgeregt durcheinanderzuplappern, und jetzt wieder sie anschauen, darauf warten, dass sie weitermacht, dass sie das Gespräch leitet. Und wie sie das tut.

»Wir sind nicht mehr in den Fünfzigerjahren«, hebt Katja an. Und ihre Stimme zittert kein bisschen, auch wenn sie sich innerlich noch immer ganz kribbelig fühlt. »Wir sind jetzt im 21. Jahrhundert, und heute wird Frauenfußball geschätzt, bekommt immer mehr Anerkennung, immer mehr Fans. Und das zu Recht. Frauenfußball ist toll, Frauenfußball ist unsere Leidenschaft. Und Frauenfußball lebt nun einmal von Frauen. Frauen, die mitunter schwanger werden wollen. Und die das verdammt noch mal auch dürfen. Es wird Zeit«, sagt Katja, während sie aufsteht und ihren Flipchart heranrollt, damit sie endlich konkreter werden können, »Es wird Zeit, dass der Frauenfußball wirklich im 21. Jahrhundert ankommt.«

*

»Und dann lief das Treffen echt gut«, berichtet Katja am nächsten Tag ihrer Großmutter, während sie wieder durch den Park des Seniorenheims schlendern.

Das Wetter ist mild, wie in diesem Winter irgendwie ständig, und hinter ein paar grauen Wolken blitzt ab und zu sogar die Sonne hervor. »Wir haben einige gute Ideen gesammelt, angefangen dabei, was in den Verträgen der Spielerinnen drinstehen sollte und könnte, bis hin zu Kinderbetreuungsmöglichkeiten, und alle haben Nele Mut gemacht. Ich glaube schon, dass das was bewirkt hat. Es war ein guter Einstand ins neue Jahr, das habe ich im Gefühl. Jetzt muss nur noch das erste Training sitzen, dann bin ich optimistisch.«

Erst war sie etwas zögerlich, Elise von ihrem Treffen zu erzählen, von der ganzen Sache mit Nele, von ihren Sorgen und ihren Hoffnungen, was die Rückrunde anbelangt. Aber als sie heute hergekommen ist, hat sie sich schon im Auto vorgenommen, einfach mal über ihren eigenen Schatten zu springen. Kommunikation, das geht ja in beide Richtungen. Und Elise hatte neulich durchaus recht damit, als sie kritisierte, dass man ihr ja auch nichts erzählt.

Aber jetzt wirkt Elise anders als noch vor ein paar Tagen, wo sie so verloren auf Katjas Gästebett gesessen hat. Ein wenig lockerer, ein wenig so, als liefe sie nicht mehr ganz so krumm. Immer wieder kommen ihnen Pfleger mit anderen Bewohnern des Heimes entgegen, grüßen freundlich. Meistens hat Elise nur ein schmallippiges Lächeln oder ein Nicken übrig – aber immerhin. Auch das ist neu.

»Die Rückrunde wird sicher besser!«, sagt Elise jetzt und sagt dann zwar nichts mehr, aber das ist für den Moment schon genug.

Katja kann nicht erwarten, dass sie plötzlich leicht und locker über Fußball plaudern, so, wie sie es mit Christel kann.

Zumindest nicht von heute auf morgen. Aber man darf ja hoffen …

»Und? Wie geht es mit Christel weiter? Werdet ihr euch wiedersehen?«, fragt sie, und jetzt grinst ihre Oma und stupst Katja an. »Ich denke, wir haben uns wieder bedröppelt. Und Essen ist ja nicht weit weg. Unser nächstes Treffen ist jedenfalls schon ausgemacht.«

»Ach ja?«, fragt Katja.

»Na, zu deinem nächsten Spiel!«, sagt Elise und grinst.

»Dann müssen wir uns wohl wirklich anstrengen«, sagt Katja, während Elise nur ernst nickt. »Die Christel ist knallhart, vor der wollt ihr euch gewiss nicht blamieren.«

Der Kies unter ihren Füßen knirscht, und eine Weile laufen sie einfach nur schweigend nebeneinanderher. Gleich sind sie wieder bei dem Pavillon. Da, wo Katja Elise neulich, während es um sie herum regnete, mit ihren Fragen zu Leibe gerückt ist. Damals ist Elise ihr noch ausgewichen, schien unter Katjas Fragen beinahe zu schrumpfen, sich in sich selbst zurückzuziehen. Jetzt kommt es Katja stattdessen so vor, als würde Elise sich deutlich weniger schwer auf ihren Rollator stützen als sonst.

Als sie bei dem Pavillon angekommen sind, lässt Elise den Rollator einfach stehen, humpelt das letzte Stückchen zur Bank, klopft neben sich.

Es ist nicht kalt heute, trotzdem ist das Holz etwas klamm, als Katja sich darauf sinken lässt. Sie sitzen im Schatten, aber hier und da zeigen sich auf dem Kiesweg vor ihnen tatsächlich ein paar Sonnenflecken.

»Danke«, sagt Elise plötzlich und tastet nach Katjas Hand.

Und jetzt ist es Katja, die nicht genau weiß, was sie sagen soll, die schlucken muss.

»Aber eines möchte ich dir noch sagen«, fährt Elise fort.

»Das, was du neulich gesagt hast, das stimmt nicht ganz. Dass ich dich mit deinen Kämpfen allein gelassen habe, dass ich dich im Fußball nicht unterstützt habe. Das habe ich sehr wohl. Wenn auch auf meine Weise. Jahrelang habe ich mir bei Holger den Mund fusselig geredet, bis dein Vater dich endlich anständig unterstützt und nicht einfach vergessen hat, dass du wieder Training oder ein Spiel hattest. Ich habe dafür gesorgt, dass deine Eltern dich in einem ordentlichen Verein anmelden, und mit deinem Trainer habe ich auch mal ein ernstes Wörtchen geredet, als er dich immer auf der Ersatzbank hat hocken lassen, obwohl du zu mehr geschaffen warst.«

Elise wirkt jetzt beinahe etwas atemlos, aber sie schaut Katja in die Augen, hält ihren Blick störrisch fest.

Es ist nicht leicht, diesen Blick zu erwidern. Vor allem nicht, wenn man selbst mit den Tränen kämpft.

Ja, an all das erinnert sich Katja nach wie vor viel zu gut: wie ihr Vater am Sonntagmorgen meckerte, weil sie unbedingt zu einem Spiel wollte, das er natürlich vergessen und daher längst andere Verabredungen getroffen hatte. Wie der Trainer ihrer ersten Mannschaft sich immer beschwerte, er wolle eigentlich die Jungs trainieren und müsse jetzt leider mit »den Mädels« vorliebnehmen. Aber ja, sie erinnert sich auch daran, dass ihr Vater irgendwann verlässlicher wurde, nicht mehr ganz so laut murrte, sie tatsächlich immer zu den Spielen fuhr. Und dass der Trainer sie ganz plötzlich nicht mehr auf der Bank sitzen ließ, sondern sogar gesondert mit ihr trainierte. Und ihr einmal sagte, sie habe ein ganz besonderes Talent und spiele besser als alle Jungs, die er kenne.

»Dann danke ich dir«, sagt Katja und drückt nun selbst die Hand ihrer Oma. »Das wusste ich nicht.« Wie so vieles, könnte sie hinzufügen.

»Aber mehr war mir einfach nicht möglich«, sagt Elise leise. »Es ging nicht. Das tut mir leid.«

Und Katja nickt. Elise muss sich eigentlich nicht rechtfertigen, natürlich nicht. Und doch tut es gut, dass ihre Großmutter das sagt. Dass Katja nicht die Einzige ist, die erkennt, wie anders es hätte sein können.

»Mir tut es leid«, sagt sie. »Dass du dich damals zu so einer Entscheidung gezwungen gesehen hast. Dass es keinen dritten Weg gegeben hat und du deinen Traum aufgeben musstest.«

Nun fällt es Katja wirklich schwer, ihre Tränen zurückzuhalten. Aber Elise lächelt versonnen, als würde sie an etwas zurückdenken, an etwas Schönes.

»Ach, weißt du«, sagt sie. »Nichts ist so schlecht, dass nicht auch was Gutes dran wäre. Ich habe meinen Frieden damit gemacht. So habe ich ja euch bekommen, euch alle. Und konnte dir zuschauen, wie du es anders machst.«

Katja weiß nicht so recht, ob sie Elise das glauben kann. Aber ihre Großmutter lächelt wieder, wenn auch ein wenig wölfisch, wirkt heiter und irgendwie unbeschwert, und das ist alles, was zählt.

»Ein schöner Spruch«, sagt Katja.

»Und auch zumindest manchmal wahr«, sagt Elise und grinst schon wieder.

Epilog

Wuppertal, 24.07.2023

Es sind Monate vergangen, aber eigentlich fühlt es sich eher an wie Jahre, zwischen dem Winter, in dem Katja nicht mehr konnte, in dem sie das Gefühl hatte, alles würde ihr zwischen den Fingern zerrinnen, und heute.

In der Luft liegt der Duft nach Sommer, ein paar Wespen summen um die fast leeren Gläser herum, und vorne auf dem Bildschirm, der extra hier draußen im Biergarten aufgestellt worden ist, jubeln die Fans der deutschen Frauen-Nationalmannschaft zu.

»Zwei zu null, und das schon jetzt, stark!«, kommentiert Christel, als gerade zur Halbzeit abgepfiffen wird, und Katja dreht sich grinsend zu ihr um. Wie Christel da neben Elise sitzt, beide mit ihren viel zu großen Sommerhüten, die den Menschen an den Tischen hinter ihnen die Sicht versperren, wirkt es so, als hätte Christel schon immer zu ihnen gehört. Als wäre es eine völlige Selbstverständlichkeit, dass Christel und Elise hier bei ihnen sind, mit Franzi, Katja und Linus im Biergarten sitzen, inmitten dieser ausgelassenen, etwas aufgeregten Stimmung, die Katja am WM-Auftakt schon immer geliebt hat – dies und Fußball. Fußball, den sie einfach genießen kann. Ein feiner warmer Wind weht durch den Biergarten, und immer mehr Leute stehen jetzt auf, um sich Nachschub zu holen – Limonade, Eis, Pommes. Der Tag ist noch jung, schließlich ist es erst vormittags, und die deutsche

Nationalmannschaft hat in diesem ersten Spiel gegen Marokko bisher richtig abgeliefert. Allein wie Kapitänin Popp sich in der neununddreißigsten Minute gegen zwei Gegenspielerinnen durchsetzte und einen Eckstoß von Bühl im Fallen mit der Schulter ins Tor bugsierte, ist großes Kino gewesen.

Und Katja selbst fühlt sich so frei von Sorgen wie schon lange nicht mehr. Die Saison ist vorbei und bis auf hier und da einige Rückschläge insgesamt gut gelaufen. Sie und das Team, sie alle haben sich zusammengerauft. Und sind gestärkt aus der Krise hervorgegangen, so zumindest fühlt es sich an.

»Mama, darf ich noch ein Eis?« Linus ist ebenfalls aufgesprungen, schaut sie bettelnd an. Er hat noch immer etwas Schokolade an den Mundwinkeln.

»Na, du kannst aber viel essen!«, kommentiert Franzi. Sie sitzt auf Katjas anderer Seite und trinkt gerade den letzten Schluck aus ihrem Glas. »Gefällt mir!«

»Ist ja erst mein zweites! Das Wassereis vorhin zählt nicht, das besteht ja nur aus Wasser«, gibt Linus naseweis zurück, und Franzi knallt grinsend ihr leeres Glas auf den Biertisch.

»Meinetwegen!« Katja will gerade nach ihrem Portemonnaie fischen, aber Linus, erstaunlich flink dafür, dass er überhaupt keinen Sport macht, hat es ihr praktisch schon aus der Handtasche gepflückt. »Soll ich euch auch was mitbringen?«

Aber in dem Moment piept eine Nachricht auf Katjas Handy, und schon ist Linus auf und davon – er ist ja sowieso nur wegen des Eises mitgekommen. Und vielleicht wegen Christel, die er insgeheim auch ziemlich cool findet. Für Fußball interessiert er sich nämlich nach wie vor nicht wirklich. Und das, obwohl seine Mutter jetzt wohl noch deutlich länger Fußballtrainerin sein wird.

»Nein!«, Katja muss über das ganze Gesicht grinsen, als sie die Nachricht schließlich öffnet. Nele hat nur eine kurze Notiz dazu geschrieben, aber das Bild sagt mehr als tausend Worte. Ihre beste Stürmerin, mit Siegesgrinsen in einem Krankenhausbett – und einem Baby im Arm. »Ein bisschen zu früh, aber beiden scheint es gut zu gehen!«, sagt sie laut.

»Zeig her!« Franzi hat ihr schon das Handy aus der Hand genommen und zoomt erst ganz nah an das Baby heran, bevor auch sie die Nachricht liest.

»Dann hol ich wohl noch 'ne Runde Limonade, wenn Linus wieder da ist. Auf unser neues Teammitglied! Carlo Babinsky!« Könnte irgendetwas diesen warmen Sommertag noch perfekter machen? Außer ein haushoher Sieg der deutschen Nationalelf natürlich? Katja bezweifelt es. Jetzt jedenfalls fühlt sie sich sogar noch zufriedener, noch beschwingter. Es tut gut, Nele so glücklich zu sehen. Es tut gut, zu wissen, dass die Dinge weitergehen – dass man alles schaffen kann.

»Carlo? Aber das klingt ja nach einem Jungen!«, reißt Christel sie aus ihren Gedanken. Die alte Dame wirkt so entsetzt, dass Katja beinahe lachen muss.

»Ein süßes Kerlchen! Schaut mal«, sagt Franzi und schiebt das Handy zu den beiden alten Damen hinüber. Während Elise auf das Foto linst und ein kleines Lächeln um ihre Mundwinkel zuckt, verschränkt Christel nur störrisch die Arme. »Schön und gut, aber ein neues Teammitglied, das würde ich dann wohl nicht sagen!«

»Ach, nein?« Jetzt kann auch Franzi sich ein Grinsen nicht mehr verkneifen. Nicht bei Christels dramatischem Gesichtsausdruck.

»Na hör mal! Fußball, das ist Frauensache!«, ruft die alte Dame so laut, dass sich mehrere Leute zu ihnen umdrehen. Und weil in Australien und im Fernsehen gleich zur zweiten Halbzeit angepfiffen wird – das wird ein Sieg, das spüren sie alle –, widerspricht auch keiner.

Katjas Blick huscht zu ihrer Oma. Aber Elise ist wie so oft schweigsam, sagt auch jetzt nichts. Stattdessen schaut sie irgendwo in die Ferne. Aber auf ihrem Gesicht sieht man es schon wieder: dieses wölfische Grinsen.

Nachwort

Liebe Leserin, lieber Leser,

das, was ich in diesem Roman das »Wunder von Essen« genannt habe – das erste Länderspiel der deutschen Fußball-Frauen –, hat es wirklich gegeben. Im September 1956 spielte die erste inoffizielle Frauen-Nationalmannschaft (West-) Deutschlands in Essen vor rund 18 000 Zuschauerinnen und Zuschauern gegen die Niederländerinnen, allen Widerständen zum Trotz, mit Spaß und Leidenschaft. Und gewann.

Historisch verbürgt ist der Sieg der Deutschen mit 2:1 – dass Elise ihren Anteil sowohl am Spiel als auch an diesem Sieg hatte, ist hingegen frei erfunden. Überhaupt ist die Figur der Elise in meiner Fantasie entstanden, ebenso wie Elises Freundinnen und Enkelin Katja, genauso wie Figuren wie Rudolf Breitenschneider. Die Umstände allerdings, in denen Elise lebte und Fußball spielte – und welche Hürden sie dabei nehmen musste –, sind es nicht.

Das, was heute eine Selbstverständlichkeit ist – dass Frauen Fußball spielen und dafür auch Aufmerksamkeit bekommen –, war damals ganz und gar anders und das Spiel in Essen ein spektakuläres Aufbegehren gegen das Frauenfußball-Verbot, mit dem der Deutsche Fußball-Bund (DFB) all seinen Vereinen die Unterstützung des Frauenfußballs untersagt hatte. Der DFB wollte damit den überall im Land aufpoppenden Frauenvereinen einen Riegel vorschieben. Fußball, das sollte nach dem »Wunder von Bern« – dem überraschenden Sieg der Männer bei der Fußballweltmeisterschaft 1954 – Männersache bleiben.

An diesem Verbot hielt der DFB bis ins Jahr 1970 fest und sorgte damit dafür, dass der Frauenfußball auf kleine Wunder wie dieses inoffizielle Spiel in Essen angewiesen war. Es braucht aber mehr als kleine Wunder, um längerfristig etwas zu etablieren. Und so blieb der Frauenfußball jahrzehntelang unter dem Radar. Während das »Wunder von Bern« damals etwa nicht nur Fußball-, sondern durch die Liveübertragung auch gleich Fernsehgeschichte schrieb, fand das erste live übertragene Spiel der Frauen erst über dreißig Jahre später statt: das EM-Halbfinale 1989, bei dem die deutschen Frauen gegen Italien antraten. Auch hier gewannen die deutschen Fußballerinnen, konnten vier Tage später im Finale auch noch Titelverteidiger Norwegen besiegen – und sich ihren ersten Europameistertitel sichern.

Wieder ein Wunder, wieder ein Moment, der Fußballgeschichte schrieb. Und gleichzeitig wieder ein Moment, der beweist, welch weiten Weg der Frauenfußball auch Ende des 20. Jahrhunderts, auch nach dem Verbot des DFB, noch zu gehen hatte. Die Siegesprämie nämlich bestand nicht etwa aus einem substanziell hohen Geldbetrag, der nicht nur Respekt für den Frauenfußball ausgedrückt, sondern auch eine finanzielle Absicherung für die Spielerinnen bedeutet hätte, sondern aus einem Kaffeeservice der Marke Villeroy & Boch.

Seitdem ist zum Glück viel passiert. Von der ersten Fußball-WM 1991, den zahlreichen Siegen der deutschen Fußballerinnen bis hin zur festen Etablierung eines Ligasystems in Deutschland. Und nicht zuletzt der immer weiter steigenden Aufmerksamkeit, die der Frauenfußball erhält. Das Auftaktspiel der Frauen-WM 2023 etwa, das auch Katja, Elise und Co. am Ende des Romans schauen, sahen laut DFB im ZDF

5,61 Millionen Fans (das entspricht einem Marktanteil von 60,4 Prozent; Quelle: www.dfb.de). Und das, obwohl es wegen des Zeitunterschieds zu Australien an einem Montagvormittag ausgestrahlt wurde.

Und trotzdem: Mit Sicherheit ist noch viel zu tun. Aber die Geschichte des Frauenfußballs ist ja auch noch lange nicht zu Ende. Mögen noch etliche Kapitel folgen, mit vielen kleinen und großen Wundern. Aber vor allem mit der Aufmerksamkeit und dem Respekt für den Frauenfußball, den er verdient.

Sophia Herzog